ANNE RICE | Entrevista con el vampiro

byblos

Título original: *Interview with the Vampire*
Traducción: Marcelo Coviàn

1.ª edición: julio 2004
2.ª reimpresión: abril 2005

© 1976 by Anne 0'Brien Rice
© Ediciones B, S.A., 2004
   Bailén, 84 - 08009 Barcelona (España)
   www.edicionesb.com
   www.edicionesb-america.com

Diseño de colección: Ignacio Ballesteros

ISBN: 84-666-1620-9
Impreso en los talleres de Quebecor World

ANNE RICE | Entrevista con el vampiro

*Para Stan Rice, Carole Malkin
y Alice O'Brien Borchardt.*

PRIMERA PARTE

—Ya veo... —dijo el vampiro, pensativo, y lentamente cruzó la habitación hacia la ventana.

Durante largo rato, se quedó allí contra la luz mortecina de la calle Divisadero y los focos intermitentes del tránsito. El muchacho pudo ver entonces los muebles del cuarto con mayor claridad: la mesa redonda de roble, las sillas. Una palangana colgaba de una pared con un espejo. Puso su portafolios en la mesa y esperó.

—Pero ¿cuánta cinta tienes aquí? —preguntó el vampiro y se dio la vuelta para que el muchacho pudiera verle el perfil—. ¿Suficiente para la historia de una vida?

—Desde luego, si es una buena vida. A veces entrevisto hasta tres o cuatro personas en una noche si tengo suerte. Pero tiene que ser una buena historia. Eso es justo, ¿no le parece?

—Sumamente justo —contestó el vampiro—. Me gustaría contarte la historia de mi vida. Me gustaría mucho.

—Estupendo —dijo el muchacho. Y rápidamente sacó el magnetófono de su portafolios y verificó las pilas y la cinta—. Realmente tengo muchas ganas de saber por qué cree usted en esto, por qué usted...

—No —dijo abruptamente el vampiro—. No podemos empezar de esa manera. ¿Tienes ya el equipo dispuesto?

—Sí —dijo el muchacho.

—Entonces, siéntate. Voy a encender la luz.

—Yo pensaba que a los vampiros no les gustaba la luz —dijo el muchacho—. Si cree que la oscuridad ayuda al ambiente...

Pero en ese momento dejó de hablar. El vampiro lo miraba dando la espalda a la ventana. El muchacho ahora no podía distinguir la cara e incluso había algo en su figura que lo distraía. Empezó a decir algo, pero no dijo nada. Y luego echó un suspiro de alivio cuando el vampiro se acercó a la mesa y extendió la mano al cordón de la luz.

De inmediato la habitación se inundó de una dura luz amarilla. Y el muchacho, mirando al vampiro, no pudo reprimir una exclamación. Sus dedos bailotearon por la mesa para asirse al borde.

—¡Dios santo! —susurró, y luego contempló, estupefacto, al vampiro.

El vampiro era totalmente blanco y terso como si estuviera esculpido en hueso blanqueado; y su rostro parecía tan exánime como el de una estatua, salvo por los dos brillantes ojos verdes, que miraban al muchacho tan intensamente como llamaradas en una calavera. Pero, entonces, el vampiro sonrió, casi anhelante, y la sustancia blanca y tersa de su rostro se movió con las líneas infinitamente flexibles pero mínimas de los dibujos animados.

—¿Ves? —preguntó en voz queda.

El muchacho tembló y levantó una mano como para defenderse de la luz demasiado poderosa. Sus ojos se movieron lentamente sobre el abrigo negro elegantemente cortado que sólo había podido vislumbrar en el bar, los extensos pliegues de la capa, la corbata de seda anudada al cuello y el resplandor del cuello blanco, que era tan blanco como la piel del vampiro. Miró el abundante pelo negro del vampiro, las ondas que estaban peinadas hacia atrás encima de las orejas, los rizos que apenas tocaban los bordes del cuello blanco.

—Bien, ¿aún me quieres entrevistar? —preguntó el vampiro.

El muchacho abrió la boca antes de poder contestar. Movió afirmativamente la cabeza.

—Sí —dijo por fin.

El vampiro tomó asiento lentamente frente a él e, inclinándose, le dijo cortés, confidencialmente:

—No tengas miedo. Simplemente haz funcionar las cintas.

Y luego se estiró por encima de la mesa. El muchacho retrocedió y le corrió el sudor a ambos lados de la cara. El vampiro le agarró un hombro con una mano y le dijo:

—Créeme, no te haré daño. Quiero esta oportunidad. Es más importante para mí de lo que te puedes imaginar. Quiero que empieces.

Retiró la mano y se sentó cómodamente, esperando.

El chico tardó un momento en secarse la frente y los labios con un pañuelo, en tartamudear que el micrófono estaba listo, en apretar los botones y decir que el aparato ya funcionaba.

—Usted no siempre fue un vampiro, ¿verdad? —preguntó.

—No —contestó el vampiro—, era un hombre de veinticinco años cuando me convertí en un vampiro, y eso sucedió en mil setecientos noventa y uno.

El chico quedó perplejo por la precisión de la fecha y la repitió, antes de preguntar:

—¿Y eso cómo sucedió?

—Hay una respuesta muy simple. No creo que me gustara dar una respuesta tan fácil —dijo el vampiro—. Prefiero contar la historia verdadera...

—Sí —dijo rápidamente el muchacho.

Se pasaba una y otra vez el pañuelo por los labios.

—Hubo una tragedia... —comenzó a decir el vampiro—. Fue mi hermano menor. Murió.

Y entonces se detuvo, y el chico se aclaró la garganta y se secó la cara nuevamente antes de meterse el pañuelo casi con impaciencia en el bolsillo.

—No le hace sufrir, ¿no? —preguntó tímidamente.

—¿Te parece? —preguntó el vampiro—. No. —Sacudió la cabeza—. Sólo se trata de que he contado esta historia a una sola persona. Y eso sucedió hace tiempo. No, no me hace sufrir...

»... Entonces vivíamos en Luisiana. Habíamos recibido tierra para colonizar y pusimos dos plantaciones de índigo en el Mississippi, muy cerca de Nueva Orleans...

—Ah, por eso el acento... —comentó en voz baja el chico.

Por el momento, el vampiro le echó una mirada vaga.

—¿Tengo acento? —preguntó, y empezó a reírse.

Y el chico, aturdido, contestó rápidamente.

—Lo noté en el bar cuando le pregunté cómo se ganaba la vida. No es más que un leve acento en las consonantes, eso es todo. Nunca me imaginé que fuera francés.

—Está bien —le aseguró el vampiro—. No estoy tan sorprendido como parezco. Sólo es que, de tanto en tanto, lo olvido. Pero deja que continúe...

—Por favor... —dijo el chico.

—Te hablaba de las plantaciones. En realidad, tuvieron mucho que ver con mi transformación en vampiro. Pero ya llegaré a eso. Nuestra vida era lujosa y primitiva al mismo tiempo. Y nosotros la encontrábamos sumamente atractiva. Allí vivíamos mucho mejor de lo que jamás podríamos haber vivido en Francia. Tal vez la mera inmensidad de Luisiana nos lo hacía parecer, pero, al creer que así era, lo era. Recuerdo los muebles importados que atestaban la casa. —El vampiro sonrió—. Y el clavicordio; era un encanto. Mi hermana solía tocarlo. En los atardeceres del verano, ella se sentaba ante las teclas dando la espalda a las grandes puertas vidrieras. Y todavía puedo recordar esa música rápida, quebradiza, y la visión del pantano elevándose detrás de mi hermana, los cipreses ahítos de musgo flotando contra el cielo. Y estaban los ruidos del pantano, un coro de criaturas, y el canto de los pájaros. Pienso que nos encantaba. Hacía que los muebles de palo rosado fueran más preciosos, que la música fuera más delicada y deseable. Inclusive cuando la vistaria rompió las contraventanas de las ventanas del ático y sus zarcillos se abrieron paso por el ladrillo blanqueado en menos de un año.

»... Sí, nos encantaba. A todos menos a mi hermano. Creo que nunca lo oí quejarse de algo, pero yo sabía cómo se sentía. Mi padre ya había muerto entonces y yo era el cabeza de familia. Y tenía que defenderlo constantemente de mi madre y de mi hermana. Ellas querían llevarlo a hacer visitas o a fiestas en Nueva Orleans, pero él detestaba esas cosas. Creo que dejó de ir a todos los sitios antes de tener doce años. Lo que le interesaba era orar, la oración y las vidas de los santos en libros forrados de cuero.

»Por último, le construí un oratorio alejado de la casa y él empezó a pasar allí casi todo el día, y a menudo los atardeceres. Fue algo irónico, en realidad. Era tan distinto a nosotros, tan distinto a todos, ¡y yo era tan normal! Yo no tenía ninguna característica excepcional —aseguró, sonriendo—. A veces, por la tarde, iba a verlo y lo encontraba en el jardín cerca del oratorio, sentado y absolutamente sosegado en un banco de piedra. Y le contaba mis problemas, las dificultades que tenía con los esclavos, todo lo que desconfiaba del superintendente o del tiempo o de mis agentes... todos los problemas que constituían el cuerpo y el alma de mi existencia. Y él me escuchaba, hacía pocos comentarios, siempre solícitos, de modo que, cuando me alejaba de él, tenía la clara impresión que me había resuelto todos los interrogantes. No pensaba que le pudiera negar nada y juré que, por más que se me partiera el alma, él entraría en el sacerdocio cuando llegara ese momento. Por supuesto, estuve equivocado.

El vampiro se detuvo en su relato.

Por un momento, el chico siguió mirándolo y luego se sobresaltó como si acabara de despertar de un sueño; forcejeó como si no pudiera encontrar las palabras apropiadas.

—Ah... ¿no quería ser sacerdote? —preguntó.

El vampiro lo estudió como tratando de discernir el significado de su pregunta. Luego dijo:

—Quiero decir que yo estaba equivocado con respecto a mí mismo, con no negarle nada. —Sus ojos se dirigieron a la pared más lejana y se fijaron en el marco de la ventana—. Empezó a tener visiones.

—¿Visiones de verdad? —preguntó el muchacho, pero nuevamente su voz vaciló como si estuviera pensando en otra cosa.

—No lo pensé así —contestó el vampiro—. Sucedió cuando tenía quince años. Entonces él ya era muy apuesto. Tenía una piel muy fina y grandes ojos azules. Era robusto, no delgado como ahora soy y fui yo entonces... Pero sus ojos... Era como si, cuando lo miraba a los ojos, yo estuviera a solas en el límite del mundo..., en una playa del océano barrida por el viento. Lo único que había era el suave rumor de las olas. Pero —dijo con los ojos aún fijos en el marco de la ventana— empezó a tener visiones. Al principio, sólo me lo insinuó, y dejó por completo de comer. Vivía en el oratorio. A cualquier hora del día o de la noche, yo lo podía encontrar arrodillado sobre la losa delante del altar. Y descuidó el mismo oratorio. Dejó de encender las velas y de cambiar los lienzos del altar y hasta de barrer la hojarasca. Una noche me alarmé seriamente cuando me quedé al lado del rosal mirándolo durante toda una hora en la que jamás movió las rodillas ni jamás bajó los brazos, que tenía estirados, formando una cruz. Todos los esclavos pensaban que estaba loco —dijo el vampiro, y alzó el entrecejo como interrogándose—. Yo estaba convencido de que solamente... se trataba de fanatismo. Que, en su amor a Dios, quizás había ido demasiado lejos. Entonces me contó de sus visiones. Santo Domingo y la Virgen María lo habían ido a ver al oratorio. Le habían dicho que tenía que vender sus propiedades en Luisiana, todo lo que poseía, y utilizar ese dinero para hacer en Francia la obra de Dios. Mi hermano iba a ser un gran dirigente religioso e iba a devolver su antiguo fervor al país y cambiar el curso de la batalla contra el ateísmo y la Revolución. Por supuesto, no tenía dinero propio. Yo debía vender nuestras plantaciones y nuestras casas en Nueva Orleans y entregarle el dinero.

Una vez más el vampiro hizo una pausa. Y el muchacho quedó inmóvil, mirándolo, perplejo.

—Ah... perdóneme —susurró—. ¿Qué hizo? ¿Vendió las plantaciones?

—No —dijo el vampiro, y su rostro estaba sereno, como desde el principio—. Me reí de él. Y él... se puso furioso. Insistió en que la orden provenía de la mismísima Virgen. ¿Quién era yo para ignorarla? ¿Quién? —se preguntó en voz baja, como si lo estuviera pensando nuevamente—. ¿Quién, por cierto? Y, cuanto más quiso convencerme, más me reía yo. Era un absurdo, le dije, el producto de una mente inmadura e incluso mórbida. El oratorio era una equivocación, le dije; lo haría derribar de inmediato. Él iría a la escuela en Nueva Orleans y se sacaría de la cabeza esas ideas extrañas. No recuerdo todo lo que dije. Pero recuerdo la sensación. Detrás de toda esta negativa desdeñosa de mi parte, había un disgusto latente y una gran desilusión. Yo estaba amargamente desilusionado. No le creía una sola palabra.

—Pero eso es comprensible —dijo rápidamente el muchacho cuando el vampiro hizo una pausa: se ablandó la expresión de perplejidad de su rostro—. Quiero decir: ¿le hubiera creído alguien?

—¿Es tan comprensible? —El vampiro miró al entrevistador—. Pienso que tal vez haya sido un egoísmo cruel. Déjame explicarme. Yo adoraba a mi hermano, como ya te dije, y a veces creía que era un santo viviente. Lo alenté en sus oraciones y meditaciones, y como dije, estaba dispuesto a que se fuera de mi lado para que entrara en el sacerdocio. Y si alguien me hubiera contado de un santo en Ars o en Lourdes que tenía visiones, le habría creído. Yo era católico; creía en los santos. Encendía velas delante de sus estatuas de mármol en las iglesias. Conocía sus imágenes, sus símbolos, sus nombres. Pero no lo creí; no en mi hermano. No sólo no creí que tuviera visiones, no lo pude considerar posible un solo instante. Ahora bien, ¿por qué? Porque era mi hermano. Podía ser santo, podía ser extraño, pero Francisco de Asís, no. Mi hermano, no. Mi hermano no podía serlo. Eso es egoísmo, ¿te das cuenta?

El entrevistador lo pensó antes de contestar y entonces asintió con la cabeza y dijo que sí, que pensaba que así era.

—Quizá tenía visiones —dijo el vampiro.

—¿Entonces usted..., usted no afirma saber... ahora... si las tenía o no?

—No, pero sé muy bien que jamás vaciló un segundo en sus convicciones. Eso lo sé y lo sabía entonces, esa noche, cuando salió de mi habitación furioso y dolorido. Jamás vaciló un instante. Y, a los pocos minutos, estaba muerto.

—¿Cómo? —preguntó el entrevistador.

—Simplemente traspasó las puertas vidrieras, salió a la galería y se quedó un momento en lo alto de las escalinatas de ladrillo. Entonces, se cayó. Estaba muerto cuando llegó al fondo. Con el cuello roto —dijo el vampiro, y se sacudió la cabeza con consternación, pero su rostro aún estaba sereno.

—¿Usted lo vio caer? —preguntó el chico—. ¿Perdió pie?

—Yo no lo vi, pero dos sirvientes lo vieron. Dijeron que levantó la vista, como si acabara de ver algo en el cielo. Entonces todo su cuerpo se adelantó barrido por el viento. Uno de ellos dijo que estaba a punto de decir algo cuando cayó. Yo también pensé que iba a decir algo, pero en ese preciso momento me di vuelta y di la espalda a la ventana. Yo estaba de espaldas cuando oí el ruido. —El vampiro echó una mirada al magnetófono—. No pude perdonármelo. Me sentí responsable de su muerte —dijo—. Y todos los demás también parecieron pensarlo.

—Pero, ¿cómo pudieron pensarlo? Usted dijo que hubo gente que lo vio caer.

—No fue una acusación directa. Simplemente, sabían que había sucedido algo desagradable entre nosotros. Que habíamos discutido minutos antes del accidente. Los sirvientes nos habían oído, mi madre nos había oído. Mi madre no dejaba de preguntarme lo que había sucedido y por qué mi hermano, que era tan tranquilo, había estado gritando. Luego mi hermana se sumó al interrogatorio y, naturalmente, yo me negué a dar razones. Me negué a decir nada. Estaba tan amargamente sorprendido y me sentía tan miserable que no tuve paciencia con nadie; sólo tomé la vaga decisión de que nadie se enterara de sus visiones. No sabrían que, al final, en vez de convertirse en santo, se había transformado sólo en un fanático... Mi hermana se fue a la cama en vez de ocuparse del funeral, y mi madre dijo a todo el vecindario que algo espantoso había sucedido en mi cuarto y que yo no lo quería contar a nadie; y hasta la policía me interrogó, debido a mi propia madre. Por último, vino a verme el cura y exigió saber lo que había pasado. No se lo dije a nadie. Sólo fue una discusión, dije. Yo no estaba en la galería cuando se cayó, protesté, y todos me miraron como si lo hubiera matado. Y yo sentí que lo había matado. Me senté en la sala, al lado de su ataúd, pensando: «Lo he matado». Lo miré a la cara hasta que aparecieron manchas delante de mis ojos, y casi me desmayé. Se había destrozado la nuca en el pavimento y su cabeza tenía una forma extraña sobre la almohada. Me obligué a contemplarla, a estudiarla, simplemente porque casi no podía soportar el dolor y el olor a podredumbre, y sentí la tentación, una y otra vez, de abrirle los ojos. Todos éstos eran pensamientos e impulsos demenciales. El pensamiento fundamental era: me había reído de él, no le había creído; no había sido bueno con él. Había caído por culpa mía.

—Eso sucedió, ¿verdad? —susurró el muchacho—. Me está contando algo... que es verdad.

—Sí —dijo el vampiro, sorprendido—. Quiero seguir contándotelo —aseguró, pero, cuando su mirada pasó del muchacho a la ventana, sólo demostró lejano interés en el entrevistador, que parecía sumido en silenciosas contradicciones.

—Pero... usted dijo que no sabía de sus visiones; que usted, un vampiro... no podía saber con plena y total seguridad si...

—Quiero hacer las cosas en orden. Quiero contarte las cosas tal como fueron sucediendo. No, no sabía nada de las visiones. Ni lo supe nunca —afirmó; y, nuevamente, esperó hasta que el chico dijo:

—Sí, por favor, continúe...

—Pues entonces quise vender las plantaciones. No quise volver a ver jamás esa casa ni el oratorio. Finalmente las alquilé a una agencia que las trabajaría por mi cuenta y me administraría las cosas, de modo que nunca tendría necesidad de ir allí. Y llevé a mi hermana y a mi madre a una de las casas de Nueva Orleans. Por supuesto, no podía escapar ni por un instante de mi hermano. Únicamente podía pensar en su cuerpo pudriéndose bajo tierra. Estaba enterrado en el cementerio de Saint-Louis, de Nueva Orleans, y yo hacía todo lo posible por evitar tener que traspasar esa entrada, pero aún pensaba en él constantemente. Borracho o sobrio, veía su cuerpo en el ataúd y no lo podía soportar. Una y otra vez soñé que él estaba arriba de esa escalinata y que lo tomaba del brazo, le hablaba con bondad, le pedía que volviese a su cuarto, le decía suavemente que creía en él, que debía rezar para que yo tuviera fe. En el ínterin, los esclavos de Pointe du Lac (ésa era mi plantación) empezaron a hablar de ver su fantasma en la galería, y el superintendente no podía mantener el orden. La gente de la sociedad le hacía preguntas ofensivas a mi hermana sobre el incidente, y ella se puso histérica. Simplemente pensó que debía reaccionar de esa forma y lo hizo. Yo bebía todo el tiempo y estaba lo menos posible en casa. Vivía como un hombre que quería morir pero que no tenía el valor de matarse. Caminaba a solas por las calles y los callejones de los negros; me caía al suelo en los cabarets, me negué dos veces a batirme en duelo, más por apatía que por cobardía, y, verdaderamente, deseaba que me asesinasen. Y entonces fui atacado. Pudo haber sido cualquiera. Y yo presentaba una invitación abierta a marineros, ladrones, maniáticos, a cualquiera. Pero se trató de un vampiro. Me atrapó a unos pasos de mi casa una noche y me dejó dándome por muerto, o así lo pensé.

—¿Quiere decir... que le chupó la sangre? —preguntó el muchacho.

—Sí —se rió el vampiro—. Me chupó la sangre. Así se hace.

—Pero usted vivió —dijo el joven—. Usted dijo que lo dejó dándolo por muerto.

—Bueno, me desangró casi hasta el punto de la muerte, lo que para él era suficiente. Me pusieron en cama tan pronto como me encontraron, confundido y realmente ignorante de lo que me había sucedido. Supongo que pensé que la bebida al final me había producido un ataque. Ahora esperaba morirme y no tenía interés en comer, beber ni hablar con el médico. Mi madre mandó buscar al sacerdote. Tenía fiebre y le conté todo al cura, todo acerca de las visiones de mi hermano y de lo que yo había hecho. Recuerdo que me aferré de su brazo, haciéndole jurar una y otra vez que no se lo contaría a nadie. Yo sé que no lo maté —le dije por último al sacerdote—, pero ahora que él está muerto no puedo vivir. No después de la manera en que lo traté.

»—Eso es ridículo —me contestó—. Por supuesto, usted puede vivir. Usted no tiene nada de malo salvo las ganas de hacerse mal a sí mismo. Su madre lo necesita, para no mencionar a su hermana. Y, en cuanto a ese hermano suyo, él puede estar seguro de que estaba poseído por el demonio.

»Me quedé tan perplejo cuando dijo esto que no pude protestar. El demonio producía visiones, continuó explicándome él. El demonio seguía reptando. Todo el país francés estaba bajo la influencia del diablo y la Revolución había sido su máximo triunfo. Nada podría haber salvado a mi hermano salvo el exorcismo, las oraciones, ayunos y unos hombres que lo agarraran cuando el demonio enfureciera su cuerpo y quisiera arrojarlo por los aires.

»—El demonio lo empujó por la escalera; es algo perfectamente evidente —dijo—. Usted no habló con su hermano en esa habitación; usted habló con Satán.

»Pues bien, eso me enfureció. Antes yo creía que había llegado a un límite, pero no era así. Continuó

23

hablando del demonio, del vudú entre los esclavos y de casos de posesión en otras partes del mundo. Y perdí el dominio de mí mismo. Destrocé la habitación y casi lo mato.

—Pero sus fuerzas... El vampiro... —dijo el chico.

—Yo estaba fuera de mí —explicó—. Hacía cosas que no podría haber hecho en mi estado normal. Ahora la escena es confusa, pálida, fantástica. Pero recuerdo que lo saqué por las puertas de atrás de la casa, le hice cruzar el patio y le golpeé la cabeza hasta que casi lo mato contra la pared de ladrillos de la cocina. Cuando al final me calmé y estaba casi tan exhausto como la muerte, me desangraron. ¡Los imbéciles! Pero iba a decir otra cosa: fue entonces cuando concebí mi nuevo ego. Quizá lo había visto reflejado en el cura. Su actitud de desprecio ante mi hermano reflejó la mía propia; su crítica inmediata y vacua sobre el demonio; su negativa a concebir siquiera la idea de que la santidad le había pasado tan cerca.

—Pero creía en la posesión del demonio.

—Ésa es una idea mucho más mundana —dijo el vampiro de inmediato—. La gente que deja de creer en Dios, o en la bondad, sigue creyendo en el demonio. No sé por qué. No; sé muy bien por qué. El mal siempre es posible. Y la bondad es eternamente difícil. Pero debes comprender; la posesión en realidad es otra manera de decir que alguien está loco. Así era como pensaba ese cura. Estoy seguro de que había vislumbrado la locura. Tal vez se había colocado directamente encima de una locura rampante y la había proclamado como una posesión. No tienes que ver a Satán cuando se lo exorciza. Pero estar ante la presencia de un santo... creer que el santo ha tenido una visión... No, es egoísmo, es nuestra negativa a creer que puede suceder a nuestro lado.

—Nunca lo pensé de esa manera —dijo el joven—. ¿Y qué le pasó a usted? Dijo que lo desangraron para curarlo, y eso lo debe de haber dejado a un paso de la fosa.

El vampiro se rió.

—Sí, por cierto que así fue. Pero el vampiro regresó esa noche. ¿Ves?, quería Pointe du Lac, mi plantación.

»Era muy tarde; después de que mi hermana se quedara dormida. Lo recuerdo como si hubiera pasado ayer. Entró por el patio, abriendo sin hacer un solo ruido las puertas vidrieras; un hombre alto de piel blanca, una masa de pelo rubio y con una cualidad grácil, casi felina en los movimientos. Y, cautelosamente, puso un mantón sobre los ojos de mi hermana y bajó el pabilo de la lámpara. Ella quedó dormitando al lado de la palangana y del pañuelo con que había estado refrescándome la frente, y no se movió en toda la noche. Pero, para entonces, yo ya había cambiado mucho.

—¿Cuál fue ese cambio? —preguntó el entrevistador.

El vampiro suspiró. Se recostó contra la silla y miró las paredes.

—Al principio creí que se trataba de otro médico o de alguien llamado por la familia para que hablara conmigo. Pero de inmediato se me desvanecieron esas sospechas. Él se acercó a mi cama y se agachó de modo que su rostro quedó a la luz de la lámpara, y vi que no era un ser humano normal. Sus ojos verdes destellaban de incandescencia y las largas manos blancas que colgaban a sus costados no pertenecían a

25

un ser humano. Pienso que lo supe todo en aquel preciso instante, y lo que él me contó fue únicamente su consecuencia natural. Lo que quiero decir es que cuando lo vi, cuando vi su aureola extraordinaria y supe que era una criatura que yo jamás había visto, quedé reducido a la nada. Ese ego que no podía aceptar la presencia de un ser humano extraordinario a su lado, quedó destrozado. Todas mis concepciones, incluso mi culpabilidad y el deseo de morir, me parecieron absolutamente sin importancia. ¡Me olvidé por completo de mí mismo! —dijo, tocándose suavemente el pecho con el puño—. Me olvidé por completo de mí. Y, en ese mismo instante, supe en toda su dimensión el significado de la posibilidad. A partir de entonces, sólo experimenté una creciente sensación de prodigio. Cuando me hablaba y me decía en qué me podía llegar a transformar, cómo había sido su propia vida y lo que sería, mi pasado se hizo añicos. Vi mi vida como separada de mí; la vanidad, la arrogancia, el escapismo constante de una pequeña incomodidad a otra, el culto hipócrita a Dios y la Virgen y la caterva de santos que llenaban mis libros de oración, nada de eso tenía la más mínima importancia, pues sólo era una existencia estrecha, materialista y egoísta. Y vi mis dioses verdaderos... los dioses de la mayoría de los hombres: la comida, la bebida y la seguridad en el conformismo. Cenizas.

El rostro del muchacho estaba tenso, con una mezcla de confusión y aturdimiento.

—¿Y entonces decidió convertirse en un vampiro? —preguntó.

Él guardó un momento de silencio.

—Decidir... no parece la palabra correcta. Sin embargo, no puedo decir que fuera inevitable desde el instante en que apareció en mi dormitorio. No, por cierto, no fue inevitable. Y tampoco puedo decir que yo lo decidí. Permíteme decir que, cuando terminó de hablar, ya no era posible que yo tomara una decisión diferente y que luego seguí mi camino sin echar una sola mirada atrás. Salvo por una.

—¿Salvo por una? ¿Cuál?

—Mi último amanecer —dijo el vampiro—. Esa mañana, yo todavía no era un vampiro. Y presencié mi última madrugada.

»La recuerdo claramente; sin embargo, pienso que antes no me había acordado de ningún amanecer. Recuerdo que primero la luz llegó a las puertas vidrieras, algo pálido detrás de las cortinas de lazo, y luego un rayo cada vez más grande y más brillante se paseó entre las hojas de los árboles. Por último, el sol traspasó las mismas ventanas y el lazo quedó en sombras desde el suelo de piedra y, en todas partes, se veía la forma de mi hermana, que aún dormía, sombras de la cortina en el mantón sobre sus hombros y cabeza. Tan pronto como sintió el calor, se quitó el mantón de encima, pero sin despertarse, y luego el sol brilló sobre ella, que apretó los párpados. El resplandor alcanzó la mesa donde descansaba su cabeza sobre los brazos, y la luz destelló, ardiente, en el agua de la jarra. Y la pude sentir en mis manos, sobre el marco de la ventana, y luego en mi rostro. Me quedé en la cama pensando en todo lo que me había dicho el vampiro y fue entonces cuando me despedí del alba y me fui a convertir en un vampiro. Fue... mi último amanecer.

El vampiro volvió a mirar la ventana. Y, cuando dejó de hablar, el silencio fue tan súbito que al muchacho le pareció oírlo. Luego pudo escuchar los ruidos de la calle. El ruido de un camión era ensordecedor. El cordón de la luz tembló debido a las vibraciones. Luego el camión dejó de oírse.

—¿Lo echa de menos? —preguntó luego en voz baja.

—Realmente no —dijo el vampiro—. Hay tantas otras cosas... Pero ¿en qué estábamos? ¿Quiere saber cómo sucedió, cómo me convertí en vampiro?

—Sí —dijo el joven—. ¿Cómo fue el cambio, exactamente?

—No te lo puedo contar tal cual fue —dijo el vampiro—. Te lo puedo relatar con palabras que harán evidente para ti el valor que tiene para mí. Pero no te lo puedo contar con exactitud, del mismo modo que no podría contarte la experiencia del sexo si nunca la has tenido.

El muchacho pareció estar a punto de hacer otra pregunta, pero, antes de poder hacerla, el vampiro continuó hablando:

—Como te dije, Lestat, mi instructor, quería mi plantación. Una razón muy mundana, por cierto, para darme una vida que durará hasta el fin del mundo, pero él no era una persona que discriminara. Él no consideraba a la pequeña población de vampiros del mundo como un club selecto. El tenía sus problemas humanos, un padre ciego que no sabía que su hijo era un vampiro y que no debía averiguarlo. La vida en Nueva Orleans se le había vuelto muy difícil, considerando sus necesidades y la obligación de cuidar a su padre, y quería tener Pointe du Lac.

»Al atardecer siguiente fuimos a la plantación, escondimos al padre ciego en el dormitorio principal y yo procedí a realizar el cambio. No puedo decir que consistió en un solo paso realmente, aunque uno, por supuesto, era el paso después del cual no era posible el retorno. Pero había varias acciones que hacer y la primera era la muerte del superintendente. Lestat lo atacó mientas dormía. Yo tenía que mirar y aprobar, es decir, presenciar la muerte de una vida humana como prueba de mi decisión y parte de mi cambio. Esto resultó ser lo más difícil para mí. Te he dicho que yo no sentía miedo respecto a mi propia muerte, ni siquiera un prejuicio contra el suicidio. Pero sentía inmensa consideración por la vida de los demás y, hacía poco tiempo, la muerte me había horrorizado debido al fallecimiento de mi hermano. Tuve que presenciar cómo se despertaba el superintendente. Trató de desembarazarse de Lestat con ambas manos, fracasó y luego se quedó luchando bajo el peso de Lestat, y, por último, se quedó tieso, seco de sangre. Y murió. Pero no murió de inmediato. Estuvimos en su angosto dormitorio casi toda una hora viéndolo morir. Fue parte de mi cambio, como te dije. Lestat no lo hubiera hecho de otro modo. Luego fue necesario que nos libráramos del cadáver del superintendente. Yo estaba casi descompuesto. Débil y febril, tenía pocas reservas, y acarrear el cuerpo con esos propósitos me causó náuseas. Lestat se reía y me decía, sarcásticamente, que yo también me sentiría diferente cuando fuera vampiro. Y que también me reiría. Se equivocó en eso. Nunca me río de la muerte, aunque con tanta frecuencia y regularidad yo sea su causante.

»Pero deja que relate las cosas en orden. Tuvimos que subir por el camino del río hasta que llegamos al campo abierto y allí dejamos al superintendente. Le desgarramos la chaqueta, le robamos el dinero y nos aseguramos de que tuviera licor en su boca. Yo conocía a su mujer, que vivía en Nueva Orleans, y sabía el estado de desesperación en que caería cuando se descubriese el cadáver. Pero, más que lástima por ella, yo me dolí de que jamás se fuera a enterar de lo que había sucedido, que su marido no había estado borracho ni había sido atacado en el camino por ladrones. Cuando golpeamos el cuerpo cubriéndolo de magulladuras, me sentí más y más excitado. Por supuesto, debes darte cuenta de que todo ese tiempo el vampiro Lestat fue extraordinario. Para mí no era más humano que un ángel bíblico. Pero bajo su influencia, mi encantamiento con él era limitado. Yo veía mi transformación en vampiro desde dos puntos de vista. El primero era simplemente de encantamiento. Lestat me había abrumado en mi lecho de muerte. Pero el otro punto de vista era mi deseo de autodestrucción. Mi deseo de estar absolutamente maldito. Ésa fue la puerta abierta por la cual Lestat había entrado en las dos primeras ocasiones. Ahora yo no me estaba destruyendo a mí mismo sino a terceros: el superintendente, su mujer, su familia. Me arrepentí y podría haberme escapado de Lestat; mi cordura estaba absolutamente destrozada, pero él presintió, con un instinto infalible, lo que estaba sucediendo. Un instinto infalible... —El vampiro reflexionó—. Déjame decirte lo que es el poderoso instinto de un vampiro, para quien hasta el cambio más imperceptible en las expresiones faciales de un ser humano es tan evidente como un gesto. Lestat tenía un instinto sobrenatural. Me empujó al carruaje y azotó los caballos. "Quiero morir —empecé a murmurar—. Esto es insoportable. Quiero morir. Usted tiene el poder de matarme. Déjeme morir." Me negué a mirarlo, a ser encantado por la mera belleza de su apariencia. Pronunció mi nombre muy suavemente y se rió. Como te he comentado, estaba completamente decidido a tener mi plantación.

—Pero ¿le hubiera permitido escaparse? —preguntó el muchacho—. ¿En alguna circunstancia?

—No lo sé. Conociendo a Lestat como yo, diría que me hubiera matado antes de dejarme ir. Pero eso era lo que yo quería, ¿ves? No le importó. No, eso era lo que yo creía que quería. Tan pronto como llegamos a la casa, me apeé del carruaje y subí, como un zombi, las escaleras de ladrillo por donde mi hermano había caído. Hacía meses que la casa estaba desocupada, ya que el superintendente tenía su propia casa. El calor y la humedad de Luisiana ya habían dejado sus huellas en los escalones. En cada uno había hierbas y hasta pequeñas flores silvestres. Recuerdo que sentí la humedad cuando me senté en el último escalón y miré hacia abajo e incluso descansé la cabeza en el ladrillo y toqué con mis manos las pequeñas flores silvestres con tallos como de cera. Arranqué un manojo con una mano.

»—Quiero morir. Mátame. Mátame —dije al vampiro—. Ahora soy culpable de asesinato. Así no puedo vivir.

»Se rió con la impaciencia de la gente que escucha las mentiras de los demás. Y luego, de improviso, me atacó como lo había hecho con el otro hombre. Luché contra él desesperadamente. Puse mis botas contra su pecho y le pateé con toda la fuerza que pude, sintiendo sus dientes clavados en mi garganta y la fiebre golpeándome las sienes. Y, con un movimiento de todo su cuerpo, demasiado rápido para que yo lo viera, súbitamente estaba de pie, mirándome desdeñosamente, desde el pie de la escalera.

»—Pensé que querías morir, Louis —dijo.

El muchacho hizo un sonido abrupto y suave cuando el vampiro pronunció su nombre. El vampiro se percató y dijo rápidamente:

—Sí, ése es mi nombre. Bien; me quedé echado, enfrentado a mi propia cobardía y fatuidad —dijo—. Quizá con ese enfrentamiento tan directo, yo, con el tiempo, pudiera haber ganado el valor necesario para suicidarme y no quedarme gimiendo y rogando a otros que lo hicieran por mí. Me vi revolviéndome, languideciendo en mi sufrimiento cotidiano, al que encontré tan necesario como el arrepentimiento en el confesonario; esperando verdaderamente que la muerte me encontrara inconsciente y merecedor del perdón eterno. Y también me vi a mí mismo al tope de la escalera, exactamente donde había estado mi hermano, dejando luego caer mi cuerpo hasta chocar contra el suelo.

»Pero no hubo tiempo para adquirir ese valor. O debo decir que no hubo tiempo en el plan de Lestat para ninguna otra cosa que no fuera su plan.

»—Ahora, escúchame, Louis —dijo, y se sentó a mi lado en los escalones; sus movimientos fueron tan elegantes y personales que, de inmediato, me hizo pensar en un amante.

»Retrocedí. Pero me puso el brazo derecho encima y me acercó a su pecho. Jamás había estado tan cerca de él y, en la luz mortecina, pude ver el magnífico esplendor de sus ojos y la máscara sobrenatural de su piel. Cuando traté de moverme, me apretó los labios con los dedos y me dijo:

»—Quédate quieto. Ahora te voy a desangrar hasta que casi mueras, y quiero que estés quieto, tan quieto que puedas oír el flujo de tu misma sangre en mis venas. Son tu conciencia y tu voluntad las que deben mantenerte vivo.

»Quise rechazarlo, pero hizo tal presión con sus dedos que me dominó y, tan pronto como dejé mi abortado intento de rebelión, hundió sus dientes en mi cuello.

Al muchacho se le agrandaron los ojos. Se había hundido cada vez más en su silla mientras hablaba el vampiro y ahora tenía la cara tensa, los ojos entrecerrados, como si estuviera aprestándose a lanzar un golpe.

—¿Alguna vez has perdido gran cantidad de sangre? —preguntó el vampiro—. ¿Has tenido esa sensación?

Los labios del muchacho formaron el sonido no, pero no le salió ningún sonido por la boca. Carraspeó.

—No —dijo.

—Las velas ardían en la sala del piso superior, donde habíamos planeado la muerte del superintendente. Una lámpara de petróleo oscilaba con la brisa en la galería. Toda esta luz se hizo una sola y empezó a brillar como si una presencia dorada flotara encima, suspendida en el hueco de la escalera, suavemente enredada en las barandillas, girando y contrayéndose como el humo.

»—Escucha, mantén los ojos abiertos —me susurró Lestat, con sus labios moviéndose apretados contra mi cuello. Recuerdo que ese movimiento de labios me puso de punta todos los pelos de mi cuerpo; envió una corriente sensual por mi cuerpo que no fue muy diferente al placer de la pasión...

Meditó, con los dedos apenas doblados bajo la barbilla y el índice que parecía golpear suavemente.

—El resultado fue que al cabo de unos minutos, yo estaba paralizado por la debilidad. Aterrado, descubrí que ni siquiera podía hablar. Lestat aún me aferraba, por supuesto, y el peso de su brazo era como una barra de hierro. Sentí que retiraba los dientes con tal celeridad que los dos agujeros parecieron enormes; y sentí dolor. Y entonces se agachó sobre mi cabeza indefensa y, quitándome el brazo derecho de encima, se mordió su propia muñeca. La sangre se derramó encima de mi camisa y de mi abrigo y él la contempló con ojos brillantes y entrecerrados. Pareció que la miraba durante una eternidad, y el resplandor de la luz ahora colgaba detrás de su cabeza como el trasfondo de una aparición. Pienso que supe lo que pensaba hacer antes de que lo hiciera. Y yo esperaba, en mi estado indefenso, como si lo hubiera estado esperando hacía años. Me puso su muñeca ensangrentada contra los labios y dijo con firmeza, con algo de impaciencia:

»—Louis, bebe.

»Y lo hice.

»—Con calma —me susurró—. Más aprisa —dijo luego.

»Yo bebí, chupando la sangre de la herida, experimentando por primera vez desde mi infancia el placer de chupar los alimentos, con el cuerpo concentrado en una sola fuente vital. Entonces sucedió algo.

El vampiro se apoyó en el respaldo de la silla y frunció un poco el entrecejo.

—Qué patético resulta describir cosas que verdaderamente no pueden describirse —dijo, y su voz fue casi un susurro. El muchacho quedó inmóvil, como si estuviera congelado—. Lo único que vi fue esa luz cuando chupaba la sangre. Y entonces esa cosa... fue un sonido. Al principio un rugido apagado y luego

34

como el tam-tam de un tambor cada vez más frecuente, como si una criatura inmensa se me viniera encima lentamente a través de un bosque oscuro y desconocido, golpeando un gigantesco tambor. Y luego se oyó el sonido de otro tambor, como si otro gigante se acercara detrás del primero, concentrado en su propio tambor, sin prestar la más mínima atención al ritmo del anterior. El sonido se hizo cada vez más fuerte, hasta que pareció no sólo llenar mis oídos sino todos mis sentidos; estaba latiendo en mis labios, mis dedos, en la piel de mis sienes, en mis venas. Sobre todo, en mis venas, un tambor y luego otro tambor; y entonces, de improviso, Lestat alzó la muñeca y yo abrí los ojos y, en aquel instante, me tuve que dominar para no agarrarle la muñeca y ponérmela de nuevo en la boca a cualquier costo; me dominé porque me di cuenta de que el tambor había sido mi corazón y el segundo tambor había sido el suyo. —El vampiro suspiró—. ¿Comprendes?

El muchacho empezó a hablar y luego sacudió la cabeza:

—No, quiero decir..., sí —dijo—. Quiero decir, yo...

—Por supuesto —dijo el vampiro apartando la mirada.

—Espere, espere —dijo el entrevistador, sobrecogido por la excitación—. La cinta casi ha terminado. Tengo que ponerla del otro lado.

El vampiro lo miró mientras efectuaba la operación.

—¿Qué sucedió entonces? —preguntó el muchacho.

Tenía la cara húmeda y se la secó rápidamente con el pañuelo.

—Lo vi todo como un vampiro —dijo, con su voz ahora casi distante, como un poco distraído; luego se recuperó—. Lestat estaba al pie de la escalera y lo vi como no me había sido posible verlo antes. Antes me había parecido blanco, espantosamente blanco, casi tanto que en la noche parecía luminoso. Y ahora lo veía lleno de su propia vida y su propia sangre; estaba radiante, no luminoso. Y luego vi que no sólo Lestat había cambiado, sino que todo había cambiado.

»Fue como si fuera la primera vez que podía ver colores y formas. Estaba tan extasiado con los botones de la chaqueta negra de Lestat que no miré a ninguna otra cosa durante largo rato. Entonces Lestat empezó a reírse y escuché su risa como el resonar de un tambor y, luego, aquella su risa metálica. Era algo confuso, pues cada sonido corría hacia el próximo sonido como la mezcla de resonancias de una campana, hasta que aprendí a distinguirlos. Y luego se superponían, cada uno muy suave, pero distintos; aumentando, pero discretamente, como lejanas campanas. —El vampiro sonrió, deleitado—. Lejanas campanas.

»—Deja de mirar mis botones —me dijo Lestat—. Vete a los árboles. ¡Sácate de encima todos los excrementos humanos de tu cuerpo y no te enamores tanto de la noche como para perder tu camino!

»Ésa, por supuesto, fue una orden sabia. Cuando vi la luna sobre las piedras, me enamoré tanto de ella que me quedé allí casi una hora. Pasé por el oratorio de mi hermano sin pensar siquiera en él, y de pie entre los algodoneros y los robles, oí la noche como si fuera un coro de mujeres susurrantes, todas invitándome con sus pechos. En cuanto a mi cuerpo, aún no estaba enteramente convertido y, tan pronto como me acostumbré a los sonidos y las visiones, me empezó a doler. Todos mis fluidos humanos debían salir de mí. Estaba muriendo como ser humano; sin embargo, estaba totalmente vivo como vampiro. Y, con todos mis sentidos despiertos, tuve que presidir la muerte de mi cuerpo con cierta incomodidad y luego con algo de miedo. Volví corriendo a la sala, donde Lestat ya estaba trabajando con unos documentos de la plantación, revisando los gastos y los beneficios del último año.

»—Eres un hombre rico —me dijo cuando entré.

»—Algo me está sucediendo —grité.

»—Te estás muriendo, eso es todo; no seas tonto. ¿No tienes una lámpara de petróleo? ¡Con todo este dinero y ni siquiera puedes comprar aceite de ballena para la lámpara! Dame esa linterna.

»—¡Me muero! —grité—. ¡Me muero!

»—Le pasa a todo el mundo —persistió negándose a ayudarme. Cuando lo recuerdo, aún lo detesto por eso. No porque yo tuviera miedo, sino porque me podría haber ayudado a prestar atención a esos acontecimientos con más reverencia. Me podría haber calmado y dicho que contemplase mi propio fallecimiento con la misma fascinación con que había contemplado la noche. Pero no lo hizo. Lestat jamás fue el vampiro que yo soy.

El vampiro no dijo esto con jactancia. Lo dijo como si con toda evidencia no pudiera ser de ninguna otra manera.

—*Alors* —dijo con un suspiro—, me moría rápidamente; lo que significaba que mi capacidad de miedo disminuía con la misma celeridad. Simplemente lamento no haber prestado más atención al proceso. Lestat se comportaba como un perfecto imbécil.

»—¡Oh, por el amor del demonio! —empezó a gritar—. ¿Te das cuenta de que no he preparado nada para ti? Qué tonto he sido.

»Estuve tentado de decir: "Pues lo eres", pero no dije nada.

»—Tendrás que acostarte conmigo esta mañana. No te he preparado un ataúd.

El vampiro se rió:

—La alusión al ataúd tocó una veta mía de terror que pienso que absorbió toda la capacidad de miedo que me quedaba. Luego sólo sentí la leve alarma de tener que compartir un ataúd con Lestat. Él estaba en ese momento en el dormitorio de su padre, despidiéndose de él, diciéndole que regresaría por la mañana.

»—Pero ¿adónde vas? ¿Por qué tienes que vivir con semejante horario? —quiso saber el anciano, y Lestat se impacientó. Antes había sido cortés con él; tanto que era casi enfermizo, pero ahora se enfadó:

»—¿Acaso no cuido de ti? —preguntó—. ¡Te he conseguido un techo mejor del que tú jamás me diste a mí! ¡Si quiero dormir todo el día y beber toda la noche, lo haré, demonios!

»El anciano se puso a gemir. Únicamente mi extraña sensación de agotamiento me impidió protestar. Miraba la escena a través de la puerta abierta, fascinado por los colores del marco y el alboroto luminoso de los colores en el rostro del viejo.

»Sus venas azules palpitaban bajo la piel rosa y grisácea. Incluso el amarillo de sus dientes me resultó atrayente y casi quedé hipnotizado por el temblor de sus labios.

38

»—¡Qué hijo, qué hijo! —dijo, sin sospechar, por supuesto, la verdadera naturaleza de su hijo—. Pues bien, entonces, vete. Yo sé que en algún sitio tienes una mujer; vas a verla apenas el marido se va de la casa. Dame el rosario. ¿Qué ha pasado con mi rosario?

»Lestat dijo algo blasfemo y le entregó el rosario...

—Pero... —interrumpió el muchacho.

—¿Sí? —preguntó el vampiro—. Me temo que no te permito hacer suficientes preguntas, ¿verdad?

—Le iba a preguntar... Los rosarios tienen cruces, ¿no es así?

—¡Oh, el rumor de las cruces! —se rió el vampiro—. ¿Te refieres a que les tenemos miedo a las cruces?

—O que no las pueden mirar..., según yo creía —dijo el entrevistador.

—Un absurdo, amigo mío, un absurdo total. Yo puedo mirar lo que se me ocurra. Y me gusta bastante mirar los crucifijos.

—¿Y el rumor de las cerraduras? ¿Que ustedes pueden... vaporizarse y pasar por ellas?

—Ojalá fuera así —se rió el vampiro—. Qué cosa más encantadora. Me gustaría pasar por toda clase de cerraduras y sentir el gusto de sus formas especiales. Pero no. —Movió la cabeza—. ¿Cómo se diría hoy? ¿Un bulo?

El muchacho se rió, pese a todo. Luego se puso serio.

—No tendrías que ser tan tímido conmigo —dijo el vampiro—. ¿De qué se trata?

—La historia sobre las estacas traspasando el corazón —dijo el muchacho y se le encendieron un poco las mejillas.

—Lo mismo —dijo el vampiro—. Un soberano disparate —agregó lentamente, como acariciando las sílabas, y el muchacho sonrió—. No hay ningún poder mágico de ninguna naturaleza. ¿Por qué no fumas uno de tus cigarrillos? Veo que los tienes en el bolsillo de la camisa.

—Oh, muchas gracias —dijo el muchacho, como si fuera una sugerencia maravillosa.

Pero apenas se lo llevó a los labios, vio que sus manos temblaban tanto que rompió la frágil carterita de cerillas.

—Deja que yo lo haga —dijo el vampiro.

Y tomando las cerillas rápidamente encendió el cigarrillo del entrevistador. Éste inhaló con los ojos fijos en los dedos del vampiro, que se alejó con un suave crujido de ropas.

—Hay un cenicero en la palangana —dijo, y el muchacho fue nerviosamente a cogerlo. Miró las pocas colillas que allí había, y luego, al ver el cubo de basuras abajo, vació el cenicero y rápidamente lo puso sobre la mesa. Sus dedos humedecieron el cigarrillo cuando lo posó en el cenicero.

—¿Es éste su cuarto? —preguntó.

—No —dijo el vampiro—. Es un cuarto cualquiera.

—¿Qué pasó entonces? —preguntó el muchacho. El vampiro pareció estar mirando el humo debajo de la lámpara.

—Ah... regresamos a Nueva Orleans a toda prisa —dijo—. Lestat tenía su ataúd en una habitación miserable cerca de las murallas.

—¿Y usted se metió en su ataúd?

—No tuve otra posibilidad. Oh, le rogué a Lestat que me dejara quedar en el armario, pero dijo

que no era seguro. El ataúd se cerraba bien desde
dentro y la gente no se sentía tentada a mirar esa clase de cosas. Y me dijo que entrara. Yo no pude soportar la idea; pero, cuando discutimos, me di cuenta de que no era miedo. Era una extraña toma de
conciencia. Toda mi vida había temido los lugares
cerrados. Nacido y criado en casas francesas con altos techos y grandes ventanas, tenía miedo de quedarme encerrado. Incluso me sentía incómodo en el
confesonario de la iglesia. Era un miedo bastante
normal. Y, cuando protesté a Lestat, me di cuenta de
que, en realidad, no lo sentía más. Únicamente lo
estaba recordando. Lo tenía como hábito, como una
deficiencia de capacidad de reconocer mi libertad
actual, tan fascinante.

»—Te estás portando mal —dijo Lestat por último—. Y ya es casi el alba. Tan pronto como te gol-
pee el sol, te quemará, te transformará en carbón.
Pero no debieras tener este miedo. Pienso que eres
como un hombre que ha perdido un brazo o una
pierna e insiste en que puede sentir dolor donde antes había estado el brazo o la pierna.

»Pues eso fue lo más positivo, inteligente y útil
que Lestat dijo en mi presencia, y me hizo ver la realidad.

»—Bien, yo me meto ahora mismo en el ataúd
—dijo con un tono mas desdeñoso—, y tú te pondrás
encima, si sabes lo que te conviene.

»Y lo hice. Me puse encima de él, absolutamente
confuso por mi falta de miedo, y lleno de disgusto
por estar tan pegado a él, pese a lo hermoso y fascinante que era. Y él cerró la tapa. Luego me preguntó
si estaba completamente muerto. El cuerpo me latía
y molestaba por todas partes.

»—Entonces, no lo estás —dijo—. Cuando lo estés, sólo lo oirás cambiar, pero no sentirás nada. Para la noche, ya estarás muerto. Ahora duerme.

—¿Y tenía razón? ¿Estaba... usted... muerto cuando se despertó?

—Sí, cambiado, debo confesarlo. Es obvio que estoy vivo, pero mi cuerpo se había muerto. Tardó un tiempo en estar completamente limpio de sus fluidos y de materia que ya no necesitaba, pero estaba muerto. Y, cuando tomé conciencia de ellos, entré en otro estadio de divorcio de mis emociones humanas. Lo primero que se me hizo evidente, cuando Lestat y yo pusimos el ataúd en un carruaje y robamos otro ataúd de un depósito, fue que Lestat ya no me gustaba. Aún me faltaba mucho para ser su par, pero me sentí infinitamente más cerca de él que antes de la muerte de mi cuerpo. No puedo realmente aclararte esto muy bien, por la razón obvia de que ahora tú estás como yo antes de que se me muriera el cuerpo. No puedes comprender. Pero, antes de morirme, Lestat había sido la experiencia más abrumadora que yo jamás había tenido. Tu cigarrillo se ha convertido en un cilindro de ceniza.

—¡Oh! —El muchacho aplastó el filtro en el cenicero—. ¿Quiere decir que cuando se cubrió el abismo entre los dos, él perdió... su encanto? —preguntó, con sus ojos fijos en el vampiro, y tomó con sus manos otro cigarrillo y lo encendió con mucha más facilidad que antes.

—Así es —dijo el vampiro con un placer evidente—. El viaje de regreso a Pointe du Lac fue fascinante. Y la charla constante de Lestat fue la experiencia más aburrida y descorazonadora que jamás tuve. Por supuesto, como ya dije, distaba mucho de ser su par. Tenía que vérmelas con mis miembros muertos... para usar una comparación. Y me enteré de que esa misma noche tendría que llevar a cabo mi primera muerte.

El vampiro extendió la mano a través de la mesa y suavemente quitó una ceniza de la chaqueta del muchacho, quien miró la operación con alarma.

—Perdona —dijo el vampiro—. No era mi intención asustarte.

—Perdóneme a mí —dijo el entrevistador—. Tuve la sensación, de improviso, de que su brazo era más largo... de lo normal. ¡Llegó hasta aquí, y usted ni se movió!

—No —dijo el vampiro, volviendo a poner los dedos sobre sus rodillas cruzadas—. Me moví con demasiada rapidez como para que tú lo pudieras ver. Fue una ilusión.

—¿Y se movió hacia delante? Pero no lo hizo. Estaba sentado como ahora, con la espalda apoyada en el respaldo.

—No —repitió firmemente el vampiro—. Me moví hacia adelante tal cual te dije. Mira, lo haré de nuevo. —Y lo hizo una vez más mientras el entrevistador lo miraba con una mezcla de confusión y miedo—. Pues aún no me viste —dijo el vampiro—. Pero si ahora miras mi brazo estirado, realmente no es tan largo. —Y levantó el brazo con el índice señalando al cielo, como si fuera un ángel a punto de decir la Palabra del Señor—. Tú has experimentado una diferencia fundamental entre lo que ves y lo que yo veo. Mi gesto me pareció lánguido y bastante lento. Y el sonido de mi dedo contra tu abrigo fue bastante audible. Pero no he querido asustarte, aunque quizá con esto puedas darte cuenta de que mi viaje de re-

43

greso a Pointe du Lac fue un festejo de experiencias nuevas, ya que la mera oscilación de una rama en el viento era un deleite.

—Sí —dijo el muchacho, pero aún estaba visiblemente conmovido.

El vampiro lo miró un momento y luego dijo.

—Te estaba diciendo...

—Sobre su primer asesinato —dijo el chico.

—Sí; sin embargo, debo contarte primero que la plantación era un verdadero pandemonio. Habían encontrado el cadáver del superintendente, y el anciano ciego en el dormitorio principal, y nadie podía explicar la presencia del ciego. Además, no habían podido encontrarme en Nueva Orleans. Mi hermana se puso en contacto con la policía y, cuando llegamos, ya había varios agentes en el lugar. Ya estaba bastante oscuro, naturalmente. Y Lestat me explicó rápidamente que no debía dejar que la policía me viera en la más mínima luz, en especial cuando mi cuerpo estaba en ese estado tan poco satisfactorio; por tanto, caminé con ellos por la avenida de robles, delante de la casa de la plantación, ignorando sus insinuaciones de que entrara. Les expliqué que había estado en Pointe du Lac la noche anterior y que el anciano ciego era mi huésped. En cuanto al superintendente, no estaba allí sino que había ido a Nueva Orleans por motivos de trabajo.

»Después de que eso estuvo arreglado, y en cuyo proceso mi nuevo distanciamiento me sirvió de forma admirable, me encontré con el problema de la plantación. Mis esclavos estaban en un estado de total confusión y nadie había trabajado en todo el día. Entonces teníamos una gran planta para la manufactura de tintura de índigo, y la dirección del superintendente había sido de suma importancia. Pero yo tenía varios esclavos extremadamente inteligentes que podían haber hecho su trabajo con la misma eficiencia desde hacía mucho tiempo, de haber reconocido yo su inteligencia y no de haberle tenido miedo a sus modales y aspectos africanos. Ahora los estudié con claridad y les entregué la dirección de la plantación. Al mejor le di la casa del superintendente. Dos de las mujeres jóvenes serían sacadas del campo y traídas a la casa grande para que cuidasen del padre de Lestat, y les dije que yo quería la mayor intimidad posible; que no serían recompensadas únicamente por su trabajo sino por dejarme a mí y a Lestat absolutamente a solas. En ese momento no me di cuenta de que esos esclavos serían los primeros, y posiblemente los únicos, en sospechar que Lestat y yo no éramos seres ordinarios. No me di cuenta de que su experiencia con lo sobrenatural era mucho más grande que la de los blancos. Para mí, ellos aún eran salvajes infantiles, apenas domesticados por la esclavitud. Pero deja que continúe con mi historia. Te iba a contar de mi primera muerte. Lestat la arregló con su característica falta de sentido común.

—¿La arregló? —preguntó el muchacho.

—Jamás tendría que haber empezado con seres humanos. Pero eso fue algo que luego tuve que aprender solo. Lestat me llevó directamente a los pantanos una vez que se fue la policía y los esclavos estuvieron en sus casas. Era muy tarde y las cabañas de los esclavos estaban totalmente a oscuras. Pronto dejamos atrás las luces de Pointe du Lac y yo me puse muy nervioso. Era lo mismo nuevamente: miedos recordados, confusión. Lestat, de haber tenido la más mínima inteligencia, me podría haber explicado las cosas con paciencia y buenos modos: que no debía sentir miedo al pantano, que era absolutamente invulnerable a los insectos y a las serpientes, que me debía concentrar en mi nueva capacidad de ver en la oscuridad. En cambio, me ponía nervioso con exigencias. Únicamente se interesaba en nuestras víctimas y en terminar mi iniciación lo antes posible.

Y cuando, por último, llegamos a las víctimas, me instó a que actuara. Se trataba de un pequeño campamento de esclavos escapados. Lestat los había visitado antes y quizás había exterminado a una cuarta parte de ellos espiando desde la oscuridad hasta que alguno se alejaba del fuego, o bien atacándolos durante el sueño. No sabían nada de la presencia de Lestat. Tuvimos que esperar más de una hora antes de que uno de los hombres —eran todos hombres— se alejara del descampado y penetrara unos pasos en el bosque. Se desabrochó los pantalones y se puso a hacer una simple necesidad física. Cuando se dio vuelta para irse, Lestat me sacudió y dijo:

»—Cógelo.

El vampiro sonrió ante los ojos atónitos del entrevistador.

—Pienso que sentí tanto horror como te sucedería a ti —dijo—. Pero entonces no sabía que podía matar animales en vez de humanos. Le dije rápidamente que no podía hacerlo. Y el esclavo me oyó hablar. Se dio vuelta, de espaldas a la fogata distante, y miró en la oscuridad. Luego, rápida y silenciosamente, sacó un largo cuchillo de su cintura. Estaba desnudo, salvo por los pantalones y el cinturón; era un hombre joven, alto, de fuertes brazos y aspecto ágil. Dijo algo en su francés *patois* y entonces dio un paso adelante. Me di cuenta de que aunque yo lo podía ver claramente en la oscuridad, él no nos podía ver. Lestat se puso detrás de él con una rapidez que me sorprendió, y lo agarró del cuello mientras le inmovilizaba el brazo izquierdo. El esclavo lanzó una exclamación y trató de librarse de Lestat. Éste le hundió los dientes y el esclavo se inmovilizó como picado por una serpiente. Cayó de rodillas y Lestat se alimentó rápidamente mientras los demás esclavos se acercaban corriendo.

»—Me enfermas —me dijo cuando regresó a mi lado. Era como si fuésemos insectos negros totalmente disimulados en la noche, observando el movimiento de los esclavos, quienes, ignorantes de nuestra presencia, descubrieron el cadáver, lo arrastraron y se desplegaron por el bosque, buscando al atacante.

»—Vamos, tenemos que capturar otro antes de que regresemos al campamento —dijo.

»Y, rápidamente, nos lanzamos en pos de un hombre que se había separado de los demás. Yo aún estaba terriblemente agitado, convencido de que no podría atacarlo, y sin sentir ninguna necesidad de hacerlo. Había muchas cosas, como te digo, que Lestat podría haber hecho y dicho. Podría haber enriquecido mi experiencia de muchas maneras, pero no lo hizo.

—¿Qué podría haber hecho? —preguntó el muchacho—. ¿Qué quiere decir?

—Matar no es una acción común —dijo el vampiro—. Uno no se sacia simplemente con sangre. —Sacudió la cabeza—. Seguro que es la consideración de que se trata de la vida de otro; y, a menudo, la experiencia de la pérdida de esa vida por medio de la sangre, lentamente. Es una y otra vez la experiencia de la pérdida de mi propia vida, la que experimenté cuando le chupé la sangre a Lestat de la muñeca y sentí que su corazón latía junto al mío. Es una y otra vez la celebración de esa experiencia —dijo esto con la máxima seriedad, como si discutiera con alguien que opinaba otra cosa—. Creo que Lestat jamás vivió eso, aunque no sé cómo pudo ser así. Quizá lo vivió algo, pero muy poco, según creo, de lo que tendría que haber vivido. En cualquier caso, no se molestó en hacerme recordar lo que yo había sentido cuando me aferré a su muñeca y no quise dejarla; ni tampoco en elegir un sitio donde yo pudiera experimentar mi primer ataque con alguna medida de tranquilidad y dignidad. Salió disparado hacia lo primero que encontró, como si tuviera algo detrás empujándolo a hacer las cosas lo antes posible. Una vez que hubo atrapado al esclavo, lo atenazó y le descubrió el cuello.

»—Hazlo —dijo—. Ahora no puedes echarte atrás.

»Abrumado por la intensa repulsión, obedecí. Me arrodillé al lado del hombre agachado, que trataba, inútilmente, de defenderse. Le puse ambas manos en los hombros y me lancé a su cuello. Mis dientes apenas empezaban a cambiar y tuve que rasgarle la piel y no agujerearla; pero, una vez que hice la herida, la sangre brotó. Y una vez que eso sucedió, una vez que estuve bebiendo... todo lo demás desapareció.

»Lestat y el pantano y el ruido del campamento distante no significaron nada. Lestat podría haber sido un insecto, zumbando, brillando y desapareciendo. El acto de chupar me hipnotizó; la cálida lucha del hombre tranquilizaba la tensión de mis manos y, de vuelta, reapareció el sonido del tambor, sólo que esta vez perfectamente al unísono con el sonido de mi corazón. Los dos resonaban en cada fibra de mi ser, hasta que el sonido empezó a volverse cada vez más lento y cada uno era un suave retumbar que parecía que iba a continuar hasta el infierno. Me estaba extasiando, y entonces Lestat me arrancó de mi sopor:

»—¡Está muerto, imbécil! —dijo con su encanto y tacto característicos—. ¡No puedes beber cuando están muertos! ¡Tenlo en cuenta!

»Me puse frenético un instante, fuera de mí, e insistí en que el corazón del hombre aún latía, y yo ardía de ganas de volver a libar su sangre. Le pasé las manos por el pecho y lo tomé de las muñecas. Le habría mordido las muñecas si Lestat no me hubiese levantado y dado una bofetada. El golpe fue sorprendente. No fue doloroso en la forma habitual. Fue un choque sensacional, de otra especie; un golpe en las sensaciones, de manera que me confundí y me encontré indefenso y con los ojos abiertos, de espaldas contra un ciprés y la noche lanzando sus insectos contra mis oídos.

»—Morirás si haces eso —dijo Lestat—. Te llevará a la muerte si te aferras a él en la muerte. Y ahora has bebido demasiado. Te pondrás enfermo.

»Su voz rechinaba. De pronto sentí la necesidad de atacarlo, pero empecé a sentirme mal. Tenía un dolor demoledor en el estómago, como si un remolino me chupara las entrañas desde adentro. Era la sangre que pasaba demasiado rápido a mi propia sangre, pero yo no lo sabía. Lestat se movió en la noche como un gato y yo lo seguí con la cabeza palpitando. El dolor en el estómago continuaba cuando llegamos a Pointe du Lac.

»Cuando nos sentamos en la sala, Lestat se puso a jugar un solitario sobre la madera pulida de la mesa y yo me quedé mirándolo con desprecio. Él murmuraba tonterías. Me acostumbraría a matar, decía; no sería nada. No debía derrumbarme. Reaccionaba demasiado, como si mi parte "mortal" no se hubiera ido. Me acostumbraría a todo en un santiamén.

»—¿Lo crees? —le pregunté por último.

»Yo realmente no tenía interés en su respuesta. Comprendí las diferencias que había entre ambos. Para mí, la experiencia de matar había sido un cataclismo. Lo mismo que chuparle la muñeca a Lestat. Esas experiencias me abrumaron tanto y cambiaron de tal modo mi opinión sobre todo lo que me rodeaba, desde la imagen de mi hermano que colgaba de la pared de la sala hasta la visión de una sola estrella por la ventana, que no me podía imaginar que otro vampiro las tomase como cosas de todos los días. Yo había sufrido una alteración permanente; lo sabía. Y lo que sentí más profundamente por todas las cosas, incluso por el sonido de las barajas que eran alineadas allí, frente a mí, era respeto. Lestat sentía lo contrario. O no sentía nada. Era de una calaña de la que no se podía sacar nada de calidad. Tan aburrido como un mortal, tan superficial e infeliz como cualquier mortal; parloteaba encima de su juego de naipes, rebajando mi experiencia, completamente bloqueado para la más mínima posibilidad de tener experiencias propias. A la mañana siguiente me di cuenta de que yo era su completo superior y que me había engañado miserablemente al tenerlo como maestro. Debía guiarme por las lecciones necesarias, si había alguna lección verdadera, y yo debía tolerar en él una mentalidad que era blasfema con la misma vida. Sentí desprecio. Únicamente tenía hambre de experiencias nuevas, de todo lo que era tan hermoso y devastador como mi muerte. Y vi que si iba a sacar el máximo provecho de la experiencia ahora disponible, tenía que concentrar todo mi poder de aprendizaje. Lestat no servía para nada.

»Bien pasada la medianoche, me puse por último de pie y salí a la galería. La luna se mostraba inmensa por encima de los cipreses, y la luz de los candelabros temblaba más allá de las puertas abiertas. Los anchos pilares y las paredes de yeso de la casa habían sido blanqueadas, los suelos de madera estaban limpios, y una llovizna de verano había aclarado la noche, y la había dejado brillante de gotas de agua. Me apoyé en el pilar de la galería; mi cabeza tocaba los zarcillos tiernos de un jazmín que crecía en batalla constante con una vistaria. Y pensé en lo que se extendía delante de mí a lo largo y ancho del mundo y del tiempo, y decidí vivirlo con delicadeza y reverencia, aprender de cada cosa lo mejor. No estaba seguro de lo que esto significaba. ¿Entiendes cuando digo que no quise andar deprisa por mi experiencia, que lo que sentí como vampiro era demasiado poderoso para usarlo mal?

—Sí —dijo deprisa el joven—. Parece como si hubiera estado enamorado.

Al vampiro le brillaron los ojos.

—Exacto. Es como el amor —sonrió—. Y deja que te cuente mis pensamientos de esa noche para que puedas saber que existen graves diferencias entre vampiros, y cómo llegué a tener un enfoque distinto del de Lestat. Debes comprender que no lo desprecié porque no podía vivir la experiencia. Simplemente no pude entender cómo se podían dejar a un lado esas sensaciones. Pero entonces Lestat hizo algo que me mostraría cómo proceder con mi aprendizaje.

»Tenía un respeto más que normal por las riquezas de Pointe du Lac. Había quedado muy satisfecho
con la belleza de la porcelana que usó para la cena de
su padre, y le gustó tocar las cortinas de terciopelo y
seguir con el pie los diseños de las alfombras. Y, entonces, de una de las alacenas sacó una copa y dijo:

»—¡Qué extraños son los cristales! —Cuando dijo esto con un deleite impío, yo lo estudié con ojo severo, pues me disgustó intensamente—. Quiero en-
señarte un truco —prosiguió—. Si es que te gusta el
cristal.

»Y después de colocar la copa en la mesa de juego, salió a la galería donde yo estaba y nuevamente
cambió sus modales por los de un animal furtivo, con
los ojos espiando la oscuridad detrás de las luces de la
casa y bajo las ramas de los robles. En un instante,
saltó por encima de la barandilla y luego se lanzó a la
oscuridad para cazar algo con ambas manos. Cuando
volvió, abrí la boca porque vi que se trataba de una
rata.

»—No seas imbécil —me dijo—. ¿Acaso nunca
has visto una rata?

»Era una rata inmensa y con una cola larga. La
retenía del pescuezo para que no pudiera morder.

»—Las ratas pueden ser bastante buenas —dijo.

»Y llevó la rata hasta la copa de vino, le cortó el
cuello y llenó rápidamente el vaso con la sangre.
Lanzó la rata por encima de la barandilla y Lestat levantó la copa llena, con aire de triunfo.

»—Quizá tengas que vivir de ratas de vez en
cuando, así que no pongas esa cara —dijo—. Ratas,
gallinas, ganado. Si viajas en barco, lo mejor son las
ratas, si no quieres que hagan una búsqueda por todo
el barco y encuentren tu ataúd. Lo mejor es limpiar

bien ese barco de ratas. —Y entonces bebió de la copa con la misma delicadeza que si se tratara de borgoña; hizo una mueca—. Se enfría tan rápido...

»—¿Quieres decir que podemos vivir de los animales? —le pregunté.

»—Así es —dijo, y entonces arrojó la copa a la chimenea; yo miré los pedazos—. No te importa, ¿no? —Señaló el cristal roto con una sonrisa sarcástica—. Espero que no, porque no hay mucho que puedas hacer si te importa.

»—Si me importa, te puedo sacar a ti y a tu padre de Pointe du Lac —dije; y creo que ésta fue la primera vez que demostré mi enojo.

»—¿Por qué habrías de hacerlo? —me preguntó con falsa alarma—. Aún no sabes todo... ¿o sí? —Se rió y caminó por la habitación; pasó los dedos por el borde de satén del clavicordio—. ¿Quieres tocar?

»Yo dije algo como "no toques eso", y él se rió de mí.

»—Lo tocaré si así lo quiero —dijo—. Por ejemplo, tú no sabes todas las maneras en que puedes morir. Y morirse ahora sería una gran calamidad, ¿no es cierto?

»—Debe de haber alguien en el mundo que me pueda enseñar esas cosas —dije—. Por cierto, ¡no eres el único vampiro! Y tu padre quizá tenga unos setenta años. No puede ser que hayas sido vampiro desde hace mucho tiempo, de modo que alguien te debe de haber enseñado...

»—¿Y piensas que puedes encontrar vampiros tú solo? Te podrán ver llegar, pero tú no los verás, amigo mío. No, no creo que tengas muchas opciones en este momento. Yo soy tu maestro y tú me necesitas, y no hay mucho que puedas hacer al respecto. Y ambos tenemos gente que debemos cuidar. Mi padre necesita un médico y tú tienes el problema de tu madre y de tu hermana. No te hagas ilusiones sobre confesarles que eres un vampiro. Simplemente cuida de ellas y de mi padre, lo que significa que mañana por la noche lo mejor será que mates rápido y te ocupes de la plantación. Y ahora a la cama. Ambos dormiremos en la misma habitación, pues representa menos riesgos.

»—No, tú búscate un dormitorio —dije—. No tengo la menor intención de compartir la misma habitación contigo.

»Se puso furioso.

»—No hagas esa imbecilidad, Louis. Te lo advierto. No puedes hacer nada para defenderte una vez que sale el sol. Habitaciones separadas significa el doble de riesgos, el doble de precauciones y el doble de posibilidades de llamar la atención.

»Luego dijo un montón de cosas para asustarme y obligarme a hacer lo que él quería, pero fue como si hablara con las paredes. Lo observé atentamente, pero no le escuchaba. Me pareció frágil y estúpido, un hombre hecho de ramitas secas y con una voz aguda, debilucha.

»—Duerme solo —dije, y apagué las velas una a una.

»—Ya casi es de mañana —insistió él.

»—Entonces, enciérrate —dije, y levanté mi ataúd y bajé las escaleras de ladrillos. Pude oír que cerraba las puertas de arriba y corría las cortinas. El cielo estaba pálido pero todavía lleno de estrellas, y otra leve llovizna se produjo con la brisa que venía del río, humedeciendo las piedras. Abrí la puerta del oratorio de mi hermano, barrí las rosas que casi cerraban el paso, y puse el ataúd en el suelo de piedra, delante del altar. Casi podía distinguir las imágenes de los santos en las paredes.

»—Paul —dije en voz baja, dirigiéndome a mi hermano—, por primera vez en mi vida, no siento nada por ti, nada por tu muerte; y, por primera vez, siento todo por ti; siento la pena de tu pérdida como jamás supe sentirla.

»—Ya ves. —El vampiro se dirigió al muchacho—. Por primera vez yo era completa y cabalmente un vampiro. Cerré las ventanas y puse el cerrojo a la puerta. Entonces me metí en mi ataúd forrado de satén; apenas podía ver el brillo del género en la oscuridad, y me encerré. Así es como me convertí en vampiro.

—Y allí estaba usted —dijo el muchacho después de una pausa—, junto a otro vampiro al que no podía soportar.

—... Pero tenía que quedarme a su lado —le contestó el vampiro—. Como ya te he dicho, me tenía en sus manos. Sugería que había muchas cosas que yo desconocía y que sólo él me las podía decir. Pero, en realidad, lo más importante que me enseñó fueron cosas prácticas y no muy difíciles de aprender solo: cómo podíamos viajar en barco, por ejemplo, haciendo transportar nuestros ataúdes como si contuvieran los restos de un ser querido a quien se llevaba a enterrar: cómo nadie se animaría a abrir el ataúd y cómo podíamos levantarnos de noche a cazar ratas... Cosas por el estilo. Y luego estaban las tiendas y los comerciantes que él conocía, que nos admitían a altas horas para vendernos la ropa más elegante de París. Y los agentes dispuestos a convenir asuntos financieros en restaurantes y cabarets. Y de todas esas cuestiones mundanas, Lestat fue un maestro apropiado. Yo no pude saber qué clase de hombre había sido en la vida. Ni me importaba, porque, por todas las apariencias, él ahora era un hombre como yo, lo que no me incumbía mucho salvo cuando me hacía la vida más llevadera que de no haber estado presente. Tenía un gusto impecable, aunque mi biblioteca para él era «una pila de polvo», y se enfureció más de una vez con sólo verme leer un libro o escribir notas en un cuaderno.

»—Eso es un disparate mortal —me decía.

»Y gastaba tanto dinero en arreglar espléndidamente Pointe du Lac que hasta yo, que nada me importaba el dinero, me sorprendí. Y con los visitantes que llegaban a Pointe du Lac, algunos viajeros que venían por el camino del río, a caballo o en carruajes y pedían hospitalidad para pasar la noche, trayendo cartas de presentación de otros plantadores de Nueva Orleans, era tan gentil y amable que me facilitaba las cosas. Por lo tanto, me encontraba atado a él, y escandalizado cada vez más con su crueldad.

—Pero ¿no molestaba a esa gente? —preguntó el chico.

—Ah, sí, a menudo. Pero te contaré un pequeño secreto que se aplica no sólo a los vampiros sino a los generales, los soldados y los reyes. La mayoría de nosotros preferimos ver morir a alguien que ser objeto de rudeza bajo nuestros techos. Es extraño... sí, pero muy cierto, te lo aseguro. Ese Lestat salía a cazar seres humanos todas las noches. Yo lo sabía. Pero si él hubiera sido rudo y desagradable con mi familia, mis huéspedes o mis esclavos, yo no lo podría haber soportado. Pero no lo fue nunca. Parecía deleitarse con los visitantes. Decía que no debíamos fijarnos en gastos en lo que concernía a nuestras familias. Y me parecío que le daba lujos a su padre hasta un grado casi ridículo. Al ciego había que decirle continuamente lo finas y costosas que eran sus chaquetas y sus ropas y qué buenas ropas importadas se le habían puesto en la cama, y qué vinos franceses y españoles teníamos en la bodega, y cuánto había dado la plantación en un año de mala cosecha, cuando en toda la costa se hablaba de dejar el índigo y cosechar azúcar. Pero, en otras ocasiones, reñía al anciano, como ya te mencionaré. Se ponía hecho una furia y el anciano tartamudeaba como un niño.

»—¿No te cuido acaso con un esplendor de príncipes? —le gritaba Lestat—. ¿No te doy todos los gustos? ¡Deja de decirme que quieres ir a la iglesia o que yo vea a tus amigos! ¡Qué disparate! Tus viejos amigos se han muerto. ¡Por qué no te mueres y me dejas en paz a mí y a mi dinero!

»El anciano sollozaba y decía que esas cosas poco le importaban en la vejez. Se hubiera quedado feliz con su pequeña granja. A menudo quiso preguntarle dónde estaba su granja, de dónde habían llegado a Luisiana, para tener alguna pista del lugar en donde Lestat podía conocer a otro vampiro. Pero no me animé a sacar a relucir esas cosas, porque el viejo se pondría a llorar y Lestat se enfurecería. Pero esos ataques no eran más frecuentes que los períodos de una bondad casi empalagosa, cuando Lestat le llevaba a su padre una bandeja con la cena y lo alimentaba pacientemente mientras le hablaba del tiempo y de las noticias de Nueva Orleans, o de las actividades de mi madre y de mi hermana. Era evidente que había un gran abismo entre padre e hijo, tanto en educación como en refinamiento, pero no pude averiguar cómo había sucedido. Y, con respecto a todo ese asunto, yo me armé de la mayor frialdad posible.

»La existencia, como ya he dicho, era posible. Siempre había la promesa detrás de sus labios burlones de que sabía grandes cosas o cosas terribles, que tenía comunicación con esferas sobrenaturales que yo ignoraba. Y todo el tiempo me despreciaba y me atacaba por mi amor a la vida, mi renuncia a matar y la casi pesadilla que representaba ese acto para mí. Se rió a carcajadas cuando yo descubrí que me podía mirar en un espejo y que las cruces no me hacían el menor efecto. Y se mofaba poniéndose el dedo sobre los labios cuando yo le preguntaba acerca de Dios o del demonio.

»—Una noche me gustaría conocer al demonio —me dijo una vez con una sonrisa maligna—. Lo perseguiría de aquí hasta los bosques del Pacífico. Yo soy el demonio.

»Y cuando me aterroricé al oír aquello, se deshizo en carcajadas. Pero lo que sucedió fue que simplemente por el disgusto que me provocaba llegué a ignorarlo y, no obstante, a estudiarlo con una fascinación distante y objetiva. A veces me encontré mirándole la muñeca de donde yo había sacado mi vida de vampiro, y me quedaba tan inmóvil que mi mente parecía abandonar mi cuerpo, o, mejor, mi cuerpo parecía transformarse en mi mente; y entonces él me miraba con una ignorancia terca acerca de lo que yo quería saber. Y me sacudía y me desconcertaba. Soporté todo esto con una impasibilidad que yo antes no había conocido en mi vida mortal, y llegué a comprender que se trataba de una parte de mi naturaleza de vampiro; que me podía sentar en mi casa de Pointe du Lac y pensar durante horas en la vida mortal de mi hermano, y que podía verla breve y clara en la oscuridad, comprendiendo ahora la pasión vana y sin sentido con que yo me había condolido de su pérdida y me había lanzado sobre los demás seres humanos. Toda esa confusión era entonces como la de unos bailarines frenéticos en medio de la niebla. Y entonces, en esta extraña naturaleza de vampiro, sentí una profunda tristeza. Pero no meditaré acerca de ello. No quiero darte la impresión de que meditaba, porque eso me hubiera parecido una pérdida inmensa; yo miraba a mi alrededor, a todos los mortales que conocía, y veía toda la vida como algo precioso; condenaba todas esas pasiones y culpas infructíferas con que la dejaban escapar por los dedos como arena. Fue entonces, como vampiro, que llegué a conocer a mi hermana. Prefería la vida de la ciudad a la plantación; era algo que necesitaba para conocer su propio tiempo vital y su propia belleza y llegar a casarse, y no meditar sobre el hermano muerto o sobre mi alejamiento, ni convertirse en una enfermera de mi madre. Y les proporcioné todo lo que necesitasen o quisiesen; estuve atento al deseo más superficial y nimio de ellas. Mi hermana se reía de mi transformación cuando nos encontrábamos de noche y salíamos a caminar por las aceras angostas de madera, por la hilera de árboles bajo la luna, saboreando el olor del azahar y el calor acariciante, hablando durante horas de sus pensamientos y sueños más secretos, esas pequeñas fantasías que no se animaba a contar a nadie y que a mí me las susurraba cuando a solas nos sentábamos en la sala a media luz. Y yo la veía como a una criatura dulce, palpable, relumbrante, preciosa, que pronto crecería, envejecería y moriría, alguien que no podía perder esos momentos que en su intangibi-

lidad nos prometía tan equívocamente, tan errónea-
mente... la inmortalidad; como si fuera un derecho
de nacimiento el que no pudiéramos darnos cuenta de
ello sino en el momento de la vida en que tenemos
tanto pasado atrás como futuro por delante. Cuando,
en realidad, todo momento debe conocerse para entonces ser saboreado inmediatamente.

»Esto me fue posible comprenderlo debido al
distanciamiento, a la sublime soledad con que Lestat
y yo nos movíamos por el mundo de los seres mortales. Y todos los problemas materiales no nos importaban. Debería contarte la naturaleza práctica de todo esto.

»Lestat siempre había sabido robar a sus víctimas
elegidas ropas suntuosas y otros signos de extrava-
gancia. Pero los grandes problemas del secreto le habían resultado una tremenda batalla. Yo sospechaba
que debajo de esa pátina de caballero era absolutamente ignorante, incluso de los asuntos financieros
más simples. Pero yo no lo era. Entonces él podía
conseguir dinero en cualquier momento y yo podía
invertirlo. Si no estaba metiendo la mano en el bolsillo de un muerto en un callejón, estaba entonces en
las mesas de juego de los salones más elegantes de la
ciudad, usando su capacidad de vampiro para ganar
dólares y oro a los jóvenes hijos de plantadores que
se engañaban con su simpatía y su amistad. Pero eso
jamás le había dado la clase de vida que pretendía;
entonces me había metido en la vida sobrenatural para poder conseguir un gerente y un inversionista, cuyas capacidades profesionales de la vida mortal le podían brindar un elemento fundamental para su vida.

»Pero deja que te describa Nueva Orleans como
era entonces, para que puedas comprender la simpli-

cidad de nuestras vidas. No había ninguna ciudad en Norteamérica como Nueva Orleans. No sólo estaba llena de franceses y españoles de todas categorías, que habían formado su propia aristocracia, sino que habían llegado todas las variedades de inmigrantes, principalmente irlandeses y alemanes. Entonces no sólo estaban los esclavos, realmente fantásticos con sus vestimentas tribales y sus costumbres, sino la clase creciente de gente libre de color, esa gente maravillosa de nuestro propio mestizaje y de las islas, que produjo una casta magnífica y única de artesanos, artistas, poetas y famosas bellezas femeninas. Y estaban los indios, que en verano llenaban los muelles vendiendo hierbas y obras de artesanía. Y en medio de todo esto, en medio de esta Babilonia de idiomas y colores, estaba la gente del puerto, los marineros de los barcos, que venían en gran número a gastarse el dinero en las salas de fiesta, a comprar por una sola noche a las mujeres hermosas, oscuras y blancas, a cenar lo mejor de las cocinas francesa y española y a beber los vinos importados de todo el mundo. Luego, además de todo eso, al cabo de unos años de mi transformación, aparecieron los norteamericanos, que construyeron la ciudad al norte del Barrio Francés, con magníficas mansiones griegas que en la noche brillaban como templos. Y, por supuesto, los plantadores, siempre los plantadores, que llegaban a la ciudad en landós deslumbrantes a comprar vestidos de fiesta y objetos de plata, y gemas; a llenar las callejuelas angostas hasta la vieja Opera Francesa y el Théâtre d'Orléans y la catedral de San Luis, de cuyas puertas salían los cánticos de la misa los domingos y resonaban por encima de las multitudes de la Place d'Armes, por encima del ruido y el alboroto del Mer-

cado Francés, por encima de los velámenes fantas-
magóricos y silenciosos de los barcos en las aguas del
Mississippi, que golpeaban contra los muelles, sobre
el nivel de la misma Nueva Orleans, de modo que los
barcos parecían flotar en el cielo.

»Así era Nueva Orleans: un lugar magnífico y
mágico para vivir. Un lugar en el cual un vampiro, ricamente vestido y caminando con gracia por los
charcos de luz de una lámpara de aceite, no atraía
más la atención en las noches que cientos de otras
exóticas criaturas; si es que atraía alguna, si es que alguien susurraba detrás de un portal: "Oh, ese hombre... ¡qué pálido, cómo relumbra..., cómo se mueve!
¡No es natural!" Una ciudad en la que el vampiro podía desaparecer antes de que alguien pudiera terminar de decir esas palabras, buscando los callejones en
los que podía ver como un gato, en los bares a oscuras donde los marineros dormían con sus cabezas
apoyadas en las mesas, en hoteles con habitaciones
de altísimos techos donde una figura solitaria podía
sentarse, con sus pies sobre un almohadón bordado,
con sus piernas cubiertas con medias, su cabeza inclinada bajo la luz mortecina de una única vela, sin jamás ver la gran sombra que se movía por las flores de
yeso del techo, sin ver los largos dedos blancos que se
acercaban a apagar la frágil llama.

»Es extraordinario, aunque no fuera por nada
más, que muchos de esos hombres y mujeres dejaran
detrás de ellos un monumento, una estructura de
mármol y piedra y ladrillo que aún permanece de pie,
de modo que cuando desaparecieron las lámparas de
aceite y los edificios de oficinas llenaron las manzanas de Canal Street, algo irreductible de belleza y romance permaneció; quizá no en todas las calles, pero

sí en tantas que el paisaje es para mí siempre el paisaje de aquellos tiempos. Y cuando camino por las calles —iluminadas por las estrellas— del Quarter o del Garden District, nuevamente vuelvo a aquella época. Supongo que ésa es la naturaleza de los monumentos, ya sea una pequeña casa o una mansión de columnas corintias y rejas de hierro forjado. El monumento nos dice que este o aquel hombre caminaron por aquí. No, es lo que él sintió en un momento lo que continúa en su sitio. La luna que aparecía sobre Nueva Orleans todavía aparece. Mientras los monumentos sigan en pie, seguirá apareciendo igual. El sentimiento, al menos aquí... y allí... continúa siendo el mismo.

El vampiro pareció triste. Suspiró como si dudara de lo que acababa de decir.

—¿De qué hablaba? —preguntó de improviso, como si estuviera un poco cansado—. ¿De qué era? Ah, sí, de dinero. Lestat y yo teníamos que hacer dinero. Y te contaba que él podía robar. Pero lo que importaba era la inversión posterior. Debíamos utilizar lo que acumulábamos. Pero me he anticipado. Yo mataba animales. Pero ya volveré a ese tema en otro momento. Lestat mataba seres humanos todo el tiempo, a veces dos o tres por la noche; a veces más. Bebía de uno nada más que para satisfacer una sed momentánea y luego pasaba a otro. Cuanto mejor era el humano, solía decir en su modo vulgar, más le gustaba. Una jovencita, ése era su plato favorito para las primeras horas del atardecer; pero la matanza triunfal para Lestat era un joven. Un joven de más o menos tu edad lo atraía en especial.

—¿Yo? —susurró el muchacho; apoyado en los codos, se inclinó hacia delante para mirar fijamente a los ojos del vampiro; luego se volvió a echar para atrás.

—Sí —dijo el vampiro, como si no hubiera observado el cambio de expresión en el joven—. Pues mira, ellos representaban para Lestat la mayor pérdida, porque estaban en la antesala de la máxima posibilidad de vida. Por supuesto, Lestat no lo comprendía. Yo llegué a comprenderlo. Lestat no entendía nada.

»Te daré un ejemplo perfecto de lo que le gustaba a Lestat. Al norte, por el río, estaba la plantación Freniere, una magnífica extensión de tierra que tenía grandes esperanzas de hacer una fortuna con el azúcar poco después de que se hubiera inventado el proceso de refinamiento. En esto hay algo perfecto e irónico; esa tierra que yo amaba producía azúcar refinada. Digo esto con más tristeza de lo que creo que te imaginas. Esa azúcar refinada es un veneno. Fue la esencia de la vida de Nueva Orleans, tan dulce que puede ser fatal, tan ricamente provocativa que todos los demás valores se pueden olvidar... Pero te estaba diciendo que por el río vivían los Freniere, una antigua familia que en esa generación había producido cinco jovencitas y un joven. Pues tres de esas mujeres estaban destinadas a no casarse, pero dos de ellas aún eran lo bastante jóvenes, y todas dependían del único varón. Él iba a dirigir la plantación del mismo modo que yo lo hacía para mi madre y mi hermana; iba a negociar las bodas, hacer los ahorros cuando toda la riqueza del lugar estuviera en peligro, debido a una mala cosecha de caña, a luchar y mantener a distancia al universo entero. Lestat decidió que lo quería a él. Y cuando únicamente el destino casi se burla de Lestat, se puso fuera de sí. Arriesgó su propia vida para conseguir al muchacho Freniere, quien se había comprometido en un duelo. En una fiesta, había insultado a un joven criollo español. En realidad, el incidente no tenía la menor importancia, pero como la mayoría de los criollos, éste estaba dispuesto a morir por nada. Ambos estaban dispuestos a morir por nada. El hogar francés se convulsionó. Debes comprender que Lestat lo sabía perfectamente. Ambos habíamos estado en la plantación de los Freniere; él, cazando esclavos y ladrones de gallinas; yo, animales.

—¿Mataba usted únicamente animales?

—Así es, pero ya volveré a ese tema, como te he dicho. Ambos conocíamos la plantación y yo me había permitido uno de los grandes placeres de un vampiro: el de espiar a la gente sin que se den cuenta. Conocía a las hermanas Freniere como a los magníficos rosales que crecían alrededor del oratorio de mi hermano. Era un grupo único de mujeres. Cada una, a su manera, era tan inteligente como el hermano; y una de ellas, la llamaré Babette, no sólo era inteligente como el hermano, sino mucho más sabía. No obstante, ninguna de ellas había sido educada para cuidar la plantación; ninguna comprendía ni siquiera las cosas más simples de su estado financiero. Todas eran enteramente dependientes del joven Freniere. Y todas lo sabían. Y entonces, llenas de amor por él, de una fe apasionada que cualquier amor conyugal que pudieran llegar a experimentar sólo sería un pálido reflejo de su amor por el hermano, fue tan grande su desesperación como el ansia de supervivencia. Si Freniere moría en el duelo, la plantación fracasaría. Su frágil economía, y una vida de esplendores montada en una perenne hipoteca de la cosecha del siguiente año, únicamente estaban en sus manos. Te puedes imaginar entonces el pánico y el dolor del hogar Freniere la noche en que el hijo fue al pueblo para jugarse la vida. Y ahora imagínate a Lestat, con sus dientes castañeteando como el demonio de una ópera cómica porque no iba a poder matar al joven Freniere...

—¿Quiere decir... que usted lo sentía por las mujeres Freniere?

—Totalmente —dijo el vampiro—. Su situación era terrible. Y lo sentía por el muchacho. Esa noche se encerró en el estudio de su padre y redactó su testamento. Sabía absolutamente bien que si perecía a las cuatro de la mañana siguiente, su familia caería con él. Deploraba su situación pero no podía hacer nada al respecto. Evitar el duelo sólo podía significarle la ruina social, pero eso posiblemente le hubiera sido imposible. El otro joven lo hubiera perseguido hasta obligarlo a pelear. Cuando a medianoche dejó la plantación contempló el rostro de la muerte con la presencia de un hombre que, sabiendo que sólo tenía un camino por delante, ha resuelto seguirlo con perfecta valentía. Mataría al joven español o moriría. Era algo impredecible, pese a sus habilidades. Su rostro reflejaba una profundidad de sentimiento y de sabiduría que yo jamás he visto en las caras de las víctimas de Lestat. Tuve mis encontronazos con Lestat aquí y allí. Hacía meses que yo evitaba que matase al joven, y ahora quería matarlo antes de que pudiera hacerlo el español.

»Íbamos a caballo, corriendo detrás del joven Freniere, en dirección a Nueva Orleans. Lestat quería alcanzarlo; yo quería alcanzar a Lestat. Pues bien, como te he dicho, el duelo estaba fijado para las cuatro de la mañana, en el borde del pantano, cerca de la puerta norte de la ciudad. Y al llegar allí, poco antes de las cuatro, apenas teníamos tiempo de regresar a Pointe du Lac; es decir, que nuestras propias vidas estaban en peligro. Yo estaba enfurecido con Lestat como jamás lo había estado, y él estaba decidido a tener al muchacho.

»—¡Dale una oportunidad! —insistía yo, agarrándome a Lestat antes de que pudiera acercarse al joven. Era pleno invierno, muy frío y húmedo en los pantanos y una masa de lluvia helada caía sobre el descampado donde se efectuaría el duelo. Por supuesto yo no sentía esos elementos tal como te pudiera suceder a ti; no me afectaban ni me amenazaban con temblores o enfermedades mortales. Pero los vampiros sienten el frío tanto como los mortales, y la sangre de una víctima es, a menudo, el alivio rico y sensual del frío. Pero lo que me preocupaba esa mañana no era el frío que sentía, sino la excelente cobertura de la oscuridad, lo cual hacía a Freniere extremadamente vulnerable al ataque de Lestat. Lo único que tenía que hacer era alejarse un paso de sus dos amigos en dirección al pantano y Lestat lo atacaría. Por tanto, yo luchaba físicamente con Lestat tratando de inmovilizarlo.

—Pero, ante todo eso, ¿sentía usted distanciamiento, frialdad?

—Hummmm... —suspiró el vampiro—. Sí, los sentía y, además, una furia suprema. Para mí, saciarse con la sangre de toda una familia, era el acto supremo de Lestat, su prueba de total desprecio y desconsideración por todo lo que tendría que haber visto, con la profundidad de un vampiro. Por tanto, lo mantuve en la oscuridad, donde me escupía e insultaba. El joven Freniere cogió la espada que le entregó su amigo y padrino y salió a la hierba resbaladiza y húmeda a encontrarse con su oponente. Hubo una breve conversación y luego comenzó el duelo. En unos instantes, había terminado. Freniere había herido mortalmente al otro muchacho con una rápida estocada en el pecho. Y el vencido se arrodilló en la hierba, sangrante, moribundo, gritando algo ininteligible a Freniere. El triunfador simplemente se quedó quieto en su sitio. Todos pudieron ver que no había alegría en esa victoria. Freniere contemplaba la muerte como una abominación. Sus compañeros avanzaron con las linternas en las manos, pidiéndole que se fuera lo antes posible, dejando al moribundo. Mientras tanto, el herido no permitía que nadie lo tocase. Y entonces, cuando el grupo de Freniere se dio media vuelta, los tres caminando apesadumbrados hacia los caballos, el hombre en el suelo sacó una pistola. Quizás únicamente yo pude verlo en la profunda oscuridad. Pero, de cualquier modo, pegué un grito avisando a Freniere del peligro y me lancé a coger el arma. Y eso fue todo lo que necesitó Lestat. Mientras yo estaba perdido en mis torpezas, avisando a Freniere y tratando de coger la pistola, Lestat, con sus años de experiencia y su mayor velocidad, agarró al vencedor y lo arrastró bajo los cipreses. Dudo de que sus amigos jamás se hayan enterado de lo que pasó. La pistola había desaparecido, el herido se había desvanecido y yo corría por el pantano gritándole a Lestat.

»Entonces los vi. Freniere estaba echado sobre las raíces retorcidas de un ciprés, con sus botas hundidas en el agua enlodada, y Lestat aún estaba encima de él, con una mano sobre la de Freniere, que aún tenía la espada. Fui a levantar a Lestat, y su mano derecha me lanzó un golpe con una velocidad que no pude ver; no supe lo que me había pasado hasta que me encontré yo también en el agua; y, por supuesto, para cuando me hube recuperado, Freniere estaba muerto. Lo vi allí echado, con los ojos cerrados y los labios sellados, como si estuviera durmiendo.

»—¡Maldito seas! —le grité a Lestat.

»Y entonces me puse de pie. El cuerpo de Freniere empezó a hundirse en las aguas. Primero la cara y luego el cuerpo quedaron completamente cubiertos. Lestat estaba jubiloso; me recordó secamente que apenas teníamos una hora para regresar a Pointe du Lac y juró vengarse de mí.

»—Si no me gustara la vida de plantador sureño, acabaría contigo esta misma noche —me amenazó—. Yo sé una manera de hacerlo. Tendría que echar tu caballo en el pantano. ¡Allí tendría que cavar un pozo y hundirte!

»Y se marchó al galope.

»Pese a todos los años que han pasado, aún siento una furia contra él como un líquido hirviendo en mis venas. Entonces vi lo que significaba para él ser un vampiro.

—No era más que un asesino —dijo el chico, con una voz que reflejaba parte de la emoción del vampiro—. No tenía la menor consideración por nada.

—No, para él ser vampiro significaba venganza. Venganza contra la vida misma. Cada vez que mataba a alguien le representaba una venganza. No era sorprendente, entonces, que no apreciara nada. Los placeres de la vida de vampiro no estaban disponibles para él, porque estaba concentrado en una venganza maniática contra la vida mortal que había abandonado. Consumido por el odio, miraba hacia atrás. Consumido por la envidia, nada le agradaba, salvo si podía arrebatárselo a los demás; y, una vez que lo poseía, se quedaba frío e insatisfecho, sin amor por esa cosa, y entonces partía a la búsqueda de algo más: la venganza, ciega, estéril y despreciable.

»Pero te he hablado de las hermanas Freniere. Eran casi las cinco y media cuando llegamos a la plantación. El alba llegaría poco después de las seis, pero yo fui a su casa. Entré subrepticiamente en la galería inferior y las vi a todas reunidas en la sala; ni siquiera se habían puesto ropa de cama. Las velas estaban casi consumidas y ellas, sentadas como en un velorio, esperaban el mensaje. Estaban todas vestidas de negro, como era la costumbre en esa casa, y en la oscuridad las formas oscuras de sus vestidos se unían por debajo de sus cabellos negros y lustrosos, de modo que en el resplandor de las velas, sus rostros parecían ser los de cinco suaves y brillantes apariciones, cada una personalmente triste, cada una espléndidamente valiente. Pero sólo la cara de Babette parecía realmente decidida. Era como si ya hubiera resuelto hacerse cargo de las obligaciones de su casa si su hermano moría. Y su rostro tenía la misma expresión que había aparecido en el rostro de su hermano cuando montó para dirigirse al duelo. Lo que ella tenía por delante era casi imposible. Lo que había por delante era la muerte definitiva, de la que Lestat era culpable. Entonces hice algo que me hizo correr un grave riesgo.

»Me presenté ante ella. Lo conseguí haciendo jugar mi sombra con la luz de su vela. Como puedes ver, mi cara es muy blanca y tiene una superficie que refleja mucho, como de mármol lustrado.

—Sí —asintió el muchacho, y pareció aturdido—. Me pregunto si... Pero ¿qué sucedió?

—Te preguntas si yo era un hombre apuesto cuando estaba vivo —dijo el vampiro; el muchacho asintió con la cabeza—. Lo era. Nada estructural cambió en mí. Sólo que no sabía que era apuesto. La vida se arremolinaba a mi alrededor con una ventolera de pequeñas preocupaciones, como ya te he dicho. Yo no veía nada, ni siquiera en un espejo... en especial en un espejo... con un ojo libre. Pero esto es lo que sucedió. Me acerqué al marco de la ventana y dejé que la luz tocara mi rostro. Y lo hice en un momento en que Babette tenía la mirada puesta en la ventana. Entonces, apropiadamente, desaparecí.

»A los pocos segundos, todas las hermanas supieron que una "extraña criatura" estaba cerca, una criatura fantasmagórica, y las dos sirvientas esclavas se negaron totalmente a investigar el asunto. Esperé afuera con impaciencia lo que quería que sucediese; por último, Babette tomó el candelabro, despreciando el miedo de todas las demás, y salió a la galería a ver lo que había allí. Sus hermanas se agolparon en la puerta como grandes pájaros negros, pensando que su hermano había muerto y que ella había visto su fantasma. Por supuesto, debes comprender que Babette, con su fortaleza, jamás atribuyó lo que había visto a la imaginación o los fantasmas... Dejé que caminara por la oscura galería antes de hablarle. Y aun entonces, sólo le dejé ver la forma vaga de mi cuerpo al lado de una de las columnas.

»—Diles a tus hermanas que se retiren —le susurré—. He venido a contarte de tu hermano. Haz lo que te digo.

»Ella se quedó un instante inmóvil y luego se dirigió a mí y trató de verme en la oscuridad.

»—Tengo muy poco tiempo. No te haré el menor daño —le dije.

»Entonces, obedeció. Diciendo que no era nada, les ordenó que cerraran la puerta, y ellas obedecieron como la gente que no sólo necesita alguien que la dirija, sino que está deseando obedecer. Entonces salí a la luz de las velas de Babette.

Al muchacho se le abrieron los ojos. Se llevó una mano a los labios

—¿La miró tal como... me está mirando a mí? —preguntó.

—Lo preguntas con una inocencia... —dijo el vampiro—. Sí, supongo que sí. Pero con las velas siempre tengo un aspecto menos sobrenatural. Y a ella no traté de convencerla de que era una criatura normal.

»—Sólo dispongo de unos minutos —le dije—. Pero lo que tengo que comunicarte es de la mayor importancia. Tu hermano luchó con coraje y ganó el duelo... Pero espera. Debes saberlo ahora: ha muerto. La muerte fue proverbial para él, la asaltante nocturna contra la que nada pudo hacer su bondad o valentía. Pero esto no es lo principal que he venido a contarte. Es lo siguiente: puedes dirigir la plantación y salvarla. Lo único que necesitas es que nadie te convenza de lo contrario. Debes ocupar su lugar pese a todas las opiniones, a todas las palabras convencionales sobre el sentido común y lo que debe ser. No debes escuchar a nadie. La misma tierra está aquí ahora igual que ayer, cuando tu hermano dormía en ella. Nada ha cambiado. Debes tomar su lugar. Seréis cinco mujeres condenadas a una mísera pensión que viviréis la mitad o menos de lo que os puede brindar la vida. Aprende lo que debes saber. No te detengas ante nada hasta que tengas las respuestas. E imagina mi visita como la prueba de tu valentía, siempre que desfallezcas. Debes tomar las riendas de tu propia vida. Tu hermano ha muerto.

»Pude ver, por la expresión de su cara, que escuchaba cada palabra mía. De haber tenido tiempo, me hubiera hecho preguntas, pero me creyó cuando le dije que no lo había. Luego utilicé toda la habilidad para dejarla lo más rápido posible y parecer que había desaparecido. Del otro lado del jardín, vi su rostro iluminado por la vela. La vi intentando verme en la oscuridad, mirando para un sitio y otro. Y luego la vi hacer la señal de la cruz y volvió adentro con sus hermanas.

El vampiro sonrió:

—En toda la costa nada se dijo acerca de una extraña aparición a Babette Freniere, pero después del primer duelo y de las tristes conversaciones entre las mujeres solitarias, ella se convirtió en el escándalo de la región porque decidió dirigir su plantación. Acumuló una inmensa dote para su hermana menor y, a los pocos años, ella misma se casó. Y Lestat y yo casi ni intercambiábamos palabra.

—¿Continuó viviendo en Pointe du Lac?

—Así es. Yo no podía estar seguro de que Lestat ya me hubiera dicho todo lo que yo necesitaba saber. Y yo necesitaba disimular. Mi hermana se casó en mi ausencia, por ejemplo, mientras yo sufría el «paludismo». Y algo similar me sucedió el día del funeral de mi madre. Mientras tanto, Lestat y yo nos sentábamos cada noche a cenar con el anciano y hacíamos ruido con nuestros cuchillos y tenedores, y él nos decía que comiéramos todo lo que teníamos en nuestros platos y que no bebiéramos demasiado vino.

Con cientos de miserables dolores de cabeza, yo recibía a mi hermana en el dormitorio a oscuras, con las mantas hasta la barbilla. Les pedía a ella y a su marido que disculpasen la falta de luz, puesto que me hacía daño en los ojos, y les entregaba grandes sumas de dinero para que las invirtieran en nombre de todos. Por suerte, su marido era un idiota; inofensivo, pero un imbécil: el producto de cuatro generaciones de matrimonios entre primos hermanos.

»Pero aunque estas cosas iban bien, empezamos a tener problemas con los esclavos. Ellos sí eran suspicaces. Y como ya he indicado, Lestat mataba a quien se le ocurría. En consecuencia, siempre había rumores de extrañas muertes en esa parte de la costa. Pero lo que motivó esas murmuraciones fue lo que ellos veían de nosotros. Y yo lo oí un atardecer cuando estaba entre las sombras cerca de las cabañas de los esclavos.

»Ahora, permíteme que te explique el carácter de esos esclavos. Corría el año 1797; hacía cuatro años que Lestat y yo vivíamos en una paz relativa; yo invertía el dinero que él adquiría, aumentando las tierras, comprando pisos y casas en Nueva Orleans, que él alquilaba. Y el trabajo de la plantación producía poco más que una excusa para nuestras inversiones. Dije "nuestras". Eso es incorrecto. Jamás firmé nada con Lestat y, como te darás cuenta, yo todavía estaba legalmente vivo. Pero, en 1797, esos esclavos no tenían el carácter que has visto en las películas y las novelas del Sur. No era gente de piel oscura y palabras obedientes, mal vestidos, que hablaban un dialecto inglés. Eran africanos. Y eran insulares; es decir, algunos de ellos provenían de Santo Domingo. Eran muy negros y absolutamente extraños; hablaban sus lenguas africanas y hablaban el *patois* francés; y, cuando cantaban, cantaban canciones africanas que convertían los campos en algo exótico que siempre me había dado miedo en mi vida mortal. En suma, ellos aún no habían sido destruidos por completo como africanos. La esclavitud era la maldición de sus vidas, pero aún no habían sido robados de lo que era característicamente suyo. Toleraban el bautismo y las modestas vestimentas que les imponían las leyes católicas francesas, pero, por las tardes, transformaban sus ropas baratas en disfraces delirantes, hacían joyas con huesos de animales y pedazos descartados de metal que pulían como si fuera oro; y las cabañas de los esclavos de Pointe du Lac eran un país extranjero, una costa africana después del anochecer, en el cual ni el más intrépido superintendente se animaba a deambular. Pero los vampiros no se asustaban.

»No hasta una noche de verano, cuando paseando entre las sombras, escuché por las puertas abiertas de la cabaña del capataz negro una conversación que me convenció de que Lestat y yo dormíamos con grave peligro. Los esclavos sabían que no éramos seres normales. En tonos susurrantes, las criadas, que vislumbré a través de una grieta, contaron cómo nos vieron cenar con los platos vacíos, llevándonos copas vacías a los labios, riéndonos, con nuestros rostros blancos y fantasmales a la luz de los candelabros, y el pobre ciego era un tonto indefenso en nuestro poder. A través de las cerraduras, habían visto el ataúd de Lestat, y, una vez, él había castigado sin misericordia a una de ellas por espiar por las ventanas de su dormitorio que daban a la galería.

»—Allí no hay ninguna cama —se confiaron una a la otra—. Duerme en el ataúd, lo sé.

»Estaban todos convencidos de lo que éramos. En cuanto a mí, una tarde me habían visto salir del oratorio, que ahora era poco más que una masa de ladrillos y enredaderas, llena de vistarias en flor en la primavera, rosas silvestres en el verano y el musgo brillante sobre las viejas persianas despintadas, que jamás se habían abierto, y con las arañas tejiendo en los pétreos arcos. Por supuesto, yo simulaba visitarlo en memoria de mi hermano, pero, por sus palabras, estaba claro que ya no creían más en esa mentira. Y ahora no sólo nos atribuían las muertes de los esclavos encontrados en el campo y en los pantanos, y también las muertes de reses y caballos, sino todos los demás acontecimientos misteriosos y extraños; incluso las inundaciones y tormentas, que eran las armas de Dios en su batalla personal contra Louis y Lestat. Lo que es peor: no pensaban escaparse. Nosotros éramos demonios, y nuestro poder, ineludible. No, nosotros debíamos ser destruidos. Y en esa reunión, de la que me convertí en un participante invisible, había un grupo de esclavos de Freniere.

»Eso significaba que los rumores se extenderían por toda la costa. Y aunque yo creía firmemente que toda la costa no podía caer presa de una histeria colectiva, no sentí la menor gana de correr ese riesgo. Me apresuré a volver a la plantación a decirle a Lestat que nuestro papel de plantadores sureños había terminado. Tendría que ceder su látigo de esclavista y su servilletera de oro y regresar a la ciudad.

»Naturalmente, se resistió. Su padre estaba gravemente enfermo y quizá no sobreviviese mucho más. No tenía la menor intención de escapar de unos estúpidos esclavos.

»—Los mataré a todos —dijo seriamente—, de a tres y de a cuatro. Algunos se escaparán y eso estará bien.

»—Estás diciendo disparates. El hecho es que quiero que te vayas de aquí.

»—¡Tú quieres que me vaya! ¡Tú! —se mofó; estaba construyendo un castillo de naipes en la mesa de la sala con un mazo de cartas francesas muy finas—. Tú, un vampiro llorón y cobarde que se arrastra por la noche matando gatos y ratas y mirando velas durante horas como si se tratara de gente, y que se queda bajo la lluvia como un zombi hasta que se te empapan las ropas y hiedes a viejos baúles escondidos en el desván, y tienes el aspecto de un idiota estupefacto en el zoológico.

»—No tienes nada más que decirme —contesté—, y tu insistencia en el desorden nos ha puesto a los dos en peligro. Yo podría vivir en ese oratorio y ver cómo la casa se cae a pedazos. ¡Porque no me importa nada! —le dije, y era la verdad—. Pero tú debes poseer todas las cosas que no tuviste en la vida y hacer de la inmortalidad una tienda de basuras en la cual los dos nos convirtamos en algo grotesco. ¡Ahora, vete a ver a tu padre y dime cuánto le falta de vida, porque ése es el tiempo que aquí te quedarás, y únicamente si los esclavos no se rebelan antes contra nosotros!

»Me dijo que fuera yo a ver a su padre, ya que era quien siempre estaba "mirando". Y lo hice. El anciano realmente se moría. Yo no había sufrido la muerte de mi madre, porque se había muerto de repente una tarde. Se la había encontrado con su canasta de coser, sentada en el patio; se había muerto como quien se duerme. Pero ahora yo contemplaba una muerte natural que era demasiado lenta, con dolores, y la cabeza clara. Y siempre me había gustado el anciano; era bueno y simple, y tenía muy pocas exigencias. De día, se sentaba en la galería dormitando y oyendo los pájaros; por las noches, cualquier charla nuestra le hacía compañía. Podía jugar al ajedrez, sintiendo meticulosamente cada pieza y recordando toda la situación en el tablero con una precisión admirable; y aunque Lestat nunca jugaba con él, yo lo hacía a menudo. Ahora estaba echado, tratando de respirar, con la frente ardiendo y la almohada húmeda de sudor. Y, mientras gemía y pedía que le llegara la muerte, Lestat, en el otro cuarto, empezó a tocar el clavicordio. Le cerré la tapa de golpe y casi le atrapo los dedos.

»—¡No tocarás mientras se muere tu padre!

»—¡Al diablo que no! —me replicó—. ¡Tocaré el tambor, si quiero!

»Y cogiendo una gran bandeja de plata de una mesa, la empezó a golpear con una cuchara.

»Le dije que se detuviera y que lo obligaría a dejar de hacerlo. Y entonces los dos dejamos de hacer ruido, porque el anciano lo llamaba por su nombre. Decía que debía hablar con Lestat antes de morir. Le dije a Lestat que lo fuera a ver. El sonido de su llanto era terrible.

»—¿Por qué debo ir? Me he ocupado de él todos estos años. ¿No es suficiente?

»Y sacó del bolsillo un cortaplumas y empezó a limpiar sus largas uñas.

»Mientras tanto, te debo decir que yo era consciente de la presencia de los esclavos en la casa. Estaban vigilando y escuchando. Yo esperaba que el viejo muriera a los pocos minutos. En una o dos oportunidades anteriores, varios esclavos habían tenido sospechas o dudas, pero nunca de esa manera. De inmediato llamé a Daniel, el esclavo a quien le había dado el cargo y la posición del superintendente. Pero mientras lo esperaba, pude oír al anciano hablándole a Lestat; éste estaba sentado con las piernas cruzadas, limpiándose las uñas, con las cejas arqueadas y concentrado en lo que estaba haciendo.

»—Fue la escuela —decía el anciano—. Oh, yo sé que tú te acuerdas... ¿Qué te puedo decir...? —gimió.

»—Mejor será que lo digas —dijo Lestat—, porque estás al borde de la muerte.

»El anciano dejó escapar un ruido terrible, y sospecho que yo también emití un sonido. Realmente, yo detestaba a Lestat. En ese momento pensé en hacerlo salir de la habitación.

»—Pues tú lo sabes, ¿no es así? Hasta un tonto como tú lo sabe —dijo Lestat.

»—Jamás me perdonarás, ¿verdad? No ahora, ni siquiera después de muerto —dijo el anciano.

»—¡No sé de qué estás hablando! —protestó Lestat.

»A mí se me estaba terminando la paciencia y el anciano se agitaba cada vez más. Le rogaba a Lestat que le escuchara. El asunto me hizo temblar. En el ínterin, Daniel había venido y en el instante en que lo vi supe que estaba irremisiblemente perdido en Pointe du Lac. De haber prestado más atención, hubiera percibido señales de ello mucho antes. Me miró con ojos de vidrio. Yo era un monstruo para él.

»—El padre de monsieur Lestat está muy enfermo. Moribundo —dije, ignorando su expresión—. No quiero que haya ruidos esta noche; los esclavos deben permanecer en sus cabañas. Está por llegar un médico.

»Me miró como si yo estuviera mintiendo. Y entonces sus ojos se alejaron de mí, curiosa y fríamente, y se dirigieron a la puerta del anciano. Su rostro sufrió tal cambio que me puse de pie de inmediato y yo también miré. Era Lestat, al pie de la cama, limpiándose furiosamente las uñas y sonriendo de tal manera que sus dos grandes colmillos se le veían perfectamente.

El vampiro se detuvo y se le movían los dos hombros con una risa silenciosa. Miraba al muchacho, y éste parecía cohibido ante la mesa. Pero ya había mirado fijamente la boca del vampiro. Había visto que sus labios tenían una textura diferente a la de su piel, que eran sedosos y delicadamente delineados, como los de cualquier persona, pero mortíferamente blancos; y había vislumbrado los blancos dientes. Pero el vampiro tenía un modo de sonreír tan cuidadoso que jamás los exponía completamente; y el chico ni había pensado en los colmillos hasta ese momento.

—Te puedes imaginar —dijo el vampiro— lo que eso significaba. Tuve que matarlo.

—¿Que tuvo qué? —dijo el muchacho.

—Tuve que matar al esclavo. Empezó a correr. Hubiera alarmado a todos los demás. Quizá pudiera haber sido arreglado de otro modo, pero yo no tuve tiempo. Entonces, corrí tras él y lo alcancé. Pero entonces, al encontrarme haciendo lo que no había hecho durante cuatro años, me detuve. Ese era un hombre. En la mano tenía su cuchillo de mango de hueso para defenderse. Pero se lo quité fácilmente y se lo hundí en el corazón. Cayó al instante de rodillas, desangrándose, con los dedos alrededor de la

80

hoja. Y la visión de la sangre, su olor, me enloquecieron. Creo que gemí en voz alta. Pero no me acerqué; no pude hacerlo. Entonces recuerdo haber visto la figura de Lestat a través del espejo del aparador.

»—¿Por qué hiciste eso? —me preguntó.

»Me di la vuelta para mirarlo a la cara, decidido a que no me viera en ese estado de debilidad. El anciano deliraba, continuó diciéndome; no podía acabar de comprender lo que decía el anciano.

»—Los esclavos... lo saben... Debes ir a las cabañas y vigilarlos —pude decirle—. Yo me ocuparé de tu padre.

»—Mátalo —dijo Lestat.

»—¡Estás loco! —le contesté—. ¡Es tu padre!

»—¡Ya sé que es mi padre! —dijo Lestat—. Por eso no puedo matarlo. ¡No puedo matarlo! Si pudiera lo habría hecho hace mucho tiempo, ¡maldito sea! —Se retorció las manos—. Tenemos que irnos de aquí. Y mira lo que has hecho matando a éste. No hay tiempo que perder. Su mujer estará aquí aullando dentro de unos momentos... ¡o enviará a alguien aún peor!

El vampiro suspiró.

—Eso era verdad. Lestat tenía razón. Yo podía oír a los esclavos reuniéndose en la cabaña de Daniel, esperándolo. Daniel había sido lo suficientemente valiente como para entrar en la casa embrujada. Si no regresaba, los esclavos serían presa del pánico y se transformarían en una multitud peligrosa. Le dije a Lestat que los calmara, que usara toda su autoridad como amo blanco y que no los alarmase con sustos; entonces, entré en el dormitorio y cerré la puerta. Y sufrí otro golpe en esta noche traumática. Porque yo jamás había visto al padre de Lestat en ese estado.

»Estaba sentado, inclinado hacia delante, hablándole a Lestat, rogándole que le contestase; diciéndole que comprendía mejor su amargura que el mismo Lestat. Y era un cadáver viviente. Nada animaba su cuerpo hundido, salvo una voluntad determinada; por ende, sus ojos, debido a su resplandor, estaban todavía más hundidos en su cráneo, y sus labios, con los temblores, afeaban aún más su boca amarilla. Me senté al pie de la cama, sufriendo de verlo en ese estado, y le di mi mano. No te puedo contar lo que me conmovió su aspecto. Porque cuando traigo la muerte, es algo rápido e inconsciente y que deja a la víctima como en un sueño encantado. Pero esto era el decaimiento lento, el cuerpo negándose a rendirse al vampiro del tiempo que lo había desangrado durante años sin fin.

»—Lestat —dijo él—, por una sola vez, no seas malo conmigo. Por una sola vez, sé para mí el muchacho que fuiste. Mi hijo —lo dijo una y otra vez—. Mi hijo, mi hijo...

»Y entonces, dijo algo que no pude oír sobre la inocencia y la destrucción de la inocencia. Pero pude ver que no deliraba como Lestat había dicho, sino que poseía un terrible estado de lucidez. La carga del pasado estaba dentro de sí con toda su fuerza; y el presente, que sólo era la muerte, contra la que luchaba con toda su voluntad, nada podía hacer para aliviar esa carga. Pero yo sabía que podía engañarlo usando toda mi capacidad. Acercándome a él, le susurré la palabra:

»—Padre.

»No era la voz de Lestat, era la mía, un suave susurro. Pero se calmó de inmediato, y pensé que moriría. Pero se aferró a mis manos, como si lo estuvieran chupando las grandes olas negras del océano y sólo yo pudiera salvarlo. Ahora habló de un maestro rural, cualquier nombre, que había visto en Lestat a un pupilo brillante y que le había pedido llevarlo a un monasterio para su educación. Se maldijo por haber traído de vuelta a Lestat a su casa, por quemar los libros.

»—Debes perdonarme por ello, Lestat —sollozó.

»Le apreté la mano, esperando que eso fuera una respuesta, pero repitió su ruego una y otra vez.

»—Ahora tienes todo para vivir, ¡pero eres frío y brutal como yo fui con el trabajo, el frío y el hambre! Lestat, debes recordar. Eres el mejor de todos. Dios me perdonará si tú me perdonas.

»Pero, en ese momento, el verdadero Lestat apareció en la puerta. Le hice un gesto para que guardara silencio, pero no lo vio. Entonces tuve que ponerme de pie rápidamente para que su padre no pudiera oír su voz a esa distancia. Los esclavos se habían escapado de su presencia.

»—Pero están allí fuera; se han reunido en la oscuridad. Los oigo —dijo Lestat; y luego echó una mirada al anciano—. Mátalo, Louis —me dijo, y su voz fue el primer ruego que le había escuchado; y se puso hecho una furia—. ¡Hazlo!

»—Acércate a su almohada —contesté— y dile que le perdonas todo, que le perdonas haberte sacado de la escuela cuando todavía eras un niño. Díselo inmediatamente, ahora mismo.

»—¿Por qué? —dijo Lestat, haciendo una mueca, y su cara pareció más cadavérica—. ¡Sacarme de la escuela! ¡Maldito sea! ¡Mátalo! —dijo, dejando escapar un rugido de desesperación.

»—No —dije yo—, tú lo perdonas o lo matas tú mismo. Vamos. Mata a tu propio padre.

»El anciano rogó que le dijéramos lo que estábamos diciendo. Y llamó:

»—Hijo, hijo.

»Y Lestat bailó como el enloquecido Rumpelstiltskin a punto de traspasar el suelo con el pie. Fui hasta el ventanal. Pude ver y oír a los esclavos congregándose alrededor de la casa de Pointe du Lac, formando redes en la oscuridad, aproximándose.

»—Tú eras José entre tus hermanos —dijo el anciano—. El mejor de todos, pero ¿cómo lo podía yo saber? Lo supe cuando te fuiste, cuando pasaron todos esos años y ellos no me ayudaron en nada, no me dieron ninguna paz. Y entonces tú regresaste y me sacaste de la finca, pero no eras el mismo. No eras el mismo muchacho.

»Me volví a Lestat y prácticamente lo arrastré hasta la cama. Nunca lo había visto tan débil y al mismo tiempo enfurecido. Se soltó de mí y se arrodilló cerca de la almohada, echándome una mirada de odio. Yo me mantuve firme y le susurré:

»—¡Perdónalo!

»—Está bien, padre. Debes tranquilizarte. No tengo nada contra ti —dijo, y su voz aguda se sobrepuso a la furia que lo dominaba.

»El anciano se apoyó en la almohada murmurando unas palabras de alivio, pero Lestat ya se había ido. Se detuvo en la puerta, con las manos sobre las orejas.

»—Ya vienen —susurró, dándose la vuelta para poder verme—. Mátalo. Por Dios.

»El anciano jamás supo lo que le había sucedido. Jamás se despertó de su estupor. Lo desangré lo suficiente, abriéndole una herida grande para que muriese sin sentir mi pasión oscura. Yo no podía soportar ese pensamiento. Sabía que no importaría si encontraban el cadáver en ese estado porque yo ya estaba harto de Pointe du Lac y de Lestat y de toda esa identidad como amo ridículo de Pointe du Lac. Incendiaría la casa y tendría la fortuna que había acumulado con diferentes nombres justo para cuando llegara el momento oportuno.

»Mientras tanto, Lestat atacó a los esclavos. Dejaría detrás de él tal ruina y devastación que nadie podría saber a ciencia cierta lo que había sucedido esa noche en Pointe du Lac. Y yo fui con él. Anteriormente, su ferocidad siempre había sido misteriosa, pero ahora yo descubrí mis colmillos ante los seres humanos que escapaban de mi presencia; mi avance superaba su velocidad patética y torpe, mientras descendía el velo de la muerte o el velo de la locura. El poder y la prueba del vampiro eran inexpugnables, de modo que los esclavos huyeron en todas direcciones. Y fui yo quien regresó a las escalinatas a incendiar Pointe du Lac.

»Lestat vino corriendo detrás.

»—¿Qué estás haciendo? ¡Estás loco! —gritó; pero no había manera de apagar las llamas—. ¡Se han ido y tú estás destruyendo todo, todo!

»Y se paseó alrededor de la magnífica sala, entre su frágil resplandor.

»—Saca tu ataúd. ¡Tienes tres horas hasta el alba! —le grité—. La mansión es una pira funeraria.

—¿Podría haberle hecho daño el fuego? —preguntó el muchacho.

—¡Claro que sí! —dijo el vampiro.

—¿Volvió al oratorio? ¿Era un lugar seguro?

—No, de ninguna manera. Unos cincuenta y cinco esclavos en la zona. Muchos de ellos no preferían la vida de un liberto y lo más seguro era que fueran a Freniere o a la plantación Bel Jardin. Yo no tenía la más mínima intención de quedarme allí esa noche. Pero había poco tiempo para hacer alguna otra cosa.

—Esa mujer... Babette... —dijo el muchacho.

El vampiro sonrió.

—Sí, fui a ver a Babette. Ahora vivía en Freniere con su joven marido. Tenía tiempo suficiente para cargar mi ataúd en el carruaje y llegar adonde estaba ella.

—Pero ¿y Lestat?

El vampiro suspiró.

—Lestat fue conmigo. Tenía la intención de irse a Nueva Orleans y trataba de persuadirme de que yo hiciera lo mismo. Pero cuando se dio cuenta de que pensaba esconderme en Freniere, optó por eso también. Quizá jamás hubiéramos podido llegar a Nueva Orleans. Empezaba a amanecer. Los ojos mortales no lo podían ver, pero Lestat y yo sí.

»En cuanto a Babette, yo la había visitado una vez más. Como te dije, había escandalizado a la costa quedándose sola en la plantación, sin un hombre en la casa, sin ni siquiera una anciana. El mayor problema de Babette fue que podía alcanzar el éxito económico únicamente a costa del aislamiento y del ostracismo social. Tenía tal sensibilidad que la riqueza en sí no le importaba nada; una familia, hijos..., eso era lo importante para Babette. Aunque fue capaz de mantener la plantación, el escándalo la estaba desgastando. En su interior, estaba cediendo. Sin permitirle que me mirase, una noche la vi en su jardín. Le dije en mi voz más suave que yo era la misma persona de antes. Que conocía su vida y sus sufrimientos.

»—No esperes que la gente te comprenda —le dije—. Son unos imbéciles. Quieren que te retires debido a la muerte de tu hermano. Usarían tu vida como si fuese aceite para la lámpara. Debes desafiarlos con pureza y confianza.

»Me escuchó en silencio. Le dije que debía dar una fiesta de beneficencia. Y esa beneficencia sería religiosa. Podía elegir un convento en Nueva Orleans, cualquiera, y dar allí una fiesta filantrópica. Invitaría a los amigos más íntimos de su madre difunta para que actuasen de chaperones y ella haría todo esto con una total confianza en sí misma. Sobre todo, una confianza perfecta. Lo único importante era la confianza en sí misma y la pureza.

»Pues Babette pensó que esto era algo genial.

»—No sé quién eres y tú no me lo dices —dijo ella (era verdad, yo no lo decía)—. Pero sólo me puedo imaginar que eres un ángel.

»Y me rogó verme la cara. Es decir, me lo rogó a la manera de la gente como Babette, quienes en realidad no sienten inclinación de rogar nada a nadie. No se trata de que Babette fuera orgullosa. Simplemente era fuerte y honesta, lo que en la mayoría de las veces hace del ruego... Veo que quieres preguntarme algo —dijo el vampiro, y se detuvo.

—Oh, no —dijo el muchacho, que quería esconder su intención de preguntar.

—No debes tener miedo de preguntarme nada. Si me escondiera algo demasiado íntimo... —continuó; y, cuando el vampiro dijo esto, se le oscureció el rostro por un instante, frunció el entrecejo y sus cejas formaron un hoyuelo que apareció arriba de su ceja izquierda como si alguien hubiera puesto un dedo, lo que le dio un especial aspecto de preocupación profunda—. Si escondiera algo demasiado íntimo como para que tú preguntaras al respecto, en primer lugar no lo mencionaría —dijo.

El muchacho se encontró mirando fijamente los ojos del vampiro, y las cejas, que eran como finos alambres negros en la piel tierna de los párpados.

—Pregúntame —dijo al muchacho.

—Usted habla de Babette —dijo el joven— como si su sentimiento para con ella fuera especial.

—¿Te di la impresión de que no podía sentir? —preguntó el vampiro.

—No, de ninguna manera. Es evidente que usted sintió algo por el anciano. Se quedó a reconfortarlo cuando usted mismo estaba en peligro. Y lo que sintió por el joven Freniere cuando Lestat quería matarlo... Todo esto usted lo ha explicado. Pero me estaba preguntando... ¿Sentía algo especial por Babette? ¿Acaso ese sentimiento por Babette fue el que hizo que usted tratara de proteger al joven Freniere?

—Quieres decir amor —aseveró el vampiro—. ¿Por qué has vacilado en decirlo?

—Porque usted habló de sentimientos distantes —replicó el muchacho.

—¿Piensas que los ángeles son distantes? —preguntó el vampiro.

El chico lo pensó un momento.

—Sí —dijo.

—¿Y los ángeles son incapaces de amar? —preguntó el vampiro—. ¿Acaso los ángeles no contemplan el rostro de Dios con un amor total?

El chico pensó un momento.

—Amor o adoración —dijo.

—¿Cuál es la diferencia? —preguntó pensativo el vampiro—. ¿Cuál es la diferencia? —insistió, y no se trató de una pregunta dirigida a su interlocutor, sino que se lo preguntó a sí mismo—. Los ángeles sienten amor y orgullo... el orgullo de la Caída... y odio. Las poderosas emociones abrumadoras que sienten las personas distantes en las que la emoción y la voluntad son una sola cosa —dijo finalmente; ahora miró la mesa, como si lo estuviera pensando y no estuviera enteramente satisfecho de sus palabras—. Por Babette, yo sentía... una emoción profunda. No es la más fuerte que he sentido por un ser humano. —Levantó la vista y miró al muchacho—. Pero fue muy intensa. Babette, a su manera, fue para mí un ser humano ideal...

Se movió en la silla; la capa se agitó suavemente a su alrededor, y él volvió la cara hacia la ventana. El chico verificó el estado de las cintas. Luego sacó otra de su portafolios y, pidiéndole perdón al vampiro, la colocó en la máquina.

—Perdóneme que le haya preguntado algo tan personal. No querría... —dijo con ansiedad al vampiro.

—No preguntaste nada por el estilo —dijo el vampiro, mirándolo de improviso—. Fue una pregunta correcta. Yo siento amor y sentí algo de amor por Babette, aunque no el amor más grande que jamás haya sentido. Pero hubo un anuncio en Babette.

»Para volver a mi historia, la fiesta de beneficencia de Babette fue un éxito y le aseguró su vuelta a la vida social. Generosamente, su dinero disipó muchas dudas en las mentes de las familias de sus galanes, y se casó. En las noches de verano, yo solía visitarla sin dejar que me viera o supiera que yo estaba allí. Iba a vigilar su felicidad y, al verla feliz, yo también era feliz.

»Y aquella noche del incendio fui con Lestat a ver a Babette. Él hubiera matado a las Freniere mucho tiempo antes, de no haberlo detenido yo. Y pensó que eso era lo que yo pensaba hacer.

»—¿Qué paz conseguiríamos con ello? —pregunté yo—. Tú dijiste que yo era un idiota. ¿Acaso piensas que no sé por qué me transformaste en un vampiro? No podías vivir solo, no podías solucionar las cosas más simples. Hace años que yo dirijo todo mientras tú te quedas sentado con un falso aire de superioridad. No tienes nada más que decirme sobre la vida. No te necesito ni me puedes ser útil. Tú eres quien me necesita, y si tocas a uno solo de los esclavos de Freniere, te sacaré del medio. Será una batalla entre los dos y no es necesario señalarte que tengo más inteligencia en un solo dedo que tú en todo tu cuerpo. Haz lo que te digo.

»Bien; esto lo dejó asombrado, aunque sin razón, y protestó diciendo que aún tenía muchas cosas que decirme; de cosas y tipos que yo podía matar y que me causarían una muerte súbita, y de lugares en el mundo a los que jamás tenía que ir, y más por el estilo; un absurdo que apenas pude tolerar. Pero no tenía tiempo para él. Las luces del hogar del superintendente estaban encendidas en casa de los Freniere aquella noche; estaba tratando de calmar el nerviosismo entre los esclavos escapados y los propios. Y las llamas de Pointe du Lac aún podían verse contra el cielo. Babette estaba vestida y ocupándose de sus asuntos; había enviado carruajes y esclavos a Pointe du Lac para ayudar a combatir el fuego. Los esclavos escapados y asustados eran mantenidos a distancia de los otros, y nadie, en ningún momento, consideró sus historias como algo más que una tontería de esclavos.

Babette sabía que había sucedido algo siniestro y temía un asesinato, jamás lo sobrenatural. Estaba en su estudio anotando el incendio en el diario de la plantación cuando la encontré. Era casi de madrugada. Sólo tenía unos pocos minutos para convencerla de que me ayudara. Primero le hablé, negándome a que se diera vuelta, y ella me escuchó con calma. Le dije que debía tener una habitación para descansar.

»—Nunca te he hecho daño. Ahora te pido una llave y tu promesa de que nadie tratará de entrar en ese cuarto hasta la noche. Entonces te lo contaré todo.

»Yo ya estaba casi desesperado. El cielo estaba palideciendo. Lestat estaba en el huerto con los ataúdes.

»—Pero ¿por qué has venido a verme a mí esta noche? —me preguntó.

»—¿Y por qué no? —le dije—. ¿Acaso no te ayudé en el momento crítico en que más necesitabas guía, cuando tú sola eras la fuerte entre aquellos que eran débiles y que dependían de ti? ¿No te di buenos consejos en dos oportunidades? ¿Y no he cuidado de tu felicidad desde entonces?

»Podía ver la figura de Lestat en la ventana. Estaba presa del pánico.

»—Dame esa llave —insistí—. No permitas que nadie entre hasta la caída del sol. Te juro que jamás te haré daño.

»—Y si no lo hago... si creo que tú eres un emisario del demonio... —dijo ella entonces, y quiso volver la cara.

»Alcancé la vela y la apagué. Me vio de pie dando la espalda a la ventana gris.

»—Si no lo haces y crees que soy un emisario del demonio, moriré —dije—. Dame esa llave. Podría matarte ahora si quisiera, ¿no es así?

»Y me acerqué a ella y me mostré de cuerpo entero; ella dio un respingo y un paso atrás y se agarró al brazo del sillón.

»—Pero no lo haría. Prefiero morir a matarte. Y moriré si no me das esa llave, como te ruego.

»Lo logré. No sé lo que pensó. Pero me dio una de las grandes habitaciones-alacena donde se añejaba el vino, y estoy seguro de que nos vio a mí y a Lestat llevando los ataúdes. No sólo cerré la puerta con llave sino que levanté una barricada.

»Lestat estaba levantado cuando me desperté al siguiente atardecer.

—Entonces, ella cumplió su palabra.

—Sí; sólo que había hecho algo más; no sólo había respetado nuestra puerta cerrada sino que la había vuelto a cerrar desde afuera.

—¿Y las historias de los esclavos...? Ella las había oído.

—Así fue. No obstante, Lestat fue el primero en notar que estábamos encerrados. Se enfureció. Había pensado irse a Nueva Orleans lo antes posible. Ahora sospechaba de mí.

»—Sólo te necesitaba cuando mi padre vivía —dijo, y trató desesperadamente de encontrar una salida; el lugar era una mazmorra—. Ahora no te voy a tolerar nada. Te lo advierto.

»Ni siquiera quería darme la espalda. Me quedé sentado tratando de oír las voces en la habitación de arriba, deseando que se callara, sin quererle confiar en ningún instante mis sentimientos por Babette o mis esperanzas.

»Asimismo, pensaba en otra cosa. Me preguntaste sobre sentimientos y frialdad. Uno de sus aspectos —distanciamiento y sentimiento, debería decir— es que puedes pensar dos cosas al mismo tiempo. Puedes pensar que no estás seguro y que puedes morir, y puedes pensar en algo muy abstracto y remoto. Y eso fue exactamente lo que me sucedió. En ese momento yo pensaba en silencio y con profundidad en la amistad sublime que podríamos haber tenido con Lestat; qué pocos impedimentos podría haber habido, y todo lo que podríamos haber compartido. Quizá la proximidad de Babette fue lo que me hizo pensar en eso; porque, ¿cómo podría realmente haber conocido a Babette salvo, por supuesto, de una sola manera definitiva; tomarle la vida, unirme a ella en un abrazo mortal, cuando mi alma se uniría con su corazón y se nutriría de él? Pero mi alma quería conocer a Babette sin mi necesidad de matar, sin robarle todo aliento de vida, toda gota de sangre. Pero Lestat, ¡cómo podríamos habernos conocido de haber sido él un hombre de carácter, un hombre aunque sólo fuera de algunos pensamientos! Las palabras del anciano volvieron a mí: Lestat, un alumno brillante, un amante de los libros que habían sido quemados. Yo sólo conocía al Lestat que despreciaba mi biblioteca, que la llamaba una pila de polvo, que ridiculizaba mis lecturas, mis meditaciones.

»Me di cuenta entonces de que la casa se aquietaba. De tanto en tanto sonaban unos pasos y crujían los tablones, por cuyas hendeduras se filtraba una claridad fantástica e irreal. Podía ver a Lestat tocando las paredes de ladrillo con su duro rostro de vampiro convertido en una máscara retorcida de frustración humana. Yo estaba seguro de que ahora debíamos separarnos; de que, si fuera necesario, yo debía poner un océano entre los dos. Y me di cuenta de que lo había tolerado todo ese tiempo debido a mis dudas. Me engañé pensando que me quedaba por el anciano y por mi hermana y su marido. Pero me quedé con Lestat porque temía no conocer secretos esenciales que, como vampiro, yo solo debía descubrir, y, lo que es más importante, porque él era el único de mi especie que yo conocía. Jamás me había contado su conversión en vampiro o dónde podía encontrar a alguien de mi especie. Esto entonces me afligía mucho. Del mismo modo que lo había hecho durante cuatro años. Lo odiaba y quería abandonarlo; sin embargo, ¿podía hacerlo?

»En el ínterin, mientras yo pensaba todo esto, Lestat continuó con sus diatribas: no me necesitaba; no iba a tolerar más nada, y mucho menos una amenaza de los Freniere. Teníamos que estar listos para cuando se abriera esa puerta.

»—Recuerda —me dijo finalmente—: Velocidad y fortaleza; no nos pueden igualar en eso. Y el miedo. Recuerda siempre dar miedo. ¡Ahora no seas un sentimental! ¡Nos harás perder todo!

»—¿Quieres continuar a solas después de esto? —le pregunté. Quería que él dijese que sí. Yo no tenía la valentía. O al menos, no conocía mis sentimientos.

»—¡Quiero ir a Nueva Orleans! —exclamó—. Simplemente te advertía que no te necesito más. Pero, para escapar de aquí, nos necesitamos. ¡Ni siquiera sabes empezar a usar tus poderes! ¡No tienes un sentido innato de lo que eres! Usa tus poderes persuasivos si viene esa mujer. Pero si viene acompañada de otro, entonces, prepárate a actuar como lo que eres.

»—¿Qué soy? —le pregunté, porque eso nunca me había parecido tan misericordioso como en ese momento—. ¿Qué soy?

94

»Él se disgustó totalmente. Se llevó las manos a la cabeza.

»—Prepárate... —dijo, ahora, haciendo relucir sus magníficos dientes— ¡a matar! —De improviso, miró los tablones del techo—. Se van a dormir, ¿los oyes?

»En un silencio prolongado, Lestat seguía caminando y yo continuaba sentado allí meditando, devanándome los sesos acerca de lo que debía hacer o decirle a Babette; o, aún más profundamente, buscando la respuesta a una pregunta más difícil: ¿qué sentía yo por Babette? Después de largo rato, una luz relumbró debajo de la puerta. Lestat estaba a punto de saltar encima de quien apareciera. Era Babette, que entró sola, con una lámpara. No vio a Lestat, que se quedó detrás de ella y mirándome fijamente.

»Jamás la había visto como entonces: tenía el pelo arreglado para acostarse, y era una masa de ondas oscuras detrás de su camisón blanco. Y su cara estaba llena de tensión y terror. Esto le daba una apariencia febril, y sus grandes ojos castaños parecían aún más intensos. Como te he dicho, yo amaba su fortaleza y su honestidad, la grandeza de su alma. Y no sentía pasión por ella tal como podrías sentirla tú. Pero la encontré más atractiva que ninguna mujer que conociera en mi vida mortal. Incluso en el severo camisón, sus brazos y sus pechos eran redondos y suaves y más me pareció un alma fascinante vestida que una carne rica y misteriosa. Yo, que soy duro y preciso y concentrado en un solo propósito, me sentí atraído irresistiblemente por ella: sabiendo que sólo culminaría en la muerte, me alejé al instante, preguntándome si cuando miraba a mis ojos, ella los encontraba muertos y exánimes.

»—Tú eres quien se acercó anteriormente a mí —dijo ella como si no hubiera estado segura—. Y eres el amo de Pointe du Lac. ¡Lo eres!

»Yo sabía, cuando ella habló, que debía de haber oído las historias más generosas sobre la noche anterior y que no me sería posible convencerla de ninguna mentira. Había utilizado mi aparición sobrenatural en dos ocasiones para presentarme a ella; ahora no podía ocultar ese hecho ni restarle importancia.

»—No quiero hacerte daño —le dije—. Únicamente necesito un carruaje y unos caballos... Anoche dejé los caballos pastando.

»Ella no parecía escuchar mis palabras; se acercó más, decidida a verme en el círculo de su luz.

»Y entonces vi a Lestat detrás de ella. Sus sombras se fundían en una sola sobre la pared de ladrillos; estaba ansioso y era peligroso.

»—¿Me proporcionarás el carruaje? —insistí.

»Ahora me miraba con la lámpara en alto; y, cuando quise desviar la mirada, vi que su rostro cambiaba. Quedó inmóvil, en blanco, como si estuviera perdiendo la conciencia. Cerró los ojos y sacudió la cabeza. Se me ocurrió que de alguna manera le había producido un trance sin el menor esfuerzo de mi parte.

»—¿Quién eres? —susurró—. Vienes del infierno. ¡Venías de parte del demonio cuando llegaste ante mí!

»—¡El demonio! —le contesté. Esto me afligió más de lo que imaginé que podía hacerlo. Si se lo creía, entonces creería que mis consejos habían sido malos; pondría todo en duda otra vez. Su vida era rica y buena, y yo sabía que ella no debía hacer eso. Como toda la gente fuerte, ella sufría, en cierta medida, de soledad; era una marginada, una secreta infiel de alguna índole. Y el equilibrio en que vivía podía trastocarse si ponía en duda su propia bondad. Me miró con un horror manifiesto. Fue como si, horrorizada, se hubiera olvidado de su propia vulnerabilidad. Y ahora Lestat, que era atraído a la debilidad como un muerto de sed al agua, la cogió de la muñeca, y ella gritó y dejó escapar la lámpara. Las llamas se esparcieron sobre el petróleo derramado, y Lestat la empujó hacia la puerta abierta.

»—¡Consigue el carruaje! —le dijo—. Lo consigues ahora mismo, y los caballos también. Estás en peligro mortal; ¡no hables de demonios!

»Apagué las llamas con los pies y seguí a Lestat gritándole que la dejara. Él la sujetaba por las muñecas y ella estaba furiosa.

»—Despertarás a toda la casa si no te callas —me dijo él—. ¡Y yo la mataré! Consigue el carruaje... Llévanos; habla con el chico del establo —le dijo, sacándola por la fuerza al aire libre.

»Nos movimos lentamente por el patio a oscuras; mi disgusto era casi insoportable; Lestat iba delante y, entre los dos, Babette, que avanzada de espaldas, con sus ojos escrutando la oscuridad para vernos.

»—¡No os conseguiré nada! —dijo ella.

»Yo cogí a Lestat del brazo y le dije que me dejara hacer las cosas a mí.

»—Ella revelará nuestra identidad a todo el mundo a menos que me dejes hablar con ella —le susurré.

»—Entonces, domínate —dijo disgustado—. Sé fuerte y no te enternezcas.

»—Sigue adelante mientras hablo con ella... Vete a los establos y consigue el carruaje y los caballos. ¡Pero no mates a nadie!

»Yo no sabía si me obedecería o no, pero se alejó rápidamente cuando me acerqué a Babette. Su rostro expresaba una mezcla de furia y resolución.

»Ella dijo:

»—Aléjate de mí, Satán.

»Y entonces me quedé allí ante ella, mudo, mirándola nada más y manteniéndole la mirada tal como ella hacía con la mía. Su odio hacia mí me quemaba como el fuego.

»—¿Por qué me dices eso? —le pregunté—. ¿Fueron malos los consejos que te di? ¿Te hice algún daño? Vine a ayudarte, a darte fuerzas. Sólo pensé en ti cuando no tenía la menor necesidad de hacerlo.

»Ella sacudió la cabeza.

»—Pero ¿por qué... por qué me hablas así? —preguntó ella—. Sé lo que hiciste en Pointe du Lac; ¡allí has vivido como un demonio! ¡Los esclavos están llenos de historias! Durante todo el día, los hombres han estado en el camino del río de Pointe du Lac; mi marido estuvo allí. Él vio la casa en ruinas, los cuerpos de los esclavos diseminados por los huertos, por los campos. ¿Qué eres tú? ¿Por qué me hablas bondadosamente? ¿Qué pretendes de mí?

»Ella se aferró a los pilares del porche y se balanceó hacia delante y hacia atrás en la escalera. Algo se movió arriba en la ventana iluminada.

»—Ahora no te puedo dar las respuestas —le dije—. Créeme cuando te digo que vine a ti con la única intención de hacer el bien. Y que anoche no te habría traído preocupaciones ni problemas de haber podido evitarlo.

El vampiro se detuvo.

El muchacho quedó con el cuerpo hacia delante y los ojos muy abiertos. El vampiro estaba helado, con la

98

mirada en blanco, hundido en sus propios pensamientos, en sus recuerdos. Y, súbitamente, el joven bajó la mirada, como si fuera el acto respetuoso que le correspondía hacer. Volvió a mirar al vampiro y luego desvió sus ojos, con el rostro tan compungido como el del vampiro; y entonces empezó a decir algo, pero se detuvo. El vampiro lo miró y estudió; de modo que el chico se ruborizó y volvió a desviar la mirada ansiosamente. Pero levantó sus ojos y miró entonces los del vampiro. Tragó saliva, pero le mantuvo la mirada.

—¿Es esto lo que quieres? —susurró el vampiro—. ¿Es esto lo que quieres oír?

Sin hacer ruido, apartó su silla y caminó hasta la ventana. El muchacho se quedó como de piedra, mirando sus anchos hombros y la larga capa.

—No me contestas. No te estoy dando lo que quieres, ¿verdad? Querías una entrevista. Algo para la radio.

—Eso no tiene importancia. ¡Tiraré las cintas si usted así lo quiere! —El muchacho se puso en pie—. No puedo decir que comprendo todo lo que usted me dice. Sabría que estoy mintiendo si lo dijera. Por tanto, ¿cómo le puedo pedir que continúe, salvo para decir que lo que comprendo... lo que comprendo es diferente de todo lo que haya comprendido antes? —Dio un paso en dirección al vampiro. Éste parecía estar mirando la calle Divisadero. Entonces giró la cabeza lentamente y miró al joven y sonrió. Su rostro estaba sereno y casi afectuoso. Y el entrevistador, de improviso, se sintió incómodo. Se metió las manos en los bolsillos y volvió a la mesa. Luego miró vacilante al vampiro y dijo:

—¿Podría... continuar, por favor?

El vampiro dio media vuelta con los brazos cruzados y se apoyó en la ventana.

—¿Por qué? —preguntó.

El muchacho no supo qué contestar.

—Porque quiero escucharle. —Se encogió de hombros—. Porque quiero saber exactamente lo que sucedió.

—Muy bien —dijo el vampiro con la misma sonrisa bailoteándole en los labios. Regresó a su silla y se sentó frente al muchacho, cambió un poco la posición del magnetófono y dijo—: Un aparato maravilloso, realmente... pues permite que continúe.

»Debes comprender que lo que entonces sentía por Babette era un deseo de comunicación más fuerte que cualquier otro deseo que sentía..., salvo por el deseo físico de... sangre. Era tan intenso que me podía hacer sentir las profundidades de mi capacidad de soledad. Cuando antes había hablado con ella, había habido una comunicación breve pero directa que era tan simple y satisfactoria como la de dar la mano a una persona, estrechársela, dejándola ir suavemente. Todo eso en un momento de gran necesidad o aflicción. Pero ahora estábamos confundidos. Para Babette, yo era un monstruo y eso me parecía espantoso, y hubiera hecho cualquier cosa para que cambiara de parecer. Le dije que los consejos que le había dado eran correctos, que ningún instrumento del demonio podía hacer algo correcto aunque quisiera.

»—¡Lo sé! —me dijo.

»Pero con eso ella quería decir que no podía confiar más en mí que en el mismo demonio. Me acerqué, pero ella retrocedió. Levanté la mano y ella se encogió, aferrándose a la barandilla.

»—Pues bien, entonces —dije, sintiendo una profunda exasperación—. ¿Por qué me protegiste anoche? ¿Por qué has venido a verme a solas?

»Lo que vi en su rostro era astucia. Tenía una razón, pero no me la revelaría de ningún modo. Le era imposible hablarme libre y abiertamente, brindarme la comunicación que yo deseaba. Me sentí afligido al mirarla. Ya era tarde y yo podía ver y oír que Lestat había entrado en el sótano y retirado nuestros ataúdes. Y yo necesitaba irme. Aparte de sentir otras necesidades... La necesidad de matar y de beber. Pero no era eso lo que me afligía. Era algo más, algo mucho peor. Era como si esa noche fuera la única de miles de noches, un mundo sin fin, una noche encorvándose sobre otra noche hasta hacer un gran arco del que no podía ver el final, una noche en la que yo andaba bajo el frío y las estrellas insensibles. Pienso que desvié la mirada y me puse una mano sobre los ojos. De improviso me sentí débil y oprimido. Pienso que hacía algún sonido en contra de mi voluntad... Y entonces, en ese paisaje vasto y desolado de la noche, vi súbitamente una posibilidad que jamás había considerado, una posibilidad de la cual había huido, absorto como estaba con el mundo, con todos mis sentidos de vampiro, enamorado del color, la forma, el sonido, el canto y la suavidad y las variaciones infinitas. Babette se movía, pero no le presté atención. Sacaba algo del bolsillo, y era su gran llavero. Subía los escalones. "Déjala, ir", pensé.

»—Criatura del demonio —susurró—. Aléjate de mí, Satán —repitió.

»La miré. Estaba inmovilizada en los escalones, mirándome con sus grandes ojos suspicaces. Había alcanzado la lámpara que colgaba de la pared y la tenía en sus manos, mirándome, cogiéndola como a una cartera valiosa.

»—¿Piensas que yo vengo de parte del demonio? —le pregunté.

»Ella movió rápidamente los dedos de la mano izquierda alrededor de la manija de la lámpara y con la mano derecha hizo la señal de la cruz, y pronunció las palabras latinas apenas audibles para mí; su rostro emblanqueció y se arquearon sus cejas cuando no se produjo el menor cambio debido a eso.

»—¿Esperabas que me deshiciera en una nube de humo? —le pregunté, acercándome, porque ahora la veía objetivamente debido a mis pensamientos—. ¿Y adónde me iría? —le pregunté—. ¿Al infierno de donde vine? ¿Con el demonio a quien represento? —Me quedé al pie de la escalinata—. Supónte que te diga que no sabes nada del demonio. ¡Supónte que ni siquiera sabes si existe!

»En el paisaje de mis pensamientos, yo había visto al demonio y ahora yo pensaba en el demonio. Desvié la mirada. Ella no me escuchaba tal como tú ahora me escuchas. Ella no escuchaba. Miré las estrellas. Lestat estaba listo, yo lo sabía. Era como si hiciera años que estaba listo con el carruaje. Tuve la súbita sensación de que mi hermano estaba allí y hacía años que estaba y que me hablaba en voz baja, pero excitada. Y lo que me decía era desesperadamente importante, pero se alejaba de mí con la misma rapidez con que lo decía, como el ruido de las ratas en los tablones de una casa inmensa. Hubo un sonido crujiente y un estallido de luz.

»—¡No sé si vengo o no del infierno! ¡No sé quién soy! —le grité a Babette, y mi voz ensordeció mis propios oídos—. ¡Voy a vivir hasta el fin de los tiempos y ni siquiera sé quién soy!

»Pero la luz relumbró delante de mí; era la lámpara que ella había encendido con una cerilla y que ahora alzaba de modo que no le podía ver la cara. Por un instante, sólo pude ver la luz y luego el gran peso de la lámpara me golpeó en el pecho con mucha fuerza, y el vidrio se hizo añicos en los ladrillos, y las llamas rugieron en mi cara, en mis piernas. Lestat gritaba en la oscuridad.

»—¡Apágalas, apágalas, idiota! ¡Te consumirán!

»Y sentí que algo me arropaba violentamente en mi ceguera. Era la chaqueta de Lestat. Me había caído indefenso contra el pilar, tan indefenso del fuego y del golpe recibido como del conocimiento de que Babette quería destruirme y del conocimiento de que yo no sabía en absoluto quién era.

»Todo sucedió en cuestión de segundos. El fuego se apagó y yo quedé de rodillas en la oscuridad con mis manos en los ladrillos. En las escaleras, Lestat tenía nuevamente a Babette, y salí disparado en su dirección cogiéndolo del cuello y empujándolo hacia atrás. Se volvió hacia mí, enfurecido, y me pateó; pero me agarré a él y lo empujé hasta el pie de la escalinata. Babette estaba petrificada. Vi su silueta oscura contra el cielo y el brillo de sus ojos.

»—¡Vámonos, entonces! —gritó Lestat, poniéndose de pie; Babette se llevó la mano a la garganta.

»Mis ojos afectados se esforzaron por verla. Sangraba en el cuello.

»—¡Recuerda! —le dije—. ¡Podría haberte matado! ¡O permitido que él lo hiciera! No lo hice. Me llamaste demonio. Estás equivocada.

—Entonces, usted detuvo a Lestat justo a tiempo —dijo el joven.

—Así es. Lestat podía matar y beber en un instante. Pero yo había salvado la vida física de Babette. Yo no me iba a enterar de eso sino hasta más tarde.

»En una hora y media —estaba contando ahora el vampiro—, Lestat y yo estábamos en Nueva Orleans, con nuestros caballos casi muertos de cansancio y el carruaje estacionado en una callejuela a una manzana del nuevo hotel español. Lestat tenía a un anciano aferrado del brazo y le puso cincuenta dólares en la mano.

»—Consíguenos una suite —le ordenó— y pide champán. Di que es para dos caballeros y paga por adelantado. Y cuando regreses te daré otros cincuenta dólares. Te advierto que te estaré vigilando.

»Sus ojos relampagueantes tenían petrificado al hombre. Yo sabía que lo mataría tan pronto como regresara con las llaves del hotel. Y lo hizo. Me senté en el carruaje observando cómo el hombre se iba debilitando y finalmente moría; su cuerpo se derrumbó como una bolsa de patatas cuando Lestat lo soltó.

»—Adiós, dulce príncipe —dijo Lestat—, y aquí están tus cincuenta dólares.

»Y le puso el dinero en el bolsillo como si fuera una broma.

»Entonces nos metimos por las puertas traseras del hotel y subimos a la sala lujosa de nuestra *suite*. El champán relucía en un cubo helado. Había dos copas en la bandeja de plata. Yo sabía que Lestat llenaría una copa y se quedaría mirando el pálido color amarillo. Y yo, un hombre en trance, me senté mirándolo como si nada que él pudiera hacer tuviera la menor importancia. "Tengo que abandonarlo o morir —pensé—. Sería muy dulce morir. Sí, morir." Antes había querido morir. Ahora deseaba morir. Lo vi con una gran claridad, con una calma mortal.

»—¡Estás volviéndote un morboso! —dijo súbitamente Lestat—. Es casi el alba.

»Abrió las cortinas y pude ver los tejados contra el oscuro cielo azul y, encima, la gran constelación de Orión.

»—¡Vete a matar! —dijo Lestat, y abrió la ventana.

»Se montó sobre el marco y oí que sus pies se posaban suavemente en el techo, al lado del hotel. Iba a buscar los ataúdes o, al menos, uno de ellos. Se me despertó la sed como una fiebre y lo seguí. Mi deseo de morir era constante, como un pensamiento puro en la mente, desprovisto de emoción. No obstante, necesitaba alimentarme. Te he señalado que entonces no mataba gente. Caminé por el tejado en busca de ratas.

—Pero ¿por qué... dijo usted que Lestat no debería haberlo iniciado con seres humanos? ¿Quiso decir... quiere decir que fue una opción estética, no moral?

—De habérmelo preguntado entonces, te hubiera dicho que era estética, que quería comprender la muerte por etapas. Que la muerte de un animal me brindaba tanto placer y experiencia que sólo había empezado a comprenderla, que deseaba guardar la experiencia de una muerte humana para mi comprensión madura. Pero era moral. Porque en realidad todas las decisiones estéticas son morales.

—No comprendo —dijo el muchacho—. Yo pensaba que las decisiones estéticas podían ser absolutamente inmorales. ¿Y el dicho común sobre un artista que abandona mujer e hijos para poder pintar? ¿O Nerón tocando el arpa mientras ardía Roma?

—Ambas fueron decisiones morales. Ambas sirvieron a un bien superior en la mente del artista. El conflicto estalla entre la moral del artista y la moral de la sociedad, no entre la estética y la moral. Pero a menudo esto no es comprendido; y entonces aparece la pérdida, la tragedia. Un artista que roba pinturas de una tienda, por ejemplo, se imagina haber tomado un decisión inevitable pero inmortal y luego se ve a sí mismo como caído en desgracia; la consecuencia es la desesperación y una miserable irresponsabilidad, como si la moralidad fuera un gran mundo de cristal que puede ser absolutamente destrozado por un acto. Pero ésta no era mi preocupación máxima en ese entonces. Yo creía que mataba animales nada más que por razones estéticas y enfrentaba el gran interrogante moral de si, por mi propia naturaleza, yo estaba condenado.

»Porque ¿ves?, aunque Lestat jamás me había dicho nada de los demonios o del infierno, yo creía que estaba condenado cuando me fui con él, del mismo modo que Judas debía de haberlo creído cuando se puso el nudo alrededor del cuello. ¿Comprendes?

El chico no dijo nada. Quiso hablar pero no lo hizo. Por un breve instante, sus mejillas se ruborizaron.

—¿Y lo estaba? —murmuró.

El vampiro se quedó sentado, sonriente, con una pequeña sonrisa que bailoteó en sus labios como la luz. Ahora el chico lo miraba como si lo viese por primera vez.

—Quizá... —dijo el vampiro echándose para atrás y cruzando las piernas— debiéramos tratar cada cosa por turno. Tal vez debiera continuar con mi historia.

—Sí, por favor —dijo el entrevistador.

—Esa noche, yo estaba agitado, como te dije. Había intuido el interrogante como vampiro y ahora me abrumaba completamente y, en ese estado, no tenía ganas de vivir. Pues eso me produjo, como sucede con los humanos, grandes ganas de satisfacer los deseos físicos. Ya te he dicho lo que matar significa para los vampiros; te puedes imaginar, por lo que te he dicho, la diferencia entre una rata y un ser humano.

»Bajé por una calle después de que Lestat y yo caminásemos manzanas enteras. Entonces las calles estaban enlodadas, y toda la ciudad, muy oscura, en comparación con las ciudades actuales. Las luces eran como faros en un mar negro. Incluso con la lenta aparición de la mañana, sólo los tejados y los altos pórticos de las casas salían de la oscuridad y, para un hombre mortal, las calles eran como negros abismos. "¿Estoy condenado? ¿Provengo del infierno? ¿Mi naturaleza es satánica?" Me lo preguntaba una y otra vez. Y si lo era, ¿por qué entonces me rebelaba contra ella, y me disgustaba cuando Lestat mataba? Y todo el tiempo, cuando el deseo de morir me hacía ignorar la sed, ésta se volvía más fuerte; mis venas eran verdaderas redes de dolor en mi carne; me temblaban las sienes y, al final, no lo pude soportar más. Hecho trizas por el deseo de no participar —de morirme de hambre, de deshacerme en pensamientos—, por un lado, y las ganas de matar, por otro, me encontré en una calle vacía y desolada y oí el llanto de una niña.

»Ella estaba dentro de una casa. Me acerqué a las paredes tratando, con mi habitual objetividad, de comprender sólo la naturaleza de su llanto. Estaba afligida y doliente y absolutamente sola. Hacía tanto tiempo que lloraba que pronto dejaría de hacerlo de puro agotamiento. Pasé la mano por la ventanilla de la puerta y abrí el picaporte. Allí estaba sentada en la cama, en la oscura habitación, al lado de una mujer muerta, una mujer que hacía días que estaba muerta. El cuarto estaba lleno de maletas y de baúles, como si un montón de gentes se hubiese aprestado a viajar; pero la mujer estaba medio vestida, con el cuerpo ya en descomposición, y no había nadie más que la niña. Pasaron unos instantes antes de que me viera, pero cuando lo hizo empezó a decirme que debía hacer algo por ayudar a su madre. Sólo tenía unos cinco años como máximo y su cara estaba manchada por las lágrimas y la suciedad. Era muy delgada. Me rogó que la ayudase. Tenían que tomar un barco, dijo, antes de que llegara la plaga; su padre las esperaba. Empezó a sacudir a su madre y a llorar del modo más patético y desesperado; y luego me volvió a mirar y se puso a llorar a lagrimones.

»Ahora debes comprender que yo estaba ardiendo de la necesidad física de beber. No podría haber pasado un día más sin alimento. Pero había alternativas, las ratas abundaban en las calles y en algún sitio muy cercano aullaba un perro indefenso. Podría haberme ido de esa habitación y me podría haber alimentado y regresado luego. Pero el interrogante me atenazaba: "¿Estoy condenado? Si es así, ¿por qué sentir lástima por ella, por su rostro débil? ¿Por qué deseo tocar sus brazos delgados y pequeños, tenerla en mis rodillas con la cabeza contra mi pecho, mientras le acaricio sus sedosos cabellos? ¿Por qué hago esto? Si estoy maldito, debo matarla. Sólo tendría que desear transformarla en comida para una existencia maldita, porque, al estar condenado, debo odiarla."

»Y cuando pensé esto, vi el rostro de Babette contorsionado por el odio en el momento de tomar la lámpara y encenderla, y vi a Lestat en mi mente y lo odié. Y, sí, me sentí condenado, y eso es un infierno; en ese instante, me agaché y me eché sobre el cuello suave y pequeño, y al oír su débil grito, susurré, aun cuando ya tenía la sangre en mis labios:

»—Es sólo un momento y ya no sentirás más dolor.

»Pero ella estaba aferrada a mí y pronto no pude decir nada. Durante cuatro años no había saboreado la sangre humana; durante cuatro años no la había realmente conocido y entonces oí el latido de su corazón con ese ritmo terrible. ¡Y qué corazón! No el corazón de un hombre o un animal sino el corazón de una niña que latía cada vez más fuerte negándose a morir, repicando primero como una débil llamada a la puerta, llorando: "No moriré, no moriré, no puedo morir, no puedo morir..." Creo que me puse de pie aún aferrado a ella, con el corazón empujando a mi corazón, más rápido y sin esperanza de cesar, con la rica sangre manando demasiado rápida para mí, y la habitación girando. Y entonces, pese a mí mismo, me quedé mirando, por encima de su cabeza agachada y su boca abierta, el rostro mortecino de su madre; ¡y, a través de sus párpados semicerrados, sus ojos brillaron como si estuviera viva! Aparté de mí a la niña. Estaba como una muñeca desarticulada. Y al tratar de escapar de la madre, vi que una figura familiar llenaba la ventana. Era Lestat, que se movió riéndose, con su cuerpo agachado como bailando en la calle enlodada.

»—Louis, Louis —me dijo en tono burlón y señalándome con un largo y flaco dedo, como si me hubiera pescado en el acto.

»Y pasó por el marco de la ventana, me empujó a un lado y sacó de la cama el cuerpo hediondo de la madre y simuló bailar con ella.

—¡Dios santo! —dijo el muchacho.

—Sí, yo podría haber dicho lo mismo —dijo el vampiro. Tropezó con la niña cuando empujaba a la madre dando grandes vueltas, cantando y bailando; el pelo de la madre caía sobre su cara, y su cabeza cayó hacia atrás y un líquido negro le salió de la boca. Él la tiró al suelo. Yo salí por la ventana y corrí por la calle. Él corrió tras de mí.

»—¿Tienes miedo, Louis? —gritó—. ¿Tienes miedo, Louis? La niña está viva, Louis, la dejaste respirando. ¿Regreso y la transformo en una vampira? Podrías usarla; Louis, y piensa en todos los vestidos bonitos que le podríamos comprar. ¡Espera Louis, espera!

»Y entonces corrió detrás de mí hasta el hotel, por los tejados donde yo esperaba perderlo de vista, hasta que entré por la ventana de nuestra sala y, enfurecido, la cerré de un golpe. Él la golpeó; tenía los brazos abiertos como un pájaro que quiere traspasar los cristales. Y golpeó el marco. Yo estaba totalmente fuera de mí. Caminé alrededor de la habitación buscando alguna manera de liquidarlo. Me imaginé su cuerpo consumido por el fuego en el tejado. Había perdido por completo la razón, de modo que era una furia destructora. Y cuando traspasó el cristal roto, luchamos como jamás habíamos luchado. Fue el infierno el que me detuvo, la idea del infierno, la idea de ser dos almas en el infierno, dos almas que se aferraban en el odio. Perdí mi confianza, mi propósito, mi ímpetu. Caí al suelo y él quedó de pie encima de mí, con los ojos fríos, aunque tenía el pecho agitado.

»—Eres un imbécil, Louis —dijo; su voz era serena, tan serena que me volvió a la realidad—. Está saliendo el sol —agregó con el pecho levemente agitado por la pelea, y los ojos entornados cuando miró por la ventana; nunca lo había visto así, pues la pelea le había hecho mostrar su mejor parte—. Métete en tu ataúd —me dijo sin la menor señal de enfado—. Pero mañana por la noche... hablaremos.

»Bien; yo quedé más que levemente sorprendido. ¡Que Lestat quisiera conversar conmigo! No me lo podía imaginar. En realidad, Lestat y yo jamás habíamos hablado. Pienso que te he descrito con precisión nuestras peleas verbales, nuestros encuentros disgustados.

—Estaba desesperado por el dinero, por sus propiedades —dijo el muchacho—. ¿O es que tenía miedo de estar tan solo como usted?

—Se me ocurrieron esas cosas. Incluso se me ocurrió que Lestat pensaba matarme de alguna manera que yo no conocía. ¿Ves?, en ese tiempo yo no estaba seguro de por qué me despertaba cada tarde, de si era automático cuando me abandonaba ese sueño mortal, ni de por qué, a veces, sucedía antes que en otras ocasiones. Era una de las cosas que Lestat no me explicaba. Y a menudo, él se levantaba antes que yo. Era superior a mí en todas esas cosas, como te he indicado. Y esa mañana cerré el ataúd con una especie de desesperación.

»Sin embargo, ahora debería explicar que cerrar el ataúd es siempre perturbador. Es como aplicarse una anestesia moderna antes de ser operado. Hasta un error casual de parte de un intruso puede significar la muerte.

—Pero ¿cómo podría haberlo matado él? No podría haberlo expuesto a la luz sin exponerse a sí mismo.

—Es verdad; pero al levantarse antes que yo, podría haber clavado las tapas del ataúd. O prenderle

111

fuego. Lo principal era que yo no sabía lo que podría haber hecho.

»Pero entonces no había nada que yo pudiera hacer al respecto, y, con pensamientos acerca de la mujer y la niña muerta aún en la cabeza, no tenía más energías para discutir con él. Y por si fuera poco, tuve, encima, sueños miserables.

—¡Usted sueña! —exclamó el chico.

—A menudo —dijo el vampiro—. A veces deseo no poder hacerlo. Porque como ser mortal nunca tuve unos sueños tan prolongados y lúcidos; y tampoco tuve pesadillas tan retorcidas. En los primeros tiempos, esos sueños me absorbían tanto que, con frecuencia, luchaba para no despertarme y poder quedarme echado a veces durante horas, pensando en esos sueños, hasta que había pasado la mitad de la noche; y, aturdido por ellos, trataba de comprender su significado. Eran, desde muchos puntos de vista, tan inextricables como los de los mortales. Por ejemplo, soñaba con mi hermano, que estaba a mi lado en un estado entre la vida y la muerte y que me pedía ayuda. Y, a menudo, soñaba con Babette; y frecuentemente —casi siempre— había un trasfondo de gran tierra baldía en mis sueños, esa tierra baldía de la noche que yo había visto cuando Babette me maldijo, como te he contado. Era como si todas las figuras caminaran y hablaran en la mansión desolada de mi alma perdida. No recuerdo lo que soñé ese día, quizá porque sé muy bien lo que Lestat y yo discutimos al atardecer siguiente. Veo que estás ansioso por saberlo.

»Pues, como he dicho, Lestat me sorprendió con su nueva serenidad, su consideración. Pero esa tarde no me desperté para encontrarlo en esa disposición;

no al principio. Había unas mujeres en la sala. Las velas eran pocas y estaban repartidas en la pequeña mesa con la cena. Lestat tenía un brazo alrededor de una de las mujeres y la besaba. Ella estaba muy ebria y era muy hermosa, una gran muñeca de mujer con una cofia cuidada cayéndole por los hombros desnudos y por los pechos parcialmente descubiertos. La otra mujer estaba sentada a la mesa, bebiendo un vaso de vino. Pude ver que los tres habían cenado (Lestat simulaba cenar... Quedarías sorprendido de cómo la gente no nota que un vampiro sólo simula comer). Y la mujer de la mesa estaba aburrida. Todo esto me agitó. No sabía lo que Lestat se traía entre manos. Si entraba en la habitación, esa mujer tornaría su atención hacia mí. Y no me podía imaginar lo que sucedería, salvo que Lestat pensaba matarlas a las dos. La mujer en el sofá junto a él ya bromeaba acerca de sus besos, su frialdad, su carencia de deseo. Y la mujer de la mesa los miraba con unos ojos negros que parecían llenos de satisfacción; cuando Lestat se puso de pie y le puso las manos sobre los blancos brazos desnudos, se animó. Agachado para besarla, él me vio a través de la rendija de la puerta. Y sus ojos se fijaron en mí un instante y luego tornó a hablar con las damas. Se agachó y apagó las velas de la mesa.

»—Está demasiado oscuro aquí —dijo la mujer en el sofá.

»—Déjanos solos —dijo la otra mujer.

»Lestat tomó asiento y la llamó para que se sentara en sus rodillas. Y ella lo hizo, pasando su brazo izquierdo por la nuca de él, y con su mano derecha acariciándole los rubios cabellos.

»—Tu piel está helada —dijo ella, retrocediendo un poco.

113

»—No siempre —dijo Lestat, y entonces hundió la cara en el cuello de ella.

»Yo contemplaba todo esto, fascinado. Lestat era magistralmente inteligente y completamente vicioso, pero yo no sabía cuán inteligente era hasta que hundió sus dientes en ese cuello y le apretó la garganta con un dedo, mientras su otro brazo la estrechaba fuertemente, de modo que bebió hasta saciarse sin que la otra mujer se diera cuenta de nada.

»—Tu amiga no tiene aguante para el vino —dijo, depositando a la mujer inconsciente, con sus brazos cruzados en la mesa, bajo la cabeza.

»—Es una tonta —dijo la mujer, que se había acercado a la ventana y miraba las luces de la ciudad.

»Entonces Nueva Orleans era una ciudad de muchos edificios bajos, como probablemente sepas. Y en noches claras como ésa, las farolas de la calle se veían hermosas desde los altos ventanales de ese nuevo hotel español, y las estrellas de aquellos tiempos colgaban bajas, con el brillo que hoy lucen sobre el mar.

»—Yo puedo calentar esa fría piel tuya mejor que ella.

»Se volvió hacia Lestat, y debo confesar que sentí alivio al no tener que ocuparme de ella. Pero él no pensaba hacer nada tan simple.

»—¿Te parece? —le dijo.

»Le tomó una mano y ella exclamó:

»—Oh, ahora estás caliente.

—¿Quiere decir que la sangre lo había calentado? —preguntó el muchacho.

—Oh, sí —dijo el vampiro—. Después de matar, un vampiro tiene el cuerpo caliente como el tuyo ahora.

Y el vampiro iba a continuar hablando, pero, al mirar al muchacho, sonrió.

—Como te estaba diciendo... Lestat tenía a la mujer de la mano y dijo que la otra lo había calentado. Su cara, por supuesto, estaba ruborizada, muy alterada. La acercó aún más y ella lo besó, señalando entre risas que él era un verdadero horno de pasiones.

»—Ah, pero el precio es alto —dijo él, simulando tristeza—. Tu bonita amiga... —Se encogió de hombros—. La dejé agotada.

»—Y dio un paso atrás como invitando a la mujer a acercarse a la mesa. Y ella lo hizo con una mueca de superioridad en sus pequeñas facciones. Se agachó a ver a su amiga, pero entonces perdió el interés, hasta que vio algo. Era una servilleta. Había cogido las últimas gotas de sangre de la herida en el cuello. Ella la levantó tratando de ver en la oscuridad.

»—Déjate caer el pelo —dijo suavemente Lestat.

»Y ella dejó caer la servilleta y, deshaciéndose las trenzas, su cabello cayó, rubio y sedoso, sobre su espalda.

»—Es suave —dijo él—, tan suave... te imaginaba así, echada en una cama de seda.

»—Las cosas que dices... —se burló ella, y le dio la espalda juguetonamente.

»—¿Sabes qué clase de cama? —preguntó él.

»Y ella se rió y dijo que la cama de él; era lo que se imaginaba. Volvió a mirarlo cuando Lestat avanzó. Y él, sin apartar su vista de ella un instante, tocó suavemente el cuerpo de su amiga, que cayó hacia atrás de la silla y quedó en el suelo con los ojos abiertos. La mujer dio un respingo. Se alejó rápidamente del cadáver y casi derrumbó una mesita. El candelabro cayó y se apagó.

»—Apaga la luz... y vuelve a apagar la luz —dijo él en voz baja.

»Y luego la abrazó como un insecto rabioso y le hundió los dientes en la garganta.

—Pero ¿en qué pensaba usted mientras veía todo esto? —preguntó el entrevistador—. ¿Quiso detenerlo del mismo modo en que trató de hacerlo con Freniere?

—No —dijo el vampiro—. No podría haberlo hecho. Y debes entender que yo sabía que Lestat mataba seres humanos todas las noches. Los animales no le daban ninguna satisfacción. Contaba con los animales en caso de que todo lo demás fracasara, pero nunca como opción. Si yo sentía simpatía por las mujeres, eso estaba hundido en la profundidad de mi propia confusión. Aún podía sentir el débil martilleo del corazón de esa criatura muerta de hambre; todavía ardían en mí los interrogantes de que Lestat hubiese preparado ese espectáculo para mi beneficio, esperando a que yo me despertara para matar a las mujeres. Y me volví a preguntar si podría deshacerme de él, y odié mi propia debilidad más que nunca.

»En el ínterin, él puso sus hermosos cuerpos sobre la mesa y paseó por el cuarto encendiendo las velas de los candelabros hasta que la iluminación pareció la adecuada para una boda.

»—Entra, Louis —dijo—, me hubiera gustado que tuvieras una pareja, pero sé cuán especial eres para elegir las propias. Pobres *mademoiselles* Freniere que arrojan lámparas. Hacen que una fiesta no sea muy cómoda, ¿no te parece? En especial en un hotel.

»Sentó a la muchacha rubia de modo que su cabeza reposó en el respaldo de damasco de la silla; y la mujer morena quedó con la cabeza sobre los pechos;

había palidecido y sus facciones ya tenían un aspecto rígido, como si fuera una de esas mujeres a las que el fuego de su personalidad las hace hermosas. Pero la otra sólo parecía dormitar, y no tenía la seguridad de que estuviera muerta. Lestat le había abierto dos heridas; una en la garganta y otra arriba de su pecho izquierdo, y de ambas manaba sangre. Lestat le levantó una muñeca y, cortándola con un cuchillo, llenó dos copas y me rogó que me sentara.

»—Te voy a dejar —le dije de inmediato—. Quiero decírtelo ahora mismo.

»—Ya lo pensé —dijo, apoyándose en el respaldo—. Y pensé que me harías un anuncio florido. Dime lo monstruoso que soy, lo vulgar y miserable.

»—No emitiré juicios sobre ti. No me interesas. Ahora me interesa mi propia naturaleza y he llegado a creer que ya no puedo confiar en que tú me digas la verdad sobre ella. Tú utilizas el conocimiento para tu poder personal —le dije; y supongo que al igual que la gente que hace un anuncio semejante, no esperaba que me diera una respuesta honesta; no lo esperaba de ningún modo.

»Esencialmente, yo estaba escuchando mis propias palabras. Pero entonces vi que su rostro era el mismo con que me había dicho que hablaríamos. Me estaba escuchando. De pronto, me encontré sin argumentos. Sentí con más dolor que nunca el abismo que existía entre los dos.

»—¿Por qué te convertiste en un vampiro? —le espeté—. ¡Y qué vampiro eres! Vengativo y que goza con tomar la vida humana cuando ni la necesita. Esta chica... ¿por qué la mataste cuando con una sola ya era suficiente? ¿Y por qué la asustaste antes de matarla? ¿Y por qué la has tirado en esa postura grotesca, como si tentaras a los dioses para que te fulminaran por tu blasfemia?

»Todo esto lo oyó sin pronunciar palabra, y en la pausa siguiente me volví a sentir en desventaja. Era como si él vislumbrase la insinceridad, el despecho de todo ello. Simplemente se quedó sentado mirándome con la misma expresión impávida. Entonces, yo declaré:

»—Sé que después de dejarte trataré de averiguarlo todo. Viajaré por todo el mundo, si tengo que hacerlo, para encontrar otros vampiros. Sé que deben de existir: no conozco ninguna razón para que no existan en grandes cantidades. Y estoy seguro de que encontraré vampiros con quienes tendré más en común que contigo. Vampiros que entiendan el conocimiento como yo y que hayan usado su superior naturaleza de vampiros para aprender secretos que tú ni siquiera podrías imaginarte. Si tú no me lo dices todo, entonces yo mismo lo averiguaré o me lo dirán ellos dondequiera que los encuentre.

»Él sacudió la cabeza.

»—¡Louis —dijo—, tú estás enamorado de tu naturaleza humana! Buscas los fantasmas de tu ser interior. Freniere, tu hermana... todo eso te representa imágenes de lo que eras y de lo que quisieras seguir siendo. Y, en tu romance con la vida mortal, ¡estás matando tu naturaleza de vampiro!

»De inmediato, le objeté sus palabras.

»—Mi naturaleza de vampiro ha sido la mayor aventura de mi vida; todo lo anterior fue confuso, nublado; pasé por la vida mortal como un ciego que salta de un objeto a otro. Únicamente cuando me transformé en un vampiro sentí respeto por primera vez en mi vida. ¡Jamás vi un ser humano vivo, palpitante, hasta que me convertí yo en un vampiro; nunca supe lo que era la vida hasta que se derramó en un trago rojo por mis labios y mis manos!

»Me encontré mirando a las mujeres; la morena ahora iba tomando un terrible color azulado. La rubia aún respiraba.

»—¡No está muerta! —dije súbitamente.

»—Lo sé. Déjala en paz —dijo. Le levantó la muñeca, le hizo otra herida y volvió a llenar las copas—. Todo lo que dices tiene sentido —continuó tomando un trago—. Eres un intelectual. Yo nunca lo he sido. Todo lo que sé lo he aprendido de escuchar hablar a los hombres, no de los libros. Nunca fui lo suficiente a la escuela. Pero no soy ningún estúpido y debes escucharme, porque estás en peligro. Tú no conoces tu naturaleza de vampiro. Eres como un adulto que al recordar su infancia se da cuenta de que nunca la ha apreciado. Como hombre tú no puedes volver al jardín de infancia y jugar con tus juguetes, pidiendo que te den amor y cuidados nuevamente sólo porque ahora sabes lo que valen. Lo mismo sucede con tu naturaleza humana. La has dejado atrás. Ya no miras "a través de un cristal oscuro". Pero no puedes regresar al cálido mundo humano con tus nuevos ojos.

»—¡Eso ya lo sé! —dije—. ¿Pero cuál es tu naturaleza? Si puedo vivir de la sangre de los animales, ¿por qué no vivir de ella sin pasar por el mundo llevando la miseria y la muerte a los seres humanos?

»—¿Te hace feliz? —preguntó él—. Andas por la noche alimentándote de ratas como un miserable y luego miras por la ventana de Babette, lleno de ansiedad, y, no obstante, indefenso como la diosa que fue por la noche a espiar a Endimión durmiendo y no lo pudo poseer. Y supónte que pudieras tenerla en tus brazos y ella te mirara sin horror ni disgusto. Entonces, ¿qué? ¿Unos pocos años para poder verla sufrir todas las miserias de la mortalidad y luego morir ante tus propios ojos? ¿Eso te hace feliz? Es una locura, Louis. Es en vano. Y lo que realmente tienes por delante es una naturaleza de vampiro, lo que significa matar. Porque te garantizo que si esta noche caminas por las calles y atacas a una mujer tan rica y hermosa como Babette y le chupas la sangre hasta que se derrumbe a tus pies, ya no tendrás más ganas de ver el perfil de Babette al lado del candelabro ni de escuchar por la ventana el sonido de su voz. Estarás satisfecho, Louis, como se supone que debes estarlo, con toda la vida que puedes tener por delante; y cuando se vaya, tendrás hambre de lo mismo, y lo mismo y lo mismo siempre. El rojo de esta copa será igual de rojo; las rosas de empapelado de la pared estarán dibujadas tan delicadamente como ahora. Y verás la luna del mismo modo, y lo mismo el chisporroteo de una vela. Y con esa misma sensibilidad que adoras, verás a la muerte en toda su belleza, a la vida tal como sólo se conoce en el mismo punto que la muerte. ¿Es que no lo comprendes, Louis? Tú, único entre todas las criaturas, puedes contemplar a la muerte con esa impunidad. Tú... únicamente... bajo la luna... ¡puedes golpear la mano de Dios!

»Se echó para atrás y vació su copa, y sus ojos pasaron por la mujer inconsciente. Sus pechos palpitaban y movió las cejas como si estuviera por recuperar el conocimiento. Un gemido escapó de sus labios.

»Él nunca me había hablado así, y yo pensaba que no sería capaz de hacerlo ahora:

»—Los vampiros somos asesinos —dijo—. Depredadores cuyos ojos que todo lo ven deben procurarles la debida objetividad, la capacidad de contemplar la vida en su totalidad, no con una pena lastimera sino con la excitante satisfacción de estar al final de esa vida, de participar en el plan divino.

»—Así es como tú lo ves —protesté.

»La muchacha volvió a gemir; tenía el rostro muy blanco. Rodó su cabeza contra el respaldo de la silla.

»—Así es como es —me contestó—. ¡Tú hablas de encontrar a otros vampiros! ¡Los vampiros son asesinos! ¡No quieren tu sensibilidad! Te verán llegar antes de que tú los puedas ver y verán tus fallos, y sin confiar en ti, tratarán de matarte. Buscarían matarte aunque fueras como yo. Porque ellos son depredadores solitarios y no buscan más compañía que los felinos en las selvas. Son celosos de su secreto y de su territorio; y, si encuentras a uno o dos viviendo juntos, sólo será por seguridad. Y uno será el esclavo del otro, del modo en que tú lo eres mío.

»—No soy tu esclavo —le dije.

»Pero aun cuando hablaba me di cuenta de que así había sido.

»—Así es como aumentan los vampiros: por medio de la esclavitud. ¿De qué otra manera, si no? —preguntó. Volvió a coger la muñeca de la chica y ella gritó cuando el cuchillo la cortó. Abrió lentamente sus ojos mientras él llenaba una copa. Hizo un guiño y trató de mantenerlos abiertos. Era como si un velo le cubriera los ojos—. Estás cansada, ¿verdad? —le preguntó él; ella lo miró como si en realidad no pudiera verlo—. ¡Cansada! —insistió él, acercándose y mirándola a los ojos—. Quieres dormir.

»—Sí —murmuró ella.

»Y él la levantó y la llevó al dormitorio.

121

»Nuestros ataúdes estaban sobre la alfombra y contra la pared; había una cama con una manta de terciopelo. Lestat no la depositó en la cama; la bajó lentamente hasta su ataúd.

»—¿Qué estás haciendo? —le pregunté cuando llegué a la puerta.

»La chica miraba alrededor como una niña aterrorizada.

»—No... —gemía.

»Y entonces, cuando él cerró la tapa, pegó un grito. Continuó gritando dentro del ataúd.

»—¿Por qué haces eso, Lestat? —pregunté.

»—Me gusta hacerlo —dijo—. Disfruto. No digo que a ti te tiene que gustar. Cuida tus gustos de esteta y de amante de cosas superiores. Mátalos velozmente si quieres, ¡pero hazlo! ¡Aprende que eres un asesino! ¡Ah!

»Levantó las manos, disgustado. La chica había dejado de gritar. El puso una pequeña silla de patas curvas al lado del ataúd y, cruzando las piernas, contempló la tapa del cajón. El suyo era un ataúd barnizado de negro, no un simple cajón rectangular como los de ahora, sino con manijas en ambas puntas y más ancho donde el cuerpo iba con las manos cruzadas sobre el pecho. Sugería la forma humana. Lo abrió y la chica se sentó atónita, con los ojos fuera de las órbitas y sus labios azules y temblorosos.

»—Acuéstate, amor.

»Y la empujó; ella quedó echada, al borde de la histeria, y se movió desesperada en el ataúd como un pez, como si su cuerpo pudiera escaparse por los costados, por el fondo.

»—¡Es un ataúd, un ataúd! —gritó—. ¡Dejadme salir!

»—Pero, con el tiempo, todos debemos acabar en ataúdes —le dijo él—. Quédate quieta, amor. Éste es tu ataúd. La mayoría de nosotros jamás llegamos a saber cómo es. Y tú lo sabes.

»Yo no podía saber si la chica lo escuchaba o si estaba perdiendo la razón. Pero ella me vio en la puerta y se quedó quieta y miró a Lestat y luego a mí.

»—¡Ayúdeme! —me dijo.

»Lestat me miró.

»—Esperaba que sintieras estas cosas instintivamente como yo —dijo—. Cuando te entregué tu primera víctima, pensé que tendrías ganas de una segunda y luego de más; que irías tras las vidas humanas como detrás de una copa llena, del mismo modo que yo. Pero no lo hiciste. Y supongo que todo este tiempo no te corregí porque débil me convenías más. Te observaba acechando en la noche, mirando caer la lluvia. Fácil de manejar, pues eres un débil, Louis. Eres un blanco fácil. Tanto para los vampiros como para los seres humanos. Lo que sucedió con Babette nos hizo peligrar a los dos. Es como si quisieras que nos destruyesen.

»—No puedo soportar lo que estás diciendo —dije, dándole la espalda.

»Los ojos de la muchacha se me clavaban en la carne. Ella continuaba echada, mirándome todo el tiempo mientras hablábamos.

»—¡Tú no puedes soportarlo! —dijo él—. Anoche te vi con esa niña. ¡Tú eres tan vampiro como yo!

»Se puso de pie y se encaminó hacia mí, pero la chica se levantó y él se dio media vuelta para empujarla nuevamente.

»—¿Piensas que tendríamos que convertirla en vampiro? ¿Compartir nuestras vidas con ella? —preguntó.

123

»—No —contesté al instante.

»—¿Por qué? ¿Porque no es más que una puta? —preguntó él—. Y una puta realmente cara —aseguró.

»—¿Puede vivir? ¿O ha perdido demasiado? —le pregunté.

»—¡Emocionante! —dijo—. No puede vivir.

»—Entonces, mátala.

»Ella empezó a gritar. Él se quedó sentado. Yo me di la vuelta. Lestat sonreía, y la muchacha, apoyando la cabeza contra la seda del ataúd, comenzó a sollozar. Su razón la había abandonado casi por completo; lloraba y rezaba a la Virgen para que la salvara, ahora con las manos sobre la cara, ahora sobre la cabeza, con su muñeca derramando sangre sobre el pelo y la seda. Me agaché sobre el ataúd. Estaba muriendo, era verdad; sus ojos le ardían, pero la piel de alrededor ya estaba azulada. De pronto sonrió:

»—No me dejarás morir, ¿no? —susurró—. Me salvarás.

»Lestat extendió una mano y la cogió de la muñeca.

»—Es demasiado tarde, querida —dijo—. Mírate la muñeca, el pecho.

»Y luego le tocó la herida de la garganta. Ella se llevó las manos a la garganta y quedó atónita, con la boca abierta, el grito estrangulado. Miré a Lestat. No podía comprender por qué hacía eso. Su rostro era tan suave como el mío, más animado por la sangre, pero frío y sin emoción.

»No se reía como un villano de opereta ni buscaba el sufrimiento de la chica como si la crueldad lo alimentase. Simplemente, la observaba.

»—Nunca quise ser mala —decía ella sollozando—. Sólo hice lo que tenía que hacer. No permitiréis que esto me suceda. No puedo morir así, ¡no puedo! —Lloraba, con sollozos secos y débiles—. Dejadme ir. Tengo que ir a ver al cura. Dejadme ir.

»—Pero mi amigo es un cura —dijo Lestat, sonriente, como si acabara de ocurrírsele una broma—. Éste es tu funeral, querida. ¿Ves?, estabas en una cena y te moriste. Pero Dios te ha dado otra oportunidad de ser absuelta. ¿No te das cuenta? Cuéntale tus pecados.

»Ella al principio sacudió la cabeza y luego volvió a mirarme con sus ojos suplicantes.

»—¿Es verdad? —murmuró.

»—Muy bien —dijo Lestat—. Supongo que no te arrepientes, querida. ¡Tendré que cerrar el ataúd!

»—¡Basta ya, Lestat! —le grité.

»La muchacha volvió a gritar y ya no pude soportar más la escena. Me agaché y la tomé de una mano.

»—No puedo recordar mis pecados —me dijo cuando le miré las muñecas, dispuesto a terminar con ella.

»—No debes tratar de hacerlo. Únicamente dile a Dios que te arrepientes —dije— y entonces te morirás y todo habrá terminado.

»Se echó y cerró los ojos. Le clavé los dientes en la muñeca y empecé a desangrarla. Se movió una vez como si durmiera y pronunció un nombre; y luego, cuando sentí que su corazón alcanzaba una lentitud hipnótica, me separé de ella, mareado, confundido por un instante, y mis manos se aferraron al marco de la puerta. La vi como en un sueño. Las velas relumbraban en un costado de mis ojos. La vi echada absolutamente inmóvil. Y Lestat estaba a su lado como un deudo. Tenía el rostro impasible.

»—Louis —me dijo—, ¿no comprendes? Sólo tendrás paz cuando hagas esto todas las noches de tu vida. No hay nada más. ¡Pues esto es todo!

»Su voz fue casi tierna cuando habló, y se levantó y me puso ambas manos en los hombros. Entré en la sala, incómodo ante su contacto, pero no lo suficientemente decidido como para separarme de él

»—Ven conmigo. Salgamos a la calle. Es tarde. No has bebido bastante. Deja que te muestre lo que eres. ¡Realmente! Perdona si hice una chapuza con todo esto, si dejé demasiadas cosas en manos de la naturaleza. ¡Vamos!

»—No lo puedo aguantar, Lestat —le dije—. Elegiste mal a tu compañero.

»—Pero, querido Louis —replicó—, ¡si no lo has intentado siquiera!

El vampiro dejó de hablar. Estudiaba al entrevistador. Pero el muchacho, atónito, no dijo nada.

—Era verdad lo que me dijo. No había bebido lo suficiente y, conmovido por el miedo de la muchacha, dejé que me llevara fuera del hotel y bajamos las escaleras. La gente llegaba del salón de fiestas de la calle Condé, y la calle, angosta, estaba muy concurrida. Había cenas en los hoteles y las familias de los plantadores estaban alojadas en la ciudad en gran número, y las pasamos como en una pesadilla. Mi dolor era insoportable. Nunca como ser humano había sentido semejante dolor mortal. Se debía a que todas las palabras de Lestat habían tenido sentido para mí. Sólo conocía la paz cuando mataba, únicamente en ese minuto; y no había dudas en mi mente de que matar algo inferior a seres humanos sólo producía una vaga añoranza, el descontento que me había acercado a los

126

humanos, que me había hecho contemplar sus vidas como a través de un cristal. Yo no era un vampiro. Y, en mi dolor, me pregunté irracionalmente, como un niño: «¿No podría volver a ser humano?». Incluso cuando la sangre de la muchacha aún estaba caliente y sentía todavía esa fortaleza y esa excitación físicas, me hice la pregunta. Los rostros de los humanos me pasaban como llamas de velas bailoteando en oleajes oscuros. Me hundía en la oscuridad. Estaba cansado de añoranzas. Giraba y giraba en la misma esquina, mirando estrellas y pensando: «Sí, es verdad. Sé que lo que él dice es verdad, que cuando mato, desaparece la añoranza; y no puedo soportar esa verdad, no puedo».

»De improviso, sobrevino uno de esos momentos fascinantes. La calle estaba completamente en silencio. Nos habíamos alejado de la zona céntrica de la ciudad vieja y estábamos cerca del puerto. No había luces, sólo el resplandor del fuego de un hogar en una ventana y el sonido distante de la gente riéndose. Pero allí no había nadie. Nadie cerca de nosotros. De pronto percibí la brisa del río y el aire cálido de la noche y sentí a Lestat a mi lado, tan inmóvil que podría haber sido de piedra. Sobre la larga y baja fila de tejados puntiagudos asomaban las recias formas de los robles en grandes hileras oscuras y ondulantes, bajo las estrellas cercanas. Por el momento, el dolor desapareció; la confusión desapareció. Cerré los ojos y oí el viento y el suave sonido del agua en el río. Fue suficiente, por un momento. Y supe que no duraría, que se alejaría de mí como algo arrancado de mis brazos, que yo iría detrás de eso, más desesperadamente solitario que cualquier criatura para recuperarlo. Y entonces, una voz a mi lado retumbó, profunda en el silencio de la noche, diciendo:

127

»—Haz lo que te ordena tu naturaleza. Esto sólo es una muestra. Haz lo que te pide tu naturaleza.

»Y el momento desapareció. Me quedé como la muchacha en la sala del hotel, mareado y listo para la menor sugerencia. Asentía con la cabeza a cuanto Lestat me aseguraba.

»—Tu dolor es terrible —dijo—. Lo sientes como ninguna otra criatura porque eres un vampiro. No quieres que continúe.

»—No —le contesté—, me siento como capturado por él, entrelazado con él y sin peso, atrapado como en una danza.

»—Eso y más. —Su mano apretó la mía—. No lo evites; ven conmigo.

»Me llevó rápidamente por la calle. Dándose la vuelta cada vez que yo vacilaba, extendía su mano, con una sonrisa en sus labios, y su presencia era tan maravillosa como en la noche que se me había aparecido en mi vida mortal y me dijo que seríamos vampiros.

»—El mal es un punto de vista —me susurró ahora—. Somos inmortales. Y lo que tenemos ante nosotros son las fiestas suntuosas que la conciencia no puede apreciar y que los seres humanos no pueden conocer sin arrepentirse. Dios asesina y nosotros también; indiscriminadamente. Él arrasa a ricos y pobres y nosotros hacemos lo mismo; porque ninguna criatura es igual a nosotros, ninguna tan parecida a Él como nosotros, ángeles oscuros no confiados a los límites hediondos del infierno sino por Su tierra y todos Sus reinos. Esta noche quiero un niño. Yo soy como una madre... ¡Quiero un niño!

»Tendría que haber sabido lo que deseaba. No lo sabía. Me tenía hipnotizado, encantado. Jugaba conmigo como lo había hecho cuando yo era un mortal; me guiaba. Me decía:

»—Tu dolor terminará.

»Habíamos llegado a una calle de ventanas iluminadas. Era un lugar de pensiones de marineros y de portuarios. Entramos por una puerta angosta; y entonces, en el pasillo de piedra en el que oía mi propia respiración como el viento, avanzó pegado a la pared hasta que su sombra se superpuso a la sombra de otro hombre, sus cabezas gachas y juntas, sus susurros como el crujido de las hojas secas.

»—¿Qué es?

»Me acerqué a él cuando volvió, temeroso de que la excitación que sentía en mí desapareciese. Y vi nuevamente el paisaje de pesadilla que había visto cuando hablé con Babette; sentí el frío de la soledad, el frío de la culpabilidad.

»—¡Ella está aquí! —dijo él—. La herida. ¡Tu hija!

»—¿De qué hablas? ¿Qué estás diciendo?

»—La has salvado —me susurró—. Yo lo sabía. Dejaste frente a la ventana abierta a ella y a su madre muerta, y la gente que pasaba por la calle la trajo aquí.

»—La niña... ¡la pequeña! —dije.

»Pero él ya me llevaba por la puerta hasta el final de la larga hilera de camas de madera, cada una con un niño bajo una angosta sábana blanca; había un candil al fondo de la sala, donde una enfermera estaba inclinada sobre un escritorio. Caminamos por el pasillo entre las hileras.

»—Niños muertos de hambre, huérfanos —dijo Lestat—. Hijos de la plaga y de la fiebre.

»Se detuvo. Yo vi a la pequeña en una cama. Y luego vino el hombre y habló con Lestat; ¡qué cuidado por la pequeña dormida! Alguien lloraba en la habitación. La enfermera se puso de pie y se apresuró.

»Y entonces el médico se agachó y arropó a la niña con la manta. Lestat había sacado dinero del bolsillo y lo puso sobre el pie de la cama. El médico dijo lo contento que estaba por el hecho de que nosotros hubiéramos ido a buscarla. Explicó que la mayoría de ellos eran huérfanos; venían en los barcos; a veces huérfanos demasiado pequeños para decir qué cadáver era el de su madre. Pensaba que Lestat era el padre.

»Y, en unos pocos instantes, Lestat corría por las calles con ella; la blancura de la manta brillaba contra su capa negra; e incluso para mi visión experta, mientras corría detrás de él, a veces parecía como si la manta flotara en medio de la noche sin que nadie la sostuviera, una forma movediza volando en el viento como una hoja vertical y enviada por un pasaje, tratando de encontrar el viento y al mismo tiempo volando.

»Finalmente conseguí alcanzarlo cuando llegamos a las lámparas cerca de la Place d'Armes. La niña descansaba pálida sobre su hombro; sus mejillas aún llenas como cerezas, aunque estaba desangrada y próxima a la muerte. Abrió los ojos, o más bien sus párpados se corrieron hacia atrás, y bajo las largas cejas vi unas rayas blancas.

»—Lestat, ¿qué estás haciendo? ¿Adónde la llevas? —le pregunté.

»Pero yo lo sabía. Se encaminaba al hotel y pretendía llevarla a nuestra habitación.

»Los cadáveres estaban tal cual los habíamos dejado; uno meticulosamente echado en el ataúd como si un sepulturero se hubiera ocupado de la víctima; el otro en la silla, delante de la mesa. Lestat pasó a su lado como si no los viese, mientras que yo los contemplé con fascinación. Todas las velas se habían consumido y la única luz venía de la luna y de la calle. Pude ver su perfil helado y resplandeciente cuando puso a la niña sobre la almohada.

»—Ven aquí, Louis; tú no te has alimentado lo suficiente. Lo sé —dijo con la misma voz calma y serena que había usado toda la noche con tanta habilidad; me tomó de la mano, y la suya estaba cálida y punzante—. ¿La ves, Louis, cuán dulce y saludable parece, como si la muerte no le hubiera arrancado la frescura? ¡La voluntad de vivir es tan poderosa! ¿Recuerdas cómo la querías tener cuando la viste en esa habitación?

»Me resistí. No quería matarla. No había querido hacerlo la noche anterior. Y entonces, de improviso, recordé dos cosas conflictivas y me sentí golpeado por el dolor: recordé el poderoso palpitar de su corazón contra el mío y tuve deseos de poseerlo, unos deseos tan fuertes que di la espalda a la cama y hubiese salido corriendo de la habitación si Lestat no me hubiera agarrado; y recordé el rostro de su madre y ese momento de horror cuando dejé caer a la criatura y él entró en la habitación. Pero ahora no se estaba burlando de mí; me estaba confundiendo.

»—Tú la quieres, Louis. ¿No ves que una vez que la has poseído, entonces puedes poseer a quien quieras? Anoche la deseaste, pero no tuviste el valor suficiente, y por eso ahora ella está viva.

»Pude sentir que lo que él decía era verdad. Pude volver a sentir el éxtasis de tener su pequeño corazón latiendo.

»—Es demasiado fuerte para mí... su corazón; no cede —le dije.

»—¿Es tan fuerte? —dijo, y sonrió; me acercó a la niña—. Cógela, Louis —me instó—. Yo sé que tú la deseas.

»Yo lo hice. Me acerqué a la cama y la observé. El pecho apenas se le movía y una de sus manitas estaba enredada en su cabello largo y rubio. No pude soportarlo, mirándola, queriendo que no muriera y deseándola al mismo tiempo; y, cuanto más la miraba, más podía saborear su piel, sentir mi brazo cayendo por debajo de su espalda y atrayéndola hacia mí, sentir su cuello suave. Suave, suave, eso era lo que era, suave. Traté de decirme que era mejor que muriera —¿en qué se iba a convertir?—, pero ésas fueron ideas mentirosas. ¡Yo la deseaba! Y, por lo tanto, la tomé en mis brazos y puse su mejilla ardiente contra la mía, su cabello cayendo encima de mis muñecas y acariciando mis cejas, el dulce aroma de una niña, poderoso y pulsante pese a la enfermedad y la muerte. Gimió entonces, se sacudió en su sueño y eso fue superior a lo que podía soportar. La mataría antes de permitirle despertar, y yo lo sabía. Busqué su cabello y oí que Lestat me decía extrañamente:

»—Nada más que un pequeño rasguño. En un cuello pequeño.

»Y yo le obedecí.

»No te repetiré lo que fue, salvo que me excitó del mismo modo que antes, como siempre hace el matar, sólo que más; se me doblaron las rodillas y casi caigo en la cama, mientras la desangraba y aquel corazón latía como si jamás cesara de hacerlo. Y, de repente, cuando yo seguía y seguía... esperando, con todos mis instintos, que empezara a detenerse, lo que significaba la muerte, Lestat me la arrancó.

»—¡Pero si no está muerta! —susurré. Pero ya todo había terminado. Los muebles de la habitación emergieron de la oscuridad. Me senté perplejo, mirándola, demasiado debilitado para moverme, con mi cabeza reposando en la cabecera de la cama, y mis manos aferradas a la manta de terciopelo.

Lestat la despertaba diciéndole un nombre:

»—Claudia, Claudia, escúchame; despierta, Claudia. —La llevó fuera del dormitorio, y su voz en la sala era tan baja que apenas le oía—. Estás enferma, ¿me oyes? Debes hacer lo que te digo para estar bien.

»Y entonces, en la pausa siguiente, me di cuenta de todo. Me di cuenta de lo que estaba haciendo; que se había cortado la muñeca y que se la estaba ofreciendo, y que ella estaba bebiendo.

»—Así es, querida; más —le decía—. Debes beber para curarte.

»—¡Maldito seas! —grité, y él me hizo callar con una mirada aterradora.

»Se sentó en el sofá con ella aferrada a su muñeca. Vi la mano blanca de ella asida por su manga y pude ver el pecho tratando de respirar y su rostro desfigurado, de un modo como jamás lo había visto. Dejó escapar un gemido y él le susurró que continuara; y, cuando me acerqué me volvió a echar una mirada como diciendo: "Te mataré."

»—Pero ¿por qué, Lestat? —le dije.

»Entonces él trató de desprenderse de la niña y ella no lo dejaba. Con sus dedos aferrados a la mano y al brazo de Lestat, ella mantenía la muñeca en su boca mientras gemía.

»—Basta ya, basta ya —le dijo.

»Evidentemente, le dolía. La empujó y la agarró de los hombros. Ella trató desesperadamente de alcanzar su muñeca, pero no pudo; y entonces lo miró con la más absoluta perplejidad. Él se apartó con la mano escondida. Luego se ató un pañuelo en la muñeca y se acercó a la cuerda de llamar a la servidumbre. Le dio un fuerte tirón, con sus ojos aún fijos en ella.

»—¿Qué has hecho, Lestat? —le pregunté—. ¿Qué has hecho?

»La miré. Ella estaba sentada, revivida, llena de vida, sin la menor señal de palidez o debilidad, con las piernas estiradas sobre el damasco, y su vestido blanco suave y pequeño como el atuendo de un ángel alrededor de sus formas pequeñas. Miraba a Lestat.

»—Yo no —le dijo él—, nunca más. ¿Comprendes? Pero te enseñaré lo que debes hacer.

»Cuando traté de que me mirara y me explicara lo que estaba haciendo, me empujó a un lado. Me dio tal golpe en el brazo que reboté contra la pared. Alguien llamaba a la puerta. Yo sabía lo que iba a hacer. Una vez más traté de detenerle, pero giró con tal rapidez que no le alcancé a ver cuando me pegó. Cuando lo vi, yo estaba echado sobre una silla y él abría la puerta.

»—Sí, entra, por favor. Hemos tenido un accidente —le dijo al joven esclavo.

»Y luego, al cerrar la puerta, lo cogió por detrás y el muchacho nunca supo lo que le había sucedido. E incluso cuando se arrodilló sobre el cuerpo, bebiendo, hizo un gesto llamando a la niña, quien saltó del sofá y fue a arrodillarse a su lado y tomó la muñeca que se le ofrecía, empujando rápidamente las mangas de la camisa. Rugió como si quisiera devorar esa carne, y entonces Lestat le enseñó lo que debía hacer. Él tomó asiento y dejó que ella bebiera el resto, de modo que, cuando llegó el momento, se agachó y dijo:

»—Basta, se está durmiendo... Nunca debes seguir bebiendo después de que se detiene el corazón, o volverás a enfermarte, enfermarte de muerte. ¿Entiendes?

»Pero ella había bebido lo suficiente y tomó asiento a su lado, recostándose contra el respaldo del largo sofá. El muchacho murió a los pocos segundos. Me sentía agotado y descompuesto, como si la noche hubiera durado mil años. Me quedé mirándolos; la niña se acercó a Lestat y se apoyó en él cuando éste le pasó un brazo por el hombro, aunque sus ojos indiferentes seguían fijos en el cadáver. Luego me miró.

»—¿Dónde está mi mamá? —preguntó la niña en voz baja. Su voz era igual a su belleza física, clara como una campanilla de plata. Era sensual. Toda ella era sensual. Tenía los ojos tan grandes y claros como Babette. Comprenderás que yo apenas tenía conciencia de lo que todo esto significaría. Sabía lo que podría significar, pero estaba estupefacto. Entonces Lestat se puso de pie, la levantó y se acercó a mí.

»—Ella es nuestra hija —dijo—. Va a vivir con nosotros.

»La miró radiante pero sus ojos estaban fríos, como si todo fuera una broma horrible; entonces me miró y su rostro demostró convicción. La empujó en mi dirección. Ella se puso sobre mis rodillas, y yo la abracé sintiendo lo suave que era, la suavidad de su piel, como la piel de una fruta cálida, de ciruelas calentadas por el sol; sus grandes ojos luminosos se fijaron en mí con confiada curiosidad.

»—Éste es Louis y yo soy Lestat —le dijo él, poniéndose a su lado.

»Ella miró en derredor y dijo que era una habitación bonita, muy bonita, pero que quería a su mamá.

Él sacó un peine y empezó a peinarla, con los rizos en la mano para no tirar de sus cabellos; su pelo se desenredó y parecía de seda. Era la niña más hermosa que yo jamás había visto y ahora deslumbraba con el fuego frío de un vampiro. Sus ojos eran los ojos de una mujer. Se volvería blanca y solitaria como nosotros, pero no perdería sus formas. Comprendí ahora lo que Lestat había dicho de la muerte, lo que significaba. Le toqué el cuello, donde dos heridas rojas sangraban un poco.

»—Tu mamá te ha dejado con nosotros. Ella quiere que seas feliz —le decía él con una confianza inconmensurable—. Ella sabe que te podemos hacer muy feliz.

»—Quiero más —dijo ella, mirando el cadáver en el suelo.

»—No, esta noche, no. Mañana por la noche —dijo Lestat.

»Y fue a retirar a la dama de su ataúd. La niña saltó de mis rodillas y yo la seguí. Se quedó observando mientras Lestat puso en la cama a las dos mujeres y al esclavo. Les subió la manta hasta la barbilla.

»—¿Están enfermos? —preguntó la niña.

»—Sí, Claudia —dijo él—. Están enfermos y están muertos. ¿Ves?, ellos mueren cuando bebemos de ellos.

»Se acercó a ella y la volvió a abrazar. Nos quedamos los dos con ella en medio. Yo estaba hipnotizado por su presencia, por ella transformada, por cada gesto suyo. Ya no era más una niña; era una vampira.

»—Ahora Louis iba a abandonarnos —dijo Lestat, moviendo sus ojos de mi rostro al de ella—. Se iba a ir. Pero ahora no lo hará. Porque quiere quedarse y ocuparse de ti y hacerte feliz. —Me miró—. Vas a cuidar de ella, ¿verdad, Louis?

»—¡Tú, hijo de perra! —le espeté—. ¡Maldito!

»—¡Semejante lenguaje delante de nuestra hija! —dijo él.

»—Yo no soy vuestra hija —dijo ella con voz de plata—. Soy la hija de mi mamá.

»—No, querida, ya no —le dijo él; miró a la ventana y luego cerró el dormitorio y puso la llave en la cerradura—. Eres nuestra hija; la hija de Louis y la mía ¿comprendes? Bien, ¿con quién quieres dormir? ¿Con Louis o conmigo? Quizá quieras dormir con Louis. Después de todo, cuando estoy cansado... no soy tan bueno.

El vampiro se detuvo. El muchacho no dijo nada.

—¡Una niña vampira! —susurró finalmente.

El vampiro echó una mirada como sorprendido, aunque el muchacho no se había movido. Miró hacia el magnetófono como si se tratase de algo monstruoso.

El muchacho se percató de que la cinta estaba a punto de acabar. Rápidamente, abrió su portafolios y sacó una nueva cinta, colocándola torpemente en su sitio. Miró al vampiro cuando apretó el botón. El rostro del vampiro parecía cansado, con sus mejillas más prominentes, y ahora faltaba poco para las diez. El vampiro se enderezó, sonrió y preguntó con calma:

—¿Estamos listos para continuar?

—¿Le hizo eso a la pequeña nada más que para que usted no lo abandonara? —preguntó el muchacho.

—Eso es difícil de precisar. Fue una declaración. Estoy convencido de que Lestat era una persona que prefería no pensar ni hablar de sus motivaciones o creencias, ni siquiera consigo mismo. Una de esas personas que deben actuar. Una persona de ésas debe ser golpeada bastante antes de que se abra y confiese que hay un método y un pensamiento en su manera de vivir. Eso es lo que sucedió esa noche con Lestat. Había sido arrinconado hasta donde tuvo que descubrir, incluso a sí mismo, por qué vivía y cómo lo hacía. El mantenerme a su lado, eso sin duda era parte de lo que arrinconó. Pero, sin duda, quería que yo me quedara. Conmigo vivía de una forma en la que jamás podría haber vivido solo. Y, como te he dicho, siempre tuve el cuidado de no darle el título de ninguna propiedad; algo que lo enfurecía. No podía convencerme de que lo hiciera. —De repente, el vampiro se rió—. ¡Mira todas las demás cosas de las que me convenció! Qué extraño. Me podía convencer de que matara a un niño, pero no de compartir mi dinero. —Sacudió la cabeza—. Pero no se trató en realidad de avaricia, como puedes ver. El miedo que le tenía era lo que me volvía tan avaro con él.

—Usted habla de él como si estuviera muerto. Usted dice que Lestat fue esto o era aquello. ¿Está muerto? —preguntó el muchacho.

—No lo sé —dijo el vampiro—. Pienso que tal vez lo esté. Pero ya llegaré a eso. Estábamos hablando de Claudia, ¿verdad? Hay algo más que quisiera contarte sobre los motivos que esa noche tuvo Lestat. Él no confiaba en nadie. Era como un gato, según su propia confesión, un depredador solitario. No obstante, esa noche se había tenido que comunicar conmigo; hasta cierto punto se había descubierto al decirme la verdad. Había abandonado su tono de burla, de condescendencia. Por un momento había olvidado su furia perpetua. Y esto para Lestat era exponerse. Cuando estábamos solos en las calles oscuras, sentí con él una comunión como no la había sentido desde mi muerte. Más bien pienso que metió a Claudia en el vampirismo por venganza.

—Venganza no sólo contra usted sino contra el mundo entero —comentó el muchacho.

—Sí. Como he dicho, los motivos de Lestat para cualquier cosa siempre giraban en torno a la venganza.

—¿Empezó con su padre? ¿En la escuela?

—No lo sé. Lo dudo —dijo el vampiro—. Pero quiero continuar hablando.

—Oh, por favor, continúe. ¡Tiene que continuar! Quiero decir, que son apenas las diez.

El entrevistador mostró su reloj. El vampiro lo miró y luego sonrió al muchacho. El rostro del joven sufrió un cambio. Palideció como si hubiera sido víctima de un ataque.

—¿Aún me tienes miedo? —preguntó el vampiro.

El muchacho no dijo nada, pero se alejó un poco del borde de la mesa. Estiró el cuerpo, sus pies rozaron las tablas y luego se contrajeron.

—Yo pensaría que serías un tonto si no lo tuvieras —dijo el vampiro—. Pero no lo tengas. ¿Continuamos?

—Por favor —dijo el muchacho.

Hizo un gesto en dirección a la grabadora.

—Pues —dijo el vampiro— nuestra vida sufrió un gran cambio con *mademoiselle* Claudia, como te puedes imaginar. Su cuerpo murió, pero sus sentidos se despertaron tanto como los míos. Y busqué en ella señales de esto. Pero durante los primeros días no me di cuenta de cuánto la quería, de cuánto quería hablar con ella y estar con ella. Al principio, sólo pensaba en protegerla de Lestat. La metía en mi ataúd todas las mañanas, no le quitaba la vista de encima y trataba de que estuviera con él lo menos posible. Eso era lo que Lestat quería y dio muy pocas señales de que le pudiera llegar a hacer algún daño.

»—Una niña muerta de hambre es un espectáculo horroroso —me dijo—. Y un vampiro muerto de hambre es algo aún peor.

»Se oirían sus gritos en París, decía, si la encerraba para que muriese. Pero todo lo decía por mí, para tenerme más atado, con miedo de irme solo. No me imaginaba la posibilidad de irme con Claudia. Era una niña. Necesitaba cuidados.

»Y encontraba placer con atenderla. Ella se olvidó de inmediato de sus cinco años de vida mortal. O al menos así lo parecía, ya que era misteriosamente tranquila y reservada. Y, de tanto en tanto, yo temía que hasta hubiese perdido los sentidos, que la enfermedad de su vida mortal, combinada con el gran traumatismo del vampirismo, le pudieran haber robado la razón; pero eso estuvo muy lejos de la realidad. Simplemente, era tan diferente a Lestat o a mí que yo no la podía entender; porque, aunque era pequeña, ya era una fiera asesina capaz de una búsqueda incesante de sangre con la imperiosidad de un niño. Y aunque Lestat aún me amenazaba con hacerle daño, a ella no se lo hacía, sino que era cariñoso, orgulloso de su hermosura, ansioso por enseñarle que debíamos matar para vivir y que nosotros no podíamos morir jamás.

»Entonces la plaga fulminó la ciudad, como ya te he dicho, y él la llevaba a los cementerios hediondos donde las víctimas de la peste y de la fiebre amarilla yacían apiladas mientras los ruidos de las palas no cesaban ni de día ni de noche.

»—Ésta es la muerte —le dijo él, señalando el cuerpo descompuesto de una mujer—, algo que nosotros no podemos sufrir. Nuestros cuerpos permanecerán como ahora, frescos y vivos; pero no debemos vacilar en traer la muerte, porque así vivimos.

»Y Claudia lo miraba con sus ojos inescrutables.

»Si en esos primeros años no hubo comprensión, tampoco hubo la posibilidad del miedo. Muda y hermosa, asesinaba. Y yo, transformado por las órdenes de Lestat, ahora salía a cazar seres humanos en grandes cantidades. Pero no era su muerte por sí sola la que me aliviaba del dolor que había sentido en las quietas y negras noches de Pointe du Lac, cuando me sentaba a solas con la compañía de Lestat y de su padre; eran sus grandes y cambiantes posibilidades en las calles, que jamás se silenciaban, con los centros nocturnos que nunca cerraban las puertas, las fiestas que duraban hasta el alba, la música y las risas que salían de todas las ventanas; la gente que me rodeaba en todas partes, mis víctimas llenas de latidos, ya no vistas con el gran amor que yo había sentido por mi hermana y por Babette sino con necesidad e indiferencia a la vez. Y los mataba, matanzas infinitamente variadas y a grandes distancias, cuando caminaba con la visión y los ligeros movimientos de un vampiro por su ciudad aburguesada y alegre. Mis víctimas me rodeaban, seduciéndome, invitándome a sus cenas, sus carruajes, sus burdeles. Sólo me quedaba un poco, lo suficiente para tomar lo que debía tomar, tranquilizado por la gran melancolía con que la ciudad me entregaba una infinidad de magníficos desconocidos.

»Porque de eso se trataba. Me alimentaba de desconocidos. Me acercaba únicamente lo suficiente para ver su belleza latente, la expresión única, la voz nueva y apasionada. Y luego mataba antes de que esos sentimientos pudieran aparecer en mí, y ese miedo, esa pena.

»Claudia y Lestat podían cazar y seducir, permanecer largo tiempo en compañía de la víctima condenada, gozando el espléndido humor en su inocente amistad con la muerte. Pero yo aún no lo podía soportar. Por tanto, para mí la población creciente era una misericordia, un bosque en el que estaba perdido, incapaz de detenerme, girando demasiado rápido para el pensamiento o el dolor, aceptando una y otra vez la invitación a la muerte rápida en vez de prolongarla.

»Mientras tanto, vivíamos en una de mis residencias españolas en la rue Royale, un piso extenso y lujoso sobre una tienda que alquilaba a un sastre; detrás había un jardín escondido; una pared nos aseguraba contra la calle, con persianas fijas de madera y una puerta enrejada y firme; era un lugar de mucho más lujo y seguridad que Pointe du Lac. Nuestros sirvientes eran gente de color, libertos que nos dejaban a solas antes del amanecer y se iban a sus propios hogares. Y Lestat compraba las últimas importaciones de Francia y España: lámparas de cristal y alfombras orientales, biombos de seda con pájaros del paraíso pintados, canarios que trinaban en grandes jaulas doradas con cúpulas y delicados dioses griegos de mármol, y vasos chinos hermosamente dibujados. Yo no necesitaba el lujo más de lo que antes lo había necesitado, pero quedé fascinado con esta nueva inundación de arte y artesanía; podía contemplar los intrincados diseños de las alfombras durante horas, o mirar cómo el brillo de una lámpara cambia los sombríos colores de un cuadro holandés.

»Claudia encontraba maravilloso todo eso; lo hacía con la tranquila reverencia de una niña nada malcriada, y quedó encantada cuando Lestat contrató a un pintor para que hiciera en las paredes de su dormitorio un bosque mágico de unicornios y pájaros dorados y árboles llenos de frutos por encima de ríos deslumbrantes.

»Un desfile incontable de sastres, zapateros y modistas venían a nuestro piso a vestir a Claudia con lo mejor en la moda infantil; en consecuencia, ella siempre estaba como una visión, no sólo de belleza infantil, con sus cejas pobladas y su glorioso pelo rubio, sino del buen gusto de bonetes finamente acabados y pequeños guantes de lazo, fantásticos abrigos y capas de terciopelo y vestidos blancos de grandes mangas. Lestat jugaba con ella como si fuera una magnífica muñeca; y yo jugaba con ella de la misma forma; y fueron sus ruegos los que me obligaron a abandonar mis colores negros y adoptar chaquetas de dandy y corbatines de seda y suaves abrigos grises y guantes y capas negras. Lestat opinaba que el color más indicado para vampiros era siempre el negro; posiblemente fue el único principio estético que mantuvo con firmeza, pero no se oponía a nada que trasluciera estilo y exceso. Le encantaba el aspecto que los tres teníamos en nuestro palco en la nueva French Opera House o en el Théâtre d'Orléans, a los que concurríamos con la mayor asiduidad posible. Lestat sentía tal pasión por Shakespeare que me sorprendía, aunque a menudo dormitaba en las óperas y se despertaba justo a tiempo para invitar a alguna dama encantadora a una cena tardía durante la cual usaría toda su habilidad para conseguir que ella se enamorara locamente de él; y luego la despachaba

143

violentamente al cielo o al infierno y regresaba a casa con su anillo de diamantes para Claudia.

»Y en toda esa época, yo educaba a Claudia, susurrándole en su pequeño oído como una concha marina que toda nuestra vida eterna era inútil si no veíamos la belleza a nuestro alrededor, la creación de los mortales; yo sondeaba constantemente la profundidad de su mirada quieta cuando leía los libros que le daba, murmuraba la poesía que le enseñaba y tocaba con un toque leve pero confiado sus propias canciones extrañas pero coherentes en el piano. Podía quedarse horas mirando las imágenes de un libro o escuchándome leer, con tal quietud que su visión me irritaba, me hacía bajar el libro y mirarla a través de la habitación iluminada; entonces, se movía, era una muñeca que se vivificaba y decía con su voz más suave que siguiera leyendo.

»Y entonces empezaron a suceder cosas extrañas. Porque aunque todavía era una pequeña niña tranquila, yo la encontraba aferrada al brazo de un sillón leyendo las obras de Aristóteles o Boecio o una nueva novela que acababa de llegar allende el Atlántico. O intentando una música de Mozart que habíamos escuchado la noche anterior, con un oído infalible y una concentración que la hacía fantasmagórica cuando se sentaba allí hora tras hora descubriendo la música; la melodía, luego el bajo y finalmente uniendo todo. Claudia era un misterio. No era posible saber lo que sabía y lo que no sabía. Y observarla era algo escalofriante. Se sentaba solitaria en la esquina oscura, esperando al caballero o a la mujer amable que la encontrasen, con sus ojos más indiferentes que los de Lestat. Como una niña petrificada de miedo, susurraba sus ruegos de ayuda a los mecenas gentiles y admirativos, y, cuando la sacaban de la plaza, sus brazos se fijaban alrededor de sus cuellos, con la lengua entre los dientes y la visión congelada por el hambre consumidor. Ellos encontraban pronto la muerte en esos primeros años, antes de que aprendiera a jugar con ellos, a guiarlos a la tienda de muñecas o al café donde la obsequiaban con humeantes tazas de chocolate o de té para colorear sus pálidas mejillas, tazas que ella tiraba, esperando, como si celebrase silenciosamente sus amabilidades terribles.

»Pero cuando eso terminaba, ella era mi compañera, mi pupila; y las prolongadas horas pasadas a mi lado consumían cada vez con más rapidez el conocimiento que yo le brindaba. Compartía conmigo una comprensión tranquila que no podía incluir a Lestat. A la madrugada, se echaba a mi lado, con su corazón latiendo contra el mío. Y, en muchas oportunidades, cuando la miraba —cuando ella estaba sumergida en su música o en su pintura y no sabía que yo estaba presente—, pensaba en esa singular experiencia que había tenido con ella y con nadie más; que yo la había asesinado, le había arrebatado la vida, había bebido toda la sangre de su vida en un abrazo fatal que había dado a tantos otros, otros que ahora yacían moldeados por la tierra húmeda. Pero ella vivía, vivía para pasarme los brazos por el cuello y apretar su pequeña frente contra mis labios y poner sus ojos brillantes delante de los míos hasta que nuestras cejas se confundían; y, riéndonos, bailábamos por la habitación como en un vals violento. Padre e hija. Amante y amada. Te puedes imaginar lo satisfactorio que era que Lestat no nos envidiara, que simplemente sonriera desde lejos esperando a que ella se acercara a él. Entonces la sacaba a la calle y me saludaban desde el pie de la ventana y se iban a compartir lo que compartían: la cacería, la seducción, la matanza.

»Pasaron años de esta manera. Años y años y años. No obstante, tuvo que pasar algún tiempo antes de que me percatase de un hecho obvio acerca de Claudia. Supongo, por la expresión de tu cara, que ya sabes de qué se trata y te preguntas por qué yo no lo había supuesto. Sólo te puedo decir que el tiempo no es lo mismo para mí ni lo era entonces para nosotros. Un día no se unía a otro formando una fuerte cadena; más bien la luna se elevaba encima de las olas superpuestas.

—¡Su cuerpo! —exclamó el entrevistador—. No crecería jamás.

El vampiro asintió.

—Sería una niña demoníaca para siempre —dijo, y su voz fue suave como si se sorprendiese de ello—. Igual que yo soy el mismo hombre joven que cuando morí. ¿Y Lestat? Lo mismo. Pero su mente... era la mente de un vampiro. Y yo traté de saber cómo se acercaba a la madurez femenina. Empezó a hablar más, aunque jamás dejó de ser una persona reflexiva, y podía escucharme pacientemente durante horas sin interrupción. Sin embargo, más y más su cara de muñeca pareció poseer dos ojos absolutamente adultos; y la inocencia pareció perderse de algún modo entre muñecas olvidadas, y la pérdida de una cierta paciencia. Había algo fatalmente sensual en ella cuando se tiraba en el sofá con un camisón pequeñito de lazo y perlas; se convirtió en una seductora fantasmal y poderosa; su voz se volvió más cristalina y dulce que nunca, aunque tenía una resonancia que era de mujer, una agudeza que a veces impresionaba. Después de días de acostumbrada quietud, de repente se oponía a las predicciones de Lestat acerca de la guerra; o, bebiendo sangre de una copa de cristal, decía que no había libros en la casa, que deberíamos conseguir más aunque tuviéramos que robarlos; y luego, fríamente, me hablaba de una librería de la que había oído hablar, en una mansión palaciega en el Faubourg Sainte-Marie. Allí había una mujer que coleccionaba libros como si fueran piedras o mariposas disecadas. Me preguntaba si yo me podía meter en el dormitorio de la mujer.

»Me quedaba estupefacto en esas ocasiones; su mente era imprevisible, desconocida. Pero luego se sentaba en mis rodillas y me acariciaba el pelo suavemente, susurrándome al oído que yo nunca iba a crecer como ella, hasta que supiera que matar era lo más serio del mundo, no los libros ni la música...

»—Siempre la música... —me susurraba.

»—Muñeca, muñeca —le decía yo.

»Pues eso era lo que era. Una muñeca mágica. La risa y el intelecto infinito y luego la cara de redondas mejillas, la boca como una flor.

»—Déjame que te vista, deja que te peine —le decía como una vieja costumbre, consciente de su sonrisa y de que me miraba con un velo de aburrimiento en su expresión.

»—Haz lo que quieras —me decía al oído cuando me agachaba a prenderle sus botones de perlas—. Pero esta noche mata conmigo. Nunca me has dejado verte matar, Louis.

»Entonces quiso un ataúd propio, lo que me hirió más de lo que le permití darse cuenta. Me fui después de haberle dado mi consentimiento de caballero. ¿Cuántos años había dormido con ella como si fuera parte de mí? No lo sabía. Pero entonces la encontré cerca del convento de las Ursulinas, una huérfana perdida en la oscuridad, y, de improviso, corrió hacia mí y se aferró a mi cuerpo con una desesperación humana.

»—No lo quiero si te hace sufrir —me confió en voz tan baja que si un ser humano nos hubiese abrazado, no podría haberla escuchado ni sentido su aliento—. Siempre me quedaré contigo. Pero debo verlo, ¿comprendes? Un ataúd para una niña.

»Íbamos a ir a ver al fabricante de ataúdes. Una obra, una tragedia en un solo acto: yo la dejaría en la pequeña sala y confesaría en la antecámara que ella se moriría. Ella debía tener lo mejor, pero no debía saberlo; y el fabricante, conmovido por la tragedia, se lo debía hacer, viéndola ahí vestida de blanco, dejando escapar una lágrima pese a todos sus años.

»—Pero, ¿por qué... Claudia? —le rogué yo.

»Detestaba hacer eso, detestaba jugar al gato y al ratón con el indefenso ser humano. Pero, sin más esperanzas, era su amante y la llevé allí y la senté en el sofá, donde quedó con las manos cruzadas, con su pequeño sombrero inclinado, como si no supiera lo que nosotros murmurábamos al lado. El fabricante era un viejo hombre de color, muy educado, quien rápidamente me apartó a un lado para que "la niña" no nos oyera.

»—Pero ¿por qué debe morir? —me preguntó, como si yo fuera el Dios que lo había dictaminado.

»—Su corazón... No puede vivir —dije, y las palabras cobraron en mí un poder peculiar, una afligida resonancia.

»La emoción en la cara del hombre, angosta y llena de arrugas, me preocupó; se me ocurrió algo, una cualidad de la luz, el sonido de algo... una niña llorando en una habitación hedionda. Entonces, él abrió otra de sus grandes habitaciones y me mostró los ataúdes de laca negra y plata; lo que ella quería.

Y, de repente, me encontré alejándome de él, de la casa de ataúdes, llevándola de la mano por la calle.

»—He hecho el pedido —le dije—. ¡Me vuelve loco!

»Respiré el aire fresco de la calle como si estuviera sofocado, y entonces vi su rostro sin compasión, que estudiaba el mío fijamente. Me tomó de la mano con su manita enguantada.

»—Lo quiero tener, Louis —me explicó pacientemente.

»Y entonces, una noche, subió las escaleras del fabricante, con Lestat a su lado, a buscar el ataúd, y dejó al fabricante, sin saber lo que le había pasado, muerto sobre las pilas polvorientas de papeles de su escritorio. Y el ataúd estaba en nuestro dormitorio, donde lo contempló durante horas cuando era nuevo, como si la cosa se moviera o estuviera viva o descubriera poco a poco su misterio, tal como hacen las cosas cuando cambian. Pero ella no dormía allí. Dormía conmigo.

»Tuvo otros cambios. No les puedo dar una fecha ni ponerlos en orden cronológico. No mataba de forma indiscriminada. Tenía curiosidades que la atraían. La pobreza empezó a fascinarla; le rogaba a Lestat o a mí que la lleváramos en algún carruaje por el Faubourg St. Marie a las zonas del puerto donde vivían los inmigrantes. Parecía obsesionada con las mujeres y los niños. Todo esto me lo contaba Lestat, divertido, porque yo detestaba ir y a veces no me podían convencer con ningún argumento. Claudia mató uno por uno a los miembros de una familia. Había pedido entrar en el cementerio de la ciudad suburbana de Lafayette, y allí andaba entre las altas lápidas de mármol a la búsqueda de esos desesperados que, al no tener donde dormir, se gastaban lo poco que tenían en una botella de vino y se metían en una bóveda. Lestat estaba impresionado, abrumado. ¡Qué imagen tenía de ella! La llamaba "la muerte infantil", "la hermana muerte" y "una muerte dulce" y, para mí, él tenía el término burlón de "¡muerte misericordiosa!", y lo decía haciendo una reverencia y batiendo palmas, como una vieja comadre a punto de confiar un chisme excitante. ¡Oh, cielos misericordiosos! Yo quería estrangularlo.

»Pero no había peleas. Cada uno estaba en lo suyo. Teníamos nuestras normas. Los libros llenaban nuestro extenso piso del suelo al techo con hileras de luminosos volúmenes de piel, mientras Claudia y yo satisfacíamos nuestros apetitos naturales y Lestat se concentraba en sus lujosas adquisiciones. Hasta que ella empezó a hacer preguntas.

El vampiro se detuvo. Y el muchacho pareció tan ansioso como antes, como si la paciencia le costara un esfuerzo tremendo. Pero el vampiro había entrelazado sus largos dedos blancos, como en la iglesia, y luego los presionó. Fue como si se hubiera olvidado por completo del entrevistador.

—Lo tendría que haber sabido —dijo—; era inevitable, y yo tendría que haber reconocido los indicios. Porque yo estaba tan atado a ella..., la amaba de forma tan absoluta; era mi compañera de todas las horas, la única compañera que tenía, aparte de la muerte. Pero una parte mía era consciente de un enorme golfo de oscuridad que se cernía en nuestras proximidades, como si siempre caminásemos al borde del abismo y viéramos de pronto que ya era demasiado tarde si hacíamos un movimiento en falso o nos concentrábamos demasiado en nuestros pensamientos. A veces, el mundo físico a mi alrededor me parecía insustancial, salvo en la oscuridad. Como si estuviera a punto de abrirse una grieta en la tierra y yo pudiera ver esa gran grieta rompiéndose en la rue Royale y todos los edificios se hicieran polvo en la catástrofe. Pero lo peor fue que eran como transparentes, translúcidos, como telones hechos de seda. Ah... me distraje. ¿Qué digo? Que ignoré esos indicios en ella, que me aferré desesperadamente a la felicidad que ella me había brindado, y que aún me brindaba, e ignoré todo lo demás.

»Pero éstos fueron los indicios. Sus relaciones con Lestat se enfriaron. Se quedaba horas mirándolo. Cuando él hablaba, a menudo no le contestaba. Y uno casi no podía darse cuenta de si se trataba de desprecio o de que no lo oía. Y nuestra frágil tranquilidad doméstica se hizo trizas debido a la furia de Lestat. No tenía que ser amado, pero no se le podía ignorar; y en una ocasión, hasta se le arrojó encima gritando que le pegaría. Me encontré en la desagradable situación de tener que pelearme con él como lo habíamos hecho antes de que ella llegara.

»—Ya no es más una niña —le susurré—. No sé lo que es. Es una mujer.

»Le pedí que no lo tomara muy en serio y él simuló desdén y la ignoró a su vez. Pero una tarde entró perplejo y me contó que ella lo había seguido. Aunque se negara a ir con él a matar, lo había seguido.

»—¿Qué le pasa? —me gritó él, como si yo fuera el causante de su vida y debiera saberlo.

»Y entonces, una noche nuestros sirvientes desaparecieron. Dos de las mejores criadas que habíamos tenido, una mujer y su hija. El cochero fue enviado a

151

su casa y volvió para informar que habían desaparecido. Y entonces apareció el padre a nuestra puerta golpeando el llamador. Se quedó en la acera de ladrillo mirándome con la suspicacia que tarde o temprano aparecía en los rostros de los mortales que nos conocían desde hacía algún tiempo: la sospecha de una antesala de la muerte. Traté de explicarle que no habían estado en casa, ni la madre ni la hija, y que debíamos empezar de inmediato su búsqueda.

»—¡Es ella! —me susurró Lestat desde las sombras tan pronto como cerré la puerta—. Ella les ha hecho algo y nos ha puesto en peligro a todos.

»Y subió corriendo la escalera de caracol. Yo sabía que ella se había ido, que se había escapado mientras yo estaba en la puerta, y también sabía algo más; que un vago hedor cruzaba el patio desde la cocina cerrada, un hedor que difícilmente se mezclaba con la miel: el hedor de los cementerios. Oí que Lestat bajaba cuando me acerqué a las persianas cerradas, pegadas con herrumbre al pequeño edificio. Allí jamás se preparaba comida, no se hacía ningún trabajo, de modo que yacía como una vieja bóveda de ladrillo bajo la madreselva. Se abrieron las persianas; los clavos se habían oxidado y oí que Lestat retenía la respiración cuando entramos en esa oscuridad absoluta. Allí estaban echadas sobre los ladrillos, madre e hija juntas, el brazo de la madre alrededor de la cintura de la hija, la cabeza de la hija contra el pecho de la madre, ambas sucias con excrementos y llenas de insectos. Una gran nube de mosquitos se levantó cuando se movieron las persianas y los alejé de mí con un disgusto convulsivo. Las hormigas reptaban imperturbables sobre los párpados y las bocas de la pareja muerta; y, a la luz de la luna, pude ver el mapa infinito de senderos plateados de caracoles.

152

»—¡Maldita sea! —exclamó Lestat, y yo lo tomé del brazo y lo mantuve a mi lado usando toda mi fuerza.

»—¿Qué piensas hacer con ella? —insistí—. ¿Qué puedes hacer? Ya no es más una niña que hace lo que le decimos, simplemente porque se lo decimos. Debemos enseñarle.

»—¡Ella sabe! —Se apartó de mí y limpió su abrigo—. ¡Ella sabe! ¡Hace años que sabe lo que tiene que hacer! ¡Lo que se puede arriesgar y lo que no se puede! ¡No le permitiré hacer eso sin mi permiso! No lo toleraré.

»—Entonces, ¿eres el amo de todos nosotros? No le enseñaste eso. ¿Acaso lo iba a colegir de mi tranquila sumisión? Creo que no. Ella se cree igual a nosotros. Te digo que debes razonar con ella, instruirla para que respete lo que es nuestro. Todos nosotros lo debemos respetar.

»Se fue, obviamente concentrado en lo que yo acababa de decirle, aunque no me lo admitiera. Y llevó su venganza a la ciudad. No obstante, cuando regresó, ella todavía no había llegado. Se sentó apoyado en el brazo del sillón de terciopelo y extendió sus largas piernas en el asiento.

»—¿Las enterraste? —me preguntó.

»—Han desaparecido —dije. Ni siquiera me animé a decir que había quemado sus restos en el viejo horno de la cocina—. Pero ahora tenemos que lidiar con el padre y el hermano —le dije.

»Temí su malhumor. Deseé planear algo de inmediato que nos resolviera todo el problema. Pero entonces él dijo que el padre y el hermano no existían ya, que la muerte había ido a cenar a su pequeña casa, cerca del puerto, y que se había quedado a dar las gracias cuando terminaron.

»—El vino —dijo pasándose un dedo por los labios—; los dos habían bebido demasiado vino. Me encontré golpeando la cerca —se rió—. Pero no me gusta este mareo. ¿Te gusta?

»Y cuando me miró, tuve que sonreírle, porque el vino le estaba produciendo efecto y estaba alegre; y, en ese momento, cuando su rostro estaba amable y razonable, me acerqué y le dije al oído:

»—Oigo que Claudia golpea a la puerta. Sé bueno con ella. Ya todo ha terminado.

»Ella entró entonces con el lado de su sombrero desprendido y sus botitas llenas de lodo. Los observé con tensión. Lestat tenía una mueca en los labios; y ella se mostraba tan ignorante de él como si no estuviera allí. Tenía un ramo de crisantemos blancos en sus brazos, un ramo tan grande que parecía aún más pequeña que en la realidad. Se le deslizó el sombrero hacia atrás, colgó un instante de su hombro y cayó al suelo. Y por todo su cabello pude ver los pétalos de crisantemos blancos.

»—Mañana es fiesta de Todos los Santos, ¿lo sabéis? —preguntó.

»—Sí —le dije.

»Es el día en Nueva Orleans en que todos los creyentes van a los cementerios a arreglar las tumbas de sus seres queridos. Limpian las paredes de yeso de las bóvedas, limpian los nombres grabados en el mármol. Y finalmente llenan las tumbas de flores. En el cementerio de St. Louis, que estaba muy próximo a nuestra casa, en el que estaban enterradas todas las grandes familias de Luisiana, en el que estaba enterrado mi propio hermano, incluso había pequeños bancos de hierro puestos ante las tumbas para que las familias pudieran sentarse y recibir a otras familias que habían ido al cementerio con el mismo propósito. Era un festival en Nueva Orleans; podía parecer una celebración de la muerte a los viajeros que no lo comprendían, pero era una celebración de la vida eterna.

»—Compré esto a uno de los vendedores —dijo Claudia.

»Su voz era suave e indefinible. Sus ojos se mostraban opacos y carentes de emoción.

»—¡Para las dos que dejaste en la cocina! —dijo Lestat con furia.

»Ella lo miró por primera vez, pero no dijo nada. Se quedó mirándolo como si jamás lo hubiera visto. Y luego dio varios pasos en su dirección y lo miró como si aún estuviera examinándolo. Me acerqué. Pude sentir la rabia de Lestat y la frialdad de Claudia. Ella se dirigió a mí, y luego, pasando la vista de uno al otro, preguntó:

»—¿Cuál de vosotros dos lo hizo? ¿Cuál de vosotros me hizo lo que soy?

»Yo no podría haberme quedado más atónito con cualquier otra cosa que hubiera hecho o dicho. Y, sin embargo, fue inevitable que de ese modo se rompiera el prolongado silencio. Ella pareció estar muy poco preocupada por mí. Tenía la mirada fija en Lestat.

»—Tú hablas de nosotros como si siempre hubiéramos existido tal cual somos ahora —dijo ella, con su voz suave, medida, el tono infantil mezclado con la seriedad de la mujer—. Tú hablas de los demás como mortales; de nosotros, como vampiros. Pero no siempre las cosas fueron así. Louis tenía una hermana mortal; yo la recuerdo. Y hay una foto de ella en el baúl. ¡Lo he visto mirándola! Él era tan mortal como ella y como yo, igual. ¿Por qué, si no, este tamaño, estas formas?

155

»Abrió los brazos y dejó caer los crisantemos al suelo.

»Pronuncié su nombre. Pienso que quise distraerla. Fue imposible. La marea se había soltado. Los ojos de Lestat ardían con una profunda fascinación, con un placer maligno.

»—Tú nos hiciste así, ¿verdad? —lo acusó ella.

»Él levantó las cejas con una sorpresa burlona.

»—¿Lo que sois? —preguntó—. ¡Y seríais alguna otra cosa de lo que sois! —Juntó las rodillas y se inclinó hacia delante, entrecerrando los ojos—. ¿Sabes cuánto tiempo hace? ¿Te puedes imaginar a ti misma? ¿Debo buscar a una mendiga vieja para mostrarte cuál sería tu aspecto mortal si yo te hubiera dejado sola?

»Ella se alejó de él, se quedó un instante como si no tuviera idea de adónde ir y luego se acercó a la silla al lado de la chimenea; encaramándose allí, se acurrucó como una niña indefensa. Puso las rodillas contra su pecho; tenía el abrigo de pana abierto y su vestido de seda le tapaba las rodillas. Miró las cenizas de la chimenea, pero no había nada indefenso en su mirada. Sus ojos tenían una vida independiente, como si su cuerpo estuviera poseído.

»—¡Podrías estar muerta si fueras mortal! —insistió Lestat, encolerizado por su silencio; estiró las piernas y puso las botas en el suelo—. ¿Me oyes? ¿Por qué me preguntas esto ahora? ¿Por qué armas semejante alboroto? Siempre has sabido que eras una vampira.

»Y continuó hablando de ese modo, repitiendo lo que había dicho tantas veces: conoce tu naturaleza, mata, sé lo que eres. Pero todo esto pareció extrañamente fuera de lugar. Porque Claudia no tenía problemas con matar. Ella se apoyó en el respaldo y dejó caer la cabeza hasta donde lo podía ver, directamente frente a ella. Lo estudiaba nuevamente como si fuera una marioneta.

»—¿Tú me lo hiciste? ¿Cómo? —preguntó entrecerrando los ojos—. ¿Cómo lo hiciste?

»—¿Y por qué motivo habría de decírtelo? Es mi poder.

»—¿Por qué sólo tuyo? —preguntó ella con la voz gélida y los ojos vacuos—. ¿Cómo se hace? —exigió, súbitamente enfurecida.

»Fue algo eléctrico. Él se levantó del sofá y yo lo hice de inmediato, enfrentándome con él.

»—¡Deténla! —me dijo; se estrujó las manos—. ¡Haz algo con ella! ¡No la puedo soportar!

»Y entonces se dirigió a la puerta, pero volviéndose se acercó de modo que quedó por encima de ella, dejándola bajo su sombra. Ella lo miró sin miedo, recorriendo su cara con total indiferencia.

»—Yo puedo deshacer lo que hice. A ti y a él —le dijo señalándome con un dedo—. Alégrate de ser lo que eres. ¡O te romperé en mil pedazos!

Tras una pausa, el vampiro continuó:

—Pues bien, la paz de la casa quedó destruida, aunque hubo tranquilidad. Los días pasaban y ella no hacía preguntas, aunque ahora estudiaba con fruición los libros de ocultismo, de brujas y de magia. También de vampiros. Esto era casi todo fantasía, ¿comprendes? Mitos, cuentos, a veces simples narraciones de horror. Pero ella lo leía todo. Leía hasta el alba, de modo que yo tenía que ir a buscarla y traerla al lecho.

»Lestat, mientras tanto, contrató a un mayordomo y a una criada, así como a un equipo de obreros para que le construyeran una gran fuente en el patio, con una ninfa de piedra que derramase aguas eternas a través de una gran concha. Hizo traer peces de colores y nenúfares, para que descansasen sobre la superficie y se deslizaran en las aguas siempre en movimiento.

»Una mujer lo había visto matar en el camino de Nyades que iba al pueblo de Carrolton, y hubo historias de ello en los periódicos, asociándolo con una casa embrujada cerca de Nyades y Melpomene; todo lo cual lo deleitaba. Durante un tiempo fue el fantasma del camino de Nyades, aunque al final los diarios dejaron de prestarle atención; y entonces cometió otro asesinato horrendo en otro lugar público y puso en funcionamiento a la imaginación de Nueva Orleans. Pero todo eso tenía cierto aspecto medroso. En cuanto a él, seguía pensativo, suspicaz; se me acercaba constantemente preguntándome dónde estaba Claudia, adónde había ido, lo que estaba haciendo.

»—Ella está bien —le aseguraba yo, aunque estaba separado de ella y dolido como si hubiera sido mi novia. Apenas me prestaba atención entonces, como antes había hecho con Lestat. Y a veces se iba cuando yo le hablaba.

»—¡Mejor que esté bien! —dijo con maldad.

»—¿Y qué harás si no lo está? —le pregunté con más temor que intención agresiva.

»Me miró con sus fríos ojos grises.

»—Cuida de ella, Louis. ¡Habla con ella! —dijo—. Todo estaba perfecto, y ahora, esto. No hay ninguna necesidad de ello.

»Pero preferí que ella se acercase a mí. Y lo hizo. Era una tarde temprano, cuando me acababa de despertar. La casa estaba a oscuras. La vi de pie al lado de los ventanales; tenía puesta una blusa de grandes mangas y miraba con las cejas bajas el movimiento vespertino de la rue Royale. Pude oír a Lestat en su cuarto, y el ruido del agua en su palangana. Llegó el débil aroma de su colonia y se alejó como el sonido de la música del café, dos pisos más abajo.

»—No me dices nada —dijo ella en voz baja; no me había percatado de que ella supiera que yo había abierto los ojos. Me acerqué a ella y me hinqué a su lado—. Tú me lo dirás, ¿verdad? —insistió—. ¿Cómo lo hizo?

»—¿Es eso lo que realmente quieres saber? —le pregunté estudiándole el rostro—. ¿O más bien por qué te lo hicieron a ti... y lo que tú eras antes? No comprendo lo que quieres decir con ese "cómo", porque si quieres decir cómo se hizo, tú, a tu vez, podrías hacerlo...

»—Ni siquiera sé qué estás diciendo —dijo, con algo de frialdad; luego dio media vuelta hacia mí y me puso las manos en la cara—. Mata conmigo esta noche —me dijo, con tanta sensualidad como una amante—. Y dime lo que sabes. ¿Qué somos nosotros? ¿Por qué no somos como los demás? —preguntó, y miró a la calle.

»—No conozco las respuestas a tus preguntas —le dije.

»Su cara se contorsionó súbitamente como si tratase de escucharme en medio de un ruido ensordecedor. Y entonces sacudió la cabeza.

»Pero yo continué:

»—Me pregunto las mismas cosas que tú. Yo no las sé. ¿Cómo fui hecho? Te contaré que... que Lestat me hizo. Pero la fórmula la desconozco.

»Su cara seguía en tensión. Allí estaba viendo yo las primeras señales del miedo, o de algo peor y más profundo que el miedo.

»—Claudia —le dije, poniendo mis manos sobre las suyas y posándolas suavemente sobre mi piel—. Lestat no tiene nada importante que decirte. No hagas esas preguntas. Hace incontables años que eres mi compañera en mi búsqueda de todo lo que se puede saber de la vida mortal y de la creación mortal. Ahora no seas mi compañera en esta ansiedad. Él no nos puede dar las respuestas. Y yo no poseo ninguna.

»Pude ver que ella no lo podía aceptar, pero no había previsto su retirada convulsa, la violencia con que se tiró del pelo un instante y luego se detuvo como si su gesto fuera inútil, estúpido. Me llenó de aprensión. Ella miraba al cielo. Estaba brumoso, sin estrellas; las nubes llegaban por la parte del río. Ella hizo un súbito gesto con los labios, como si se los hubiera mordido, luego se dirigió a mí y, aún susurrante, me dijo:

»—Entonces, él me hizo... él lo hizo... ¡Tú no lo hiciste!

»Hubo algo horrendo en su expresión y me retiré de ella antes de haber tenido la intención de hacerlo. Me quedé frente a la chimenea y encendí una vela delante del alto espejo. Y allí, de repente, vi algo que me dejó perplejo, algo que, en la oscuridad, me pareció una máscara espantosa; luego tomó su realidad tridimensional: un viejo cráneo. Lo miré. Tenía un ligero color a tierra, pero había sido limpiado.

»—¿Por qué no me contestas? —preguntó ella.

»Oí que se abría la puerta de la habitación de Lestat. Él saldría de inmediato a matar. O al menos a encontrar su víctima. Yo no lo haría. Yo dejaba que las primeras horas de la noche se acumularan con tranquilidad, así como el hambre se acumulaba en mí, hasta que el deseo se hacía demasiado fuerte y yo me entregaba a todo de manera más completa, más ciega. Oí claramente que ella repetía su pregunta, que quedó flotando en el aire como un eco de una campana... y sentí latir mi corazón.

»—Él me hizo, por supuesto. Él mismo lo dijo. Pero tú me escondes algo. Algo que él soslaya cuando se lo pregunto. ¡Dice que jamás podría haberlo hecho sin tu ayuda!

»Me encontré mirando fijamente el cráneo y oyéndola como si sus palabras me azotasen para obligarme a dar media vuelta y enfrentarme a los latigazos. La idea se me ocurrió más como un golpe frío que como un pensamiento: que ahora nada quedaba de mí sino ese cráneo. Me di vuelta, y, a la luz de la lámpara, vi sus ojos como dos llamaradas oscuras en su rostro blanco. Una muñeca de la que alguien había arrancado cruelmente los ojos y los había reemplazado con un fuego demoníaco. Me encontré acercándome a ella, susurrando su nombre, formándose un pensamiento en mis labios y luego muriendo; cerca de ella, luego lejos de ella, recogiendo su abrigo y su sombrero. Vi un guante diminuto en el suelo, en las sombras, y, por un momento, pensé que era una mano diminuta, cortada.

»—¿Qué te pasa...? —Se me acercó mirándome a la cara—. ¿Qué es lo que siempre ha estado pasando? ¿Por qué miras de ese modo el cráneo, el guante?

»Hizo esta pregunta con delicadeza..., pero no con la suficiente. Había un leve cálculo en su voz, una indiferencia inalcanzable.

»—Te necesito —le dije sin querer decirlo—. No puedo soportar el perderte. Eres la única compañera que he tenido en la inmortalidad.

»—Pero ¡claro que debe haber otros! ¡Sin duda no somos los únicos vampiros de la Tierra! —le oí decir, como yo lo había dicho, se lo oí con mis propias palabras que volvían a mí en la marea de su toma de conciencia, de su búsqueda.

»"Pero no hay dolor —pensé de improviso—. Hay urgencia, una urgencia despiadada."

»—¿Acaso no eres como yo? —preguntó, mirándome de frente—. ¡Tú me has enseñado todo lo que sé?

»—Lestat te enseñó a matar. —Recogí el guante—. Aquí tienes, vamos... salgamos. Quiero salir...

»Yo tartamudeaba y traté de ponerle los guantes. Levanté la gran masa de rizos de sus cabellos y los arreglé sobre el cuello del abrigo.

»—¡Pero tú me enseñaste a ver! —me dijo—. Tú me enseñaste las palabras "ojos de vampiro" —continuó ella—. Tú me enseñaste a beberme el mundo, a tener hambre de algo más que...

»—Nunca quise que esas palabras "ojos de vampiro" tuvieran el significado que tú les das —le dije—. Suenan distintas cuando tú las pronuncias. —Ella me tiraba de la manga tratando de que yo la mirase—. Vamos —le dije—. Tengo que mostrarte algo...

»Y rápidamente la hice pasar por el corredor y las escaleras en espiral y a través del patio a oscuras. Pero yo no sabía lo que tenía que mostrarle ni adónde me dirigía. Únicamente que tenía que ir, con un instinto sublime y condenado.

»Pasamos deprisa por la ciudad en las primeras horas de la noche; el cielo mostraba ahora un pálido violeta y las nubes habían desaparecido; el aire a nuestro alrededor era fragante, aun cuando nos alejamos de los jardines espaciosos hacia esas callejuelas angostas y pobres donde las flores estallan en las grietas de las piedras y las inmensas adelfas brotan con gruesos y resinosos tallos blancos y rosados, como una hierba monstruosa, en los terrenos baldíos. Oía el *staccato* de los pasos de Claudia a mi lado mientras se apresuraba siguiéndome, sin pedirme en ningún momento que aminorara la marcha; y finalmente llegó con su cara de infinita paciencia a una calle angosta y oscura donde aún había unas pocas casas francesas antiguas entre las fachadas españolas, unas antiguas casitas con el yeso carcomido. Yo había encontrado la casa con un esfuerzo ciego, consciente de que siempre había sabido dónde estaba y que siempre la había evitado; que siempre había girado en el farol de la esquina sin querer pasar por la ventana baja donde había oído llorar a Claudia por primera vez. La casa estaba en silencio. Más hundida que en aquellos tiempos, la entrada cruzada por cuerdas para colgar la ropa, las hierbas altas entre los bajos cimientos, las dos ventanas rotas y emparchadas con telas. Toqué las persianas.

»—Aquí fue donde te vi por primera vez —le dije, pensando contárselo todo para que ella comprendiese, pero sintiendo aún la frialdad de su mirada, de su expresión—. Te oí llorar. Estabas en esa habitación con tu madre. Y tu madre estaba muerta. Hacía días que lo estaba y tú no lo sabías. Te aferrabas a ella, gimiendo... llorando lastimeramente, y vi tu cuerpo blanco, febril y hambriento. Tratabas de despertarla de la muerte, te aferrabas a ella en busca de calor, por miedo. Era casi la mañana y... —Me llevé las manos a las sienes—. Abrí las persianas... Entré en la habitación. Sentí lástima por ti. Lástima, pero también... algo más.

»—Vi que abría los labios, los ojos.

»—Tú... ¿te alimentaste de mí? —susurró—. ¡Yo fui tu víctima!

»—Sí —le dije—. Lo hice.

»Hubo un momento tan elástico y doloroso que fue casi insoportable. Se quedó inmóvil en las sombras, y sus ojos inmensos se concentraron en la oscuridad; el aire cálido se elevó de repente, suavemente. Entonces dio media vuelta. Oí el sonido de sus zapatos mientras corría. Y corrió, corrió... Me quedé petrificado, oyendo los sonidos cada vez más débiles. Y, entonces, giré; se desató en mí el miedo, miedo creciente, enorme e insuperable, y corrí detrás de ella. Era impensable que no pudiera alcanzarla, que no la alcanzara de inmediato y le dijera que la amaba, que debía tenerla, debía conservarla. Y cada segundo que corrí por la callejuela a oscuras era como alejarme de mí gota a gota; mi corazón latía hambriento, latiendo y resonando y rebelándose contra el esfuerzo. Hasta que, súbitamente, me detuve. Ella estaba bajo un farol de la calle, mirando, muda, como si no me conociera. La tomé de la pequeña cintura con ambas manos y la levanté hasta la luz. Ella me estudió con su rostro contorsionado, la cabeza de costado como si no quisiera mirarme directamente, como si debiera reflejar una abrumadora sensación de repulsión.

»—Tú me mataste —susurró—. ¡Tú me robaste la vida!

»—Sí —le dije, cogiéndola de la mano para poder sentir los latidos de su corazón—. Más bien traté de hacerlo. Beberte la vida. Pero tenías un corazón como ningún otro que yo hubiera oído, un corazón que latía y latía hasta que tuve que dejarte, tuve que alejarte de mí a menos que aceleraras mi pulso hasta causar mi muerte. Y Lestat me encontró; a mí, a Louis, el sentimental, el tonto, dándose un banquete con una niña de cabellos dorados, una Inocente Sa-

164

grada, una niña pequeñita. Te trajo del hospital donde te habían llevado y yo nunca supe lo que pensaba hacer, salvo lo que intuí. "Tómala, termínala", dijo él. Volvía a sentir la pasión. Oh, ya sé que te he perdido ahora para siempre. ¡Lo puedo ver en tus ojos! Me miras como a los mortales, desde lejos, desde una fría región de autosuficiencia que no puedo entender. Pero yo lo hice. Volví a sentir por ti un hambre vil e insoportable, quise tu martilleante corazón, esta mejilla, esta piel. Eras rosada y fragante como los niños mortales, dulce con esa pizca de sal y de polvo. Te volví a poseer. Y cuando pensé, sin que eso me importara, que tu corazón me mataría, él nos separó y, abriéndose su propia muñeca, te dio de beber. Y tú bebiste. Bebiste y bebiste hasta que casi lo desangraste y él quedó debilitado. Pero entonces ya eras una vampira. Esa misma noche, bebiste sangre humana y, desde entonces, lo has hecho cada noche.

»Su rostro no había cambiado. Su piel era como la cera de las velas; únicamente sus ojos tenían vida. No había nada más que decirle. La bajé al suelo.

»—Te tomé la vida —dije—. Él te la devolvió.

»—Y aquí está —dijo entre dientes—. ¡Y os odio a los dos!

El vampiro se detuvo.

—Pero ¿por qué se lo contó usted? —preguntó el muchacho después de una pausa respetuosa.

—¿Cómo podía no decírselo? —El vampiro lo miró con cierta perplejidad—. Tenía que saberlo. Tenía que sopesar una cosa con la otra. No era como si Lestat le hubiera sacado toda la vida como lo había hecho conmigo; yo la había atacado. ¡Se hubiera muerto!

No hubiera tenido ninguna vida mortal. Pero ¿qué importancia tiene? Para todos nosotros es una cuestión de años. ¡Morir! Entonces lo que ella vio más gráficamente fue lo que sabían todos los hombres: que la muerte llega inevitable a menos que uno elija... ¡esto!

Abrió las manos y se miró las palmas.

—¿Y la perdió? ¿Se fue?

—¡Irse! ¿Adónde podría haberse ido? Era una niña no más grande que esto. ¿Quién la hubiera hospedado? ¿Hubiera encontrado una tumba, como un mítico vampiro, para echarse entre los gusanos y las hormigas y para levantarse y vagar por algún pequeño cementerio y sus alrededores? Pero ésa no fue la razón para que no se fuera. Había algo en ella que estaba pegado a mí como toda ella podría haberlo estado. Lo mismo le sucedía a Lestat. ¡No podían soportar vivir solos! ¡Necesitábamos nuestra compañía! Una multitud de mortales nos rodeaba, empujando, ciegos, preocupados, y eran los consortes de la muerte. «Unidos en el odio», me dijo ella después con calma. La encontré en el hogar vacío recogiendo los gajos pequeños de una alhucema. Me sentí tan aliviado de poder verla allí que hubiera hecho cualquier cosa, hubiera dicho cualquier cosa. Y cuando la oí que me preguntaba si le contaría todo lo que yo sabía, lo hice, contento. Porque todo el resto no era nada comparado con ese viejo secreto: que yo le había arrebatado la vida. Le conté de mí lo que te he contado a ti. Cómo llegó Lestat y lo que sucedió la noche que él la sacó del hospital. No hizo preguntas y, de tanto en tanto, alzaba la mirada de esas flores. Entonces, cuando hube terminado y estaba allí sentado mirando aquella calavera miserable de la chimenea y oyendo el suave sonido de los pétalos de las flores que caían en su falda y sintiendo un dolor sordo en mis miembros y en mi cabeza, ella me dijo:

»—¡No te detesto a ti!

»Me desperté. Ella saltó de los altos almohadones de damasco y vino hacia mí, cubierta por el aroma de las flores y con pétalos en las manos.

»—¿Es éste el aroma de una niña mortal? —me susurró—. Louis, amado.

»Recuerdo haberla abrazado y puesto mi cabeza en su pequeño pecho, aplastando sus hombros de pájaro, y sus manos pequeñas acariciando mi pelo, tranquilizándome, abrazándome.

»—Yo fui mortal para ti —dijo, y cuando alcé la vista, la vi sonriente; pero la suavidad de sus labios era evanescente y, en un momento, su mirada pasó de largo como alguien escuchando una música distante, importante—. Tú me diste tu beso inmortal —dijo, pero no a mí sino a sí misma—. Tú me amaste con tu naturaleza de vampiro.

»—Te amo ahora con mi naturaleza humana, si es que alguna vez la tuve —le dije.

»—Ah, sí... —contestó ella, aún pensativa—. Sí, ése es tu fallo y la razón de por qué tu rostro se puso tan triste cuando dije, como dicen los mortales: "Te odio"; y la razón de por qué me miras ahora así: la naturaleza humana. Yo no tengo naturaleza humana. Y ninguna historia del cadáver de la madre y de habitaciones de hotel donde los niños pueden aprender las monstruosidades que yo sé. Yo no tengo nada. Tus ojos se entristecen cuando te digo esto. No obstante, tengo tu lengua. Tu pasión por la verdad. Tú necesitas llevar la aguja de la mente hasta el corazón de las cosas, como el pico de un colibrí, que golpea con tal rapidez y salvajismo que los mortales piensan que no tiene patitas diminutas, que jamás se puede posar, que siempre va de una búsqueda a otra llegando al corazón de las cosas. Yo soy más tu ego de vampiro que tú mismo. Y ahora el sueño de sesenta y cinco años ha terminado.

»¡El sueño de sesenta y cinco años ha terminado! Se lo oí, incrédulo, sin querer creer que ella sabía y había querido decir exactamente lo que había dicho. Porque había pasado justamente ese tiempo desde esa noche en que yo tratara de dejar a Lestat y fracasara; y me enamorara de ella y olvidara mi hormigueante cerebro, mis espantosas preguntas. Ahora ella tenía las espantosas preguntas a flor de labios y debía saber. Caminó lentamente por la habitación y tiró la alhucema estrujada a su alrededor. Rompió el tallo quebradizo y se lo llevó a los labios. Y, habiendo escuchado toda la historia, dijo:

»—Entonces, él me hizo... para que fuera tu compañera. Ninguna cadena te podría haber sujetado en su soledad y él no te podía dar nada. Él no me da nada... Antes lo encontraba encantador, me gustaba su manera de caminar, la manera en que tocaba las piedras con su bastón y cómo me tenía en sus brazos. Y el abandono con que mataba, que era como yo lo sentía. Pero ya no lo encuentro encantador. Y tú nunca lo has encontrado así. Hemos sido sus marionetas, tú y yo; tú, quedándote para cuidar de mí, y yo, siendo tu compañera. Ya es hora de terminar con esto, Louis. Ya es hora de dejarlo.

»Hora de dejarlo.

»Hacía tanto tiempo que no pensaba en ello, que no soñaba con ello... me había acostumbrado a él, como si fuera una condición de la misma vida. Pude oír un vago ruido, lo que significaba que él había entrado con el carruaje; que pronto estaría en las escaleras.

Pensé en lo que siempre sentía cuando lo oía llegar, una vaga ansiedad, una vaga necesidad. Entonces, la idea de quedar libre de él para siempre pasó por mi mente como el agua que había olvidado; olas y olas de agua fresca. Entonces le dije en voz baja que él estaba llegando.

»—Lo sé —dijo con una sonrisa—. Lo oí cuando dio vuelta a la esquina.

»—Pero él jamás nos dejará ir —le susurré, aunque había comprendido las implicaciones de sus palabras; su sentido de vampira era agudo. Se puso *en garde* magníficamente—. Tú no lo conoces si piensas que nos dejará ir —le dije, alarmado ante su confianza—. No nos dejará ir.

»Y ella, sonriente, dijo:

»—Oh... ¿en serio?

—Entonces —prosiguió el vampiro tras una breve pausa—, acordamos hacer planes. De inmediato. A la noche siguiente vino mi agente con sus acostumbradas quejas sobre cómo hacer negocios a la luz de una vela miserable y recibió mis órdenes explícitas acerca de un crucero por el océano. Claudia y yo partiríamos en el primer barco que se hiciera a la mar y no importaba qué puerto fuera el destino. Y era de máxima importancia que se embarcara un gran arcón, un arcón que tendría que ser llevado con cuidado desde nuestra casa durante el día y puesto a bordo, no en la bodega sino en nuestra cabina. Y luego estaban los arreglos para Lestat. Yo había pensado dejarle las rentas de varias tiendas y casas en la ciudad y una pequeña compañía constructora que operaba en el Faubourg Marigny. Firmé inmediatamente estos papeles.

169

Yo quería comprar nuestra libertad: convencer a Lestat de que nosotros únicamente queríamos hacer un viaje juntos y que él podía quedarse viviendo en el estilo al que estaba acostumbrado; contaría con su propio dinero y no tendría necesidad de venir a buscarme para nada. Durante todos esos años, yo había hecho que dependiera de mí. Por supuesto, exigía sus fondos como si yo únicamente fuera su banquero, y me agradecía con las palabras más mordaces que conocía; pero detestaba su dependencia. Yo esperaba distraer sus sospechas satisfaciendo su codicia. Convencido de que él podía leer la menor emoción en mi rostro, sentí más que miedo. No creía que fuera posible escaparnos de él. ¿Comprendes lo que eso significa? Actué como si lo creyese, pero no era así.

»Claudia, en el ínterin, cortejaba con el desastre; su ecuanimidad me abrumaba mientras leía sus libros de vampiros y le hacía preguntas a Lestat. Permanecía indiferente ante los cáusticos arrebatos de éste; a veces hacía la misma pregunta una y otra vez en formas diferentes y considerando cuidadosamente cualquier pequeña información que él pudiera dejar escapar, pese a sí mismo.

»—¿Qué vampiro te convirtió a ti? —le preguntaba sin sacar la vista de sus libros y dejando los párpados bajos para evitar sus miradas furibundas—. ¿Por qué nunca hablas de él? —continuaba preguntando, como si sus furiosas objeciones no existieran.

»Parecía inmune a la irritación de Lestat.

»—¡Sois unos codiciosos, vosotros dos! —dijo él la noche siguiente, mientras caminaba por toda la habitación, y miró a Claudia con ojos vengativos; ella estaba en su rincón, en el círculo de luz de una vela, con los libros a su alrededor—. ¡La inmortalidad no es suficiente para vosotros! ¡No! ¡Le miraríais los dientes al caballo regalado por el mismo Dios! Se le podría ofrecer a cualquier hombre de la calle y aceptaría de inmediato...

»—¿Es lo que hiciste tú? —preguntó ella con suavidad moviendo apenas los labios.

»—Pero tú, tú tienes que saber la razón de ello. ¿Quieres que termine? ¡Te puedo dar la muerte con más facilidad de la que tuve al darte tu vida de ahora!

»—Se dirigió hacia ella, y la frágil llama de Claudia me arrojó encima la sombra de Lestat. Formó una aureola sobre su cabeza rubia y dejó su cara, salvo por la mejilla brillante, en la oscuridad.

»—¿Quieres la muerte?

»—La conciencia no es la muerte —susurró ella.

»—¡Contéstame! ¿Quieres la muerte?

»—Y tú das todas esas cosas. Proceden de ti. La muerte y la vida —dijo ella, riéndose de él.

»—Sí —dijo él—. Lo hago.

»—Tú no sabes nada —le dijo ella seriamente, y su voz era tan baja que el más mínimo ruido de la calle la podía interrumpir, alejar sus palabras, y me encontré haciendo un esfuerzo por escucharla desde mi posición, recostado en el respaldo de la silla—. Supongamos que el vampiro que te creó a ti no sabía nada, y el vampiro que creó a ese vampiro tampoco sabía nada, y el vampiro anterior, tampoco, y así hasta que la nada procede de la nada, hasta que no hay más que nada. Y nosotros debemos vivir con el conocimiento de que no hay conocimiento.

»—¡Sí! —exclamó él súbitamente, con su voz impregnada de algo distinto a la furia.

»Quedó en silencio. Ella también. Él dio media vuelta lentamente, como si yo hubiera hecho algún movimiento que lo hubiese alertado, como si me hubiese levantado detrás de él. Me hizo recordar cómo giran los seres humanos cuando sienten mi aliento en su piel y, de repente, saben que allí donde pensaban estar completamente solos no lo están... y luego ese momento de espantosa sospecha, antes de que vean mi rostro y abran la boca. Ahora me miraba y yo apenas podía ver el movimiento de sus labios. Y entonces lo sentí. Tenía miedo. Lestat tenía miedo.

»Ella lo miraba con la misma mirada, sin la menor emoción ni pensamiento.

»—Tú la infestaste con esto... —susurró él.

»Encendió una cerilla con un ruido súbito, prendió las velas de la chimenea, levantó las pantallas opacas de las lámparas y paseó por la habitación encendiendo las luces hasta que la pequeña llama de Claudia quedó abatida; se apoyó de espaldas contra la chimenea, mirando de luz en luz, como si ellas restableciesen una especie de paz, y dijo:

»—Voy a salir.

»Ella se puso de pie apenas él pisó la calle; de improviso, se detuvo en medio de la habitación y se estiró, y su pequeña espalda se arqueó, con los brazos rígidos hasta sus puñitos y los ojos absolutamente cerrados un instante, y luego abriéndolos como si se despertara de un sueño. Hubo algo obsceno en su gesto; la habitación pareció temblar con el miedo de Lestat, e hizo un eco de su última respuesta. Ella se puso alerta. Debo de haber hecho algún movimiento involuntario para alejarme de ella, porque vino hasta el brazo de mi silla y, poniendo su mano sobre mi libro, un libro que hacía horas que no leía, me dijo:

»—Ven conmigo.

»—Tenías razón. Él no sabe nada. No nos puede decir nada —le dije.

»—¿Pensaste alguna vez que lo podría hacer? —me preguntó con el mismo tono de voz—. Encontraremos a otros de nuestra especie. Los encontraremos en Europa central. Allí es donde viven en gran número. Los relatos, tanto de ficción como los de verdad, llenan volúmenes con esas cantidades. Estoy convencida de que todos los vampiros provienen de allí, si es que provienen de algún sitio. Le hemos aguantado demasiado tiempo. Vamos. Y deja que la carne instruya a la mente.

»Pienso que sentí un temblor de deleite cuando ella pronunció esas palabras. "Y deja que la carne instruya a la mente."

»—Deja el libro a un costado y mata —me susurró.

»La seguí por las escaleras y el patio, y, por una callejuela, pasamos a otra calle. Entonces, se dio la vuelta con los brazos extendidos para que la alzara en brazos aunque, por supuesto, no estaba cansada; sólo quería estar cerca de mi oído, agarrarse de mi cuello.

»—No le he contado mi plan: el viaje, el dinero —le dije, consciente de que había algo en ella más allá de mi comprensión, y ella, casi sin peso, siguió en mis brazos.

»—Él mató al otro vampiro —dijo ella.

»—No, ¿por qué dices eso? —le pregunté.

»Pero no me afligió que dijera eso; removió mi alma como si fuera un charco de agua quieta hasta entonces. Sentí como si ella me estuviera removiendo lentamente para algo; como si fuera el piloto de nuestra lenta caminata por la calle a oscuras.

»—Porque ahora lo sé —dijo ella con autoridad—. El vampiro lo transformó en un esclavo y él lo mató. Lo mató antes de que supiera lo que quizá sa-

173

be ahora, y, entonces, presa del pánico, te hizo su esclavo. Y tú has sido su esclavo.

»—En realidad, no... —le susurré; sentí que apretaba sus mejillas contra mis sienes; estaba fría y necesitaba matar—. No un esclavo. Una especie de cómplice estúpido —le confesé, me confesé a mí mismo, con mucha rabia en las entrañas y palpitación en las sienes, como si me contrayesen las venas y mi cuerpo se convirtiera en un mapa de venas torturadas.

»—No, un esclavo —insistió ella con su voz grave y monótona, como si estuviera pensando en voz alta y sus palabras fueran revelaciones, letras de un crucigrama—. Y yo liberaré a los dos.

»Me detuve. Apretó su mano contra la mía, pidiéndome que continuara. Caminábamos por la ancha calle al lado de la catedral, hacia las luces de la plaza Jackson; el agua corría rápida por la alcantarilla en medio de la calle, plateada a la luz de la luna.

»Ella dijo:

»—Lo mataré.

»Me quedé inmóvil al final de la calleja. Sentí que se movía en mis brazos; bajó como si lograra algo liberándose de mí sin la torpe ayuda de mis manos. La puse en la acera de piedra. Le dije que no, sacudí la cabeza. Tuve la sensación que te he descrito antes que los edificios a mi alrededor —el cabildo, la catedral, los apartamentos a lo largo de la plaza— eran todos como la seda, y una ilusión, y se rasgarían de repente, con un viento horrible, y una grieta se abriría en la tierra, que era la única realidad.

»—Claudia —le dije, apartando mi mirada.

»—¿Y por qué no matarlo? —dijo ahora, alzando la voz hasta que chilló—. ¡No me sirve para nada!

174

¡No le puedo sacar nada! Y él me causa dolor, ¡algo que no toleraré!

»—¿Y si no es tan inútil? —le dije. Pero la vehemencia era falsa. Desesperada. ¡Estaba tan alejada de mí, con sus pequeños hombros erguidos y decididos, y su paso rápido, como una niñita que, al salir los domingos con sus padres, quiere caminar adelante y simular que está sola!—. ¡Claudia! —llamé, y la alcancé de inmediato; le toqué la pequeña cintura y sentí que se endurecía como el hierro—. ¡Claudia, tú no lo puedes matar! —le susurré; ella dio unos pasos atrás, saltando, resonando en las piedras y salió a la calle abierta. Un cabriolé pasó a nuestro lado y oímos unas carcajadas y el ruido de los caballos y las ruedas. Luego la calle quedó en silencio. La seguí por ese espacio inmenso hasta las puertas de la plaza Jackson, donde se aferró a las rejas. Me acerqué a ella.

»—No me importa lo que sientas, lo que digas; no puedes hablar seriamente de matarlo —le dije.

»—¿Y por qué no? ¿Piensas que es tan fuerte? —me preguntó, con los ojos fijos en la estatua, como dos inmensos pozos de luz.

»—¡Es más fuerte de lo que te imaginas! ¡Más fuerte de lo que sueñas! ¿Cómo piensas matarlo? No puedes competir con su destreza. ¡Tú lo sabes! —le dije, casi rogándole, pero pude darme cuenta de que estaba absolutamente imperturbable, como un niño que mira fascinado la vitrina de una tienda de juguetes.

»Movió de pronto la lengua entre los dientes y se tocó el labio inferior con una rápida lamida que me provocó un pequeño sobresalto. Saboreé sangre. Sentí algo palpable e indefenso en mis manos. Quería matar. Podía oír y oler a los humanos en los senderos de la plaza, moviéndose en el mercado, caminando por el muelle. Estaba a punto de cogerla, hacerla que me mirase, sacudirla, de ser necesario, obligarla a escucharme, cuando se volvió hacia mí con sus grandes ojos líquidos.

»—Te quiero, Louis —me dijo.

»—Entonces, escúchame, Claudia, te lo ruego —susurré, aferrándome a ella, alerta de pronto por una cercana serie de susurros, y la lenta y creciente articulación de las conversaciones humanas por encima de los sonidos entremezclados de la noche—. Te destruirá si tratas de matarlo. No hay manera de que puedas hacer eso con seguridad. No conoces la manera. Y, poniéndote en su contra, lo perderás todo. Claudia, no puedo soportar eso.

»Hubo una sonrisa casi imperceptible en sus labios.

»—No, Louis —murmuró—. Lo puedo matar. Y ahora te quiero contar algo más, un secreto entre tú y yo.

»Sacudí la cabeza, pero ella se apretó aún más contra mí y bajó los párpados, de modo que sus frondosas cejas casi me acariciaban las mejillas.

»—El secreto es, Louis, que deseo matarlo. Lo disfrutaré.

»Me arrodillé a su lado, mudo, y sus ojos me estudiaban como lo habían hecho con tanta frecuencia en el pasado; y, luego, ella dijo:

»—Mato a seres humanos todas las noches. Los seduzco, los acerco a mi lado con un hambre insaciable, una constante búsqueda sin fin de algo... algo que no sé lo que es... —Se puso los dedos sobre los labios y los apretó, y su boca se abrió a medias y pude ver el brillo de sus dientes—. No me importa nada de dónde vienen, ni a dónde van, si no los he encontrado en mi camino. ¡Pero él no me gusta! Quiero que muera y lo tendré muerto. Lo disfrutaré.

»—Pero, Claudia, no es mortal. Es inmortal. Ninguna enfermedad lo puede afligir. La edad no lo abruma. ¡Amenazas una vida que puede llegar al fin del mundo!

»—¡Ah, sí, eso es precisamente! —dijo ella con un miedo reverencial—. Una vida que podría haber vivido durante siglos. ¡Qué sangre, qué poderío! ¿Piensas que tendré su poder y el mío cuando se lo arrebate?

»Entonces, me enfurecí. Me puse de pie súbitamente y me separé de ella. Podía oír el susurro de los humanos a mi alrededor. Susurraban del padre y de la hija, de esa frecuente visión de devoción amorosa. Me di cuenta de que hablaban de nosotros.

»—No es necesario —le dije a ella—. Supera cualquier necesidad, todo sentido común, toda...

»—¡Qué! ¿Humanidad? Es un asesino —murmuró—. Un depredador solitario —repitió el propio término de Lestat, burlándose—. No interfieras conmigo ni quieras saber cuándo pienso hacerlo ni te interpongas entre nosotros... —Entonces levantó las manos para hacerme callar y tomó las mías con mucha fuerza, con sus pequeños dedos apretando, torturando mi piel—. Si lo haces, ocasionarás mi destrucción con tu interferencia. No se me puede desalentar.

»Y se alejó en un remolino de lazos de sombrero y ecos de pasos. Me di la vuelta, sin prestar atención a la dirección que tomaba, deseando que la ciudad me tragara, consciente ahora del hambre que crecía hasta abrumar mi razón. Casi detesté tener que ponerle punto final. Necesitaba dejar que la lujuria y la excitación destruyeran toda mi conciencia, y pensé

177

en matar una y otra vez, caminando lentamente por esa calle y la siguiente, moviéndome inexorablemente hacia la muerte, diciendo: "Es un hilo que me empuja por el laberinto. No tiro del hilo. El hilo tira de mí..." Me quedé inmóvil en la rue Conti, escuchando un rugido sordo, un sonido conocido. Eran los esgrimistas, arriba, en el salón, avanzando en el piso de madera, precipitándose, adelante, atrás, y el entrechocar plateado de las espadas. Me apoyé en una pared desde donde los podía ver a través de las altas ventanas desnudas: los jóvenes batiéndose en la noche, el brazo de un bailarín, la gracia acercándose a la muerte, la gracia lanzándose al corazón; las imágenes del joven Freniere empuñando ahora hacia delante la hoja de plata, o siendo empujada por ella hasta el infierno. Alguien había llegado a la calle por los angostos escalones de madera; un chico, un chico tan joven que estaba colorado y encendido por la esgrima, y bajo su elegante abrigo gris y su camisa de seda flotaba el dulce aroma de la colonia y las sales. Pude sentir su calor cuando salió a la luz mortecina de la calle. Se reía consigo mismo, hablando casi imperceptiblemente, con su pelo castaño cayéndosele sobre los ojos mientras caminaba, sacudiendo la cabeza, con los rizos que subían y bajaban. Y entonces se detuvo en seco, con sus ojos fijos en mí. Miró y sus párpados temblaron un poco y se rió nerviosamente.

»—Perdóneme —dijo a continuación en francés—. ¡Me asustó!

»Y cuando se movió para hacer una reverencia ceremoniosa y quizá pasar a mi lado, se quedó inmóvil y la sorpresa le cruzó el rostro. Pude ver latir su corazón en la carne rosácea de sus mejillas, oler el súbito sudor de su cuerpo fuerte y joven.

»—Me viste a la luz del faro —le dije—. Y mi cara te pareció la máscara de la muerte.

»Abrió los ojos y los cerró e, involuntariamente, asintió, con los ojos deslumbrados.

»—¡Vete! —le dije—. ¡Rápido!

El vampiro hizo otra pausa y luego se movió como si quisiera continuar. Pero estiró sus largas piernas debajo de la mesa y, echándose para atrás, se llevó las manos a la cabeza haciendo una gran presión en sus sienes.

El entrevistador, que estaba acurrucado y con los brazos cruzados, se relajó. Miró las cintas y luego al vampiro.

—Pero usted mató a alguien esa noche.

—Todas las noches —dijo el vampiro.

—¿Por qué lo dejó ir, entonces? —preguntó el chico.

—No lo sé —dijo el vampiro, pero no empleó el tono de no saberlo, realmente, sino de no querer comentarlo—. Pareces cansado —dijo el vampiro—. Pareces tener frío.

—No tiene importancia —dijo rápidamente el muchacho—. La habitación está un poco destemplada. No me importa. Usted no tiene frío, ¿verdad?

—No.

El vampiro sonrió y, entonces, sus hombros se sacudieron con una súbita risa.

Pasó un momento en el que el vampiro pareció estar pensando y el muchacho estudiando el rostro del vampiro. Los ojos del vampiro se posaron en el reloj del entrevistador.

—Ella no tuvo éxito, ¿no es así? —preguntó en voz baja el muchacho.

—¿Qué te imaginas, honestamente? —le preguntó el vampiro.

Se había vuelto a apoyar en el respaldo de la silla. Miró fijamente al muchacho.

—Que ella... como usted dice... fue destruida —dijo el muchacho, y pareció sentir las palabras, de modo que tragó saliva después de haber dicho destruida—. ¿Fue así?

—¿Acaso no piensas que ella lo pudiera lograr? —preguntó el vampiro.

—Él era tan poderoso... Usted mismo dijo que nunca supo el poder que tenía, los secretos que conocía. ¿Cómo podía ella estar segura de matarlo? ¿Cómo lo intentó?

El vampiro miró al muchacho largo rato, con una expresión ilegible para el joven entrevistador, que se encontró mirando para otro lado como si los ojos del vampiro fueran luces ardientes.

—¿Por qué no bebes de la botella que tienes en el bolsillo? —preguntó el vampiro—. Te dará calor.

—Oh, eso... —dijo el muchacho—. Estaba a punto de...

El vampiro se rió.

—¡Y pensaste que sería una falta de educación! —dijo, y se dio una súbita palmada en la pierna.

—Es verdad —dijo el muchacho, y se encogió de hombros, ahora sonriente.

Sacó un pequeño frasco del bolsillo de su chaqueta, abrió la tapa dorada y tomó un trago. Levantó la botella en dirección al vampiro.

—No —dijo el vampiro e hizo un gesto con la mano para rechazar la oferta.

Entonces volvió a ponerse serio y continuó hablando.

—Lestat tenía un músico amigo en la rue Dumaine. Lo habíamos visto en un recital en casa de Madame LeClair, que también vivía allí, pues en aquel entonces era una calle que estaba muy de moda; y esta Madame LeClair, con quien también Lestat se divertía de vez en cuando, le había encontrado al músico una habitación en una mansión cercana, donde Lestat lo visitaba a menudo. Te conté que jugaba con sus víctimas, se hacía amigo de ellas, las seducía hasta que confiaban en él y le tenían simpatía, antes de matarlas. Aparentemente, jugaba con este muchacho, aunque su amistad había durado más que ninguna de las anteriores que yo había visto. El joven componía buena música y a menudo Lestat traía nuevas partituras a casa y tocaba las canciones en el gran piano de nuestra sala. El chico tenía talento, pero se podía ver que su música no tendría éxito porque era demasiado perturbadora. Lestat le daba dinero y se pasaba las tardes con él; con frecuencia lo llevaba a restaurantes a los que el joven no podría haberse permitido el lujo de ir por su cuenta, y le compraba todas las partituras y los lápices para que escribiera su música.

»Como te dije, esa amistad había durado mucho más que cualquiera de las anteriores de Lestat. Y yo no podía saber si en realidad se había hecho amigo de un mortal, pese a sí mismo, o si simplemente planeaba una gran traición y una crueldad especiales. Varias veces había indicado a Claudia y a mí que pensaba matar directamente al muchacho, pero no lo había hecho. Y, por supuesto, nunca le hice esa pregunta porque no valía la pena el escándalo que hubiera armado. ¡Lestat, encariñado con un mortal! Probablemente hubiera roto los muebles de la sala en un ataque de furia.

»A la noche siguiente —después de la que acabo de describirte—, me irritó miserablemente pidiéndome que fuera con él al piso del músico. Estaba evidentemente simpático, en uno de esos días en que quería mi compañía. Cuando se divertía, le sucedía eso. Deseaba ver una buena obra de teatro, una ópera, un ballet, y siempre quería que lo acompañase. Pienso que debo de haber visto *Macbeth* con él unas quince veces. Íbamos a cada actuación, incluso a las de aficionados, y Lestat luego caminaba a casa, repitiendo líneas conmigo e incluso gritando a los transeúntes con un dedo estirado: "Mañana, y mañana, y mañana", hasta que nos evitaban como si estuviésemos ebrios. Pero esta efervescencia era febril y muy susceptible de terminar en un santiamén; nada más que una o dos palabras de simpatía de mi parte, alguna sugerencia de que había encontrado agradable su compañía, podían borrar esas situaciones durante meses. Incluso años. Pero ahora se acercó a mí muy simpático y me pidió que lo acompañara al cuarto del joven. Hasta me apretó el brazo cuando me lo pidió. Y yo, aburrido, paralizado, le di una excusa miserable —pensando únicamente en Claudia, en el agente, en el desastre inminente—. Lo podía sentir y me pregunté si él no lo sentía. Y, por último, recogió un libro del suelo y me lo arrojó gritando:

»—¡Lee entonces tus malditos poemas! ¡Púdrete!

»Y se alejó hecho una furia.

»Eso me preocupó. No te puedes imaginar lo que me preocupó. Quería que él siguiera frío, impasible, distante. Resolví rogarle a Claudia que se olvidara del asunto. Me sentí impotente y terriblemente cansado. Pero la puerta de Claudia estuvo cerrada hasta que salió y yo sólo la había visto un segundo mientras Lestat hablaba, una visión de lazos y hermosura mientras se ponía el abrigo; nuevamente las mangas anchas y un lazo violeta en el pecho, sus medias blancas de hilo bajo el dobladillo de su pequeño vestido y sus zapatitos de un blanco inmaculado. Me lanzó una mirada distante al salir.

»Cuando regresé más tarde, saciado y por un rato demasiado perezoso como para que me molestaran mis pensamientos, empecé a sentir gradualmente que ésa sería la noche. Ella lo intentaría esa noche.

»No te puedo decir cómo lo supe. Había cosas en el piso que me molestaban, me alertaban. Claudia se encerró en la sala trasera. Y me pareció escuchar otra voz, un susurro. Claudia jamás traía a nadie al piso; nadie, salvo Lestat, lo hacía. Él sí traía a sus mujeres. Pero supe que allí había alguien; sin embargo, no me llegó ningún olor, ningún sonido preciso. Luego, hubo aromas de comida y bebida. Y los crisantemos estaban en la jarra de plata; flores que para Claudia significaban la muerte.

»Luego vino Lestat, cantando algo entre dientes. Su bastón hizo un ruido continuo en la barandilla de la escalera de caracol. Vino por el largo pasillo, con su rostro encendido por la matanza, y los labios rojos, y puso su música en el piano.

»—¿Lo maté o no lo maté? —me hizo la pregunta, señalándome con un dedo—. ¿Qué opinas?

»—No lo hiciste —dije torpemente—. Porque me invitaste a ir contigo y jamás compartes conmigo tus muertes.

»—Ah, pero... ¡lo maté porque me enfureciste rechazando mi invitación! —dijo, y levantó de un golpe la tapa del teclado.

»Pude ver que continuaría en esa vena hasta la madrugada. Estaba excitado. Lo miré tocando la música, pensando, ¿puede morir? ¿Puede realmente morir? ¿Y ella piensa hacerlo? En un momento quise ir a verla y decirle que abandonara todo, incluso el proyectado viaje, y que viviéramos como hasta entonces. Pero tuve la sensación de que ya no habría marcha atrás. Desde el día en que ella había empezado a hacerle preguntas, esto —fuera lo que fuese— era inevitable. Y sentí un peso encima mío, clavándome en la silla.

»Hizo dos acordes con las manos. Tenía un gran alcance y, en una vida mortal, hubiera sido un buen pianista. Pero tocaba sin sentimiento, siempre estaba fuera de la música, sacándola del piano como por arte de magia, por el virtuosismo de sus sentidos y su dominio de vampiro; la música no salía a través de él, no era arrancada por él mismo.

»—Y bien, ¿lo maté o no lo maté? —volvió a preguntarme.

»—No, no lo hiciste —le respondí, aunque fácilmente podría haber asegurado lo contrario.

»Me concentraba en mantener la máscara.

»—Tienes razón. No lo hice —dijo—. Me excita estar a su lado, pensarlo una y otra vez: lo puedo matar y lo haré, pero no ahora. Y luego lo dejaré y encontraré a alguien que se le parezca lo más posible. Si tuviera hermanos... los mataría uno a uno —aseguró, con una especie de rugido burlón—. A Claudia le gustan las familias. Hablando de familias, supongo que lo has oído. Se supone que la casa Freniere está encantada; no pueden conservar ningún superintendente y los esclavos se escapan inevitablemente uno tras otro.

»Esto era algo de lo que yo no quería oír hablar. Babette había muerto joven, demente; al final, no le permitían caminar por las ruinas de Ponte du Lac, porque ella insistía en que allí había visto al diablo y que lo debía encontrar; oí hablar de ello. Y luego vinieron las noticias del funeral. Yo había pensado de tanto en tanto ir a verla, tratar de encontrar algún medio de rectificar lo que había hecho; en otras ocasiones, pensé que el tiempo todo lo curaría. En mi nueva vida de matanzas nocturnas, me había alejado de la intimidad sentida con ella o con mi hermana o con cualquier mortal. Y observé la tragedia finalmente como desde un palco del teatro, emocionado de tanto en tanto, pero nunca lo suficiente como para bajarme por las barandillas y sumarme a los actores en el escenario.

»—No hables de ella —le dije.

»—Muy bien. Hablaba de la plantación. No de ella. ¡Ella! Tu dama amorosa, tu fantasía —me sonrió—. ¿Sabes?, al final todo salió como yo quería, ¿no es así? Pero te cuento de mi joven amigo y cómo...

»—Ojalá tocaras su música —dije en voz baja, sin agresividad, pero lo más persuasivo posible.

»A veces esto funcionaba con Lestat. Si yo le decía algo específicamente correcto, se ponía a hacerlo. Y entonces lo hizo; con una leve mueca, como diciendo: "Tú, tonto", empezó a tocar la música. Oí las puertas de la sala trasera y los pasos de Claudia por el corredor. "No vengas, Claudia —pensé yo, sintiéndola—, aléjate antes de que todos quedemos destrozados." Pero ella vino y se detuvo ante el espejo del pasillo. Pude oírla abrir la pequeña mesa tocador y luego el susurro de su peine. Tenía un perfume floral. Me di la vuelta lentamente para verla cuando apareciese en la puerta, aún de blanco, y se encaminara por la alfombra hacia el piano en silencio. Se quedó al la-

185

do del teclado, con sus manos sobre la madera, su mentón sobre las manos y los ojos fijos en Lestat.

»Pude ver el perfil de Lestat y la pequeña cara de Claudia más allá, mirándolo.

»—¿Qué pasa ahora? —dijo él, doblando la página y dejando que su mano le cayera sobre la pierna—. Me irritas. ¡Tu mera presencia me irrita!

»Volvió la vista a la página.

»—¿De verdad? —dijo ella con su voz más dulce.

»—Sí. Y te diré algo más. He conocido a alguien que sería mucho mejor vampiro que tú.

»Esto me dejó perplejo. Pero no tuve necesidad de decirle que continuara.

»—¿Entiendes lo que realmente quiero decir? —prosiguió.

»—¿Se supone que lo estás diciendo para asustarme? —preguntó ella.

»—Eres una malcriada porque eres la única niña —dijo él—. Necesitas un hermano. O, más bien, yo necesito un hermano. Me aburrís vosotros dos. Unos vampiros egoístas, meditabundos, que agobiáis nuestras propias vidas. No me gusta.

»—Supongo que podríamos poblar el mundo de vampiros, sólo nosotros tres —dijo ella.

»—¿Lo crees? —dijo él, sonriente, y en su voz hubo una nota de triunfo—. ¿Piensas que lo podrías hacer? Supongo que Louis te ha contado cómo se hace o lo que él piensa que se debe hacer. Vosotros no tenéis ese poder. Ninguno de los dos.

»Esto pareció perturbarla. Era algo que ella no había previsto. Lo estudiaba. Pude ver que no se lo creía por completo.

»—¿Y quién te dio ese poder? —preguntó ella en voz baja, pero con un dejo de sarcasmo.

»—Eso, querida mía, es algo que jamás sabrás. Porque hasta el Erebus en que vivimos debe tener su aristocracia.

»—Eres un mentiroso —dijo ella con una corta carcajada y, en el instante en que él volvió a posar los dedos en el teclado, prosiguió—: Pero tú dificultas mis planes.

»—¿Tus planes?

»—Vine en son de paz a ti, aunque seas el padre de las mentiras. Tú eres mi padre —dijo ella—. Quiero hacer las paces contigo. Quiero que las cosas sean como antes.

»Entonces él fue el incrédulo. Me echó una mirada, luego la miró a ella.

»—Eso puede ser. Pero entonces deja de hacerme preguntas. Deja de seguirme. Deja de buscar vampiros en todas las callejuelas. ¡No hay otros vampiros! Aquí es donde vives y aquí es donde debes quedarte. —Pareció confuso durante un momento, como si el volumen de su propia voz lo confundiera—. Cuidaré de ti. Tú no necesitas nada.

»—Y tú no sabes nada y, por eso, detestas mis preguntas. Todo está en claro. Por tanto, tengamos paz porque no podemos tener nada más. Tengo un regalo para ti.

»—Espero que sea una mujer hermosa con unos atractivos que tú jamás tendrás —dijo él, y la miró de arriba abajo.

»Ella cambió de cara. Fue como si casi perdiera un dominio que jamás la había visto perder. Pero entonces movió la cabeza y, estirando un brazo pequeño y redondo, le tiró de la manga.

»—He hablado en serio. Estoy harta de discutir contigo. El infierno es odio, gente que vive en odio eterno. Nosotros no estamos en el infierno. Puedes

187

aceptar el regalo o no. No me importa. Pero terminemos de una vez por todas con este problema. Antes de que Louis, disgustado, nos abandone a ambos.

»Lo obligó a que dejara el piano, bajó la tapa de madera sobre el teclado e hizo girar el taburete para que los ojos de Lestat la siguieran hasta la puerta.

»—Hablas en serio. Un regalo. ¿Qué quieres decir con un regalo?

»—No te has alimentado lo suficiente. Lo puedo ver por tu color, por tus ojos. Nunca estás lo bastante alimentado a esta hora. Digamos que te puedo hacer disfrutar mucho. Dejad que los niños vengan a mí —susurró ella y se fue.

Él me miró. Yo no dije nada. Era como si hubiera estado intoxicado. Noté la curiosidad en su rostro, la sospecha. La siguió por el pasillo. Y luego oí que emitía un largo y consciente gemido, una mezcla perfecta de hambre y lujuria.

»Cuando llegué a la puerta, y tardé un rato, él estaba agachado sobre el sofá. Allí había dos niños echados entre los cojines suaves de terciopelo, totalmente abandonados al sueño como hacen los niños, con las bocas sonrosadas abiertas, sus caras redondas y pequeñas, suaves. Tenían la piel húmeda, radiante; los rizos del más moreno caían sobre su frente, húmedos y pegados a la piel. De inmediato vi, por su ropa idéntica y pobre, que se trataba de huérfanos. Y se habían devorado lo que les habían servido con nuestra mejor vajilla. El mantel estaba salpicado de vino y una pequeña botella estaba en medio de los platos y los cubiertos grasientos. Pero en la habitación había un aroma que no me gustó. Me acerqué, para ver mejor a los dos pequeños dormidos, y pude ver que tenían los cuellos desnudos pero que nadie los había tocado. Lestat se había agachado al lado del más moreno; era, de lejos, el más hermoso. Podría haber sido elevado a la cúpula pintada de una catedral. No tenía más de siete años, pero poseía una belleza perfecta que es asexual y angelical. Lestat le pasó suavemente la mano por el cuello pálido y luego rozó los labios sedosos. Dejó escapar un suspiro que tenía una anticipación deseosa, dulce, dolorosa.

»—Oh... Claudia... —suspiró—. Te has lucido. ¿Dónde los encontraste?

»Ella no dijo nada. Se había vuelto a un sillón oscuro y estaba sentada entre dos grandes cojines, con sus piernas estiradas, los tobillos cayendo de modo que no se podían ver las plantas de sus hermosos zapatos sino los costados curvos, sus ornamentos delicados.

»Miraba a Lestat.

»—Ebrios con brandy —dijo—. Una copita. —Y señaló la mesa—. Pensé en ti cuando los vi... Pensé que si los compartía contigo, me perdonarías.

»Él se quedó encantado con el piropo. La miró, estiró una mano y la tomó del fino tobillo.

»—¡Tontita! —susurró y se rió; pero entonces se calló como no queriendo despertar a los niños condenados. Le hizo a ella un gesto íntimo, seductor—. Ven a sentarte a su lado. Tú coges éste y yo el otro. Ven.

»La abrazó cuando ella pasó a su lado y la puso al lado del otro niño. Acarició el pelo húmedo del niño, le pasó los dedos por los párpados redondos y por el borde de las cejas. Y luego puso toda su mano suave sobre la cara del niño y le acarició las sienes, las mejillas y el mentón, masajeando la piel joven. Se había olvidado de que estábamos allí, pero retiró la mano y se quedó inmóvil un instante, como si su deseo lo mareara. Miró al techo y luego puso manos a la obra.

Dobló lentamente la cabeza del niño sobre el sofá y los párpados del niño se pusieron tensos un segundo y un gemido escapó de sus labios.

»Los ojos de Claudia estaban fijos en Lestat, aunque ella levantó la mano izquierda y lentamente desabrochó los botones del niño que estaba a su lado y metió la mano bajo la mísera camisa y sintió la piel desnuda. Lestat hizo otro tanto; pero súbitamente, su mano cobró vida propia, se deslizó bajo la camisa y rodeó el cuerpo del niño en un cálido abrazo, acercándoselo de modo que su cara quedó hundida en el cuello del niño. Movió los labios por el cuello y el pecho y los diminutos pezones. Entonces, pasó su otro brazo por la camisa abierta, de modo que el niño quedó indefenso, lo apretó aún más entre sus brazos y le hundió los dientes en la garganta. La cabeza del niño cayó hacia atrás, se le soltaron los rizos, y nuevamente dejó escapar un leve gemido y movió los párpados, pero no los abrió. Y Lestat se arrodilló con el niño apretado contra él, chupando, con su propia espalda arqueada y rígida. Su cuerpo se movía hacia atrás y hacia delante, transportando al niño, y sus gemidos prolongados subían y bajaban siguiendo el ritmo de su lenta oscilación, hasta que, de repente, todo su cuerpo se puso tenso y sus manos parecieron buscar algún medio para alejarse del niño, como si éste fuese una carga inútil que colgara de él; y por último abrazó al niño nuevamente y, lentamente, lo recostó en los mullidos cojines, chupando menos, ahora casi de forma inaudible.

»Se apartó. Sus manos presionaron al niño. Se arrodilló con la cabeza hacia atrás, y sus largos cabellos rubios cayeron despeinados. Y entonces, lentamente, se echó en el suelo, doblándose, la espalda contra la pata del sillón.

»—Ah... Dios —susurró con la cabeza hacia atrás y los párpados semicerrados.

»Pude ver que el color le subía por las mejillas, le llegaba a las manos. Una mano se apoyó en su rodilla, temblorosa y luego cayó inmóvil.

»Claudia no se había movido. Permanecía como un ángel de Botticelli al lado del niño ileso. El cuerpo del otro niño ya se había encogido, el cuello como un tallo fracturado, la cabeza pesada cayendo ahora en un ángulo torpe, el ángulo de la muerte, sobre el almohadón.

»Pero algo estaba mal. Lestat miraba al techo. Pude ver su lengua entre los dientes. Estaba demasiado inmóvil, como si intentase decir algo, pasar la barrera de los dientes y tocarse los labios. Pareció temblar de forma convulsiva... Entonces se relajó pesadamente; no obstante, no se movió. Un velo había caído sobre sus ojos grises. Miraba al techo. Y un sonido partió de su garganta. Salí de las sombras del corredor, pero Claudia dijo con tono decidido:

»—¡Vuelve atrás!

»—... Louis... —dijo él, por fin lo pude oír—, Louis... Louis...

»—¿No te gusta, Lestat? —le preguntó ella.

»—Algo está mal —murmuró él, y abrió los ojos como si hablara con un esfuerzo colosal; no se podía mover, no se podía mover para nada—. ¡Claudia!

»Aspiró aire nuevamente y sus ojos rodaron en dirección a ella.

»—¿No te gusta la sangre de los niños?... —preguntó ella en voz baja.

»—Louis... —susurró él, levantando por último la cabeza por un instante: volvió a caer en el sofá—. Louis, es... es... ajenjo. Demasiado ajenjo. Me ha envenenado. Louis...

»Trató de levantar una mano. Me acerqué más y sólo la mesa nos separo.

»—¡Atrás! —repitió ella; y entonces saltó del sofá y se acercó a él, mirándolo a la cara como él había mirado a los niños—. Ajenjo, padre —dijo ella—. ¡Y láudano!

»—¡Demonio! —le dijo él—. Louis... ponme en mi ataúd. —Trató de levantarse—. ¡Ponme en mi ataúd!

»Su voz fue ronca, apenas audible. La mano tembló, se levantó y cayó.

»—Yo te pondré en mi ataúd, padre —dijo ella como si lo estuviera calmando—. Te pondré allí para siempre.

»Y entonces, de abajo de los almohadones del sofá, sacó un cuchillo de cocina.

»—¡Claudia! ¡No hagas eso! —le dije yo.

»Pero ella me miró con una virulencia como nunca le había visto en su expresión. Y, mientras yo me quedaba paralizado, ella le abrió la garganta y él dejó escapar un grito agudo y sofocado.

»—¡Dios mío! —gritó—. ¡Dios!

»La sangre manó sobre su camisa, por el abrigo. Manó como jamás podría haberlo hecho de un ser humano; toda la sangre con que se había alimentado antes del niño y la del niño; y movía la cabeza haciendo un sonido burbujeante. Ella le hundió el cuchillo en el pecho y él se agachó hacia delante, con la boca abierta, sus colmillos al descubierto, las dos manos tratando, convulsivas, de asir el cuchillo, revoloteando alrededor del mango. Levantó la vista hasta mí, con el pelo sobre los ojos.

»—¡Louis! ¡Louis!

»Dejó escapar un gran gemido y cayó de costado en la alfombra. Ella se quedó mirándolo. La sangre corría por todos lados como agua. Él gruñía, tratando de levantarse, con un brazo encogido debajo de su pecho y el otro moviéndose por el suelo. Y, entonces, de repente, ella se arrojó sobre él y, aferrándose de su cuello con ambas manos, le hundió los dientes mientras él se defendía.

»—¡Louis! ¡Louis! —gimió una vez más, luchando, intentando desesperadamente alejarla; pero ella quedó encima de él, y su cuerpo, levantado por el hombro de Lestat, se sacudió y cayó nuevamente hasta que se separó; y, cuando encontró el suelo, se alejó rápidamente de él, con sus manos en los labios. Mi cuerpo estaba convulso por lo que acababa de presenciar, y me sentía incapaz de seguir mirando.

»—Louis —dijo ella, pero yo sólo sacudí la cabeza; por un instante toda la casa pareció oscilar; pero ella insistía—. Louis, mira lo que le pasa.

»Había dejado de moverse. Estaba echado de espaldas. Y todo el cuerpo le temblaba, se le secaba; la piel estaba gruesa y arrugada y tan blanca que se le veían todas las pequeñas venas. Quedé perplejo, pero no pude apartar la vista, ni siquiera cuando la forma de los huesos empezó a asomar, sus labios retrocedieron hasta los dientes, la piel de la nariz se secó y mostró dos grandes agujeros. Pero sus ojos siguieron iguales, mirando enloquecidos al techo, con el iris baileoteando de una punta a la otra, mientras la carne se hundía hasta los huesos y se convertía en un pergamino que tapaba al esqueleto. Por último puso los ojos en blanco y así quedó, sólo una masa de rizado cabello rubio, un abrigo, un par de botas brillantes y ese horror que había sido Lestat; y yo lo miré, desesperado.

»Durante largo rato. Claudia simplemente se quedó allí. La sangre había empapado la alfombra, ensombreciendo las flores bordadas. Brillaba pegajosa y negra sobre los suelos. Había manchado el vestido, los zapatos blancos, las mejillas de Claudia. Se limpió con una servilleta arrugada, trató de limpiarse las manchas del vestido y, entonces, me dijo:

»—¡Louis, debes ayudarme a sacarlo de aquí!

»—No —contesté.

»Y le di la espalda; ella seguía con el cadáver a sus pies.

»—¿Pero estás loco, Louis? ¡No puede quedarse aquí! —me dijo—. Y los niños. ¡Debes ayudarme! El otro ha muerto del ajenjo. ¡Louis!

»Yo sabía que tenía razón, que era necesario. Pero, me pareció algo imposible. Tuvo que rogarme; casi me llevó de la mano. Encontramos el horno de la cocina aún repleto con los huesos de la madre y la hija que ella había asesinado; un acto peligroso, una estupidez. Entonces ella metió los cadáveres en un saco y lo arrastró por las piedras del patio hasta el coche. Yo mismo até el caballo, dejando dormir al soñoliento cochero, y conduje el carruaje a las afueras de la ciudad, rápidamente, en dirección al pantano St. Jean, que se extendía hasta el lago Pontchartrain. Ella se sentó a mi lado, en silencio, hasta que pasamos las puertas iluminadas de las pocas casas rurales y el camino se angostó y se volvió escabroso; el pantano se extendía a ambos lados y era como un muro al parecer impenetrable de cipreses y de enredaderas. Podía oler el hedor de los vegetales podridos, oír el ronroneo de los animales.

»Claudia había enfundado el cuerpo de Lestat en una sábana porque yo no lo quise ni tocar, y luego, para horror mío, le había esparcido encima los crisantemos de largos tallos. Por tanto tenía un dulce aroma funerario cuando por último lo metí en el carruaje. Casi no pesaba, de tan fláccido que quedó como algo hecho de cuerdas y trapos. Y me lo puse al hombro y avancé por las aguas negras, el agua que chapoteaba y llenaba mis botas; mis pies buscaban un sendero bajo esas aguas, lejos de donde había dejado a los dos niños. Entré cada vez más profundo con los despojos de Lestat, aunque no sabía por qué. Y, finalmente, cuando apenas podía vislumbrar el pálido espacio del camino y el cielo que peligrosamente se aproximaba al alba, dejé que su cuerpo se resbalara de mis brazos y cayera al agua. Me quedé allí, traumatizado, mirando la forma amorfa de la sábana blanca debajo de esa superficie de lodo. El estupor que me había abrumado desde que abandonáramos la rue Royale amenazó con desvanecerse y dejarme de repente mirando, pensando: "Esto es Lestat. Esto es todo lo que queda de la transformación y el misterio; muerto, ido a la oscuridad eterna." Sentí de súbito un empujón, como si una fuerza me rogara que descendiese junto a él, me hundiera en el agua negra y jamás regresara. Fue algo fuerte y claro, aunque, en comparación con las voces ordinarias, sólo me pareció un murmullo. Habló sin lenguaje, diciendo: "Tú sabes lo que debes hacer. Húndete en la oscuridad. Déjate ir por completo." Pero en ese instante, oí la voz de Claudia. Me llamaba por mi nombre. Me di la vuelta y por las enredaderas retorcidas, la vi pequeña y distante, como una llama blanca en el camino débilmente iluminado.

—Más tarde, hacia la madrugada —prosiguió—, Claudia me abrazó y puso su cabeza contra mi pecho en la intimidad del ataúd; me susurró que me amaba; que ahora quedaríamos libres de Lestat para siempre.

»—Te amo, Louis —me repitió una y otra vez hasta que la oscuridad cayó finalmente sobre nosotros y misericordiosamente nos borró toda conciencia.

»Cuando me desperté, ella estaba revisando las cosas de Lestat. Fue una tarea silenciosa, metódica, pero llena de una furia ciega. Sacó los contenidos de los gabinetes, vació cajones sobre las alfombras, sacó una por una sus chaquetas de los roperos; revisó cada bolsillo, tirando las monedas y las entradas al teatro y los pedacitos de papel. Me quedé en la puerta de su dormitorio, atónito, observándola. El ataúd de Lestat estaba allí, lleno de bufandas y pedazos de tapicería.

Sentí la compulsión de abrirlo. Tuve el deseo de encontrarlo allí.

»—¡Nada! —exclamó finalmente ella con disgusto en la voz, y metiendo las ropas en el ataúd—. ¡Ni una pista de dónde provenía, de quién lo había creado! Ni una señal.

»Me miró como implorando mi simpatía. Desvié la mirada. No podía mirarla. Volví al dormitorio, esa habitación llena con mis libros y las cosas que había salvado de mi hermana y de mi madre, y me senté en la cama. La pude oír en la puerta, pero no la miré.

»—¡Merecía morir! —me dijo.

»—Entonces nosotros merecemos morir. De la misma manera. Cada noche de nuestras vidas —le contesté—. Aléjate de mí. —Fue como si mis palabras fueran mis pensamientos, y mi mente únicamente fuera una amorfa confusión—. Te cuidaré porque tú no cuidas de ti misma. Pero no te quiero cerca. Duerme en ese ataúd que te has comprado. No te me acerques.

»—Te dije que lo iba a hacer. Te lo dije... —recordó ella.

»Su voz nunca había sonado tan frágil, como el tintineo de una campanilla. La miré, perplejo pero inconmovible. Su cara no parecía su cara. Jamás nadie había puesto tal agitación en el rostro de una muñeca.

»—¡Louis, te lo dije! —dijo ella con los labios temblorosos—. Lo hice por nosotros. Para que pudiéramos ser libres.

»No pude soportar su presencia. Su hermosura, su presunta inocencia y esa terrible agitación. Pasé a su lado, quizás empujándola un poco, no lo sé. Y casi había llegado a las barandillas de la escalera cuando oí un sonido extraño.

»En todos los años de nuestra vida en común nunca había oído ese sonido. Nunca más desde esa distante noche en que la había encontrado, cuando era una niña mortal, aferrada a su madre. ¡Estaba llorando!

»Me hizo retroceder contra mi voluntad. No obstante, parecía tan inconsciente, tan desesperada, como si ella no pretendiera que nadie la oyese o no le importara que la oyese el mundo entero. La encontré echada en mi cama, donde tan a menudo me sentaba a leer, con sus rodillas encogidas y todo su cuerpo temblando a fuerza de sollozos. El sonido era terrible. Era más sentido, más espantoso que el llanto mortal que había tenido. Me senté lenta, suavemente, a su lado y le puse una mano sobre el hombro. Levantó la cabeza, sorprendida, con los ojos abiertos y la boca temblorosa. Tenía la cara cubierta de lágrimas, lágrimas que estaban teñidas de sangre. Sus ojos brillaban y el débil toque de rojo manchaba su pequeña mano. No parecía darse cuenta de ello, no parecía verlo. Se alzó el pelo de la frente. Entonces su cuerpo se estremeció con un sollozo prolongado, sordo y necesitado.

»—Louis... si te pierdo, no tengo nada —susurró—. Desharía lo hecho para recuperarte. No lo puedo hacer.

»Me abrazó, subiéndose encima de mis rodillas, llorando contra mi corazón. Mis manos no tenían ganas de tocarla, pero entonces se movieron como si yo no pudiera detenerlas para abrazarla y acariciarle el cabello.

»—No puedo vivir sin ti... —susurró—. Preferiría morir a vivir sin ti. Moriría del mismo modo que él. No puedo soportar que me mires como lo hiciste. ¡No puedo soportar que no me ames!

»Sus sollozos se hicieron mucho más fuertes, más amargos, hasta que por último me agaché y besé su cuello y sus mejillas suaves. Ciruelas invernales. Ciruelas de un bosque encantado donde la fruta jamás cae de las ramas. Donde las flores jamás se marchitan y mueren.

»—Muy bien, querida mía... —le dije—. Muy bien, amor mío...

»Y al decir esto la mecí suavemente, lentamente, en mis brazos hasta que se durmió, murmurando algo sobre nuestra eterna felicidad, libres para siempre de Lestat, empezando la gran aventura de nuestras vidas.

—La gran aventura de nuestras vidas —prosiguió tras una pausa—. ¿Qué significa morir cuando puedes vivir hasta el fin del mundo? ¿Y qué es «el fin del mundo» salvo una frase?; porque ¿quién sabe siquiera lo que es el mundo? Yo ya he vivido dos siglos, he visto las ilusiones de uno hechas trizas por otro, he sido eternamente joven y eternamente viejo, carente de ilusiones, viviendo de momento a momento de una manera que me hizo imaginar un reloj de plata repiqueteando en el vacío; con la superficie pintada, las manecillas delicadamente talladas sin que nadie las mirara, iluminado por una luz que no era luz, como la luz con la que Dios creó el mundo antes de que creara la luz. Latiendo, latiendo, latiendo, con la precisión del reloj, en una habitación tan vasta como el universo.

»Yo estaba caminando de nuevo por las calles; Claudia se había ido a matar por su lado; el perfume de su pelo y de su vestido aferrado a mis dedos, a mi abrigo, y mis ojos se movían muy por delante como el rayo pálido de una linterna. Me encontré en la catedral. ¿Qué significa morir cuando puedes vivir hasta el fin del mundo? Pensaba en la muerte de mi hermano, en el incienso y el rosario. De repente sentí el deseo de estar en el cuarto fúnebre, escuchando el sonido de las voces de las mujeres, que suben y bajan con los *Aves*, el ruido de los rosarios, el olor de la cera. Pude recordar las lamentaciones. Era algo palpable, como si fuera ayer, detrás de una puerta. Me vi caminando rápido por un corredor y abriendo suavemente la puerta.

»La gran fachada de la catedral se levantó en una enorme masa oscura del otro lado de la plaza, pero las puertas estaban abiertas y dentro pude ver una luz suave, trémula. Era la tarde del sábado y la gente iba a la confesión para la misa del domingo y la comunión. Las velas ardían en los candelabros. Al final de la nave, el altar se elevaba entre las sombras cubierto de flores blancas. Había sido en la iglesia vieja, en este mismo lugar, donde habían traído a mi hermano para el último servicio antes de ir al cementerio. Y, súbitamente, me di cuenta de que yo no había vuelto a ese sitio desde entonces, que nunca había pasado de nuevo por esos escalones de piedra, cruzado el atrio y pasado por esas puertas abiertas.

»No tenía miedo. En todo caso, deseaba que pasara algo, que esas piedras temblaran cuando yo cruzara el atrio en sombras y viera el distante tabernáculo en el altar. Recordé que había pasado en una ocasión cuando las vidrieras estaban radiantes y los cánticos resonaban en Jackson Square. Entonces había vacilado, preguntándome si había algún secreto que Lestat no me hubiese revelado, algo que pudiera destruirme si entraba. Sentí ganas de entrar, pero había rechazado la idea, deshaciéndome de la fascinación de las puertas abiertas, la multitud de gente haciendo una sola voz. Yo tenía algo para Claudia, una muñeca que le llevaba, una muñeca que había sacado de la vitrina a oscuras de una juguetería, y la había puesto dentro de una gran caja con cintas y papel delicado. Una muñeca para Claudia. Recuerdo haberla apretado contra mí, oyendo las fuertes vibraciones del órgano detrás, con mis ojos entrecerrados debido al gran resplandor de las velas.

»Entonces pensé en ese momento; el miedo que sentí de la mera visión del altar, del sonido del *Pange Lingua*. Y nuevamente pensé, persistente, en mi hermano. Podía ver el ataúd yendo por el pasillo central, la procesión de los fieles detrás. Ahora no sentí miedo. Como te dije, en todo caso sentí ganas de tener algún temor, de encontrar alguna razón para tener miedo cuando avanzaba lentamente a lo largo de los altos muros ensombrecidos. Hacía frío y estaba húmedo pese al verano. La idea de la muñeca de Claudia volvió a mí. ¿Dónde estaba esa muñeca? Claudia había jugado con ella durante años. De improviso me puse a buscar esa muñeca en el recuerdo, del modo absurdo y frenético de quien busca algo en una pesadilla, llegando a puertas que no se abren o cajones que no se cierran, sin saber por qué su esfuerzo parece tan desesperado, por qué la súbita visión de una silla con un mantón encima le inspira tanto horror.

»Yo estaba en la catedral. Una mujer salió del confesonario y pasó la larga cola de quienes aguardaban. Un hombre, que tendría que haberse acercado, se quedó inmóvil, y mi ojo, sensible incluso a mi condición vulnerable, lo notó y me di la vuelta para verlo. Me miraba. Rápidamente le di la espalda. Lo oí entrar en el confesonario y cerrar la puerta. Caminé por el pasillo del costado y entonces, más debido al agotamiento que a la convicción, me acerqué a un banco lateral y tomé asiento. Casi hice la genuflexión por antiguo hábito. Tenía la mente tan confusa y atormentada como la de cualquier mortal. "Oye y ve", me dije a mí mismo. Y con este acto de voluntad, mis sentidos emergieron del tormento. A mi alrededor, en la penumbra, oí el susurro de las oraciones, el leve repiqueteo de los rosarios; el suave gemido de la mujer que se hincó en la duodécima estación. Del mar de bancos de madera se elevó el olor de las ratas. Una rata solitaria se movía en las inmediaciones del altar, una rata en el gran altar de madera tallada de la Virgen María. Los candelabros de oro brillaban en el altar; un gran crisantemo blanco de repente se dobló sobre su tallo; había gotas brillantes en sus pétalos, una fragancia amarga subía de los vasos, de los altares frontales y de los altares laterales, de las estatuas de vírgenes y cristos y santos. Contemplé las estatuas; de pronto, y de forma completa, me obsesioné con los perfiles exánimes, los ojos fijos, las manos vacías, los dobleces congelados. Entonces mi cuerpo sufrió tal convulsión que se dobló hacia delante y mi mano se aferró al banco siguiente. Era un cementerio de formas muertas, de efigies funerales y de ángeles de piedra. Levanté la vista y me vi a mí mismo en una visión casi palpable, subiendo los escalones del altar, abriendo el diminuto tabernáculo sacrosanto, alcanzando con manos monstruosas el cáliz consagrado y tomando el Cuerpo de Cristo y arrojando sus blancas hostias sobre la alfombra y luego pisando las hostias sagradas delante del altar, dando la Sagrada Comunión al polvo. Me puse de pie y me quedé contemplando esa visión. Supe perfectamente bien su significado.

»Dios no vivía en esa iglesia; esas estatuas daban una imagen de la nada. Yo era el sobrenatural en esa catedral. ¡Yo era el único no mortal que estaba consciente bajo ese techo! Soledad. La soledad hasta el borde de la locura. La catedral se deshizo en mi visión; los santos se sobrecogieron y cayeron. Las ratas comían la Sagrada Eucaristía y anidaban en los antepechos de las ventanas. Una rata solitaria, con un rabo enorme, estaba royendo y gruñendo en el mantel del altar hasta que cayeron los candelabros sobre las losas cubiertas por el moho. Me quedé de pie, intocado. Sin morir. Súbitamente, agarré la mano de yeso de la Virgen y la vi romperse en mi mano; dejé esa mano sobre mi palma y con la presión de mi dedo se convirtió en polvo.

»Y de repente, a través de las ruinas, a través de la puerta abierta por la que podía ver la tierra baldía en todas direcciones, incluso el gran río helado y atrapado por las ruinas incrustadas de los navíos, por esas ruinas llegaba una procesión fúnebre, una banda de hombres pálidos, blancos, y de mujeres, monstruos con ojos brillantes y vestimentas al viento, y el

202

ataúd crujiendo sobre las ruedas de madera, las ratas correteando sobre el mármol roto y agrietado, la procesión avanzando; y entonces pude ver a Claudia en esa procesión, con sus ojos fijos detrás de un fino velo negro, una mano enguantada sobre un negro misal y la otra sobre el ataúd que se movía a su lado. Y allí, en ese ataúd, vi con horror el esqueleto de Lestat, debajo de una tapa de cristal, con la piel arrugada y presionada sobre la mismísima textura de sus huesos, y sus ojos como unos agujeros, y su cabello rubio y ondulado sobre la seda blanca.

»La procesión se detuvo. Los fieles siguieron su camino, llenando, silenciosos, las polvorientas hileras de bancos. Y Claudia, dándose la vuelta con su libro, lo abrió y levantó el velo negro de su rostro, sus ojos fijos en mí cuando su dedo dobló la página.

»—Y ahora estás condenado en la tierra —susurró, y su susurro hizo un eco en las ruinas—. Y ahora estás condenado en la tierra, que ha abierto su boca para recibir la sangre de tu hermano. Mientras labres esta tierra, a partir de ahora no le darás fortaleza. Serás un fugitivo y un vagabundo en la tierra... y la venganza contra quien te mate será siete veces siete.

»Le grité; grité y el grito se elevó desde las profundidades de mi ser como una inmensa fuerza negra que rompía mis costillas y enviaba mi cuerpo rodando contra mi voluntad. Un gemido espantoso salió de los penitentes, un coro que creció cada vez más alto cuando me di la vuelta para ver a todos a mi alrededor, empujándome en el pasillo contra los mismos costados del ataúd: me di la vuelta para recuperar el equilibrio y me encontré apoyado en él con ambas manos. Y permanecí allí contemplando no los restos de Lestat, sino el cuerpo de mi hermano mortal. Una quietud cayó como si el velo hubiera caído sobre todos y disuelto sus formas debajo de sus silenciosos dobleces. Allí estaba mi hermano, joven y rubio y dulce como había sido en la vida, tan real y cálido que jamás lo podría haber recordado así; estaba tan perfectamente recreado, era tan perfecto en todos sus detalles.... Sus cabellos rubios estaban peinados encima de su frente, los ojos los tenía cerrados como si durmiera, sus dedos suaves estaban aferrados al crucifijo sobre el pecho, y sus labios se veían tan rosados y sedosos que casi no pude soportar verlos y no tocarlos. Y justo cuando estiré la mano para tocarlos, la visión se disolvió.

»Aún estaba sentado en la catedral ese sábado por la tarde, rodeado por el espeso olor de la cera en el aire inmóvil. La mujer de las estaciones había desaparecido y reinaba más oscuridad que antes a mi alrededor. Un niño apareció con la negra casaca de monaguillo, con un largo apagador dorado. Ponía el pequeño cono sobre una vela y luego sobre otra y sobre otra. Yo estaba estupefacto. Me miró y se alejó como para no molestar a un hombre profundamente concentrado en la oración. Y entonces, cuando él avanzaba hacia el próximo candelabro, sentí una mano sobre mi hombro.

»Que dos seres humanos pudieran acercarse tanto a mí sin que los oyese, sin que me importase, me indicó en mi interior que yo estaba en peligro, pero no me importó. Levanté la mirada y vi que se trataba del sacerdote canoso.

»—¿Quiere la confesión? —me preguntó—. Estaba por cerrar la iglesia.

»Entrecerró los ojos detrás de sus gruesos lentes. La única luz provenía ahora de los pequeños vasos rojos con velas que ardían delante de los santos, y las sombras subían por los altos muros.

»—Usted tiene problemas, ¿verdad? ¿Le puedo ayudar en algo?

»—Es demasiado tarde, demasiado tarde —le susurré, y me puse de pie para irme.

»Se apartó de mí, al parecer sin notar aún nada de mi aspecto que lo pudiera alarmar, y me dijo bondadosamente, como para tranquilizarme:

»—No, aún hay tiempo. ¿Quiere venir al confesonario?

»Por un momento lo miré. Sentí la tentación de sonreír. Entonces se me ocurrió aceptar. Pero incluso cuando lo seguía por el pasillo, en las sombras el vestíbulo, sabía que no sería nada, que era una locura. No obstante, me arrodillé en el pequeño cubículo de madera, con mis manos cruzadas y él se sentó dentro del confesonario y abrió la ventanilla para mostrarme el esbozo mortecino de su perfil. Lo miré un momento y entonces dije, levantando la mano para hacer la señal de la cruz.

»—Bendígame, padre, porque he pecado, he pecado tan a menudo y hace tanto tiempo que no sé cómo cambiar ni cómo confesar ante Dios todo lo que he hecho.

»—Hijo, Dios es infinito en su capacidad de misericordia —me dijo—. Díselo a Él de la mejor manera que conozcas y desde el fondo de tu corazón.

»—Asesinatos, padre, muerte tras muerte: la mujer que murió hace dos noches en Jackson Square. Yo la maté. Y a miles de otros antes que a ella, uno o dos por noche, padre, durante setenta años. He caminado por las calles de Nueva Orleans como el Segador Maldito y me he alimentado de vida humana para mantener mi propia existencia. No soy un mortal, padre; soy inmortal y condenado, como los ángeles puestos en el infierno por Dios. Soy un vampiro.

»El cura me miró:

»—¿Qué es esto? ¿Una especie de deporte para usted? ¿Una broma? ¡Aprovechándose de un anciano!

»Salió del confesonario con un portazo. Rápidamente abrí la puerta y lo vi de pie.

»—Joven, ¿no tiene usted temor a Dios? ¿Sabe usted el significado del sacrilegio?

»Me miró furioso. Entonces me acerqué, lenta, muy lentamente, y, al principio, pareció mirarme indignado; luego, confuso, dio un paso atrás. La iglesia estaba vacía, oscura; el sacristán se había retirado y las velas ardían fantasmales, en los altares más distantes. Producían como una especie de corona, encima de su cabeza cana y de su cara.

»—¡Entonces, no hay misericordia! —dije, y, de repente, le puse las manos sobre los hombros.

»Lo mantuve en un abrazo sobrenatural, del que no podía esperar apartarse, y lo acerqué aún más a mi cara. Abrió la boca horrorizado.

»—¿Ve usted lo que soy? ¿Por qué, si Dios existe permite que yo exista? —le dije—. ¡Y usted habla de sacrilegios!

»Hundió sus uñas en mis manos tratando de liberarse, y el misal cayó al suelo, y su rosario repiqueteó entre los dobleces de su sotana. Fue como si luchara contra las estatuas animadas de los santos. Estiré los labios hacia atrás y le mostré mis dientes virulentos:

»—¿Por qué permite Él que yo viva?

»Su cara me enfureció, su miedo, su desprecio, su furia. Vi todo eso; era el mismo odio que me había tenido Babette, y él me susurró, pero con pánico mortal:

»—¡Déjame, demonio!

»Lo dejé, contemplando con fascinación siniestra cómo se alejaba, moviéndose por el pasillo central como si caminara entre la nieve. Y entonces me lancé en pos de él tan rápidamente que en un instante lo abracé con mis brazos estirados, y lo envolví con mi capa en la oscuridad. Hizo un último intento desesperado por desasirse, mientras me maldecía y llamaba en su ayuda a Dios en el altar. Y entonces lo agarré en los primeros escalones de la barandilla de la Comunión y allí le di la vuelta para que me viera, y le hundí los dientes en el cuello.

El vampiro se detuvo.

Un minuto antes, el entrevistador había estado a punto de prender un cigarrillo. Pero ahora se quedó sentado con las cerillas en una mano y el cigarrillo en la otra, inmóvil como un maniquí de vitrina, mirando al vampiro. Éste tenía la vista fija en el suelo. Se dio la vuelta de repente, le quitó las cerillas al muchacho de la mano, encendió una y se la ofreció. El chico se inclinó. Inhaló y expulsó el humo rápidamente. Destapó la botella y tomó un largo trago, con sus ojos siempre fijos en el vampiro.

Nuevamente fue paciente, a la espera de que el vampiro reanudara el hilo de la narración.

—No recordaba la Europa de mi infancia. Ni siquiera el viaje a América, en realidad. Que yo hubiera nacido era una idea abstracta. No obstante, ejercía una atracción en mí tan poderosa como Francia puede tenerla para un hombre de las colonias. Yo hablaba francés, leía francés, recordaba haber esperado los informes sobre la Revolución y leído los reportajes de las victorias de Napoleón en los diarios franceses. Recuerdo la rabia que sentí cuando él vendió la colonia de Luisiana a los Estados Unidos. Yo no sabía cuánto del mortal francés aún vivía en mí. En realidad, ya había desaparecido, pero yo sentía un inmenso deseo de ver Europa y de conocerla, lo que me venía no sólo de haber leído toda su literatura y filosofía, sino también de una sensación de haber sido formado en Europa con más profundidad y agudeza que el resto de los norteamericanos. Yo era un *créole* que quería ver dónde había comenzado todo.

»Y entonces, en ese momento, me concentré en ello, empezando a sacar de mis armarios y baúles todo lo que no me fuera esencial. Y la verdad es que muy pocas cosas me eran esenciales. La mayor parte se quedaría en la casa de la ciudad, a la que estaba seguro de retornar tarde o temprano, aunque sólo fuera para pasar mis posesiones a otra parecida y así empezar una nueva vida en Nueva Orleans. No podía concebir la idea de irme para siempre. Pero tenía mi corazón y mis pensamientos en Europa.

»Empecé a darme cuenta por primera vez de que podría ver el mundo, si así lo deseaba. Que era, como había dicho Claudia, libre de ir a donde quisiera.

»Mientras tanto, ella hizo un plan. Su idea más decidida era que primero debíamos ir a Europa central, donde los vampiros parecían ser más numerosos. Ella estaba segura de que allí podríamos encontrar algo que nos instruyera, nos explicara nuestros orígenes. Pero parecía ansiosa por algo más que respuestas: quería una comunión con los de su propia especie. Lo mencionaba sin cesar:

»—Mi propia especie...

»Y lo decía con una entonación diferente a la que yo podría haber usado.

»Me hizo sentir el abismo que nos separaba. En los primeros años de nuestra vida en común, yo había pensado que ella era como Lestat, empeñada en su instinto de matar, aunque compartiera mis gustos en todo lo demás. Ahora sabía que ella era más inhumana de lo que jamás podríamos haber soñado ni Lestat ni yo. Ni la más remota concepción la vinculaba con la simpatía por la existencia humana. Quizás esto explica por qué —pese a todo lo que yo había hecho o dejado de hacer—, ella se aferraba a mí. Yo no era de su especie. Simplemente, lo más cercano a ella.

—Pero ¿no era posible —preguntó el muchacho de repente— enseñarle los resortes del corazón humano del mismo modo que usted le enseñó todo lo demás?

—¿Para qué? —preguntó francamente el vampiro—. ¿Para que sufriera como yo? Oh, te aseguro que debería haberle enseñado algo para impedir que matara a Lestat. Lo tendría que haber hecho por mi propio bien. Pero ¿ves?, yo había perdido confianza en todo. Una vez caído en desgracia, no tenía confianza en nada.

El muchacho asintió con la cabeza.

—No era mi intención interrumpirle. Usted estaba por llegar a algo —dijo.

—Únicamente a que me fue posible olvidarme de lo que le había sucedido a Lestat concentrándome en Europa. Y la idea de que hubiera otros vampiros también me inspiraba. Ni por un instante había sido cínico acerca de la existencia de Dios. Simplemente estaba alejado de ella. Era un sobrenatural andando por el mundo natural.

»Pero teníamos otro asunto importante antes de partir a Europa. Oh, por cierto, sucedió algo importante. Empezó con el músico. Vino la tarde en que yo estaba en la catedral y volvería a la noche siguiente. Yo había despedido a los criados y le fui a abrir en persona. Su aspecto me sorprendió de inmediato.

»Estaba más delgado de lo que recordaba. Y pálido, con un brillo húmedo en el rostro que sugería la fiebre. Y tenía un aspecto absolutamente miserable. Cuando le dije que Lestat se había ido, al principio se negó a creerme y empezó a insistir en que Lestat le tenía que haber dejado algún mensaje, algo. Y luego subió por la rue Royale, hablando solo como si apenas se diera cuenta de que había gente a su alrededor. Lo seguí hasta un farol de gas.

»—Te dejó algo —dije, y rápidamente busqué mi cartera en el bolsillo.

»No sabía cuánto tenía, pero pensé dárselo a él. Eran varios centenares de dólares. Se los puse en las manos. Eran tan flacas que le pude ver las venas azules pulsando bajo la piel acuosa. Entonces se entusiasmó, y sentí que el asunto era algo más que el dinero.

»—Entonces, él habló de mí. ¡Le dijo a usted que me diera esto! —dijo, aferrado al dinero como si fuera una reliquia—. ¡Le debe de haber dicho algo más!

»Me miró con sus ojos hinchados, atormentados. No le contesté de inmediato porque, en ese instante, vi las heridas en su cuello. Dos marcas rojas como rasguños a la derecha, justo encima del cuello sucio de la camisa. El dinero temblaba en su mano; estaba ajeno al tránsito de la tarde, a la gente que pasaba a nuestro lado.

»—Guárdalo —susurré—. Él habló de ti; dijo que era importante que continuaras con tu música.

»Me miró como anticipando algo más.

»—¿De verdad? ¿Y dijo algo más? —me preguntó.

»No supe qué decirle. Hubiera inventado algo que lo podría haber aliviado y mantenido alejado de mí. Me resultó doloroso hablar de Lestat; las palabras se me evaporaban en los labios. Y las heridas del cuello me dejaron perplejo. Al final, le dije tonterías al muchacho: que Lestat le deseaba un buen porvenir, que regresaría, que la guerra parecía inminente, que tenía negocios allí pendientes... El joven se aferraba a cada palabra mía como si no pudiera tener suficiente y me empujara a hablar para oír lo que él quería escuchar. Estaba temblando; el sudor le caía por la frente y, como pidiendo más, súbitamente se mordió el labio y me habló:

»—Pero ¿por qué se fue? —preguntó, como si nada de lo dicho fuera suficiente.

»—¿Qué pasa? —le pregunté—. ¿Qué necesitabas de él? Estoy seguro de que él me habría...

»—¡Él era mi amigo! —me dijo de improviso, y subió el volumen de su voz con indignación reprimida.

»—Tú no te sientes bien —le dije—. Necesitas descansar. Hay algo... —y entonces le señalé, atento a cada movimiento suyo, las heridas del cuello— en tu cuello.

»Ni siquiera sabía lo que le estaba diciendo. Sus dedos encontraron el lugar, lo frotaron.

»—¿Qué importancia tiene? No sé. Los insectos están en todas partes —dijo, desviando la mirada—. ¿Le dijo algo más?

»Durante largo rato lo vi alejarse por la rue Royale: una figura frenética, delgada, vestida de negro, a quien abría paso la masa que circulaba por allí.

»De inmediato le conté a Claudia de sus heridas en el cuello.

»Fue nuestra última noche en Nueva Orleans. Subiríamos a bordo del barco justo antes de medianoche del día siguiente y partiríamos de madrugada. Habíamos acordado caminar juntos hasta allí. Ella se mostraba muy solícita y había algo especialmente triste en su rostro, algo que no la había dejado desde que llorara.

»—¿Qué pueden significar esas marcas? —me preguntó entonces—. ¿Que se alimentó del muchacho cuando éste dormía? ¿Que éste se lo permitió? No me lo puedo imaginar...

»—Sí, debe de tratarse de eso —dije, pero sin estar convencido.

»Entonces recordé unas palabras que Lestat le dijera a Claudia acerca de que conocía a un joven que podría ser un vampiro mucho mejor que ella. ¿Había pensado hacer eso? ¿Había pensado crear otro más de nosotros?

»—Ahora ya no tiene importancia —me recordó ella.

»Teníamos que despedirnos de Nueva Orleans. Nos alejamos de las multitudes de la rue Royale. Mis sentidos estaban bien alerta, negándose a decir que ésta era nuestra última noche.

»La vieja ciudad francesa había sido quemada en gran parte hacía ya mucho tiempo, y la arquitectura de esos días era como la actual, española, lo que significaba que a medida que caminábamos lentamente por la misma calle angosta donde un coche tenía que detenerse para dejar paso a otro, pasábamos ante paredes blanqueadas y grandes entradas que revelaban distantes patios iluminados como paraísos parecidos

212

al nuestro, y cada uno parecía ofrecer una promesa, un misterio sensual. Grandes bananeros cubrían las galerías de los patios interiores y las masas de helechos y flores se amontonaban a la entrada. Arriba, en la oscuridad, había figuras sentadas en los balcones, de espaldas a las puertas abiertas, y sus voces bajas y el rumor de sus abanicos eran apenas audibles por encima de la brisa del río; y sobre los muros crecía la vistaria y las enredaderas, tan espesas que nos podíamos cepillar contra ellas cuando pasábamos y nos deteníamos ocasionalmente en este o aquel lugar para recoger una rosa luminosa o un tallo de madreselva. A través de los altos ventanales veíamos una y otra vez el juego de las luces de las lámparas contra los techos de yeso ricamente ornamentados, y a menudo la iridiscencia de un candelabro de cristal. De vez en cuando, una figura vestida de gala aparecía en las barandillas y veíamos el brillo de las joyas en su cuello, su perfume agregaba un aroma lujurioso a las flores.

»Nosotros teníamos nuestras esquinas, jardines y calles favoritas, pero inevitablemente alcanzábamos las afueras de la ciudad vieja y veíamos el pantano. Vehículo tras vehículo nos pasaban viniendo del Bayou Road en dirección al teatro o la ópera. Pero ahora las luces ciudadanas estaban detrás y sus olores mezclados estaban ahogados por el espeso hedor de la descomposición del pantano. La mera visión de los árboles altos, movedizos, con sus miembros ahítos de musgo, me hacía pensar en Lestat. Pensaba en él como había pensado en el cuerpo de mi hermano. Lo veía hundirse profundamente entre las raíces de los cipreses y los robles, esa horrible forma marchita envuelta en la sábana blanca. Me pregunté si las criaturas de los abismos lo rechazaban, sabiendo instintivamente lo que era aquella cosa emparchada, agrietada y virulenta; o si se arrastraban encima en el agua enlodada, pinchando su antigua carne seca de los huesos.

»Me alejé de los pantanos, volví al corazón de la ciudad vieja, y el suave apretón de la mano de Claudia me reconfortó. Ella había hecho un ramo de lo recogido en todos los muros de los jardines, y lo tenía contra la pechera de su vestido amarillo, con su rostro enterrado en aquel perfumado recuerdo. Entonces me dijo, con un susurro tal que tuve que agacharme para oírlo:

»—Louis, estás preocupado. Tú conoces el remedio. Deja que la carne... que la carne instruya a la mente.

»Me dejó la mano y la miré alejarse, dándose la vuelta una vez para susurrarme la misma orden.

»—Olvídalo. Deja que la carne instruya a la mente...

»Me hizo recordar aquel libro de poemas que yo tenía en las manos cuando ella me dijo esas palabras por primera vez, y vi el verso escrito sobre la página:

> *Sus labios eran rojos, su aspecto era libre,*
> *sus rizos eran tan amarillos como el oro,*
> *su piel era tan blanca como la lepra.*
> *Ella era la pesadilla, la-muerte-en-vida*
> *que espesa la sangre del hombre con el frío.*

»Ella me sonrió desde una esquina distante, una pizca de seda amarilla visible un momento en la angosta oscuridad; luego desapareció. Mi compañera, para siempre...

»Me fui entonces a la rue Domaine y pasé rápidamente ante las ventanas a oscuras. Una lámpara se extinguió muy lentamente detrás de una gruesa pantalla de lazo, y la sombra del diseño se expandió sobre el ladrillo, se debilitó y luego terminó en la oscuridad.

»Continué adelante, acercándome a la casa de Madame LeClair, oyendo los violines chillones pero distantes de la sala de arriba y luego la aguda risa metálica de los invitados. Me quedé frente a la casa, en las sombras, viendo a un puñado de ellos moviéndose en las habitaciones iluminadas; de ventana a ventana caminaba un huésped, con un vino en la copa pálido como el limón, y su cara miraba la luna como si buscara algo desde una mejor posición, y finalmente la encontró en la última ventana, con su mano sobre el oscuro cortinaje.

»Delante había una puerta abierta en el muro de ladrillos y una luz caía sobre el pasillo al que daba acceso. Me moví en silencio por la calleja angosta y me encontré con los espesos aromas de la cocina que subían por el aire más allá de la puerta. El olor, apenas nauseabundo para un vampiro, de la comida hecha. Entré. Alguien acababa de cruzar el patio y la puerta trasera. Pero entonces vi otra figura. Estaba al lado del fuego de la cocina: una negra delgada con un pañuelo brillante en la cabeza; sus facciones estaban como talladas de una manera exquisita y brillaba a la luz como una figura esculpida en diorita. Revolvió la comida en la olla. Atrapé el perfume dulce de las especias y el verde frescor de la mejorana y del laurel, y luego en una oleada, vino el hedor horrible de la carne cocinada, la sangre y la carne descomponiéndose en los fluidos hirvientes. Me acerqué y la vi bajar su larga cuchara de hierro y se quedó con las manos sobre sus caderas generosas; la blancura de su delantal acentuaba su talle pequeño y fino. Los jugos de la olla hacían espuma y escupían sobre los carbones encendidos de abajo. El oscuro olor de la mujer me llegó; su perfume picante, más fuerte que el de la mezcla de la olla, me pareció casi prohibido cuando me apoyé en las paredes de las enredaderas. Arriba los violines agudos empezaron un vals y los pisos de madera crujieron con las parejas de bailarines. El jazmín del muro me rodeó y luego se alejó como el agua que deja la playa impecable y limpia. Y nuevamente sentí su perfume salado. Se había ido a la puerta de la cocina y tenía su largo cuello graciosamente inclinado mientras miraba debajo de la ventana iluminada.

»—¡Monsieur! —me dijo, y salió entonces al rayo de luz amarilla. Ésta cayó sobre sus grandes pechos redondos y sus largos brazos sedosos, y sobre la larga y fría belleza de su cara—. ¿Está buscando la fiesta, señor? —preguntó ella—. Es arriba...

»—No, querida, no estaba buscando la fiesta —le dije al salir de las sombras—. Te buscaba a ti.

—Todo —prosiguió el vampiro— estaba preparado cuando me desperté a la tarde siguiente: el baúl de ropa estaba camino del barco, así como la caja que contenía el ataúd. Los criados se habían ido; los muebles estaban cubiertos de lienzos blancos. La visión de los pasajes y de una colección de notas de crédito bancario y algunos otros papeles, todo metido en una gruesa cartera, hizo que el viaje saliera a la luz brillante de la realidad. Habría dejado de matar de haber sido posible y, por tanto, me ocupé de ello a hora temprana al igual que Claudia; y cuando se acercaba el momento de irnos, me encontré a solas en el piso esperándola. Había tardado demasiado para mi estado de nervios. Temía por ella, aunque podía engañar a cualquiera y hacerse ayudar si se encontraba demasiado lejos de la casa. Muchas veces había convencido a desconocidos de que la trajeran a la misma puerta de su «padre», quien les agradecía profusamente por haber devuelto a su hija perdida.

»Cuando llegó, lo hizo corriendo, y cuando dejé mi libro, me imaginé que se había olvidado de la hora. Creería que era más tarde de lo que era en realidad. Por mi reloj de bolsillo aún teníamos una hora. Pero, apenas llegó a la puerta supe que estaba equivocado.

»—¡Louis, las puertas! —dijo sin aliento; su pecho estaba agitado, tenía una mano sobre el corazón.

»Corrió por el pasillo, conmigo detrás, y, cuando me hizo una señal desesperada, cerré las puertas que daban a la galería.

»—¿Qué pasa? —le pregunté—. ¿Qué es lo que te ocurre?

»Pero se acercó a la ventana de la calle, las largas ventanas francesas que jamás se abrían a los angostos balcones sobre la calle. Levantó la pantalla de la lámpara y rápidamente apagó las velas de un soplido. La habitación quedó a oscuras y luego se iluminó poco a poco con las luces de la calle. Claudia se quedó de pie y agitada, con una mano sobre el pecho, y, entonces, me cogió de la mano y me llevó hasta la ventana.

»—Alguien me ha seguido —me susurró entonces—. Lo podía oír manzana tras manzana detrás de mí. ¡Al principio pensé que no era nada! —Hizo una pausa para recuperar el aliento; su cara estaba blanca por la luz azulada que llegaba de las ventanas de enfrente—. Louis, es el músico —musitó.

»—Pero, ¿qué importancia puede tener? Debe de haberte visto con Lestat.

»—Louis, está abajo. Mira por la ventana. Trata de verlo.

»Ella parecía muy conmovida, casi temerosa. Como si no pudiera soportar que la vieran por la ventana. Salí al balcón, aunque mantuve mi mano cogida a la suya mientras ella se escondía tras los cortinajes y me la apretaba como si temiera por mí. Eran las once de la noche y la rue Royale en ese momento estaba tranquila. Las tiendas estaban cerradas y el público del teatro había desaparecido. Una puerta se cerró en algún sitio a mi derecha y vi que un hombre y una mujer salían rápidamente y se dirigían hacia la esquina. Sus pasos se alejaron. No podía ver a nadie, no podía sentir a nadie. Sólo podía oír la respiración agitada de Claudia. Algo se movió en la casa; di un respingo y entonces reconocí el aleteo y el movimiento de los pájaros. Nos habíamos olvidado de los pájaros. Pero Claudia se había sobresaltado más que yo y se me acercó.

»—No hay nadie, Claudia... —empecé a decirle.

»Y entonces vi al músico.

»Había estado tan inmóvil en la puerta de la mueblería que no me había percatado de su presencia, y él debía de haber querido que así fuera. Porque entonces levantó la mirada hacia mí y su rostro brilló en la oscuridad como una luz. La frustración y el temor se habían borrado por completo de sus facciones severas; sus grandes ojos oscuros me contemplaban desde su carne blanca. Se había convertido en un vampiro.

»—Lo veo —le murmuré a Claudia, con mis labios lo más cerrados posible, y mis ojos fijos en los suyos.

»Sentí que ella se acercaba aún más a mí; le temblaba la mano, el corazón le latía en la palma de la mano. Dejó escapar un gemido cuando lo vio. Pero, en ese mismo momento, algo me dejó helado cuando lo miré y no se movió. Porque oí unos pasos en el pasillo de abajo. Oí el ruido de los goznes de la puerta. Y luego nuevamente esos pasos, deliberados, sonoros, familiares. Esos pasos avanzaban ahora por la escalera de caracol. Claudia dejó escapar un leve grito y de inmediato lo sofocó con una mano. El vampiro en la puerta de la tienda no se había movido. Y yo conocía esos pasos en la escalera. Conocía esos pasos en el porche. Era Lestat, que abría la puerta y la cerraba de un portazo como si alguien le hubiera dado un fuerte golpe. Sus ojos se movían frenéticos, yendo de mí a la figura en la calle. Los golpes en la puerta eran cada vez más fuertes. Y entonces oí su voz.

»—¡Louis! —me llamó—. ¡Louis! —rugió tras la puerta.

»Y entonces se produjo la rotura de la ventana de la sala trasera. Pude oír que, de adentro, se abría el picaporte. Rápidamente, agarré la lámpara, traté de encender una cerilla y la rompí a causa de mi nerviosismo; finalmente conseguí la llama que quería y aferré el pequeño recipiente de kerosén.

»—Aléjate de la ventana. Cállate —le dije a Claudia, y ella me obedeció como si la orden súbita y sonora la liberara de un paroxismo de miedo—. Y enciende las demás lámparas. De inmediato.

»La oí llorar mientras encendía las cerillas. Lestat se acercaba por el pasillo.

»Y entonces apareció en la puerta. Dejé escapar un suspiro y, sin quererlo, di varios pasos atrás cuando lo vi. Pude oír que Claudia lloraba. Era Lestat, sin duda, restaurado e intacto en el marco de la puerta, con su cabeza inclinada hacia delante y los ojos fuera de las órbitas como si estuviera ebrio y necesitara del marco de la puerta para no caer hacia delante. Su piel era una masa de cicatrices, una horrenda envoltura de carne herida, como si cada arruga de su "muerte" le hubiera dejado una huella. Estaba arrugado y marcado como por golpes al azar y sus ojos, una vez verdes y claros, estaban ahora llenos de venillas de hemorragias.

»—No te muevas... por el amor de Dios... —susurré—. Te la arrojaré. Te quemaré vivo —le dije; y, en ese mismo instante, pude oír un ruido a mi izquierda, algo que raspaba y raspaba la fachada de la casa.

»Era el otro. Vi entonces sus manos en el hierro forjado del balcón. Claudia lanzó un grito penetrante cuando el músico arrojó su peso contra los cristales.

»No te puedo contar lo que entonces sucedió. No me es posible reconstruirlo tal como sucedió. Recuerdo haber arrojado una lámpara a Lestat; se rompió a sus pies y las llamaradas se elevaron de inmediato de la alfombra. Yo tenía una antorcha en las manos, un gran pedazo de sábana que había arrancado del sofá y encendido con las llamas. Pero luché con él antes de eso, pateando y golpeando salvajemente su gran fortaleza. Y en algún sitio detrás de mí se oían los aullidos de pánico de Claudia. Y la otra lámpara estaba rota. Y los cortinajes de las ventanas ardían. Recuerdo que, en un momento, las ropas de Lestat estaban empapadas de keroseno y que golpeaba frenéticamente las llamas. Estaba torpe, enfermo, incapaz de mantener el equilibrio. Pero, cuando me agarró, tuve que morderle los dedos para que me soltara. Empezaron los ruidos en la calle, gritos, el sonido de una campana. La habitación se había convertido rápidamente en un infierno y, en un relumbrón de luz, vi a Claudia luchando contra el otro vampiro. Él parecía incapaz de agarrarla, como un ser humano torpe tratando de agarrar un pájaro. Recuerdo haber rodado de un lado para el otro con Lestat en las llamas, haber sentido el calor sofocante en la cara, haber visto las llamas en la espalda de Lestat cuando me quedé debajo de él. Y entonces apareció Claudia en la confusión y lo golpeó una y otra vez hasta que se le rompió el mango del atizador, y pude oír los gruñidos de Claudia al son de los golpes, como el ímpetu de un animal inconsciente. Lestat seguía aferrado; su cara era una mueca de dolor. Y allá, echado sobre la mullida alfombra, estaba el otro, y la sangre le manaba de la cabeza.

»No sé con exactitud qué es lo que sucedió entonces. Pienso que me hice con el atizador y le di un fuerte golpe en el costado de la cabeza. Recuerdo que él parecía imparable, invulnerable a los golpes. El fuego, por entonces, deshacía mis ropas y había hecho presa del vestido de Claudia; la subí a mis brazos y corrí por el pasillo tratando de apagar las llamas con mi cuerpo. Recuerdo haberme sacado el abrigo y golpeado las llamas en el espacio abierto; unos hombres pasaron a mi lado corriendo y subieron las escaleras. Una gran multitud llenaba la entrada del patio y alguien estaba en el techo de la cocina de ladrillos. Yo tenía a Claudia en mis brazos y pasé corriendo entre la gente, ignoré las preguntas, empujándolos, haciéndoles abrir paso. Y entonces quedé libre, solo con ella, oyéndola respirar agitada y sollozarme al oído, corriendo enceguecido por la rue Royale, por la primera calleja lateral, corriendo y corriendo hasta que no hubo otro sonido que el de mis pasos. Y el de su aliento. Y nos quedamos allí, el hombre y la niña, chamuscados y doloridos y respirando hondo en la quietud de la noche.

SEGUNDA PARTE

—Durante toda la noche estuve en la cubierta del barco francés *Mariana* observando a los estibadores —prosiguió el vampiro—. El muelle estaba lleno de gente y las fiestas duraron hasta tarde en las cabinas de lujo; las cubiertas estaban ahítas de pasajeros e invitados. Pero, por último, a medida que se aproximaba la madrugada, las fiestas terminaron una tras otra y los carruajes abandonaron las calles del puerto. Unos pocos pasajeros retrasados subieron a bordo; una pareja se detuvo largo rato en la cercana pasarela. Pero Lestat y su aprendiz, si sobrevivieron al fuego (y yo estaba convencido de que así había sido), no llegaron al barco. El equipaje había salido de nuestra casa por la tarde; y si había quedado algo que les pudiera revelar dónde estábamos, yo estaba seguro de que el incendio lo había destruido. No obstante, me quedé vigilante. Claudia se había encerrado en su cabina, con los ojos fijos en la cerradura. Pero Lestat no vino.

»Por último, tal como yo esperaba, la conmoción de zarpar dio comienzo antes del alba. Unas pocas personas saludaban desde el puerto y el espacio grasiento del muelle mientras el barco empezó, primero, a temblar, luego a sacudirse violentamente a un costado y luego a deslizarse con movimiento majestuoso en la corriente del Mississippi.

»Las luces de Nueva Orleans se fueron apagando hasta que detrás de nosotros sólo hubo una fosforescencia pálida contra las nubes borrascosas. Estaba más exhausto que nunca; sin embargo, permanecí en la cubierta mientras pude ver esa luz, sintiendo que tal vez jamás la volvería a ver. En un momento, pasamos los muelles de Freniere y de Pointe du Lac y, entonces, cuando pude ver el gran muro de chopos y cipreses alzándose verdes en la oscuridad cerca del agua, supe que ya era casi mañana. Demasiado y peligrosamente cercana.

»Y, cuando metí la llave en la cerradura de la cabina sentí el mayor agotamiento que quizás haya sentido en toda mi vida. Jamás, en todos los años que había vivido con mi selecta familia, había conocido el miedo que experimenté esa noche, la vulnerabilidad, el terror puro. Y no iba a haber un súbito alivio. Ninguna súbita sensación de seguridad. Únicamente ese alivio que al final impone el cansancio cuando ni el cuerpo ni la mente pueden soportar más el terror. Porque aunque ahora Lestat estuviera a muchos kilómetros de distancia de nosotros, él, con su resurrección, había despertado en mí una red de miedos complejos de los que no podía escapar. Incluso cuando Claudia me dijo: "Estamos a salvo, Louis, estamos a salvo", y le susurré la palabra "sí", pude recordar a Lestat en el marco de aquella puerta, y aquellos ojos bulbosos, aquella piel llena de cicatrices. ¿Cómo había regresado, cómo había triunfado sobre la muerte? ¿Cómo cualquier criatura podía sobrevivir a la ruina arrugada en que se había convertido? Fuera la respuesta que fuese, ¿qué significaba, no sólo para él sino para mí, para Claudia? Estábamos a salvo de él, pero... ¿estábamos a salvo de nosotros mismos?

»Los pasajeros empezaron a ser víctimas de una extraña "fiebre". Sin embargo, el barco estaba sorprendentemente limpio, aunque, de tanto en tanto, se podían encontrar sus cuerpos, sin peso y resecos, como si hiciera días que estuvieran muertos. No obstante, seguía esa fiebre. Primero un pasajero sintió debilidad e hinchazón en la garganta; de vez en cuando había allí marcas y, otras veces, en otros sitios; a veces no había ninguna marca reconocible, aunque se abría una antigua herida y volvía a doler. Y, a veces, el pasajero, que dormía cada vez más a medida que avanzaba el viaje y que avanzaba la fiebre, se moría durmiendo. Por tanto, hubo entierros en el mar en varias ocasiones mientras cruzábamos el Atlántico. Naturalmente temeroso de la fiebre, yo evitaba a los demás pasajeros, no deseaba estar con ellos en el salón de fumar, ni conocer sus historias ni oír sus sueños y esperanzas. Yo "comía" a solas. Pero a Claudia le gustaba observar a los pasajeros, quedarse en cubierta y verlos ir y venir en el atardecer, para luego decirme en voz baja cuando me sentaba en las sillas de cubierta:

»—Pienso que ella caerá víctima de...

»Yo bajaba después con mi libro y miraba por el ojo de buey, sintiendo la suave oscilación del mar, escrutando las estrellas, más claras y brillantes de lo que jamás eran en tierra, hundiéndose para tocar las olas. Parecía, por momentos, cuando me sentaba a solas en la cabina a oscuras, que el cielo había bajado para encontrarse con las aguas y que en esa reunión se revelaría un gran secreto; algún gran golfo se cerraría milagrosamente para siempre. Pero, ¿quién iba a hacer semejante revelación cuando el cielo y el mar ya no se podían distinguir más y ya no era más que el caos? ¿Dios? ¿Satán? De repente se me ocurrió qué consuelo sería conocer a Satán, mirarlo a la cara, por más terrible que fuera su aspecto, para saber que le pertenecía totalmente y, de ese modo, poner a descansar para siempre el tormento de esa ignorancia. Pasar a través de un velo que me separaba para siempre de todo lo que yo denominaba la naturaleza humana.

»Sentí que el barco se aproximaba cada vez más a ese secreto. No había un final visible en el firmamento; se cerraba encima de nosotros con una belleza y un silencio sobrecogedores. Pero entonces las palabras poner a descansar se hicieron horribles. Porque no habría descanso en la maldición, no podía haber descanso. ¿Y qué era este tormento comparado con los fuegos eternos del infierno? El mar meciéndose bajo esas estrellas constantes —aquellas mismas estrellas—, ¿qué tenía que ver eso con Satán? Y esas imágenes que nos parecen tan estáticas en nuestra infancia, cuando estamos todos convulsionados con el frenesí mortal que apenas nos podemos imaginar que son deseables; el serafín contemplando para siempre la faz de Dios —y la misma faz de Dios—, aquello era el descanso eterno, del cual este suave y mecedor océano sólo era una remota promesa.

»Pero incluso en esos momentos, cuando el barco dormía y todo el mundo dormía, ni el cielo ni el infierno parecían algo más que una fantasía atormentadora. Conocer a uno o al otro, creer en ellos... ésa quizás era la única salvación con la que yo podía soñar.

»Claudia, con el mismo gusto que Lestat por la luz, encendía las lámparas cuando se levantaba. Tenía un mazo maravilloso de naipes, comprados a una dama de a bordo; las imágenes de las cartas eran al estilo de María Antonieta y el reverso tenía flores de lis doradas sobre un violeta brillante. Hacía un solitario en el que las cartas daban los números del reloj. Y me preguntó hasta que, al final, empecé a contestarle acerca de cómo pudo sobrevivir Lestat. Ella ya no estaba conmovida. Si recordaba sus gritos en el incendio, no le interesaba pensar en ellos. Si recordaba que antes del fuego había derramado lágrimas de verdad en mis brazos, nada cambiaba para ella; era, como de costumbre en el pasado, una persona de pocas indecisiones, una persona para quien la quietud habitual no significa ansiedad ni remordimiento.

»—Tendríamos que haberlo enterrado —dijo—. Fuimos unos tontos en pensar que debido a su aspecto estaba muerto.

»—Pero ¿cómo pudo haber sobrevivido? —le pregunté—. Tú lo viste, tú sabes en qué se convirtió.

»Yo, en realidad, no tenía ganas de ahondar en ello. Con todas mis ganas lo hubiera desterrado de mis pensamientos, pero mi mente no me lo permitió. Y fue ella quien entonces me dio las respuestas, porque el diálogo, en verdad, era consigo misma.

»—Supongamos que había dejado de pelear contra nosotros, que todavía vivía —dijo ella—, encerrado en ese inservible cuerpo seco, consciente y calculando...

»—¡Consciente, en ese estado! —murmuré yo.

»—Y supongamos que cuando llegó a las aguas del pantano y oyó que se alejaba nuestro vehículo, aún tenía fuerzas suficientes para hacer mover esos huesos. Había criaturas a su alrededor. Una vez lo vi romperle la cabeza a una lagartija y mirar la sangre derramarse en un vaso. ¿Te puedes imaginar la tenacidad de la voluntad de vivir que tendría, con sus manos buscando en el agua lo que se moviera?

»—¿Voluntad de vivir? ¿Tenacidad? —murmuré—. Supón que haya sido algo diferente...

»—Y entonces, cuando sintió que resucitaban sus fuerzas, nada más que para sostenerlo y llevarlo hasta el camino, en algún sitio encontró a alguien. Quizá se escondió a la espera de que pasara un carruaje; quizá se arrastró reuniendo la sangre que podía hasta llegar a las chozas de los inmigrantes o a una de esas casas solitarias en el campo. ¡Y qué espectáculo debe de haber sido! —Miró la lámpara que colgaba, entrecerró los ojos y bajó el tono de su voz, sin emoción—. Y entonces, ¿qué hizo? Para mí, está claro. Si no pudo regresar a Nueva Orleans a tiempo, es casi seguro que llegó al antiguo cementerio de Bayou. El hospital de caridad lleva allí cada día nuevos ataúdes. Y puedo verlo abriéndose paso en la tierra húmeda hasta uno de esos ataúdes, echando el reciente contenido en el pantano y encerrándose allí hasta el siguiente atardecer en esa tumba en la que ningún hombre osaría molestarlo. Sí... eso es lo que hizo. Estoy segura.

»Lo pensé bastante rato, imaginándome todo, viendo lo que debía haber ocurrido. Y luego la oí agregar, pensativa, cuando bajó una carta y miró el rostro ovalado de un rey vestido de blanco:

»—Yo podría haberlo hecho. ¿Por qué me miras de ese modo? —me preguntó, reuniendo sus cartas. Sus pequeños dedos batallaron para hacer un buen mazo y barajarlas.

»—Pero ¿tú crees realmente que, si hubiéramos incinerado sus restos, se hubiera muerto? —pregunté.

»—Por supuesto que lo creo. Si no hay con qué levantarse, no hay quien se levante. ¿Adónde quieres llegar?

»Estaba repartiendo las cartas, dándome una mano a mí sobre la pequeña mesa de roble. Miré las cartas pero no las toqué.

»—No lo sé... —le susurré—. Únicamente que quizá no hubo voluntad de vivir, ni tenacidad..., porque simplemente no hubo ninguna necesidad de ello.

»Sus ojos me miraron serenos, sin dar la menor señal de sus pensamientos ni de que comprendía los míos.

»—Porque quizá —proseguí yo— es incapaz de morir. Tal vez él y nosotros somos... verdaderamente inmortales.

»Durante largo rato se quedó mirándome.

»—Consciente en aquel estado —agregué por último, cuando desvié la mirada—. De ser así, ¿no tendría también conciencia en cualquier otro estado? El fuego, la luz del sol..., ¿qué importancia tiene?

»—Louis —dijo ella en voz baja—, tú tienes miedo. No te mantienes *en garde* contra el miedo. Sabremos esas respuestas cuando encontremos a quien pueda contestárnoslas, quien posea el conocimiento de los siglos, de todo el tiempo en que criaturas como nosotros han pisado la tierra. Ese conocimiento fue nuestro derecho de nacimiento y él nos privó de él. Se ganó la muerte.

»—Pero no murió... —dije yo.

»—Está muerto —dijo ella—. Nadie puede haber escapado de esa casa a menos que saliera con nosotros, a nuestro mismo lado. No. Él está muerto y lo mismo le sucede a su esteta tembloroso, a su amigo. La conciencia, ¿qué importancia tiene?

»Juntó las cartas y las puso a un lado, haciéndome un gesto para que le pasara los libros que estaban al lado del baúl, esos libros que había desempacado apenas subiera a bordo, las pocas narraciones selectas de vampiros que ella había tomado como guías. No incluían ninguna ficción desorbitada de Inglaterra, ni historias de Edgar Allan Poe, nada de fantasía. Únicamente esos contados textos del este de Europa que se habían convertido en una especie de Biblia para ella. En esos países sin duda incineraban los restos de un vampiro cuando lo encontraban, le atravesaban el corazón con una estaca y le cortaban la cabeza. Ella leía esos libros durante horas, esos antiguos libros que habían sido leídos y releídos antes de que llegaran a cruzar el Atlántico; eran narraciones de viajeros, narraciones de sacerdotes y eruditos. Y entonces ella planeaba nuestro viaje, sin necesidad de lápiz o papel, sino únicamente en su cabeza. Un viaje que nos alejaría al instante de las capitales brillantes de Europa y nos llevaría al mar Negro, donde ella se alojaría en Varna y empezaría a realizar su búsqueda en las zonas rurales de los Cárpatos.

»Para mí se trataba de una propuesta no muy deseable puesto que me ataba a ella; yo tenía deseos de otros lugares y de otros conocimientos que Claudia ni siquiera había empezado a comprender. Hacía años que se habían plantado en mí las semillas de esos deseos, semillas que se transformaron en flores amargas cuando el barco pasó el estrecho de Gibraltar y entró en las aguas del Mediterráneo.

»Yo quería que esas aguas fueran azules. Y no lo eran. Eran las aguas de la pesadilla, ¡y cómo me hicieron sufrir entonces cuando me esforcé por recordar las aguas que los sentidos incultos de una jovenzuela habían dado como realidad, que una memoria indisciplinada había dejado que pasaran al olvido! El Mediterráneo era negro, negro en la costa de Italia, negro en la costa de Grecia, siempre negro, negro cuando, en las primeras horas frías antes del alba, mientras Claudia dormía preocupada por su aspecto y por la mísera ración que la precaución permitía a su hambre de vampira, yo bajaba una linterna, la hacía pasar por el vapor que subía hasta que las llamas prácticamente lamían las aguas; y nada salía a la luz de esa superficie pesada salvo la misma luz, el reflejo de ese rayo que viajaba constante a mi lado, un ojo fijo que parecía fijarse en mí desde las profundidades y decirme: "Louis, tu única búsqueda es de oscuridad. Este mar no es tu mar. Los mitos de los hombres no son nuestros mitos. Los tesoros del hombre no son tuyos."

»Pero, ¡oh, con qué amargura me llenaba en esos momentos la búsqueda de los vampiros del Viejo Continente, una amargura que apenas podía siquiera saborear, como si el mismo aire hubiera perdido su frescura! Porque, ¿qué secretos, qué verdades tenían para nosotros esos monstruos de la noche? ¿Cuáles, necesariamente, serían sus limitaciones en caso de que los encontráramos? Realmente, ¿qué pueden decir los condenados a los condenados?

»Nunca pisé tierra en El Pireo. No obstante, en mi imaginación anduve por la Acrópolis de Atenas, mirando cómo se elevaba la luna desde el techo abierto del Partenón, midiendo mi altura con la grandeza de esas columnas, caminando por las calles de esos griegos que murieron en Maratón, y escuchando el sonido del viento en los antiguos olivares. Ésos eran los monumentos de los hombres que no podían morir; no eran las piedras de los muertos vivientes. Allí estaban los secretos que habían superado el paso del tiempo; secretos que yo apenas había empezado a entender.

»Y, sin embargo, nada me desvió de nuestra búsqueda y nada me podía hacer desviar, comprometido como estaba; y me pregunté sobre el riesgo grave de nuestras investigaciones, el riesgo de cualquier pregunta que es hecha de verdad, ya que la respuesta debe representar un precio incalculable, un peligro trágico. ¿Quién sabía eso mejor que yo, que había presidido sobre la muerte de mi propio cuerpo, viendo todo lo que yo llamaba humano desvanecerse y morir únicamente para formar una cadena irrompible que me ató a este mundo y, al mismo tiempo, me hizo un exiliado en el mismo, un espectador eterno con un corazón que latía?

»El mar me produjo malos sueños, agudos recuerdos. Una noche invernal en Nueva Orleans, cuando caminaba por el cementerio de St. Louis, vi a mi hermana, vieja y jorobada, con un ramo de rosas blancas en los brazos, las espinas cuidadosamente escondidas en un viejo pergamino, la cabeza cana gacha, mientras sus pasos la llevaban serena por la peligrosa oscuridad hasta la tumba donde estaba la lápida de su hermano Louis, al lado de la de su hermano menor... Louis, quien había muerto en el incendio de Pointe du Lac dejándole un generoso testamento a un ahijado que ella nunca conoció. Esas flores eran para Louis, como si no hubiera pasado medio siglo desde su muerte, como si su memoria, como si la memoria de Louis, no la dejara en paz. La pena había aguzado su belleza cenicienta, la pena había doblado su espalda angosta. ¿Y qué no hubiera dado yo, mientras la contemplaba, por tocar su pelo gris, susurrarle unas palabras de cariño, como si el amor no hubiera liberado en los años siguientes un horror peor que el dolor? La dejé con dolor. Una y otra vez.

»Y entonces soñé demasiado. Soñé demasiado tiempo, en la prisión de ese barco, en la cárcel de mi cuerpo, a ritmo con la salida del sol como ningún ser humano lo estaba ni jamás lo había estado. Y mi corazón latía más fuerte a la espera de las montañas del este de Europa; finalmente, latía más rápido con la esperanza de que, en algún sitio, pudiéramos encontrar en ese paisaje primitivo la respuesta a por qué se ha permitido este sufrimiento en el reino de Dios o cómo pudiera terminarse. Yo no tenía el valor de terminarlo, lo sabía, sin esa respuesta. Y llegó el momento en que las aguas del Mediterráneo se transformaron en las del mar Negro.

El vampiro suspiró. El muchacho descansaba sobre un codo, con la cara apoyada en la palma de su mano; y su expresión ávida era incongruente con lo rojizo de sus ojos.

—¿Piensas que estoy jugando contigo? —preguntó el vampiro, y sus finas cejas se arquearon un instante.

—No —dijo rápidamente el joven—. Es más sabio no hacerle preguntas. Usted me lo contará todo a su debido tiempo.

Y cerró la boca como si ya estuviera listo para que continuara el vampiro.

Se oyó un ruido a la distancia. Provino del viejo edificio victoriano que los rodeaba; era el primer ruido que oían. El muchacho levantó la mirada a la puerta del pasillo. Fue como si se hubiera olvidado de que existía el edificio. Alguien caminaba pesadamente sobre los tablones. Pero el vampiro siguió imperturbable. Desvió la mirada como si se alejara nuevamente del presente.

—Esa aldea. No te puedo decir el nombre, lo he olvidado. No obstante, recuerdo que estaba a muchos kilómetros de la costa y que habíamos viajado en un carruaje. ¡Y qué carruaje! Era cosa de Claudia, ese carruaje, y yo tendría que haberlo esperado. Pero, como siempre, las cosas me toman por sorpresa. Desde el primer instante en que llegamos a Varna, percibí en ella algunos cambios que, de inmediato, me hicieron tomar conciencia de que ella era tan hija de Lestat como mía. De mí, ella había aprendido el valor del dinero, pero de Lestat había heredado la pasión de gastarlo: y no estaba dispuesta a irse sin el vehículo más lujoso que pudiera conseguir, equipado con asientos de cuero que podrían haber servido a una docena de pasajeros, de sobra para un hombre y una niña que sólo usaban ese compartimiento para el transporte de un arcón de roble tallado. En la parte trasera había atados dos baúles con las mejores ropas que se podían conseguir en las tiendas; y viajamos con esas enormes ruedas livianas y radios muy finos que cargaban con facilidad el inmenso bulto sobre los caminos de la montaña. Fue emocionante en ese extraño territorio: esos caballos al galope y el suave deslizamiento del carruaje.

»Era un extraño país. Solitario, oscuro, como a menudo son oscuras las zonas rurales, con sus castillos y ruinas frecuentemente oscurecidos cuando la luna pasa detrás de las nubes, de modo que sentí ansiedad durante esas horas como nunca había sentido en Nueva Orleans. Las gentes no eran un alivio. Quedábamos desnudos y al descubierto en sus pequeñas aldeas. Y conscientes de que, en ese medio, nosotros estábamos en peligro grave.

»Jamás en Nueva Orleans el asesinato tuvo que ser disfrazado. Las plagas de la fiebre, el crimen; esas cosas siempre estaban en competencia con nosotros y nos superaban. Pero aquí teníamos que hacer grandes esfuerzos para que las muertes no fueran descubiertas. Porque estas simples gentes del campo, que podrían haber encontrado aterradoras las calles multitudinarias de Nueva Orleans, creían absolutamente que los muertos caminaban y que bebían la sangre de los vivos. Sabían nuestros nombres: vampiros, demonios. Y nosotros, que estábamos al acecho del menor rumor, no queríamos bajo ninguna circunstancia crear rumores en torno de nosotros.

»Viajamos solos, rápida y lujosamente entre esa gente, luchando por mantenernos a salvo dentro de nuestras ostentaciones, encontrando amenas las conversaciones acerca de vampiros ante las chimeneas de los hospedajes, donde mi hija dormía tranquila sobre mi pecho, mientras yo siempre encontraba a alguien entre los campesinos o los huéspedes que hablara suficiente alemán o incluso un poco de francés, como para que consiguiera contarme las leyendas familiares.

»Pero por último llegamos al pueblo que habría de ser el punto crucial de nuestro viaje. Nada saboreo de ese viaje, ni la frescura del aire ni el frescor de las noches. Aún hoy no hablo de él sin un vago temor

»La noche anterior habíamos estado en una granja y, por tanto, nada nos había preparado a lo que sucedería; únicamente el aspecto desolado del lugar; porque no era tarde cuando llegamos. Ni demasiado tarde como para que todas las persianas de esa angosta calle estuvieran ya cerradas, ni para que una farola mortecina colgara indolente del portal del hospedaje.

»La basura estaba en las puertas. Y había otras señales de que algo malo había sucedido. Una pequeña caja de flores marchitas bajo un escaparate cerrado de una tienda. Un barril rodando para atrás y para delante en medio del patio del hospedaje. Parecía un pueblo sitiado por la plaga.

»Pero cuando bajé a Claudia a la tierra apisonada al lado del carruaje, vi un rayo de luz bajo la puerta de la posada.

»—Súbete la capa —me dijo ella rápidamente—. Ya vienen.

»Alguien estaba abriendo la puerta.

»Al principio lo único que vimos fue la luz detrás de la figura en el pequeño margen que dejaba. Luego las luces de las linternas del carruaje relumbraron en sus ojos.

»—Un cuarto para pasar la noche —dije yo en alemán—. Y mis caballos también necesitan descanso y cuidado.

»—La noche no es para viajar... —me dijo ella con una voz chillona y peculiar—. Y menos con una niña.

»Cuando dijo eso, me percaté de la presencia de otra gente en la habitación. Pude oír sus murmullos y ver el chisporroteo de un fuego. Por lo que pude ver, se trataba de campesinos reunidos alrededor del fuego, salvo por un hombre que estaba vestido como yo, con un traje a medida y un abrigo sobre los hombros; pero su ropa estaba descuidada y en mal estado. Su cabello pelirrojo brillaba a la luz del fuego. Era un extranjero como nosotros y era el único que no nos miraba. Movía un poco la cabeza como si estuviera borracho.

»—Mi hija está cansada —dije a la mujer—. No tenemos ningún lugar para pasar la noche.

»Y tomé a Claudia entre mis brazos. Ella puso su cabeza contra la mía y la oí susurrar:

»—Louis, el ajo, el crucifijo encima de la puerta.

»Yo no había visto esas cosas. Era un pequeño crucifijo con el cuerpo de Cristo en bronce fijado a la cruz, que tenía enroscada una ristra de ajos frescos. Los ojos de la mujer siguieron los míos y entonces me miró severamente y pude notar lo cansada que estaba, lo rojas que tenía las pupilas y cómo le temblaba la mano que tenía aferrada al mantón sobre su pecho. Su pelo negro estaba completamente despeinado. Me acerqué más hasta casi el umbral y ella abrió súbitamente la puerta como si acabara de decidir dejarnos entrar. Dijo una oración cuando pasé por su lado; estoy seguro de ello, aunque no pude comprender las palabras eslavas.

»El cuarto pequeño y de vigas bajas estaba lleno de gente, hombres y mujeres alrededor de las paredes rústicas, sobre los bancos, incluso en el suelo. Una criatura dormía en las rodillas de su madre sobre la escalera, tapada con mantas, con las rodillas apoyadas en un escalón y los brazos haciendo de almohada para la cabeza en el siguiente. Y en todas partes colgaba el ajo de clavos y ganchos junto a las ollas de guisar y los botellones. El fuego brindaba la única luz y arrojaba sombras distorsionadas en los rostros inmóviles que nos observaban.

»Nadie nos invitó a tomar asiento ni nos ofreció nada. Finalmente la mujer me dijo en alemán que yo mismo podía llevar los caballos al establo si así lo deseaba. Me miró con sus ojos algo salvajes, enrojecidos, y entonces su cara se suavizó. Me dijo que se quedaría en la puerta para darme luz, pero que debía darme prisa y dejar allí a la niña.

»Pero algo más me había llamado la atención, un olor que noté por debajo de la pesada fragancia de la leña quemada y del vino. El olor a muerte. Podía sentir que Claudia apretaba su mano contra mi pecho y vi que su pequeño dedo señalaba el pie de las escaleras. El olor provenía de allí.

»La mujer tenía una copa de vino y una taza de caldo cuando regresé. Tomé asiento con Claudia en mis rodillas; su cabeza, desviada del fuego, miraba a esa puerta misteriosa. Todos los ojos estaban fijos en nosotros como antes, con la excepción del extranjero. Ahora pude ver claramente su perfil. Era mucho más joven de lo que yo había pensado y su aspecto desarreglado se debía a la emoción. En realidad, tenía una cara delgada y agradable; su piel clara y pecosa le hacía parecer un niño. Sus grandes ojos azules estaban fijos en el fuego como si le estuviera hablando; y sus cejas y sus párpados eran dorados a la luz, lo que le daba una expresión muy inocente y abierta. De repente, se dirigió a mí y vi que había estado llorando.

»—¿Habla inglés? —me preguntó, y su voz retumbó en el silencio.

»—Así es —le dije.

»Y él miró a los demás con aire triunfal. Ellos lo miraban imperturbables.

»—¡Usted habla inglés! —gritó; y sus labios se estiraron formando una sonrisa; sus ojos se movieron por el techo y luego se fijaron en los míos—. ¡Váyase de este país! —dijo—. Váyase ahora mismo. ¡Llévese su carruaje y sus caballos hasta que revienten, pero váyase ahora mismo!

»Entonces se le convulsionaron los hombros como si estuviera enfermo. Se llevó una mano a la boca. La mujer, que ahora estaba contra la pared con el delantal en las manos, dijo serenamente en alemán:

»—Al alba puede irse. Al alba.

»—Pero ¿qué es esto? —le pregunté.

240

»Luego miré al joven. Me miraba; sus ojos estaban rojos y cristalinos. Nadie habló.

Un leño cayó pesadamente en el fuego.

»—¿Me lo dirá? —le pregunté amablemente al inglés.

»Él se puso de pie. Por un instante pensé que se caería. Se agachó, porque era más alto que yo, luego retrocedió antes de conseguir el equilibrio y puso las manos sobre los bordes de la mesa. Tenía el abrigo manchado de vino y lo mismo los puños de la camisa.

»—¿Quiere ver? —preguntó mirándome a los ojos—. ¿Quiere ver por usted mismo?

»Su voz tuvo un tono suave y patético cuando pronunció esas palabras.

»—¡Deje a la niña! —dijo abruptamente la mujer con un gesto rápido e imperioso.

»—Está durmiendo —dije, y poniéndome de pie, seguí al inglés hasta la puerta al pie de la escalera.

»Se produjo una leve conmoción entre aquellos cercanos a la puerta cuando abrieron paso. Y entramos juntos en una pequeña sala.

»Únicamente ardía una vela en un aparador y lo primero que vi fue una hilera de platos delicadamente dibujados sobre un estante. Había cortinas sobre una pequeña ventana y una luminosa imagen de la Virgen María y el Niño sobre una pared. Pero las paredes y las sillas apenas encuadraban una gran mesa de roble y, sobre esa mesa, yacía el cuerpo de una mujer joven, con las manos blancas cruzadas sobre el pecho, y el cabello castaño peinado sobre su cuello fino y blanco sobre los hombros. Alrededor de su muñeca brillaban los abalorios de ámbar de un rosario, que caían al lado de su oscura falda de lana. Y a su costado había un muy bonito sombrero rojo de fieltro con un velo y un par de guantes oscuros. Todo estaba puesto como si ella muy pronto se fuera a levantar y ponerse esas cosas. Y el inglés, entonces, tocó cuidadosamente el sombrero y se acercó a ella. Estaba a punto de echarse a llorar. Había sacado de su abrigo un gran pañuelo y se lo llevó a la cara.

»—¿Sabe lo que quieren hacer con ella? —me susurró cuando me miró—. ¿Tiene alguna idea?

»La mujer vino por detrás y lo tomó del brazo, pero él se la quitó de encima.

»—¿Sabe usted? —me preguntó imperioso, con fuego en los ojos—. ¡Salvajes!

»—¡Basta ya! —dijo la mujer, casi sin aliento.

»Él hizo rechinar los dientes y sacudió la cabeza, y un rizo de sus cabellos pelirrojos le cayó sobre los ojos.

»—Aléjese de ella —le dijo en alemán a la mujer—. Y aléjese de mí.

»Alguien murmuraba en la otra habitación. El inglés volvió a contemplar a la joven y se le llenaron los ojos de lágrimas.

»—Tan inocente... —dijo en voz baja; entonces miró el techo cerrando la mano derecha y susurrando—. ¡Maldito seas, Dios! ¡Maldito seas!

»—Dios santo —dijo la mujer y rápidamente hizo la señal de la cruz.

»—¿Ve usted esto? —me preguntó él. Y levantó con sumo cuidado el lazo de la joven como si no quisiera, o no pudiera, tocar la carne endurecida. Allí, en la garganta, sin la menor duda, estaban las dos heridas que yo había visto mil y mil veces, talladas en la piel amarillenta. El hombre se llevó las manos a la cara, y su cuerpo, alto y delgado, osciló sobre las plantas de sus pies—. Pienso que me voy a volver loco —dijo.

242

»—Vamos —dijo la mujer cogiéndolo, y su rostro se encendió de improviso.

»—Déjelo —le dije—. Déjelo. Yo cuidaré de él.

»Ella contorsionó la boca.

»—Os echaré a todos de aquí, a la oscuridad, si no deja ya de comportarse así.

»Ella estaba demasiado exhausta para ello, demasiado cerca ella misma de un ataque. Pero entonces nos dio la espalda, se puso el mantón sobre los hombros, salió y los hombres de afuera le abrieron paso.

»El inglés sollozaba.

»Me di cuenta de lo que debía hacer, pero no se debió solo al hecho de que quisiera enterarme por él de lo ocurrido y a que el corazón me latiera excitado, en silencio. Era abrumador verlo. El destino inmisericorde me llevó demasiado cerca de él en ese momento.

»—Me quedaré con usted —le ofrecí.

»Y traje dos sillas al lado de la mesa. Él se sentó pesadamente, con los ojos fijos en la vela que ardía a su lado. Cerré la puerta, y las paredes parecieron retroceder y el círculo de la vela creció más brillante alrededor de su cabeza gacha. Se apoyó en el aparador y se limpió la cara con el pañuelo. Entonces sacó del bolsillo un frasco cubierto de cuero, me lo ofreció y dije que no.

»—¿Quiere decirme qué ha sucedido?

»Él asintió con la cabeza.

»—Quizás usted pueda traer un poco de cordura a este lugar —dijo—. Usted es francés, ¿verdad? Yo soy inglés.

»—Sí —asentí.

»Y entonces, cogiéndome la mano con fuerza —el licor había adormecido tanto sus sensaciones que no notó mi frialdad—, me contó que se llamaba Morgan y que me necesitaba desesperadamente, más de lo

243

que jamás había necesitado a nadie. Y, en ese momento, cogido de esa mano, sintiendo su fiebre, hice algo extraño.

»Le dije mi nombre, lo que no confiaba a casi nadie. Pero él contemplaba a la muerta como si no me oyese, y sus labios parecieron formar la más leve de las sonrisas, con las lágrimas visibles en sus ojos. Su expresión hubiera emocionado a cualquier ser humano; podría haber sido más de lo que muchos hubieran podido aguantar.

»—Yo lo hice —dijo—. Yo la traje aquí.

»Y arqueó las cejas como preguntándose.

»—No —repliqué rápidamente—, usted no lo hizo. Dígame quién lo hizo.

»Pero entonces él pareció confundido, perdido en sus pensamientos.

»—Jamás he estado fuera de Inglaterra —empezó a decir—. Yo estaba pintando ¿sabe?... Como si ahora eso importara... las pinturas, el libro. ¡Pensaba que todo era tan curioso, tan pintoresco!

»Paseó la mirada por la habitación y su voz se fue apagando. La miró durante largo rato y luego le dijo suavemente:

»—Emily.

»Me pareció que estaba vislumbrando algo precioso que él guardaba en su corazón.

»Poco a poco, entonces, empezó a revelar la historia. Un viaje de luna de miel a través de Alemania y otros países, dondequiera que los llevaran los transportes públicos, dondequiera que Morgan encontrase paisajes para pintar. Y, por último, habían llegado a este sitio remoto porque en las cercanías había un monasterio en ruinas del que se decía que se conservaba muy bien.

»Pero Morgan y Emily jamás habían llegado a ese monasterio. Sin lugar a dudas la tragedia les había estado esperando.

»Resultó que ninguno de los transportes públicos llegaban a ese lugar y que Morgan había pagado a un campesino para que los trajera en su carro. Pero la tarde en que llegaron había una verdadera conmoción en el cementerio en las afueras del pueblo. El campesino, después de haber echado una mirada, se negó a dejar el carro para investigar lo que pasaba.

»—Era un especie de procesión —dijo Morgan—, con toda esa gente con sus mejores ropas y algunas flores. Y la verdad es que me pareció bastante fascinante. Quería ver el acontecimiento. Sentí tal ansiedad que permití que el rústico nos dejara aquí con las maletas y todo. Podíamos ver el pueblo. En realidad, fueron más deseos míos que de Emily, pero ella era tan complaciente... Finalmente la dejé sentada sobre nuestro equipaje y subí la colina sin ella. ¿Vio usted el cementerio cuando venía? No, por supuesto que no. Gracias a Dios que su carruaje los trajo hasta aquí, sanos y salvos. De cualquier manera, de haber seguido adelante, por más mal estado en que estén sus caballos...

»—¿Cuál es el peligro? —lo interrumpí.

»—Ah... el peligro... ¡Esos animales! —murmuró. Y echó una mirada a la puerta. Luego tomó otro trago de su frasco y lo tapó—. Pues bien, no se trataba de una procesión. Me di cuenta de inmediato —dijo—. La gente no me habló ni cuando me acerqué. Usted sabe cómo son, pero no se negaron a que yo mirara. La verdad es que podía haberme ido de allí. Pero no me creerá cuando le cuente lo que vi, aunque debe creerme, porque, si no lo hace, entonces estoy loco. Lo sé.

»—Le creo, continúe —dije.

»—Pues mire, el cementerio estaba lleno de nuevas tumbas; me percaté de ello al momento; algunas de ellas tenían nuevas cruces de madera y otras no eran más que montones de tierra con flores aún con vida; y allí los campesinos tenían flores en las manos, unos pocos de ellos, como si tuvieran la intención de arreglar esas tumbas; pero todos ellos seguían de pie e inmóviles, con los ojos fijos en dos hombres que tenían a un caballo blanco de la rienda. ¡Y qué animal! Cabriolaba y se alzaba o se apartaba como si no quisiera formar parte del grupo; era hermoso, un animal espléndido, un potro completamente blanco. Pero, en un momento —y no le podría decir cómo se pusieron de acuerdo, porque nadie dijo una palabra—, un hombre, el jefe, según creo, le dio al caballo un golpe tremendo con el mango de su pala y el animal salió disparado a la colina, enardecido. Se puede imaginar que pensé que ésa sería la última vez que veríamos al animal. Pero estaba equivocado. En un momento aminoró el galope, se dio la vuelta y volvió lentamente a las nuevas tumbas. Y toda la gente se quedó allí mirándolo. Nadie hizo el menor ruido. Volvió trotando sobre las nuevas tumbas, encima de las flores y nadie se movió para hacerse con las riendas. Y entonces, súbitamente, se detuvo ante una de las tumbas.

»Se limpió los ojos, pero ya casi se le habían ido las lágrimas. Parecía fascinado con su historia. Yo también.

»—Y esto es lo que sucedió —continuó diciendo—: El animal se quedó allí. Y, de repente, la multitud pegó un alarido. No, no fue un alarido; fue como si todos suspirasen y gimiesen. Y todo quedó en silencio. El caballo permanecía allí moviendo la cabeza. Por último, ese tipo que parecía ser el jefe se adelantó y pegó un grito a varios de los otros; y una de las mujeres gritó y se arrojó a la tumba casi bajo las patas del caballo. Entonces me acerqué lo más posible. Pude ver la lápida con el nombre de la difunta; era una mujer joven, fallecida sólo unos seis meses antes, según las fechas allí mismo marcadas. Y allí estaba esa mujer miserable de rodillas en la tierra, abrazada ahora a la piedra como si quisiera arrancarla de la tierra. Los hombres intentaban levantarla y separarla. Entonces quise darme la vuelta, pero no pude hacerlo, no hasta terminar de ver aquello y averiguar qué pensaban hacer. Y, por supuesto, Emily estaba bastante a salvo y ni una sola de esas personas nos prestó la más mínima atención. Dos de ellos finalmente consiguieron levantar a la mujer. Entonces vinieron los otros con las palas y empezaron a cavar en la tumba. Muy pronto uno de ellos hizo un pozo, y todos estaban en tal silencio que sólo se podía oír el ruido de la pala cavando mientras se iba formando una pila de tierra. No le puedo decir lo que parecía. Estaba el sol justo encima y no había una nube en el cielo, y todos ellos seguían de pie alrededor, asidos ahora el uno al otro, incluso aquella mujer patética...

»Se detuvo entonces en su relato, porque sus ojos se habían fijado en Emily. Me quedé sentado, pensando. Pude oír el whisky cuando volvió a levantar el frasco, y me alegré de que le quedara lo suficiente como para aliviar su dolor.

»—Podría haber sido la medianoche en vez del mediodía en esa colina —dijo, mirándome nuevamente y con la voz muy baja—: Así es como me sentía. Y luego oí a ese hombre en la fosa. ¡Estaba rompiendo el ataúd con su pala! ¡Y de repente dejó escapar un grito horrendo! Arrojó fuera las maderas rotas. Las arrojaba a diestra y siniestra. Los otros se acercaron más y, de súbito, todos corrieron hacia la fosa; y luego retrocedieron, como una ola, todos gritando, algunos dándose la vuelta y queriendo escapar. Y la pobre mujer... Estaba fuera de sí, trataba de liberarse de esos hombres que la agarraban. No pude hacer otra cosa que acercarme. Supongo que nada hubiera podido mantenerme alejado. Y le digo que es la primera vez que hago algo por el estilo y, si Dios me ayuda, será la última. Usted debe creerme ¡debe hacerlo! Porque allí, en ese ataúd, con ese hombre de pie sobre las maderas rotas, estaba la mujer muerta. Y le digo... le digo que estaba tan fresca, tan rosada... —se le descompuso la voz; permaneció sentado, con los ojos abiertos, la mano cerrada como si tuviera algo entre los dedos, rogándome que le creyera—, ¡tan rosada como si estuviera viva! ¡Enterrada hacía seis meses! ¡Y allí estaba! La mortaja la cubría hasta la cabeza y tenía las manos sobre el pecho como si durmiera.

»Suspiró y dejó caer la mano sobre la pierna. Sacudió la cabeza y por un instante se quedó con la vista fija en el vacío.

»—Se lo juro —dijo—. Entonces, el tipo que estaba dentro de la fosa se agachó y levantó la mano de la muerta. ¡Le digo que ese brazo se movía con tanta libertad como el mío! Y le estiró la mano como si estuviera buscándole las uñas. Entonces pegó otro grito. La mujer al lado de la fosa daba puntapiés a los hombres y movía el polvo con los pies, de modo que éste caía sobre la cara y el pelo del cadáver. Y ¡oh, era tan hermosa esa muerta!; ¡oh, si usted la hubiera visto! ¡Y lo que entonces hicieron!

»—Cuénteme lo que hicieron —le dije en voz baja.

»Pero yo lo sabía antes de que lo dijese.

»—Le aseguro —dijo— que nosotros no conocemos el significado de algo así hasta que lo vemos. —Y me miró con las cejas arqueadas, como si me estuviera confiando un secreto terrible—. No lo sabemos.

»—Trate de calmarse, Morgan —dije—. Quiero que me cuente qué sucedió después. Usted y Emily...

»Él trató de sacar el frasco. Se lo saqué del bolsillo y él lo destapó.

»—Gracias, Louis, es un amigo —dijo con énfasis—. Verá, me fui de allí rápidamente con Emily. Ellos iban a quemar ese cadáver allí mismo en el cementerio. Y mientras yo pudiera, Emily no iba a ver nada de eso... —Sacudió la cabeza—. No pudimos encontrar ningún vehículo que nos sacara de allí; ninguno de ellos quiso hacer un viaje de dos días para alejarnos de ese lugar.

»—Pero... ¿cómo se lo explicaron, Morgan? —insistí yo.

»Me pude dar cuenta de que no le quedaba mucho tiempo.

»—¡Vampiros! —exclamó con el whisky en la mano—. Vampiros, Louis. ¡Puede usted creerlo! —Y señaló la puerta con el frasco—. ¡Una plaga de vampiros! Y todo esto dicho en voz baja como si el mismo diablo estuviera escuchando tras la puerta. Por supuesto, Dios es misericordioso y ellos tuvieron que poner punto final a la situación. ¡Tuvieron que terminar con esa pobre mujer del cementerio para evitar que saliese todas las noches de su fosa y se alimentara de todos nosotros! —Se llevó el frasco a los labios—. Oh... Dios... —gimió.

»Lo observé beber y esperé pacientemente.

»—Y Emily... —continuó diciendo él— pensó que era algo fascinante. Y dijo que estaba muy bien con ese fuego afuera y que podíamos comer una cena decente y un buen vaso de vino. Claro, ella no había visto a la mujer, no había presenciado lo que le habían hecho —dijo con desesperación—. Oh, yo quería irme de allí lo antes posible; les ofrecí dinero. Les dije una y otra vez que si todo había terminado, uno de ellos querría ese dinero, una pequeña fortuna sólo por sacarnos de aquel lugar.

»—Pero no había terminado todo —susurré yo.

»Y pude ver que los ojos se le volvían a llenar de lágrimas y que la boca se le retorcía de dolor.

»—¿Qué le pasó a ella? —le pregunté.

»—No lo sé —dijo sacudiendo la cabeza, con el frasco contra su frente, como si fuera algo refrescante, aunque en realidad no lo era.

»—¿Vino a la posada?

»—Dijeron que ella había salido —confesó él con lágrimas en las mejillas—. ¡Todo estaba cerrado! Ellos se ocuparon de eso. Las puertas, las ventanas. Entonces amaneció y todos gritaban en su busca. La ventana estaba completamente abierta y ella no estaba allí. Ni siquiera me tomé el tiempo para ponerme la bata. Me puse a correr. Me paré de repente frente a ella, allí afuera, detrás de la posada. Mis pies se detuvieron justo delante de ella... Estaba echada debajo de los ciruelos. Tenía una copa vacía en la mano. Estaba aferrada, aferrada a una copa vacía. Ellos dijeron que se lo merecía... Ella buscaba agua para llenarla... —aseguró.

»El frasco cayó de sus manos. Se tapó las orejas con las manos, con el cuerpo hacia delante y la cabeza también gacha.

»Durante largo rato me quedé mirándolo; no tenía nada que decirle. Y cuando agregó en voz baja que ellos querían desacralizarla, diciendo que ella, Emily, era ahora una vampira, le aseguré en voz baja, aunque pienso que no me oyó, que no lo era.

»Por último se movió hacia delante como si se fuera a caer. Pareció querer coger la vela y, antes de que su brazo se apoyara en el mueble, su dedo tocó la cera caliente y apagó la pequeña llama que quedaba. Nos quedamos en una completa oscuridad y se le cayó la cabeza sobre el brazo.

»Ahora toda la luz de la habitación pareció concentrarse en los ojos de Claudia. Pero mientras se alargaba el silencio y me quedaba allí sentado esperado que Morgan volviera a levantar la cabeza, apareció la mujer. Su vela lo iluminó, borracho, dormido.

»—Vengan aquí —me dijo ella; había figuras oscuras detrás y la vieja posada de madera bullía con el movimiento de hombres y mujeres—. Acérquense al fuego.

»—¿Qué van a hacer? —le pregunté, levantando a Claudia en mis brazos—. Quiero saber qué propósitos tienen.

»—Vayan al lado del fuego —ordenó ella.

»—No, no lo hagan —dije.

»Pero ella entrecerró los ojos y nos mostró los dientes.

»—¡Ahora mismo! —gruñó.

»—Morgan —dije, pero él no me oyó.

»No podía oírme.

»—Déjelo así —dijo la mujer con furia.

»—Pero es estúpido lo que están haciendo, ¿no lo comprenden? ¡Esa mujer está muerta!

»—Louis —susurró Claudia para que no pudieran oírla, y me apretó el cuello con su brazo debajo de la piel de mi abrigo—, deja en paz a esta gente.

»Los otros, entonces, entraron en la habitación y se pusieron alrededor de la mesa, con rostros graves.

»—Pero ¿de dónde vienen esos vampiros? —pregunté—. Han revisado el cementerio. Si se trata de vampiros, ¿dónde se ocultan? Esa mujer no les puede hacer ningún daño. Atrapen sólo a los vampiros, si quieren hacer algo.

»—Durante el día —dijo ella gravemente, guiñando un ojo y moviendo la cabeza con lentitud—. Durante el día; los atrapamos durante el día.

»—¿Dónde? ¿Allí en el cementerio, cavando en las fosas de su propia gente?

»Ella negó con la cabeza.

»—En las ruinas —dijo—. Siempre en las ruinas. Nosotros estábamos equivocados. En los tiempos de mis abuelos, fueron las ruinas y ahora son nuevamente las ruinas. Removeremos piedra por piedra si es necesario. Pero ustedes... váyanse a su cuarto ahora. Porque si no se van ahora mismo, los sacaremos a esa oscuridad....

»Y entonces, de debajo del delantal, sacó su puño cerrado alrededor de una estaca y la mostró a la luz de la vela.

»—Ya me han oído: ¡váyanse! —dijo, y los hombres empujaron detrás de ella, con las bocas cerradas y los ojos brillando en la oscuridad.

»—Sí... —le dije—. Saldremos afuera. Lo prefiero así. Afuera.

»Y pasé a su lado, casi arrojándola a un costado, viendo cómo los demás me abrían paso. Puse la mano en el picaporte de la posada y la abrí con un rápido movimiento.

»—¡No! —gritó la mujer con su alemán gutural—. ¡Usted está loco! —Y se me acercó corriendo. Luego miró el picaporte, aterrorizada, y puso las manos contra los rústicos tablones de la puerta—. ¿Sabe usted lo que hace?

»—¿Dónde están las ruinas? —le pregunté con calma—. ¿A qué distancia? ¿Están a la izquierda o a la derecha del camino?

»—No, no —dijo sacudiendo violentamente la cabeza; empujé la puerta y sentí el aire frío en la cara.

»Una de las mujeres dijo algo, enfadada y cortante, y uno de los niños gimió en su sueño.

»—Yo me voy. Quiero una cosa de ustedes: díganme dónde están las ruinas para poder evitarlas. Díganmelo.

»—Usted no sabe, no sabe nada —dijo ella, y, entonces, puse mi mano en su muñeca cálida y la hice pasar lentamente la entrada, con sus pies rozando el suelo y los ojos desorbitados. Los hombres se acercaron, pero, cuando ella traspuso la puerta contra su voluntad, se detuvieron. Movió la cabeza; se le cayó el pelo sobre la cara y sus ojos miraron mi mano y luego mi rostro.

»—Dígame —le dije.

»Pude ver que entonces no me miraba a mí sino a Claudia. Ésta se había vuelto y la luz del fuego le daba en el rostro. La mujer no veía las mejillas redondas ni los labios apretados sino los ojos de Claudia, que estaban fijos en ella con una inteligencia demoníaca y oscura. La mujer se mordió el labio con los dientes.

»—¿Al sur o al norte?

»—Al norte —susurró.

»—¿A la izquierda o a la derecha?

»—A la izquierda.

»—¿A qué distancia?

»Su mano se debatió con desesperación.

»—Cinco kilómetros —murmuró.

»La solté y cayó contra la puerta, con los ojos abiertos y llenos de confusión y temor. Me había girado para irme cuando de repente pegó un grito y me pidió que aguardara. Me di la vuelta y vi que había quitado el crucifijo de la pared y que lo tenía levantado en mi dirección. Y en el recuento de pesadillas de mi memoria vi a Babette mirándome como lo había hecho hacía tantos años diciéndome aquellas palabras: "Aléjate de mí, Satán". Pero el rostro de la mujer estaba desesperado.

»—Llévelo, por favor, en nombre de Dios —dijo—. Y viaje rápido.

»Y la puerta se cerró dejándonos a mí y a Claudia en la oscuridad total.

—En pocos minutos —volvió a contar el entrevistado— el túnel de la noche se cerró sobre las débiles linternas de nuestro carruaje, como si el poblado no hubiera existido jamás. Avanzamos, giramos, con los flejes crujiendo. La luna mortecina revelaba por un instante la silueta pálida de las montañas detrás de los pinos. No podía dejar de pensar en Morgan ni dejar de oír su voz. Todo se entremezclaba con mi propia y horrible anticipación de conocer la cosa que había matado a Emily, la cosa que sin duda era alguien de nuestra propia especie. Pero Claudia estaba frenética. De haber podido conducir los caballos ella misma, se hubiera hecho con las riendas. Una y otra vez me pidió que usara el látigo. Golpeó con salvajismo las pocas ramas bajas que de pronto sonaban contra las linternas delante de nuestras caras; y el brazo aferrado a mi cintura sobre el banco movedizo era firme como el acero.

»Recuerdo una curva cerrada, el crujir de las linternas y Claudia, que gritaba por encima del ruido del viento:

»—¡Allí, Louis! ¿Lo ves?

»Tiré de las riendas.

»Ella estaba de rodillas, apretada contra mí, y el vehículo se bamboleaba como un barco en alta mar.

»Una gran nube viajera descubrió la luna, y allá, por encima del campo y el camino, se vio el contorno oscuro de la torre. Una larga ventana mostraba el cielo pálido detrás. Me senté allí, aferrado al banco, tratando de enderezar un movimiento que continuaba en mi mente mientras el carruaje se equilibraba sobre sus muelles. Uno de los caballos relinchó. Luego todo quedó quieto.

»Claudia me dijo:

»—Louis, ven...

»Susurré algo, una negativa rápida e irracional. Tenía la impresión clara y aterrorizadora de que Morgan estaba cerca de mí, hablándome de ese modo apasionado con que lo había hecho en la posada. Ni una sola criatura viviente se movió a nuestro alrededor. Únicamente se oían el viento y el frotar de las hojas.

»—¿Piensas que sabe que venimos? —pregunté, y mi voz no me resultó familiar en ese viento.

»Yo seguía mentalmente en aquella pequeña habitación, como si no hubiera escape de ella, como si el denso bosque no existiera. Creo que temblé. Y luego sentí que la mano de Claudia tocaba con mucha suavidad la mía. Los pinos delgados silbaban detrás de ella y el fragor de las hojas se hizo mayor, como si una gran boca chupase la brisa y comenzase un remolino.

»—La enterrarán en ese cementerio. ¿Es eso lo que harán? ¡Una inglesa! —susurré.

»—Si yo tuviera tu tamaño... —dijo Claudia—. Y si tú tuvieras mi corazón. Oh, Louis...

»Y entonces inclinó su cabeza, y era tal su actitud la de un vampiro a punto de morder que me aparté de ella, pero sus labios sólo se apretaron suavemente contra los míos, encontraron una parte donde aspirar el aliento y dejar luego que pasara a mí cuando mis brazos la abrazaron.

»—Déjame guiarte... —me rogó—. Ya no es posible volverse. Llévame en tus brazos y bajemos por el camino.

»Pero me pareció una eternidad estar allí sentado sintiendo sus labios en mi cara y en mis párpados. Luego se movió, y de improviso la suavidad de su pequeño cuerpo se alejó de mí; hizo un movimiento tan grácil y rápido que pareció volar en el aire al lado del carruaje, con su mano aferrada a la mía un instante y luego dejándose ir. Entonces bajé la vista para encontrarla mirándome, de pie en el camino y en medio del charco de luz de la linterna. Me hizo un gesto cuando retrocedió un pie tras el otro.

»—Louis, baja...

»Hasta que amenazó con desaparecer en la oscuridad. Y, en un segundo, quité la linterna del gancho y estuve a su lado entre las altas hierbas.

»—¿No sientes el peligro? —le susurré—. ¿No lo puedes respirar en el viento?

»Una de esas sonrisas rápidas y elusivas apareció en sus labios cuando se dio la vuelta para dirigirse a la colina. La linterna mostró un sendero entre el alto bosque. Se abrochó su abrigo de lana y avanzó.

»—Espera un momento...

»—El miedo es tu enemigo... —me contestó, pero no se detuvo.

»Avanzó delante de la luz, con el paso seguro, sereno, aun cuando las altas hierbas cedieron el lugar a montones de piedra y el bosque se espesó y la torre distante desapareció con la retirada de la luna y con las grandes redes de las ramas en lo alto. Pronto el ruido y el olor de los caballos murieron en el viento bajo.

»—Sigue alerta —le susurró Claudia mientras avanzaba sin cesar, sólo deteniéndose aquí y allí cuando las piedras y los matorrales parecían formar un refugio.

»Pero las ruinas eran antiguas. Si había sido la plaga o el fuego o el enemigo lo que había asolado el poblado, eso no lo sabíamos. En verdad, únicamente el monasterio permanecía.

»Entonces algo resonó en la oscuridad y fue como el viento en las hojas, pero era algo distinto. Vi que se crispaba la espalda de Claudia, vi el relámpago de su blancura cuando aminoró el paso. Y supe que era el agua abriéndose paso lentamente por la montaña, y la vi allí delante, una cascada recta e iluminada por la luna que caía en una laguna burbujeante. Claudia apareció en el resplandor de la cascada y su mano se aferró a una raíz en la tierra húmeda; y entonces la vi escalar aquel risco; sus brazos temblaban ligeramente; sus pequeñas botas oscilaban, luego se afirmaban en la tierra, luego subían nuevamente. El agua estaba fría, de modo que el aire era fragante.

Descansé un momento. Nada se movió a mi alrededor en el bosque. Escuché, separando quedamente el sonido del agua del sonido de las hojas, pero nada se movía. Y entonces, poco a poco, y como un frío que me subió por los brazos y la garganta para llegar finalmente a la cara, caí en la cuenta de que la noche era demasiado desolada, demasiado exánime. Era como si los pájaros evitaran aquel lugar; lo mismo parecía suceder con la miríada de criaturas que tendrían que haber estado a la orilla del agua. Pero Claudia, allá encima, necesitaba la linterna y su abrigo me rozó la cara. La levanté de modo que ella apareció de golpe en la luz como un querubín fantasmagórico. Alargó una mano como si, pese a su pequeño tamaño, pudiera ayudarme a subir. En un momento, volvimos a avanzar, contra la corriente y subiendo la montaña.

»—¿Lo sientes? —me preguntó—. Todo está demasiado silencioso.

»Pero su mano se aferró a la mía como para rogarme silencio. La colina se volvió más escarpada y la quietud era exasperante. Traté de mirar los límites de la luz, de ver cada tronco nuevo cuando se presentaba ante nosotros. Algo se movió y cogí a Claudia, casi empujándola. Pero sólo fue un reptil que marchaba entre las hojas con el látigo de su rabo. Las hojas volvieron a quedarse inmóviles. Pero Claudia se apretó aún más contra mí, bajo los dobleces de mi capa, con una mano aferrada firmemente a la tela de mi abrigo; y pareció empujarme adelante, y mi capa cayó sobre la suya.

»Pronto desapareció el olor del agua y, cuando la luna brilló clara un instante, pude ver delante lo que me pareció un camino. Claudia agarró la linterna y

258

cerró su portezuela de metal. Quise detenerla, mi mano luchó con la suya, pero entonces me dijo en voz baja:

»—Cierra los ojos un momento. Luego ábrelos lentamente. Y, cuando lo hagas, lo verás.

»Me estremecí cuando lo hice, aferrado a su hombro. Pero cuando abrí los ojos, vi detrás de los troncos distantes de los árboles, los largos muros del monasterio y la alta cima cuadrada de la masiva torre. Mucho más lejos, encima de un inmenso valle negro, brillaban los picos nevados de las montañas.

»—Ven —me dijo—, serenamente, como si tu cuerpo no tuviera peso.

»Y, sin vacilar, empezó a caminar hacia aquellos muros, hacia lo que nos esperase en aquel refugio.

»En pocos segundos, encontramos la abertura que nos permitiría pasar, la gran entrada que era aún más negra que las paredes a su alrededor, con las enredaderas tapando sus bordes como para mantener a las piedras en su sitio. Arriba, a través del techo abierto, el olor húmedo de las piedras me crispó la nariz, y allí arriba, detrás de las masas de nubes, vi un débil relumbrar de estrellas. Una inmensa escalera iba de esquina a esquina hasta el alto ventanal que se abría al valle. Y debajo del primer rellano, en la oscuridad, apareció la gran puerta negra que daba a los demás recintos del monasterio.

»Claudia se quedó quieta como si se hubiera convertido en piedra. Bajo la húmeda bóveda, no se le movía ni un cabello. Estaba escuchando. Y entonces me puse a escuchar también, a su lado. Sólo se oía el rumor de viento. Ella se movió, lenta, deliberadamente y, con un pie, abrió poco a poco un espacio en la tierra húmeda delante de ella. Allí pude ver una piedra chata y ancha que resonó hueca cuando ella la pisó suavemente con el tacón. Luego pude ver cómo se levantaba una de las esquinas; y se me ocurrió una imagen, mortífera en sus formas; la de la banda de hombres y mujeres del pueblo que rodeaban a la piedra y la levantaban con una inmensa cuña. Los ojos de Claudia repasaron las escaleras y se fijaron en la ruinosa puerta debajo de ellas. La luna iluminó un instante a través de una ventana baja. Entonces Claudia retrocedió tan súbitamente que quedó a mi lado sin haber emitido un solo sonido.

»—¿Lo oyes? —susurró—. Escucha.

»Era tan débil que ningún mortal podía haberlo oído. Y no provenía de las ruinas. Venía no del distante sendero por el que habíamos subido sino de otro, en las alturas de la colina, directamente unido al pueblo. Por ahora nada más que un crujido, pero era continuo; entonces, lentamente, se pudo distinguir el redondo apisonar de unos pasos. Claudia me cogió de la mano y, con una presión silenciosa, me hizo avanzar hasta debajo de la escalera. Pude ver las dobleces de su vestido que se movían suavemente debajo del borde de su capa. El resonar de los pasos aumentó y empecé a percatarme de que un paso seguía al otro con energía, pero que el primero se arrastraba en la tierra. Era un paso de cojo que se acercaba cada vez más por encima del suavísimo silbido del viento. Me latió fuerte el corazón y sentí que se me hinchaban las venas, un temblor me recorrió los miembros y sentía la tela de mi camisa contra la piel, la dureza del cuello, el frotar de los botones contra mi capa.

»Luego me llegó un vago aroma. Era el olor de la sangre, que, de inmediato, me excitó, en contra de mi voluntad; el olor cálido y dulce de la sangre humana; sangre que había sido derramada, que fluía; y entonces sentí el olor de la carne viva y oí, al son de los pasos, una respiración ronca y agitada. Pero, además, había otro sonido, débil y entremezclado con el primero, a medida que los pasos se acercaban a los muros, el sonido de la respiración dificultosa de otra criatura. Y pude oír el corazón de esa criatura, latiendo de forma irregular, un latido temeroso, pero debajo había otro corazón, un corazón que latía cada vez más sonoro, ¡un corazón tan fuerte como el mío! Entonces, en el tupido sendero por el que habíamos venido, lo vi.

»Su hombro inmenso apareció primero y luego un brazo largo y caído; los dedos curvos de su mano; entonces vi su cabeza. Sobre el otro hombro cargaba un cuerpo. En la puerta rota se enderezó, cambió de posición su carga y miró directamente a la oscuridad, hacia nosotros. Todos los músculos se me pusieron como de acero cuando lo miré, vi el contorno de su cabeza contra el cielo. Pero ninguna de sus facciones era visible salvo el pequeño brillo de luna en los ojos, como si fueran fragmentos de vidrio. Entonces vi el brillo de los botones y oí el ruido cuando movió el brazo libre y una de sus largas piernas avanzó y se metió en la torre, directamente hacia nosotros.

»Me aferré a Claudia, listo para ponerla detrás de mí en un segundo, para salir a su encuentro. Pero entonces vi, perplejo, que sus ojos no me veían como yo los veía y que caminaba luchando contra el peso de su carga. La luna cayó sobre su cabeza gacha, sobre una masa de negros cabellos cerosos y la manga negra de su abrigo. Vi algo extraño en ese abrigo; la solapa estaba rota y la manga parecía descosida. Casi me imaginé que le podía ver la piel a través del hombro. Entonces se movió el ser humano que tenía en sus brazos y gimió de forma lastimera. La figura se detuvo un momento y pareció golpear con la mano al humano. Y en ese momento salí de mi escondrijo y fui a su encuentro.

»No pronuncié una sola palabra; no conocía ninguna que pudiera decir. Sólo supe que me movía a la luz de la luna y que su cabeza oscura y cerosa dio un respingo y que le vi los ojos.

»Durante un instante me miró, y vi la luz que brillaba en esos ojos y que alumbró los dos largos dientes caninos. Un ronco giro estrangulado pareció elevarse de las profundidades de su garganta y, por un segundo, pensé que era la mía. El humano cayó sobre las piedras y se le escapó un agudo gemido de los labios. El vampiro se arrojó contra mí, y su grito estrangulado subió de volumen a medida que un olor fétido llegaba a mis fosas nasales y unos dedos como garras se hundían en la piel de mi capa. Me caí hacia atrás y me golpeé la cabeza contra el muro; mis manos le buscaron la cabeza y se aferraron a la masa de mugre enredada que era su cabello. De inmediato, se le rasgó la tela podrida de su ropa, pero el brazo que me tenía agarrado era como el acero, y cuando traté de tirar la cabeza hacia atrás, sentí que sus colmillos me tocaban la garganta. Claudia gritó detrás de él. Algo lo golpeó fuertemente en la cabeza y él se detuvo súbitamente, y entonces volvió a ser golpeado. Se dio la vuelta como para lanzar un golpe y entonces le arrojé un puñetazo con toda la fuerza de la que fui capaz. Nuevamente una piedra cayó sobre él y yo arrojé todo mi peso contra él y su pierna coja. Recuerdo haberle golpeado la cabeza una y otra vez, que mis dedos tiraban de aquel cabello hediondo hasta las raíces, y que sus colmillos se proyectaban hacia mí; sus manos me magullaban y arañaban. Rodamos hasta que quedó debajo de mí y la luna brilló sobre su rostro. Me percaté, pese a mi respiración frenética y agitada, de lo que tenía entre mis manos. Los dos ojos enormes eran sólo dos agujeros vacíos y su nariz estaba hecha por dos pozos pequeños y horribles; únicamente una carne pútrida y arrugada cubría su cráneo; y las telas podridas y gastadas que cubrían su estructura estaban llenas de tierra y moho y sangre. Yo estaba luchando contra un cadáver animado y sin mente. Pero entonces todo terminó.

»De arriba, una piedra afilada cayó sobre su frente y un chorro de sangre le salió entre los ojos. Luchó, pero otra piedra le cayó con tal fuerza que oí que se le rompían los huesos. La sangre manó debajo de su pelo, manchando las piedras y la hierba. El pecho se agitó debajo de mí y luego se quedó quieto. Me levanté, con mi corazón ardiendo, y me dolió cada fibra de mi cuerpo. Por un momento, la gran torre pareció inclinarse, pero luego se enderezó. Me apoyé en el muro, mirando aquella cosa y la sangre que le salía por las orejas. Poco a poco, me di cuenta de que Claudia estaba arrodillada sobre su pecho, que reconocía su cabello y los huesos que habían formado su cabeza. Reunía los fragmentos de su cráneo. Habíamos conocido al vampiro europeo, la criatura del Viejo Mundo. Estaba muerto.

—Durante largo rato —dijo, tras una pausa, el vampiro— me quedé echado en la ancha escalinata, ignorante de la tierra que la cubría, con mi cabeza muy fría contra la tierra, mirándolo. Claudia estaba a sus pies, con las manos caídas a sus costados. Vi que cerraba los ojos un instante y los dos párpados pequeños hicieron de su cara una estatua blanca iluminada por la luna, inmóvil.

»—Claudia —le dije.

»Se sobresaltó. Estaba más decaída de lo que casi nunca la había visto. Señaló al humano que yacía en el suelo de la torre, cerca del muro. Aún estaba inmóvil, pero yo sabía que no estaba muerto. Me había olvidado de él por completo; el cuerpo me dolía y aún tenía nublados los sentidos por el hedor del cadáver sangrante. Pero entonces vi al hombre. Y en una parte de mi cabeza, supe lo que le deparaba el destino y no me importó. Yo sabía que apenas faltaba una hora para el alba.

»—Se está moviendo —me dijo ella.

»Y traté de levantarme de los escalones. "Mejor que no se despierte, mejor que jamás se despierte", quise decir al pasar indiferente al lado de la cosa que casi nos mata a los dos. Vi la espalda de Claudia y al hombre moviéndose delante de ella, con sus pies retorciéndose en la hierba. No sé lo que esperaba ver a medida que me acercaba, qué campesino o granjero aterrorizado, qué individuo miserable era aquél, que ya había visto el rostro de esa cosa que lo había traído aquí. Y, por un momento, no me di cuenta de quién estaba allí, hasta que vi que se trataba de Morgan, cuya pálida cara mostraba ahora la luna, así como las marcas del vampiro en la garganta, y los ojos azules mirando mudos e inexpresivos.

»De repente, se abrieron mucho más cuando me acerqué.

»—¡Louis! —susurró, atónito, moviendo los labios como si trataran de formar palabras, pero no pudieran—. Louis... —dijo de nuevo; y entonces vi que sonreía.

»Un sonido seco y ronco salió de su garganta cuando luchó por ponerse de rodillas y extendió una mano en mi dirección. Su rostro blanco y contorsionado se estiró cuando el sonido se apagó en su garganta y sacudió la cabeza con desesperación; su cabello pelirrojo revuelto se le cayó por encima de los ojos. Me di la vuelta y me alejé corriendo. Claudia salió como un rayo detrás de mí y me agarró de un brazo.

»—¿Acaso no ves el color del cielo? —me susurró.

»Morgan cayó hacia delante, detrás de ella.

»—Louis —me llamó de nuevo, y la luz brilló en sus ojos.

»Parecía ciego a las ruinas, ciego a la noche, ciego a todo salvo a un rostro que él reconocía, esa única palabra que podían pronunciar sus labios. Me llevé las manos a los oídos, alejándome de él. Tenía la mano ensangrentada cuando la levantó. Pude oler y ver su sangre. Y Claudia también lo hizo.

»Rápidamente, ella cayó sobre él, empujándolo contra las piedras, con sus dedos blancos moviéndose por sus cabellos. Sus manos temblorosas buscaron en la oscuridad la cara de Claudia y súbitamente él empezó a acariciarle los rubios rizos. Ella le hundió los dientes y él bajó las manos indefensas.

»Yo estaba en el borde del bosque cuando ella me alcanzó.

»—Debes ir con él y chuparle la sangre —me ordenó; yo podía oler la sangre en sus labios, ver el calor en sus mejillas; su puño me quemó con su contacto, pero no me moví—. Escúchame, Louis —dijo ella con la voz desesperada y furiosa—. Te lo dejé, pero se está muriendo... No nos queda tiempo.

»Me la eché en los brazos y comencé el largo descenso. No había ninguna necesidad de precauciones, ninguna necesidad de cuidarse; no nos esperaba ningún fantasma sobrenatural. La puerta a los secretos del este de Europa estaba cerrada para nosotros. Caminé en la oscuridad hacia el camino.

»—¡Me vas a escuchar! —gritó ella, pero yo seguía adelante, aunque sus manos se aferraban a mi abrigo, a mi pelo—. ¡Mira el cielo! ¿Acaso no ves el cielo?

»Ella sollozaba contra mi pecho y yo crucé corriendo el riachuelo de aguas heladas y corrí a la búsqueda de la linterna en el camino.

»El cielo estaba azul cuando encontré el carruaje.

»—Dame el crucifijo. ¡Dámelo! —le grité a Claudia cuando hice restallar el látigo—. Sólo podemos ir a un sitio.

»Ella se apretó a mí cuando el carruaje se balanceó y se encaminó al poblado.

»Sentí una sensación inolvidable al ver la bruma que se levantaba entre los oscuros árboles pardos. El aire era puro y los pájaros habían comenzado a cantar. Era como si estuviera por asomar el sol. Pero no importó. Sabía que aún no aparecería, que aún teníamos tiempo. Fue una sensación maravillosa, tranquilizadora. Las heridas y los rasguños me hacían arder la piel y mi corazón me dolía de hambre, pero mi cabeza estaba estupendamente liviana. Hasta que vi las formas grises de la posada y la torre de la iglesia; estaban demasiado claras. Y las estrellas estaban desapareciendo rápidamente.

»En un momento, ya estaba golpeando a la puerta de la posada. Cuando se abrió, me tapé bien la cara con la capa y metí a Claudia entre mis ropas.

»—¡Su poblado está libre de vampiros! —le dije a la mujer, que me miró atónita; yo tenía en la mano el crucifijo que ella me había dado—. Gracias a Dios que está muerto. Encontrarán sus restos en la torre. Dígaselo a su gente de inmediato —concluí, y entré en la posada.

»Los congregados se alborotaron de inmediato, pero yo insistí en que estaba absolutamente agotado. Debía orar y descansar largamente. Ellos tenían que buscar mi baúl en el carruaje y traerlo a una habitación decente donde pudiera dormir. Pero iba a llegar un mensaje para mí del obispo de Varna, y para ello, y únicamente para ello, podían entonces despertarme.

»—Díganle al mensajero cuando llegue que el vampiro ha muerto, y entonces denle comida y bebida y hagan que me espere —les dije.

»La mujer hizo la señal de la cruz.

»—Comprenda —le dije cuando empecé a subir las escaleras— que no les podía revelar mi misión hasta que el vampiro...

»—Sí, sí —me dijo—. Pero usted no es un sacerdote... La niña...

»—No, sólo soy un experto en estas cosas. El demonio no puede competir conmigo —le dije.

»Me detuve. La puerta de la pequeña habitación estaba abierta de par en par y sobre la mesa de roble sólo había un mantel blanco.

»—Su amigo —me dijo, y miró entonces el suelo— salió corriendo en la noche... Estaba loco.

»Yo únicamente asentí con la cabeza.

»Les pude oír gritando cuando cerré la puerta de la habitación. Parecían correr en todas direcciones, y entonces se oyó el sonido agudo de las campanas de la iglesia tocando a rebato. Claudia se había bajado

267

de mis brazos y me miraba gravemente cuando cerré la puerta. Muy lentamente abrí la persiana; una luz gélida inundó la habitación. Ella aún me observaba. Entonces la sentí a mi lado. Bajé la vista y vi que extendía su brazo.

»—Toma —me dijo. Debe de haber visto que yo estaba confuso. Me sentía tan débil que su cara relumbró cuando la miré y el azul de sus ojos bailoteó sobre sus blancas mejillas—. Bebe —susurró acercándose—. Bebe.

»Y extendió la piel suave y tierna hacia mi dirección.

»—No, sé lo que tengo que hacer. ¿Acaso no lo he hecho en el pasado? —le dije.

»Fue ella quien cerró la persiana y la pesada puerta. Recuerdo haberme arrodillado y haber palpado la antigua pared. Estaba podrida debajo de la superficie pintada y cedió ante mis dedos. De improviso vi que mi puño la traspasaba y sentí que se me clavaban las astillas en la muñeca. Y luego recuerdo haber buscado en la oscuridad y cazado algo cálido y pulsante. Una corriente de aire frío y húmedo me golpeó la cara y vi que a mi alrededor se hacía la oscuridad, fría y húmeda como si el aire fuera un agua silenciosa que traspasara la pared rota y llenara la habitación. El cuarto desapareció. Yo bebía de una corriente infinita de sangre cálida que fluía por mi garganta y a través de mi corazón que latía, y a través de mis venas, de modo que mi cuerpo se calentó contra esta agua fría y negra. Y entonces el pulso de la sangre que bebía disminuyó; mi corazón latía tratando de que ese corazón latiera al unísono. Me sentí elevar como si flotara en la oscuridad y entonces, esa oscuridad, al igual que el latido, empezó a desaparecer. Algo brilló; tembló muy débilmente con el sonido de unos pasos en las escaleras, en los suelos, el ruido de ruedas y de cascos de caballo sobre la tierra, y emitió un sonido de tintineo mientras vibraba. Veía a su alrededor una pequeña estructura de madera y, en ese marco, salió a través del brillo la figura de un hombre. Era conocido. Yo conocía su cuerpo largo y delgado, su cabello sedoso y negro. Entonces vi que sus ojos verdes me observaban. Y en sus dientes... en sus dientes... tenía algo enorme y suave y marrón, algo que él presionaba suavemente con las manos. Era una rata. Tenía una inmensa rata asquerosa, con su gran rabo curvado y congelado en el aire. Con un grito, la arrojó al suelo y se quedó mirando perplejo mientras la sangre le manaba de la boca abierta.

»Una luz penetrante me hirió los ojos. Luché tratando de abrirlos y entonces brilló toda la habitación. Claudia estaba frente a mí. No era una niña pequeña, sino alguien mayor que me empujó hacia delante, hacia ella, con ambas manos. Ella estaba de rodillas y mis brazos la tomaron por la cintura. Entonces descendió la oscuridad mientras la abrazaba. El cerrojo encontró su lugar exacto. Mis miembros se durmieron y luego sentí la parálisis del olvido.

—Y así fue —dijo el vampiro— como pasamos por Transilvania, Hungría, Bulgaria y todos esos países donde los campesinos creían que los muertos vivientes caminaban y en donde abundaban las leyendas de los vampiros. En cada poblado donde encontramos un vampiro, sucedía lo mismo.

—¿Era un cadáver sin mente? —dijo el joven.

—Siempre —dijo el vampiro—. Cada vez que los encontrábamos. Recuerdo un puñado de esas criaturas. A veces sólo las veíamos a distancia. Conocíamos muy bien sus cabezas bovinas gachas, los hombros caídos, las ropas podridas y andrajosas. En una población fue una mujer que había muerto unos seis meses antes; los vecinos la habían visto y conocían su nombre. Ella fue la única que nos dio una esperanza en nuestras experiencias en Transilvania. Y esa esperanza terminó en la nada. Se escapó de nosotros en un bosque; corrimos tras ella y la agarramos de su largo cabello negro. Su largo vestido de entierro estaba empapado de sangre seca; sus dedos, llenos de la tierra de la fosa. Y sus ojos... no tenían inteligencia, estaban vacíos, dos agujeros que reflejaban la luna. Nada de secretos, ninguna verdad; únicamente la desesperación.

—Pero ¿qué eran esas criaturas? ¿Por qué eran así? —preguntó el muchacho con una mueca de asco en los labios—. No lo comprendo. ¿Cómo podían ser tan diferentes de usted y de Claudia?

—Yo tenía mis teorías. Lo mismo Claudia. Pero lo más importante que entonces sentí fue la desesperación. Y, en esa desesperación, sentí una y otra vez el miedo de haber matado al único vampiro que era como nosotros: Lestat. Sin embargo, parecía algo impensable... De haber él poseído la sabiduría de un brujo, los poderes de una bruja... quizá yo hubiera llegado a creer que, de algún modo, se las hubiese arreglado para sacar una vida consciente de las mismas fuerzas que gobernaban a esos monstruos. Pero él era únicamente Lestat, tal como te lo he descrito: una persona sin misterios. Y, al final, en esos meses pasados en el este de Europa, sus limitaciones me eran tan conocidas como sus encantos. Quería olvidarme de él y, no obstante, siempre parecía estar pensando en él. A veces me encontraba tan vívidamente consciente de su persona como si acabara de dejar la habitación y el sonido de su voz aún estuviese allí. De algún modo, yo sentía un alivio perturbador. Y pese a mí mismo, me imaginaba su cara, no como la había visto la última noche del incendio, sino en otras noches, la última que pasara con nosotros, en nuestra casa, con sus manos jugando con las teclas de la espineta y su cabeza inclinada hacia un lado. Cuando comprendí en qué dirección marchaban mis sueños, sentí una enfermedad más terrible que la angustia. ¡Yo quería que estuviese vivo! En las noches negras del este de Europa, Lestat era el único vampiro que yo había encontrado.

»Pero los sueños de Claudia eran de una naturaleza mucho más práctica. Una y otra vez me hizo contarle esa noche en el hotel de Nueva Orleans, cuando ella se convirtió en una vampira, y, una y otra vez, buscó en ese proceso alguna pista de por qué las cosas que encontrábamos en las fosas rurales carecían de inteligencia. ¿Qué hubiera pasado si después de la succión de la sangre de Lestat, a ella la hubieran puesto en una fosa y la hubieran encerrado hasta que el ímpetu sobrenatural de la sangre la hubiera hecho romper la puerta de piedra que la encerraba? ¿Cómo hubiera sido entonces su mente, famélica casi hasta el límite? Su cuerpo se podría haber salvado a sí mismo, pero la mente no. Y en el mundo ella hubiera pillado, matado donde era posible, tal como hacían esas criaturas. Así fue como ella lo explicaba. Pero, ¿qué las había creado, cómo habían empezado? Eso era lo que ella no podía explicarse y lo que le daba esperanzas de descubrirlo cuando yo ya no tenía ninguna, de puro cansancio.

»—Ellos procrean su propia especie; eso es obvio, pero, ¿cómo empezaron? —preguntaba ella.

»Y entonces, en algún sitio de las inmediaciones de Viena, me hizo una pregunta que nunca habían pronunciado sus labios. ¿Por qué no podía yo hacer lo que Lestat había hecho con ambos? ¿Por qué no podía yo crear otro vampiro? No sé por qué al principio ni siquiera la comprendí, salvo que, al odiar con todas mis fuerzas lo que yo era, sentí un miedo muy especial a esa pregunta que casi era peor que cualquier otra. ¿Ves?, yo no comprendía algo poderoso de mí mismo. La soledad me había llevado a pensar en esa misma posibilidad hacía muchos años, cuando estaba bajo el embrujo de Babette Freniere. Pero la dejé encerrada dentro de mí como una pasión sucia. Después de ella, me cerré a los mortales. Mataba a desconocidos. Y el inglés Morgan, debido a que yo lo conocía, estuvo tan a salvo como Babette de mi abrazo fatídico. Ambos me causaron demasiado dolor. No pude pensar en brindarles la muerte. La vida en la muerte... era algo monstruoso.

»Me alejé de Claudia. No quise contestarle. Pero, enfadada como estaba, miserable con su impaciencia, no pudo tolerar que me fuese. Y se me acercó, acariciándome con las manos y con la mirada como si fuera mi amante hija.

»—No pienses en ello, Louis —me dijo luego, cuando estábamos cómodamente instalados en un pequeño hotel suburbano. Yo estaba en la ventana, mirando el distante resplandor de Viena, tan deseoso de estar en esa ciudad, en su civilización, en su pura dimensión. La noche era clara y la bruma de la ciudad rondaba el cielo—. Deja que tranquilice tu conciencia, aunque jamás sabré con exactitud de qué se trata —me dijo al oído, y me acarició el pelo.

»—Hazlo, Claudia —le contesté—. Tranquiliza mi conciencia. Dime que jamás me volverás a hablar de crear nuevos vampiros.

»—¡No quiero huérfanos como nosotros! —exclamó súbitamente; mis palabras la molestaron, y mis sentimientos—. Quiero respuestas, quiero conocimiento —me dijo—. Pero dime, Louis, ¿qué te hace estar tan seguro de que tú no lo hayas hecho sin saberlo?

»Nuevamente sentí en mí una deliberada confusión. Tuve que mirarla como si desconociera el significado de sus palabras. Yo quería que se mantuviera en silencio y a mi lado, y que los dos estuviéramos ya en Viena. Le acaricié el pelo, toqué con mis dedos sus largas cejas y miré la luz.

»—Después de todo, ¿qué cuesta hacer esas criaturas? —continuó diciendo—. ¿Esos vagabundos monstruosos? ¿Cuántas gotas de tu sangre debe haber mezcladas con la sangre de un hombre... y qué clase de corazón sobrevive al primer ataque?

»Podía sentir que me observaba. Me quedé allí con los brazos cruzados, de espaldas a un costado de la ventana, mirando hacia fuera.

»—Esa Emily era tan pálida, ese inglés miserable... —dijo ella, ignorando la mueca de dolor en mi cara—. Sus corazones no fueron nada y lo que los mató fue tanto el miedo a la muerte como la sangría que sufrieron. La idea los mató. ¿Pero qué pasa con los corazones que sobreviven? ¿Estás muy seguro de que no has procreado una legión de monstruos, quienes, de vez en cuando, luchan vana e instintivamente

273

por seguir tus pasos? ¿Cuánto duraron las vidas de esos huérfanos que tú dejaste atrás? ¿Un día allí, una semana allá, antes de que el sol los convirtiera en cenizas o alguna víctima mortal los hiciera picadillo?

»—¡Basta ya! —le rogué—. Si tú supieras de qué formas imagino lo que tú describes, no lo harías. ¡Te digo que jamás ha sucedido! ¡Lestat me sangró hasta el borde de la muerte para hacerme un vampiro! ¡Y me devolvió toda esa sangre mezclada con la propia! ¡Así lo hizo!

»Ella desvió la mirada y pareció que se miraba las manos. Creo que la oí suspirar, pero no estoy seguro. Sus ojos se movieron en mi dirección lentamente, de arriba abajo, hasta que al final se encontraron con los míos. Luego pareció sonreír.

»—No te atemorices de mi fantasía —dijo en voz baja—. Al fin y al cabo, la decisión final siempre será tuya. ¿No es así?

»—No comprendo —dije.

»Y ella lanzó una fría carcajada cuando se dio la vuelta.

»—¿Te lo puedes imaginar? —preguntó en voz tan baja que apenas pude oírla—. ¿Un aquelarre de niños? Eso es lo único que puedo hacer...

»—Claudia... —murmuré.

»—Tranquilízate —me dijo abruptamente, en voz aún muy baja—. Te diré algo: pese a todo lo que odiaba a Lestat...

»Se detuvo.

»—¿Sí? —murmuré—. ¿Sí...?

»—Pese a todo lo que lo detestaba, con él nosotros éramos... completos.

»Me miró, y sus ojos se arquearon como si el leve aumento de su voz me hubiera perturbado.

»—No, sólo tú eras completa... —le dije—. Porque éramos dos, uno a cada lado, desde el principio.

»Creo que la vi sonreír, pero no estoy seguro. Agachó la cabeza, pero vi que sus ojos se movían debajo de sus cejas de un lado al otro. Entonces, dijo:

»—Los dos a mi lado. ¿Te lo imaginas como lo dices, como siempre te imaginas todo?

»Una noche, hacía mucho tiempo, eso era para mí tan real como si aún estuviera inmerso en ella, pero no se lo dije. Esa noche ella estaba desesperada, escapándose de Lestat, quien le había pedido que asesinara a una mujer en la calle a quien Claudia había dejado en paz, obviamente alarmada. Yo estaba seguro de que esa mujer se parecía a su madre. Por último, ella se escapó de nosotros dos, pero yo la encontré en el armario, debajo de las chaquetas y los abrigos, aferrada a su muñeca. Y, al llevarla a su cuna, me senté a su lado y le canté y ella me miró, aferrada a su muñeca como si se tratara de una forma misteriosa y ciega de calmar un dolor que ella ni siquiera podía empezar a comprender. ¿Te lo puedes imaginar, esta espléndida situación doméstica, el padre vampiro que canta a su hija vampira? Únicamente la muñeca tenía un rostro humano, únicamente la muñeca.

»—¡Pero debemos irnos de aquí! —dijo súbitamente la Claudia de años después, como si el pensamiento se le hubiera formado en la mente con una urgencia especial; se había llevado las manos a las orejas, como si se protegiera contra un sonido de espanto—. Por los caminos que hemos recorrido, por lo que ahora veo en tus ojos; debido a que he pronunciado pensamientos que para mí no son más que simples consideraciones...

»—Perdóname —dije con la mayor amabilidad posible, retirándome lentamente de aquella habitación de tanto tiempo atrás, de esa niña monstruosa. Y Lestat, ¿dónde estaba Lestat? En el otro cuarto encendieron una cerilla, una sombra brotó de repente a la vida, como si la luz y la oscuridad llegaran a una vida donde únicamente había oscuridad.

»—Perdóname... —me dijo entonces en ese hotel pequeño, cerca de la primera capital del Occidente europeo que tocábamos—. No, nos perdonamos mutuamente. Pero a él no lo olvidamos. Y sin él, ya ves las cosas que pasan entre los dos.

»—Sólo porque estamos cansados y las cosas son difíciles —le dije a ella y a mí mismo, porque no había nadie más en el mundo con quien yo pudiera hablar.

»—Ah, sí, y eso es lo que debe terminar. Te lo digo, empiezo a comprender que hemos hecho todo mal desde el comienzo. Debemos pasar de largo por Viena. Necesitamos nuestro idioma, nuestra gente. Quiero ir directamente a París.

TERCERA PARTE

—Creo —reinició su relato el vampiro— que el mismo nombre de París me trajo un soplo de placer que fue extraordinario, un alivio tan próximo al bienestar que me sorprendí no sólo de poder sentirlo sino de haberme olvidado casi de esa sensación.

»Me pregunto si puedes comprender lo que significó. Mis palabras no lo pueden expresar ahora porque lo que París implica para mí es muy diferente de entonces, de aquellos días, de aquella época; pero aun ahora, cuando lo recuerdo, siento algo parecido a la felicidad. Y ahora tengo más razones que nunca para decir que la felicidad no es lo que jamás llegaré a conocer ni lo que mereceré conocer. No obstante, el nombre de París me hace sentirla.

»A menudo la belleza mortal me duele y la grandeza mortal me puede llenar con esa añoranza que sentí con tanta desesperación en el Mediterráneo. Pero París me acercó a su corazón, y me olvidé por completo de mí mismo. Me olvidé de esa cosa condenada y sobrenatural que andaba con una piel mortal y unas vestimentas mortales. París me abrumó y me iluminó y me recompensó con más riquezas que cualquier promesa.

»Era la madre de Nueva Orleans: comprende eso primero; le había dado su vida a Nueva Orleans, y era lo que Nueva Orleans había tratado de ser durante mucho tiempo. Pero Nueva Orleans, aunque hermosa y desesperadamente viva, era también desesperadamente frágil. Había algo salvaje y primitivo para siempre, algo que amenazaba su vida exótica y refinada tanto desde dentro como desde fuera. Ni un centímetro de esas calles de madera, ni un ladrillo de esas atestadas casas españolas habían sido traídos de la fiera intemperie que rodeaba eternamente a la ciudad, lista para tragársela. Los huracanes, las inundaciones, las fiebres, la plaga y los pantanos de Luisiana trabajaban, incesantes, en cada tabla martilleada, en cada fachada de piedra, de modo que Nueva Orleans siempre parecía como un sueño en la imaginación de su populacho ansioso, un sueño mantenido intacto por una voluntad colectiva y tenaz, aunque inconsciente.

»Pero París, París era en sí misma una totalidad, pulida y modelada por la Historia; así parecía en aquella época de Napoleón III, con los edificios con sus torres, sus imponentes catedrales, sus grandes avenidas y sus antiguas callejuelas medievales, tan vasta e indestructible como la misma naturaleza. Ella todo lo abarcaba. Su población volátil y encantada llenaba las galerías, los teatros, los cafés, dando vida, una y otra vez, al genio y la santidad, la filosofía y la guerra, la frivolidad y el arte más bello; de modo que parecía que todo el mundo fuera de ella estuviera a punto de hundirse en la oscuridad y todo lo que era hermoso y esencial podía llegar allí a dar su mejor fruto. Incluso los árboles majestuosos que agraciaban y protegían sus calles estaban a tono con ella. Y las aguas del Sena, contenidas y hermosas mientras pasaban por su corazón. Y la tierra en ese lugar, tan formada por la sangre y la conciencia, parecía haber dejado de ser la tierra y haberse convertido en París.

»Nuevamente estábamos con vida. Estábamos enamorados, y tan eufórico estaba yo después de esas noches sin esperanza vagabundeando por el este de Europa, que me entregué por completo cuando Claudia nos instaló en el Hôtel Saint-Gabriel, en el Boulevard des Capucines. Se decía que era uno de los hoteles más grandes de Europa; sus habitaciones inmensas empequeñecían el recuerdo de nuestra vieja casona, pero, al mismo tiempo, lo invocaban con un agradable esplendor. Íbamos a tener una de las mejores suites. Nuestras ventanas daban al *boulevard* iluminado con lámparas de gas, y allí, a primera hora del atardecer, las aceras se llenaban de paseantes y una hilera interminable de carruajes pasaban llevando a damas lujosamente ataviadas, junto a sus caballeros, camino de la Opéra —o la Opéra Comique—, los teatros, las fiestas y las recepciones infinitas de las Tullerías.

»Claudia dio sus razones para ese gasto de un modo amable y lógico, pero pude darme cuenta de que se impacientaba teniendo que pedir todo por mi intermedio; le era irritante. Dijo que el hotel nos permitiría una libertad completa; nuestros hábitos nocturnos pasarían inadvertidos con la continua afluencia de turistas europeos; nuestras habitaciones serían mantenidas inmaculadas por un equipo anónimo, mientras que el elevadísimo precio que pagábamos nos garantizaría la intimidad y la seguridad. Pero había algo más en sus palabras. Había un propósito frenético en sus compras.

»—Éste es mi mundo —me explicó, sentada en una sillita de terciopelo delante del gran balcón y contemplando la larga fila de carruajes que se detenían a la puerta del hotel—. Debo tenerlo según mis deseos —dijo, como hablando consigo misma.

»Y entonces arreglamos las habitaciones como a ella le gustaba, con un llamativo empapelado rosa y dorado en las paredes, y abundancia de damasco y de muebles aterciopelados, cojines bordados y colgaduras de seda para la cama con dosel. Todos los días aparecían docenas de rosas en los estantes de mármol de la chimenea y en las mesas que llenaban la alcoba acortinada de su cuarto, reflejándose de forma interminable en los espejos. Y, por último, llenó las altas ventanas con un verdadero jardín de camelias y helechos.

»—Añoro las flores; es lo que más echo de menos —murmuró.

»Y las buscó incluso en las pinturas que comprábamos en las tiendas y galerías, una telas magníficas como yo jamás había visto en Nueva Orleans: desde los clásicos ramos que parecían tener vida, y que te tentaban a tocar sus pétalos, que caían sobre un mantel tridimensional, hasta un estilo nuevo y perturbador en el cual los colores parecían irradiar tal intensidad que destruían las líneas antiguas, la vieja solidez, para lograr una visión como cuando estoy en el estado más próximo al delirio y las flores crecen ante mis ojos y se deshacen como las llamas de una lámpara. París inundaba aquellas habitaciones.

»Allí me encontré en mi propia casa, una vez más abandonándome a sueños de una simplicidad etérea, porque el aire era dulce como el aire de nuestro patio en la rue Royale; y todo estaba vivo con una sorprendente profusión de luz de gas que llegaba incluso a los altos techos ornamentados y les sacaba todas las sombras. La luz corría por los adornos dorados, chispeaba en los candelabros. La oscuridad no existía. Los vampiros no existían.

»Aunque estaba empeñado en mi búsqueda, era agradable pensar que, durante una hora, padre e hija subían al cabriolé y dejaban ese lujo civilizado, únicamente para pasear por las riberas del Sena, pasar el puente del Barrio Latino y vagabundear por esas calles más angostas, más oscuras, a la búsqueda de la Historia y no de víctimas. Luego retornábamos al reloj palpitante y a los morillos de latón y a las cartas de azar sobre la mesa. Libros de poetas, el programa de una obra de teatro y, alrededor de todo, el zumbido suave del gran hotel, los distantes violines, una mujer que hablaba con una voz rápida y animada por encima del sonido de un cepillo de pelo; y un hombre, allá arriba, en el piso más alto, repetía una y otra vez al aire nocturno:

»—Comprendo, estoy empezando a comprender, estoy empezando a comprender...

»—¿Te gusta de este modo? —preguntó Claudia, quizá para hacerme saber que no se había olvidado de mí porque ahora pasase las horas en silencio; no se hablaba más de vampiros.

»Pero algo estaba mal. No se trataba de la antigua serenidad, el ánimo pensativo que es el recogimiento. Era una meditación intranquila, una insatisfacción latente. Y aunque desaparecía de sus ojos cuando yo la llamaba o le contestaba, la furia parecía acumularse muy cerca de la superficie.

»—Oh, tú sabes cómo me gustaría —le contesté, persistiendo en el mito de mi propia voluntad— alguna buhardilla cerca de la Sorbona, lo bastante cerca del alboroto de la rue St. Michel, lo suficientemente distante. Pero fundamentalmente me gusta esto, que te gusta a ti.

»Pude ver que se crispaba mirando por encima de mí, como diciendo: "No tienes remedio; no te me acerques demasiado; no me preguntes lo que yo te pregunto: ¿estás contento?".

283

»Mis recuerdos son demasiado claros, demasiado agudos; las cosas debieran gastarse en los bordes y lo irresoluto debería suavizarse. De ese modo, hay escenas tan cerca de mi corazón como fotos en un marco; sin embargo, son retratos monstruosos que ningún artista ni ninguna cámara jamás lograrán; y, una y otra vez, veo a Claudia al borde del piano, la última noche en que Lestat tocaba, preparándose a morir; y la cara de Claudia cuando él la provocaba, esa contorsión que de inmediato se convertía en una máscara; la atención le podría haber salvado la vida a Lestat si, de hecho, estaba muerto de verdad.

»Algo se acumulaba en Claudia, algo que se revelaba lentamente al testigo menos predispuesto del mundo. Tenía una nueva pasión por los anillos y brazaletes, nada propia de una niña. Su espalda pequeña y derecha no era la de una niña y, a menudo, ella entraba delante de mí en pequeñas *boutiques* y señalaba con un dedo imperioso un perfume o unos guantes, y los pagaba ella misma. Nunca me alejaba mucho y siempre me sentía incómodo, no porque temiera algo en esa inmensa ciudad, sino porque le tenía miedo a ella. Siempre había sido la "niña perdida" para sus víctimas, la "huérfana", y ahora parecía algo diferente, algo corrompido y sorprendente a los transeúntes que sucumbían ante ella. Pero esto frecuentemente era privado; yo me quedaba una hora rastreando alrededor de la esculpida mole de Notre Dame o sentado en el carruaje junto al parque.

»Y entonces, una noche, cuando me desperté en la cama lujosa del hotel, sobre un libro aplastado incómodamente debajo de mí, descubrí que se había ido. No me animé a preguntar a los criados si la habían visto. Nuestra costumbre era no prestarles atención; no teníamos nombre para ellos. La busqué por los corredores, por las calles adyacentes, incluso en el salón de fiestas, donde me dio un miedo inexplicable cuando pensé que estaba allí sola. Pero, por último, la vi llegar al recibidor, con su cabello brillando bajo su bonete debido a la lluvia, una niña que aparecía corriendo como después de una pícara escapada, encendiendo los rostros de los hombres y mujeres mientras subía por la gran escalera y me pasaba como si no me hubiera visto. Una imposibilidad, una extraña y graciosa pose.

»Cerré la puerta cuando se quitaba la capa con un revoloteo de gotas doradas, y se sacudía el pelo. Las cintas de su bonete cayeron a los costados y sentí gran alivio al ver el vestido infantil, aquellas cintas y algo maravillosamente agradable en sus brazos, una pequeña muñeca. Unida quizá con alambres debajo de su vestido flotante, sus pequeños pies sonaron como una campana.

»—Es una señora muñeca —me dijo mirándome—. ¿Ves? Una señora muñeca.

»Y la puso en el armario.

»—Así parece —susurré.

»—La hizo una mujer —dijo ella—. Hace muñecas infantiles, todas iguales; tiene una tienda de muñecas y yo le dije que quería una muñeca adulta.

»Sus palabras eran provocadoras, misteriosas. Tomó asiento con los rizos empapados mojándole la frente mientras hablaba de esa muñeca.

»—¿Sabes por qué la hizo para mí? —me preguntó.

»Deseé que la habitación estuviera en sombras para poder retirarme de aquel círculo cálido de juego superfluo, hacia la oscuridad; deseé no estar sentado

285

en la cama como en un escenario iluminado, mirándola delante de mí y en los espejos, con sus mangas anchas.

»—Porque eres una niña hermosa y ella quiso hacerte feliz —dije con una voz extraña hasta para mí mismo.

»Se rió en silencio.

»—Una niña hermosa —dijo mirándome—. ¿Todavía piensas que lo soy? —preguntó; y se le volvió a oscurecer el rostro y volvió a juguetear con la muñeca; sus dedos empujaron el pequeño borde del vestido hasta los pechos de porcelana—. Sí, me parezco a sus muñecas; yo soy su muñeca. La deberías ver en esa tienda, agachada sobre sus muñecas, cada una con la misma cara, los mismos labios.

»Se tocó los labios. Algo pareció moverse de repente, algo dentro de las mismas paredes de la habitación y los espejos temblaron con su imagen como si la tierra hubiera suspirado debajo de sus cimientos. Los carruajes temblaron en las calles, pero estaban demasiado distantes. Y entonces vi lo que estaba haciendo su figura aún infantil: en una mano tenía a la muñeca; la otra, en sus labios. Y la mano que tenía la muñeca la estaba aplastando, aplastando y rompiendo, hasta que quedó hecha un montón de porcelana que cayó de su mano abierta y sangrante sobre la alfombra. Movió el diminuto vestido y produjo una lluvia de partículas rotas y yo desvié la mirada y luego la vi en el espejo inclinado frente al fuego, con sus ojos estudiándome de arriba abajo. Se movió por ese espejo en mi dirección y yo me encogí en la cama.

»—¿Por qué desvías la mirada? ¿Por qué no me miras? —me preguntó con la voz cristalina como una campana. Pero entonces lanzó una débil carcajada y dijo—: ¿Pensaste que sería tu hija para siempre? ¿Eres tú el padre de los tontos, el tonto de los padres?

»—Tu tono es cruel conmigo —dije.

»—Hmmm... Cruel —comentó.

»Creo que sacudió la cabeza. Era una llamarada a un costado de mi mirada; llamas azules, llamas doradas.

»—¿Y qué piensan ellos de ti allí fuera? —pregunté con la mayor amabilidad posible.

»Y señalé la ventana abierta.

»—Muchas cosas —se sonrió—. Muchas cosas. Los hombres son maravillosos con las explicaciones. ¿Has visto a "los pequeños" en los parques, en los circos; los monstruos a quienes los hombres pagan para reírse de ellos?

»—¡Yo sólo fui un aprendiz de brujo! —exclamé de improviso—. ¡Un aprendiz! —dije.

»Quise tocarla, acariciarle el pelo, pero me quedé sentado, temeroso, y su furia fue como una cerilla a punto de encenderse.

»Volvió a sonreírme y me tomó una mano, se la puso en la falda y la cubrió como pudo con las suyas.

»—Un aprendiz, sí —dijo riéndose—. Pero dime una cosa, una sola cosa desde tu elevada posición. ¿Cómo era... hacer el amor?

»Me alejé de ella antes de pensarlo siquiera, y busqué mi capa y mis guantes como un hombre aturdido.

»—¿No te acuerdas? —me preguntó con calma cuando puse la mano en el picaporte.

»Me detuve, sintiendo sus ojos en mi espalda, avergonzado, y me di vuelta e hice como que pensaba: ¿adónde voy? ¿Qué haré? ¿Por qué estoy aquí?

»—Fue algo efímero —dije, tratando de encontrar su mirada; cuán perfecta, fríamente azules eran

287

esos ojos, y qué decididos—. Y... fue muy pocas veces saboreado... Algo agudo que se perdía rápidamente. Pienso que era la sombra pálida del asesinato.

»—Aaah... —murmuró ella—. Como herir tal como lo hago ahora yo... Ésa es también la pálida sombra del asesinato.

»—Sí, madame —le dije—. Tiendo a creer que es lo correcto.

»Y haciendo una leve reverencia, le di las buenas noches.

Tras una pausa, el vampiro prosiguió:

—Largo rato después de haberla dejado, aminoré el paso. Había cruzado el Sena. Quería la oscuridad. Esconderme de ella y de los sentimientos que me agobiaban y del gran miedo consumidor ante la evidencia de que yo era absolutamente inadecuado para hacerla feliz, o para hacerme feliz a mí mismo haciéndola feliz a ella.

»Hubiera dado el mundo para satisfacerla, el mundo que ahora poseíamos, que al mismo tiempo parecía vacío y eterno. No obstante, me sentía ofendido por sus palabras y sus ojos, y ninguna explicación —que me pasaban y pasaban por la cabeza, incluso formándose en mis labios con susurros desesperados cuando dejé la rue St. Michel y entré más y más profundamente en las callejas más oscuras y antiguas del Barrio Latino—, ninguna explicación parecía calmarme cuando imaginé su propia insatisfacción o mi propio tormento.

»Por último dejé las palabras, excepto un cántico extraño. Estaba en el silencio negro de una calleja medieval, y ciegamente seguí sus bruscos giros, reconfortado por la altura de sus angostos edificios que parecían capaces de caerse en cualquier momento, cerrando la calleja bajo las estrellas indiferentes.

»Me dije: "No la puedo hacer feliz, no la hago feliz y su infelicidad crece cada día."

»Ése era mi cántico, que repetía como un rosario, un encantamiento para cambiar los hechos; su desilusión inevitable con nuestra búsqueda, que nos dejara en este limbo donde yo sentía que ella se alejaba de mí, empequeñeciéndome con su inmensa necesidad. Incluso concebí unos celos salvajes de la fabricante de muñecas a quien ella había confiado sus ganas de tener esa diminuta mujer de porcelana, porque esa fabricante, en un momento, le había dado algo que ella apretó contra sí en mi presencia como si yo no existiera.

»¿Qué importancia tenía? ¿Adónde nos podía llevar?

»Desde que llegara a París unos meses antes, jamás había sentido de esa manera el tamaño enorme de la ciudad; cómo podía pasar de esa callejuela retorcida y oscura de mi elección a un mundo de deleites; y jamás había sentido tan profundamente su inutilidad. Inútil para Claudia si no lograba atemperar su furia, si no podía de algún modo asir los límites de los que parecía tan furiosa y amargamente consciente. Yo estaba indefenso. Ella estaba indefensa. Pero era más fuerte que yo. Y yo sabía, había sabido aun en el momento en que me alejé de ella en el hotel, que detrás de sus ojos había un amor continuo por mí.

»Y mareado, cansado y perdido, advertí, con los sentidos inextinguibles del vampiro, que alguien me seguía.

»Mi primer pensamiento fue irracional. Ella había salido detrás de mí. Y, más avispada que yo, me había seguido a gran distancia. Pero con tanta seguridad como se me ocurriera eso, se me presentó otra idea, una idea bastante cruel a la luz de todo lo que había pasado entre nosotros. Los pasos eran demasiado pesados para ser de ella. Simplemente se trataba de un mortal que caminaba por el mismo callejón, que caminaba, ignorante, hacia la muerte.

»Entonces proseguí mi camino, casi dispuesto a caer en mi propio dolor, porque me lo merecía, cuando mi mente me dijo: "Eres un tonto; escucha". Y se me ocurrió que esos pasos, haciendo eco a gran distancia allá atrás de mí, sonaban al mismo tiempo que los míos. Una casualidad. Porque si eran mortales, estaban lejos del oído mortal. Pero cuando me detuve para considerar eso, se detuvieron. Y cuando me di vuelta diciendo: "Louis, te engañas a ti mismo", y volví a empezar, ellos también lo hicieron. Paso con paso, hasta cuando aumenté la velocidad. Y entonces ocurrió algo innegable, notable. *En garde* como estaba con los pasos que me seguían, tropecé en unas piedras y caí sobre la pared. Y, detrás de mí, aquellos pasos hicieron un eco perfecto del súbito ritmo de mi caída.

»Me quedé atónito. Y en un estado de alarma superior al miedo. A mi derecha e izquierda, la calle estaba a oscuras. Ni siquiera una luz mortecina brillaba en la ventana de alguna buhardilla. Y la única seguridad que tenía era la gran distancia que me separaba de esos pasos, y la garantía de que no eran humanos. No supe qué hacer. Sentí el deseo casi irresistible de llamar a ese ser y darle la bienvenida, hacerle saber lo más rápida y completamente posible que lo esperaba, que lo había buscado, que lo enfrentaría. Pero tuve miedo. Lo que me pareció sensato fue seguir caminando, esperar a que se aproximara; y, cuando lo hice, volvió a imitar mis pasos y la distancia siguió siendo la misma. Aumentó mi tensión y la oscuridad a mi alrededor se hizo cada vez más amenazante. Me pregunté una y otra vez, midiendo aquellos pasos: "¿Por qué me sigues? ¿Por qué me haces saber que estás allí?".

»Entonces doblé una esquina y un rayo de luz apareció delante de mí, en la siguiente calle. Ésta subía en cuesta, y avancé muy lentamente; el corazón me aturdía los oídos, renuente a mostrarme en esa luz.

»Y, cuando vacilé —de hecho, me detuve—, justo antes de la curva siguiente, algo resonó encima como si el techo de la casa se hubiera derrumbado. Salté hacia atrás justo a tiempo de evitar que una carga de piedras cayera sobre mí. Todo quedó en silencio. Miré las piedras escuchando, esperando. Y entonces, lentamente, me di la vuelta hacia la luz para ver, debajo de la lámpara de gas, la figura inequívoca de un vampiro.

»Era de una enorme estatura, aunque tan delgado como yo; su rostro largo y blanco brillaba bajo la luz; sus ojos negros y grandes me miraban con lo que me pareció una franca curiosidad. Tenía la pierna izquierda ligeramente doblada, como si se hubiera quedado petrificado en medio de un paso. Y entonces, de repente, me di cuenta de que no sólo estaba vestido con un abrigo y una capa idénticos a los míos, sino que imitaba mi mirada y mi expresión facial a la perfección. Tragué saliva y dejé que mi mirada lo recorriera lentamente, mientras trataba de ocultarle el ritmo rápido de mi pulso cuando sus ojos me recorrieron del mismo modo. Y, cuando lo vi parpadear, me percaté de que yo acababa de parpadear, y cuando abrí los brazos y los crucé lentamente sobre mi pecho, él hizo lo mismo. Era una locura, peor que una locura. Porque, cuando apenas moví los labios, él también lo hizo, y encontré muertas las palabras y no pude encontrar otras para decirle que se detuviera. Y, entretanto, seguían fijos allí esa estatura desmesurada, esos negros ojos agudos y esa atención poderosa que, sin duda, era una burla perfecta, pero de cualquier manera clavada en mí. Él era el vampiro; yo parecía el espejo.

»—Muy hábil —le dije, breve y desesperadamente.

»Y, por supuesto, él repitió la palabra con tanta rapidez como yo la había dicho. Y furioso como estaba, más por eso que por cualquier otra cosa, me esforcé por mostrar una lenta sonrisa que desafió el sudor que me había aparecido en cada poro y el temblor violento de mis piernas. Él también sonrió, pero sus ojos tenían una ferocidad animal, diferente de la mía, y la sonrisa era siniestra en su pura cualidad mecánica.

»Di un paso adelante y él hizo lo mismo, y, cuando me detuve, él también lo hizo. Pero entonces, lentamente, muy lentamente, levantó el brazo derecho aunque el mío seguía inmóvil y, crispando el puño, se golpeó el pecho imitando el ritmo de mi corazón. Lanzó una carcajada. Echó la cabeza hacia atrás mostrando sus dientes caninos y la risa pareció llenar el callejón. Lo detesté. Por completo.

»—¿Quieres molestarme? —le pregunté, sólo para escuchar mis propias palabras repetidas—. ¡Payaso! —grité—. ¡Bufón!

»Esas palabras lo detuvieron. Se desvanecieron en sus labios cuando las estaba diciendo, y el rostro se le congestionó.

»Lo que entonces hice fue puro impulso. Le di la espalda y empecé a alejarme, quizá para obligarlo a seguirme y preguntarme quién era. Pero, en un movimiento tan rápido que no me fue posible verlo, volvió a ponerse delante de mí como si se hubiera materializado allí. Le volví a dar la espalda, sólo para volver a enfrentarme con él bajo el farol, y el movimiento de su pelo fue la única indicación de que se había movido.

»—¡Te he estado buscando! ¡He venido a París a buscarte!

»Me obligué a pronunciar esas palabras y vi que sus modales y su cuerpo recuperaban su auténtico ser, y extendió una mano como para pedir la mía, pero, de repente, me empujó hacia atrás haciéndome perder el equilibrio. Pude sentir la camisa empapada y pegada al cuerpo cuando me enderecé con una mano tiznada, porque me había apoyado en la pared húmeda.

»Cuando me giré para enfrentarme a él, me arrojó al suelo.

»Ojalá pudiera describirte su fortaleza. Si yo te atacara, sabrías lo que es recibir el golpe de un brazo al que ni siquiera ves moverse.

»Pero algo en mi interior me dijo: "Muéstrale tu propio poder", y me puse de pie de un salto y me abalancé contra él con los dos brazos extendidos. Le pegué a la noche, la noche vacía girando debajo de ese farol, y me quedé mirando a mi alrededor, solitario y hecho un perfecto idiota. Esto era una prueba de alguna clase, lo supe entonces, aunque conscientemente fijé mi atención en la calleja oscura, en el vacío de los portales, en cualquier sitio donde pudiera haberse escondido. Yo no tenía la menor gana de pasar esa prueba, pero no vi ninguna escapatoria. Estaba pensando alguna manera de dejar en claro, desdeñosamente, ese punto cuando, de pronto, volvió a aparecer, me agarró, me hizo girar y me arrojó en el empedrado donde antes había caído. Sentí sus botas en mis costillas. Enfurecido, le agarré un pie y apenas pude creerlo cuando sentí la tela y los huesos. Cayó contra la pétrea pared y dejó escapar un rugido de furia irrefrenable.

»Lo que entonces sucedió fue pura confusión. Me aferré a esa pierna, aunque la bota trataba de patearme. Y, en un momento, después de haberme atropellado y haber liberado su pierna, me sentí lanzado al aire por dos manos fortísimas. Bien me puedo imaginar lo que me podría haber pasado. Me habría arrojado a varios metros de distancia, porque tenía fuerza suficiente para ello; y golpeado, severamente castigado, yo podría haber quedado inconsciente. Me perturbó mucho el hecho de que en la pelea no pude saber si podía perder el sentido o no. Pero eso nunca se puso a prueba. Porque, aunque yo estaba confundido, estuve seguro de que alguien se nos había interpuesto, alguien que peleaba con gran fortaleza y que le hizo desprenderse de mí.

»Cuando levanté la mirada, estaba en la calle y vi dos figuras sólo por un instante, como el contorno parpadeante de una imagen después de haber cerrado los ojos. Sólo vi un revoloteo de vestimentas, una bota que golpeó las piedras y la noche quedó vacía. Me senté, jadeante, con la cara empapada de sudor, mirando a mi alrededor y luego arriba, a la angosta cinta del cielo desfallecido. Una sola figura, porque mis ojos se concentraron de forma total en ella, salió de la oscuridad del muro. Agachada en las piedras salientes del dintel, se dio la vuelta de modo que vislumbré un débil rayo de luz sobre el pelo y luego el rostro blanco, tieso. Un rostro extraño, más ancho y no tan delgado como el anterior; sólo uno de sus grandes ojos negros era visible, y me miraba fijamente. Un susurro salió de sus labios, aunque en ningún momento parecieron moverse.

»—¿Está usted bien?

»Yo estaba más que bien. De pie, listo para el ataque. Pero la figura siguió agachada, como si fuera parte del muro. Pude ver la mano blanca hurgando en lo que pareció ser un bolsillo de abrigo. Apareció una tarjeta blanca como los dedos que me la ofrecieron. No me moví para aceptarla.

»—Venga a vernos mañana por la noche —me dijo con el mismo susurro la cara pulida e inexpresiva que aún mostraba sólo un ojo a la luz—. No le haré daño. Tampoco lo hará el otro. No se lo permitiré.

»Y su mano hizo aquello que los vampiros pueden hacer; es decir, dejó su cuerpo en la oscuridad para depositar la tarjeta en mis manos y la escritura púrpura brilló de inmediato a la luz. Y la figura, subiendo por el muro como un gato, desapareció rápidamente entre las buhardillas.

»Entonces supe que me encontraba definitivamente a solas; pude sentirlo. Los latidos de mi corazón parecieron llenar la calleja desierta cuando me puse, bajo el farol, a leer la tarjeta. Conocía la dirección, porque había ido a los teatros de esa calle. Pero el nombre era sorprendente: "Théâtre des Vampires", y la hora de la cita era a las nueve de la noche.

»Di la vuelta a la tarjeta y allí descubrí que habían escrito una nota: "Traiga a su pequeña belleza consigo. Serán bienvenidos. Armand".

»No había dudas de que la figura que me la había entregado era quien había escrito el mensaje. Tenía muy poco tiempo para regresar al hotel y contarle a Claudia lo que había sucedido. Corrí a toda velocidad y la gente que pasé en las avenidas no vio la sombra que pasaba rozándoles.

—Al Théâtre des Vampires sólo se asistía por invitación, y a la noche siguiente el portero examinó la mía un momento mientras la lluvia caía suavemente a nuestro alrededor: sobre el hombre y la mujer delante de la taquilla cerrada; sobre los carteles arrugados de vampiros baratos con los brazos extendidos y las capas parecidas a alas de murciélagos, listos para caer sobre los hombros desnudos de una víctima mortal; sobre las parejas que nos pasaban en el recibidor, donde con toda facilidad pude percibir que el público era enteramente humano; no había vampiros en su seno, ni siquiera el muchacho que nos admitió por último en la muchedumbre llena de conversaciones y lana húmeda y dedos enguantados de damas que tocaban sus sombreros y sus rizos mojados. Me fui a las sombras con una excitación frenética. Nos habíamos alimentado más pronto para que en la calle concurrida del teatro nuestra piel no resultara tan blanca ni nuestros ojos demasiado brillantes. Y el sabor de la sangre que no había saboreado me había dejado intranquilo; pero no tenía tiempo para preocuparme de ello. Ésta no era una noche para matar. Ésta sería una noche de revelaciones, no importa cómo terminara. Estaba seguro de ello.

»Y allí estábamos con todo ese gentío de mortales; las puertas del auditorio se abrieron y un joven se nos acercó y señaló las escaleras por encima de los hombros de la gente. Teníamos un palco, uno de los mejores, y si la sangre no había oscurecido por completo mi piel ni había convertido a Claudia en una niña humana, este ujier no parecía percatarse de ello o no le importó. De hecho, sonrió con mucha amabilidad cuando abrió las cortinas que daban a las dos sillas delante de la barandilla de metal.

»—¿Crees que tienen esclavos humanos? —me preguntó Claudia.

»—Lestat nunca confió en los esclavos humanos —contesté.

Observé que se llenaban los asientos; contemplé los sombreros maravillosamente floreados que navegaban ahí debajo, por las filas de butacas de seda. Los hombros blancos brillaban en la amplia curva de los palcos, alejándose de nosotros; los diamantes centelleaban a la luz de las lámparas.

»—Recuerda: sé astuto esta vez —me susurró Claudia con su rubia cabeza gacha—. Eres demasiado caballeroso.

»Se apagaban las luces, primero en los palcos y luego a lo largo de las paredes de la planta baja. Un grupo de músicos se habían colocado ya frente al escenario. Y al pie del largo telón de terciopelo, el gas parpadeó, luego ganó intensidad y la audiencia retrocedió como envuelta por una nube gris en la cual sólo brillaban los diamantes sobre las muñecas, los cuellos y los dedos. Y un murmullo descendió como una nube gris hasta que todo el sonido se concentró en una única tos persistente. Luego, el silencio. Y el ritmo lento de una pandereta. A la vez, se oyó la aguda melodía de una flauta de madera que parecía seleccionar el agudo toque metálico de la pandereta y que la conjugaba en una melodía fantasmagórica y medieval. Entonces, el sonido de las cuerdas subrayó a la pandereta. Y la flauta subió y, en esa melodía, expresó algo melancólico, triste. Esa música tenía encanto, y toda la audiencia pareció acallada y en comunión, como si la música de esa flauta fuera una cinta luminosa que se desenrollaba en la oscuridad. Ni siquiera cuando se levantó el telón se rompió el silencio. Las luces se encendieron y el escenario no pareció un escenario sino un lugar en un denso bosque; la luz relumbraba sobre los troneos naturales de los árboles y en la espesura de las hojas, debajo del arco de oscuridad que reinaba más arriba, y a través de los árboles se podía ver lo que parecía una ribera baja y de piedra; y, más allá, las aguas luminosas del río. Ese mundo tridimensional estaba creado por una pintura en una fina pantalla de seda que se movía suavemente debido a una débil ráfaga de aire.

»Unos aplausos recibieron a la ilusión, reuniendo adherentes de todas partes del auditorio hasta que consumó su breve *crescendo* y desapareció. Una figura oscura y arropada avanzaba por el escenario de árbol en árbol, tan rápidamente que, cuando salió a las luces dio la sensación de aparecer mágicamente en el centro; un brazo salió relampagueante de su capa para mostrar una guadaña de plata y el otro una máscara en la punta de un fino palo sobre el rostro invisible, una máscara que mostraba el rostro deslumbrante de la Muerte, una calavera pintada.

»Hubo ligeros murmullos entre el público. Era la Muerte de pie ante la audiencia, con la guadaña en alto; la Muerte al borde de un bosque tenebroso. Y algo en mí reaccionó de igual manera que en la audiencia, no con miedo sino de una manera humana, ante la magia de ese frágil decorado pintado, ante el misterio del mundo allí iluminado, el mundo en el que se movía aquella figura con su ondulante capa negra, con la gracia de una gran pantera, provocando esos murmullos, esos gemidos, esos susurros reverentes.

»Y entonces, detrás de esa figura cuyos mismos gestos parecían poseer un poder cautivante como el ritmo de la música con que se movía, aparecieron otras figuras por los costados. Primero, una anciana, muy encorvada y gacha, con su pelo gris como el musgo, sus brazos colgando con el peso de una gran canasta llena de flores. Sus pasos lentos se arrastraban por el suelo y su cabeza se sacudía con el ritmo de la música y los pasos saltarines del Maldito Segador. Y entonces retrocedió cuando lo vio y, lentamente, depositó su canasta y puso las manos juntas como si estuviera en oración. Parecía muy cansada. Poco a poco, fue dejando caer la cabeza hasta apoyarla sobre las manos, como si durmiera y las extendió hacia él, en súplica. Pero cuando él se le acercó y se agachó para mirarla directamente a la cara, que estaba ensombrecida debajo de sus cabellos, dio un paso atrás y movió las manos como para refrescar el aire. De forma vacilante, se produjeron algunas risas tímidas entre la concurrencia. Pero cuando la anciana se levantó y salió detrás de la Muerte, las risas resonaron abiertamente. La música aceleró su ritmo mientras la anciana perseguía a la Muerte por todo el escenario hasta que, al final, se apoyó en la oscuridad de un viejo tronco metiendo su máscara bajo un brazo como un pájaro. Y la anciana, perdida, derrotada, recogió su canasta mientras la música se ajustaba a sus pasos lentos. Y ella se fue del escenario.

»No me gustó. Ni me gustaron las risas. Pude ver que entraban otras figuras en el escenario, que la música orquestaba sus gesticulaciones y que un montón de mendigos y mutilados, con muletas y vestidos con trapos grises, se acercaban a la Muerte, quien giró y escapó de uno con un súbito arqueamiento de la espalda, del otro con un gesto femenino de disgusto, de todos ellos finalmente con una cansada muestra de aburrimiento y apatía.

»Fue entonces cuando me di cuenta de que la mano blanca y lánguida que hacía esos gestos cómicos no estaba pintada. Era una mano de vampiro la que hacía reír al público. Una mano de vampiro fue la que levantó entonces la calavera sonriente, cuando el escenario quedó vacío. Y entonces ese vampiro, todavía con la máscara tapándole el rostro, adoptó de forma maravillosa la posición de descansar su peso contra un árbol pintado en la seda, como si se estuviera durmiendo plácidamente. La música lo acompañó como el canto de los pájaros, lo arrulló como el paso del agua; y el foco, que lo centraba en un círculo amarillo, se hizo más pálido y casi se desvaneció mientras él dormía.

»Otro rayo de luz traspasó el telón de fondo y pareció fundirlo para revelar a una joven de pie y solitaria al fondo del escenario. Era majestuosamente alta y estaba coronada por una voluminosa masa de cabellos dorados. Pude sentir el temor de la audiencia cuando pareció flotar en la luz y el bosque lúgubre creció y ella pareció perdida entre los árboles. Estaba perdida, y no era una vampira. Las manchas de su camisa y de su falda sucias no eran de pintura de decorado, nada había tocado su cara perfecta, que ahora miraba a la luz, tan hermosa y finalmente cincelada como la cara de una virgen de mármol. Su pelo era un velo aureolado. No podía ver en la luz, aunque todos la podíamos ver a ella. Y el gemido que dejaron escapar sus labios pareció emitir un eco por encima del cántico agudo y romántico de la flauta, que era un tributo a su belleza. La figura de la Muerte se despertó de pronto en su pálido rayo de luz y se dio vuelta para contemplarla tal como la había visto el público. Y estiró su mano libre con reverencia.

»El sonido de la risa desapareció antes de llegar a consumarse. Ella era demasiado hermosa, sus ojos estaban demasiado compungidos. La actuación era perfecta. Y, súbitamente, la máscara fue arrojada a un costado y la Muerte mostró al público su rostro de un blanco brillante; sus manos rápidas se retocaron el pelo negro, enderezaron su abrigo, se limpió unas pelusas imaginarias en las solapas. La Muerte enamorada. Y el público aplaudió las facciones luminosas, las mejillas relumbrantes, los agudos ojos negros, como si todo fuera una magistral ilusión, cuando, en realidad, se trataba simplemente, y sin duda alguna, del rostro de un vampiro, el mismo vampiro que me había atacado en el Barrio Latino, ese vampiro de sonrisa maligna, brutalmente iluminado por el foco amarillo.

»Mi mano buscó las de Claudia en la oscuridad y se las presioné suavemente. Pero ella se quedó inmóvil, fascinada. El bosque del escenario, a través del cual esa indefensa muchacha miraba ciegamente hacia donde oía las risas, se dividía en dos mitades fantasmagóricas, alejándose del centro, dejando espacio libre al vampiro para que se pudiera acercar a ella.

»Y ella, que había avanzado hacia los focos, lo vio de improviso y se detuvo en seco, gimiendo como una niña. Por cierto, era muy parecida a una niña, aunque claramente ya era una mujer. Únicamente una mínima arruga bajo los ojos denunciaba su verdadera edad. Sus pechos, aunque pequeños, tenían una bella forma bajo la blusa; y sus caderas, delgadas, daban a su falda sucia y arrugada una angularidad sensual y pronunciada. Mientras quería alejarse del vampiro, vi que tenía lágrimas en los ojos a la luz de los focos. Y sentí miedo por ella. Su belleza era sobrecogedora.

»Detrás de ella, de pronto surgieron de la oscuridad unos cráneos pintados; y las figuras que llevaban las máscaras, invisibles en sus trajes negros, sólo mostraban las blancas manos agarradas al borde de una capa, a los pliegues de una falda. Allí había vampiras y avanzaron junto a sus compañeros sobre la víctima. Y entonces, todos ellos, uno por uno, se quitaron las máscaras, que cayeron en una pila, donde las calaveras siguieron sonriendo a la oscuridad del techo. Y allí se quedaron, siete vampiros; ellas eran tres, y sus pechos asomaban, de un blanco brillante, sobre el traje ajustado y negro; sus rostros eran duros y luminosos y miraban con ojos negros debajo de rizos de pelo negro. Sorprendentemente hermosas, parecieron flotar alrededor de la rosada figura humana; eran pálidas y frías comparadas con aquel reluciente cabello rubio, y aquella piel como los pétalos. Pude oír la respiración del público, los suspiros entrecortados, suaves.

»Era un gran espectáculo ese círculo de rostros blancos acercándose cada vez más a la bella; y la figura principal, esa Muerte, dirigiéndose entonces a la audiencia con las manos cruzadas sobre el pecho, la cabeza inclinada solicitando su simpatía: ¿Acaso ella no era irresistible? Hubo un murmullo de risas cortadas de suspiros.

»Pero la joven fue quien rompió el mágico silencio:

»—No quiero morir... —murmuró.

»Su voz fue como una campana.

»—Nosotros *somos* la muerte —respondió él.

»Y a su alrededor resonó una palabra:

»—Muerte.

»Ella se dio vuelta y su pelo se convirtió en una verdadera lluvia de oro, algo lujurioso y vivo sobre el polvo de sus pobres vestimentas.

»—¡Ayudadme! —imploró, pero suavemente, como si temiera levantar la voz—. Alguien... —dijo a la multitud, pues debía de saber que estaba allí.

»Claudia lanzó una leve carcajada. La chica en el escenario apenas comprendía dónde se hallaba, o lo que le estaba sucediendo, pero sabía infinitamente más que la gente que la miraba asombrada desde la platea.

»—¡No quiero morir! ¡No quiero morir!

»Se le entrecortó la voz y fijó los ojos en el jefe alto y malévolo, el vampiro, ese demonio juguetón que ahora salió del círculo de los demás para acercarse a ella.

»—Todos morimos —le dijo él—. Lo único que tú compartes con todos los demás mortales es la muerte.

»Su mano señaló los rostros distantes de la platea, de los palcos, de las gradas.

»—No —protestó ella, incrédula—. Me quedan tantos años, tantos años...

»Su voz enmudeció en su dolor. Eso la hizo irresistible, al igual que el movimiento de su garganta desnuda y las manos que temblaban en el aire.

»—¡Años! —exclamó el vampiro principal—. ¿Cómo sabes que tienes tantos años? ¡La muerte no respeta las edades! Ahora puede haber una enfermedad en tu cuerpo, algo que ya te está devorando des-

303

de dentro. O, fuera, ¡un hombre puede acechar para matarte simplemente debido a tu pelo rubio! —Y sus dedos se extendieron en su dirección y resonó el sonido de su voz profunda, sobrenatural—. ¿Necesito decirte ahora lo que te depara el destino?

»—No me importa... No tengo miedo —protestó ella con una voz frágil—. Correría riesgos...

»—Y si corres riesgos y vives durante años, ¿cuál sería tu destino? ¿El aspecto maltrecho y desdentado de la vejez?

»Y entonces le levantó el cabello dorado y mostró la garganta pálida. Y lentamente tiró de la cinta que ataba el frente de la camisa. La tela barata se abrió, las mangas cayeron de sus hombros delicados y sonrosados y ella levantó las manos, pero él la agarró de las muñecas y se las separó violentamente. La audiencia pareció dar un suspiro al unísono; las mujeres detrás de sus binoculares, los hombres inclinándose hacia delante en sus butacas. Pude ver caer la ropa, ver la piel pálida y palpitante y los pequeños pezones que dejaron caer precariamente el género, y el vampiro aferrado a su muñeca izquierda, y las lágrimas bajando por las mejillas, los dientes mordiendo los labios.

»—Con la misma seguridad con que ahora esta piel es sonrosada, se volverá gris y arrugada con el tiempo —dijo él.

»—Déjeme vivir —rogó ella, y su rostro evitó el de él—. No me importa... no me importa lo que dice.

»—Pero, entonces, ¿qué te importa si te mueres ahora mismo? ¿Esas cosas acaso no te aterrorizan, esos horrores?

»Ella sacudió la cabeza, sorprendida, vencida, indefensa. Sentí en las venas tanta furia como pasión.

Con la cabeza gacha, ella había asumido toda la responsabilidad de defender su vida. Era injusto, monstruosamente injusto que ella tuviera que enfrentar su lógica a la de él para defender lo que era obvio y sagrado y tan hermosamente corporizado por ella misma. Pero él la dejó ahora sin palabras; hizo que su instinto abrumador pareciera pequeño, confundido. Pude sentir que ya se moría interiormente y odié a ese vampiro.

»La blusa cayó hasta la cintura. Un murmullo resonó entre la multitud fascinada cuando quedaron a la vista sus pechos pequeños y redondos. Ella trató de liberar su muñeca, pero él se la mantuvo agarrada.

»—Y supongamos que te dejamos ir... Supongamos que el Maldito Segador tiene un corazón que no puede resistir tu belleza... ¿A quién entonces debería dirigir su pasión? Alguien debe morir en tu lugar. ¿Elegirías tú misma a la persona indicada? La persona que vendría aquí y sufriría tal como tú sufres ahora. —Señaló a la audiencia; la confusión de la joven era terrible—. ¿Tienes una hermana... una madre... una hija?

»—No —respondió ella, sacudiendo los cabellos—. No...

»—Sin duda alguien debe tomar tu lugar. ¿Una amiga? ¡Elige!

»—No puedo. No lo haría... —respondió, mientras se contorsionaba tratando de liberarse.

Los vampiros a su alrededor la observaban, inmóviles, sus rostros seguían sin mostrar la menor emoción, como si la carne sobrenatural estuviera hecha de máscaras.

»—¿No puedes? —se burló él; y supe que si ella decía que sí, él la condenaría, diría que era pérfida

305

por sentenciar a alguien a la muerte, diría que ella se merecía su suerte—. La muerte te espera en todas partes —aseguró él entonces, y suspiró como si, de repente, se sintiera frustrado.

La audiencia no lo pudo percibir, pero yo sí. Pude ver que se le estiraban los músculos de la cara pulida. Trataba de que ella fijara sus ojos en los suyos, pero ella pareció estar desesperada, aunque esperanzadamente distante de él. En el aire cálido y ascendente pude oler el polvo y el perfume de la piel de la muchacha, oír el latido suave de su corazón.

»—La muerte inconsciente: el destino de todos los mortales. —Se acercó a ella, agachado, enloquecido por ganarla pero receloso—. Humm, ¡pero nosotros somos la muerte consciente! Eso te transformaría en una novia. ¿Sabes lo que significa ser amada por la Muerte? —preguntó, y casi la besó en el rostro, que resplandecía por las lágrimas—. ¿Sabes lo que significa que la Muerte conozca tu nombre?

»Ella lo miró, aturdida por el terror. Y entonces sus ojos parecieron humedecerse, sus labios parecieron perder fuerza. Miraba detrás de él a la figura de otro vampiro que había aparecido lentamente de las sombras. Durante largo rato, había permanecido apartado del grupo, con las manos cerradas y los grandes ojos negros inmóviles. Su actitud no era una actitud de hambre. No parecía estar en trance. Pero ella lo miraba a los ojos y su dolor la bañaba con una luz hermosa, una luz que la hacía irresistiblemente atractiva. Eso era lo que mantenía en suspenso al público, ese dolor terrible. Yo podía sentir la piel de ella, sentir sus pequeños pechos erectos, sentir que mis brazos la acariciaban. Entrecerré los ojos y la vi deslumbrado contra esa oscuridad privada. Era lo que sentían todos los que estaban a su alrededor, esa comunidad de vampiros. Ella no tenía la menor oportunidad de salvación.

»Y entonces, volviendo a abrir bien los ojos, la vi brillar a la luz humosa de las lámparas, vi sus lágrimas como oro cuando, suaves, resonaron las palabras que pronunció el vampiro que se mantenía a distancia:

»—Nada de dolor.

»Pude ver que el actor se ponía rígido, pero nadie más podía verlo. Ellos únicamente verían el rostro suave e infantil de la muchacha, esos labios entreabiertos, paralizados por la sorpresa inocente mientras miraba al vampiro distante; escucharon que ella repetía sus palabras:

»—¿Nada de dolor?

»—Tu belleza es un regalo para nosotros.

»Su voz sonora y rica llenó sin esfuerzo la sala y pareció fijar y reducir la creciente ola de excitación.

»El actor retrocedió y se transformó en uno de aquellos rostros blancos, pacientes, cuya hambre y ecuanimidad era extrañamente unánime. Ella estaba lánguida, olvidada ya su desnudez, con los párpados en movimiento, y un suspiro escapó de sus labios húmedos:

»—Nada de dolor —repitió.

»Yo apenas podía soportar la visión de su entrega, verla morir ahora ante el poder del vampiro. Quise avisarla a gritos, romper el hechizo. Y la deseé. La deseé mientras él se le acercaba, con su mano extendida hacia la falda, y ella inclinada ante él, con la cabeza ladeada y la ropa negra resbalando por sus caderas, sobre el brillo dorado del pelo entre sus piernas —una niña agachada, con aquel vello delicado— y cayendo finalmente a sus pies. El vampiro abrió los brazos, de espaldas a las luces centelleantes, y su pelo negro pareció temblar cuando el dorado de ella cayó sobre su abrigo negro.

»—Nada de dolor... nada de dolor —murmuraba él, y ella se entregaba.

»Y entonces, moviéndola lentamente a un costado para que todos pudieran contemplar su cara serena, él la levantó; ella arqueó la espalda cuando sus pechos tocaron los botones del abrigo, y sus pálidos brazos rodearon el cuello del vampiro. Ella se crispó y gritó cuando él le hundió los dientes, y su cara quedó inmóvil mientras el teatro reverberaba con esa pasión compartida. Su mano blanca relumbró sobre las nalgas rosadas, y el cabello de ella lo acarició. Él la levantó del suelo mientras bebía, y la garganta brilló contra la mejilla blanca. Me sentí débil, mareado, hambriento; mi corazón y mis venas se hicieron un nudo. Sentí que mi mano se aferraba a la barandilla metálica del palco y que el metal crujía en las junturas. Y ese sonido suave, estremecedor, que ningún mortal podía oír, pareció clavarme en el sitio donde estaba.

»Bajé la cabeza; quise cerrar los ojos. El aire pareció fragante con la piel salada; e íntimo y caliente con su aroma dulce. A su alrededor, se acercaron los demás vampiros; la mano que la abrazaba tembló y el vampiro de pelo negro la dejó ir, haciéndola girar, mostrándola, con su cabeza caída, cuando él la entregó a una de aquellas vampiras de sorprendente belleza que, detrás de ella, se puso a acariciarla mientras bebía. Ahora todos la rodeaban y ella pasó de uno en uno delante de la audiencia fascinada, con su cabeza inclinada sobre el hombro de un vampiro, y su cuello tan atractivo como las pequeñas nalgas o la piel impecable de sus largos muslos, o la piel tierna detrás de sus rodillas lánguidamente dobladas.

»Yo estaba apoyado en el respaldo, y sentía mi boca llena de su sabor, y mis venas atormentadas. Y en el rabillo de mi ojo estaba ese vampiro moreno que la había conquistado, apartado como antes; sus ojos negros parecieron fijos en mí por encima de las corrientes de aire caliente.

»Uno por uno, los vampiros retrocedieron. Retornó el bosque pintado, deslizándose silenciosos. Hasta que la chica mortal, frágil y muy blanca, quedó desnuda en ese bosque misterioso, anidada en una sedosa raíz negra, como si se hallara sobre el suelo del mismo bosque; y la música había vuelto a escucharse, fantasmagórica y alarmante, subiendo de volumen mientras se oscurecían las luces. Todos los vampiros desaparecieron salvo el actor que había recogido su guadaña y su máscara de las sombras. Se puso de cuclillas al lado de la muchacha durmiente mientras las luces se apagaban lentamente, y sólo la música tenía poder y fuerza en la oscuridad reinante. Y luego también dejó de oírse...

»Durante unos instantes, toda la gente se quedó absolutamente en silencio.

»Luego se oyeron aplausos aquí y allá y, de repente, todos se unieron y aplaudieron a nuestro alrededor. Las luces se encendieron a ambos lados y las cabezas giraron en todas direcciones y se desató la conversación. Una mujer se puso de pie en medio de una fila para sacar su abrigo de zorro del asiento, aunque todavía nadie le había abierto camino; alguien se apresuraba por el pasillo central, y toda la audiencia se levantó como empujada hacia la salida.

»Pero entonces los murmullos se convirtieron en el cómodo y cansado rumor de conversación de la multitud refinada y perfumada que antes había llenado la entrada del teatro. Se rompió el sortilegio. Las puertas se abrieron a la lluvia fragante, al ruido de los cascos de los caballos y las voces que llamaban a los coches. Allá en el océano de las sillas apenas inclinadas, brillaba un guante blanco sobre un cojín de seda verde.

»Me quedé sentado, observando, escondiendo con una mano mi cara de los demás, con el codo en la barandilla y el sabor de la muchacha en los labios. Fue como si el aroma de la lluvia aún perdurara en su perfume, y en el teatro vacío pude oír los latidos de su corazón. Retuve la respiración, saboreé la lluvia y miré a Claudia, sentada e infinitamente inmóvil, con sus manos enguantadas sobre las rodillas.

»Yo tenía un sabor amargo en la boca. Y confusión. Vi a un acomodador solitario que avanzaba por el pasillo de abajo, enderezando las sillas, recogiendo los programas abandonados que ensuciaban la sala. Tomé conciencia de que ese dolor, esa confusión, esa pasión enceguecedora que se alejaba de mí con una terca lentitud, sólo podrían calmarse si me ponía al acecho en uno de esos arcos encortinados y arrastraba a la oscuridad a aquel empleado y lo poseía tal como había sido poseída la muchacha del escenario. Quería hacerlo y, al mismo tiempo, no quería nada. Claudia dijo cerca de mi oído:

»—Paciencia, Louis, paciencia.

»Abrí los ojos. Alguien estaba cerca, en la periferia de mi visión; alguien que había burlado mis oídos, mi aguda anticipación; que penetró, como una antena afilada, en mis distraídos pensamientos. Pero allí estaba, silencioso, detrás de las cortinas de la entrada al palco, aquel vampiro moreno, de pie sobre el pasillo alfombrado, mirándonos. Yo entonces ya sabía, como había sospechado, que se trataba del vampiro que me había dado la tarjeta de admisión al teatro: Armand.

»Me hubiera sorprendido a no ser por su silencio y la cualidad remota y ensoñadora de su expresión. Parecía que había estado contra esa pared durante muchísimo tiempo. No evidenció ninguna señal de cambio cuando lo miramos y nos acercamos a él. De no haberme absorbido de forma tan absoluta, me habría sentido aliviado de que no fuera el vampiro alto y de pelo negro, pero ni lo pensé. Entonces sus ojos se movieron lánguidamente sobre Claudia sin el menor tributo al hábito humano de reconocer las miradas. Puse una mano sobre el hombro de Claudia.

»—Hace mucho tiempo que lo buscamos —dije, y me empecé a calmar como si su serenidad me liberara de todo nerviosismo o ansiedad, como cuando el mar se lleva algo de la arena de la playa.

»No puedo exagerar esa cualidad suya. No obstante, tampoco puedo describirla, como no lo pude entonces. Y el hecho de que mi mente tratara de formar una descripción era algo que ya me perturbaba. Me dio la profunda sensación de que sabía lo que yo estaba haciendo, y su postura quieta y sus ojos castaños y profundos parecían decir que era inútil lo que yo pensaba, o, en especial, las palabras que entonces trataba de formar. Claudia, a su vez, no dijo nada.

»Se apartó de la pared y empezó a bajar las escaleras y, al mismo tiempo, hizo un ademán de bienvenida y de que lo siguiéramos; pero todo esto fue fluido y veloz. Comparados con los suyos, mis gestos eran caricaturas de los humanos. Abrió una puerta en la pared inferior y nos admitió en las habitaciones debajo del teatro; sus pies apenas rozaban la escalera

311

de piedra cuando descendíamos; él iba delante, dándonos la espalda, con una confianza total.

»Entramos en lo que pareció ser una gran sala subterránea, excavada en un sótano más antiguo que el mismo edificio de arriba. La puerta que él había abierto se cerró y las luces se apagaron antes de que yo tuviera tiempo de tener una impresión exacta del recinto. Oí el roce suave de su ropa en la oscuridad y, de pronto, el más agudo de una cerilla al ser raspada. Su rostro apareció como una inmensa llamarada encima del fósforo. Y entonces se puso a su lado un jovencito que le alcanzó un candelabro. La visión del muchacho me trajo de nuevo la desnudez incitante de la mujer en el escenario, con la sangre palpitante. Dio media vuelta y me miró de forma muy parecida a la del vampiro moreno, que había encendido el candelabro y le susurraba:

»—Vete.

»La luz se expandió hasta las distantes paredes y el vampiro levantó el candelabro y caminó al lado de un muro, haciendo un gesto para que lo siguiéramos.

»Pude ver que nos rodeaba un mundo de murales; sus colores se mostraban, profundos y vibrantes, a la luz danzarina de la llama, y poco a poco el tema y el contenido a nuestro lado se hizo claro. Era el terrible *Triunfo de la Muerte*, de Brueghel, pintado en una escala tan colosal que toda la multitud de figuras fantasmales quedaba encima de nosotros en la semioscuridad; esos esqueletos indecentes transportando a los muertos indefensos en fétidas camillas o empujando un carro lleno de calaveras humanas, descabezando un cadáver o colgando a otros seres humanos de la horca. Una campana repicaba por encima del infierno infinito de tierra calcinada y humeante, ha-

312

cia los cuales avanzaban los grandes ejércitos de los hombres con la marcha penosa e inconsciente de los soldados que se encaminan a la matanza. Desvié la mirada, pero el vampiro moreno me tocó la mano y me llevó más adelante a ver *La caída de los ángeles*, que se materializó lentamente, con los condenados echados desde las alturas celestiales y cayendo en un caos de monstruos festivos. Era tan vívido, tan perfecto, que me puse a temblar. La mano que me había tocado hizo lo mismo nuevamente y me quedé inmóvil pese a ello, mirando deliberadamente a lo más alto del mural, donde pude distinguir, entre las sombras, a dos ángeles hermosos con trompetas en los labios. Y, por un segundo, se rompió el encantamiento. Tuve la profunda impresión del primer atardecer en que había entrado en Notre Dame; pero luego eso desapareció como algo preciado y preciso que me era arrebatado.

»La vela subió. Y los horrores se multiplicaron a mi alrededor: los condenados oscuramente pasivos y degradados del Bosco; los cuerpos sanguinolentos y metidos en ataúdes de Traini; los jinetes monstruosos de Durero. Y en una escala imposible de soportar apareció un desfile de emblemas medievales grabados. El mismo techo estaba ahíto de esqueletos y muertos, de demonios e instrumentos de tortura, como si ésa fuera la mismísima catedral de la Muerte.

»Cuando nos detuvimos en el centro de la habitación, la vela pareció vivificar a todas las imágenes a nuestro alrededor. Me amenazó el delirio y empecé a sentir como una desagradable oscilación en el salón, una sensación de caída. Busqué la mano de Claudia. Ella me miraba, con su rostro pasivo y sus ojos distantes, como si quisiera que la dejara en paz. Y entonces sus pies se alejaron de mí con unos pasos rápidos que repiquetearon en el suelo de piedra y resonaron en las paredes, como dedos que golpearan mis sienes y mi cerebro. Me llevé las manos a los costados y miré, atontado, al suelo, como buscando refugio, como si mis ojos levantados me obligaran a mirar un sufrimiento cruel que no quería ni podía soportar. Entonces vi de nuevo el rostro del vampiro flotando encima de la llama, con sus ojos eternos envueltos en oscuros pliegues. Tenía los labios inmóviles, pero cuando lo miré parecieron sonreír sin hacer el más mínimo movimiento. Lo miré más fijamente, convencido de que se trataba de una poderosa ilusión en la que yo no podía penetrar. Y, cuanto más miraba, más parecía sonreír y, por último, se animó con un susurro, un murmullo, un cántico mudo. Lo podía oír como algo doblándose en las tinieblas, como papel retorciéndose en las llamas o como pintura de la cara de una muñeca ardiendo. Sentí la necesidad de tocarlo, de sacudirlo violentamente para que se le moviera esa cara inmóvil y admitiera ese suave canto; y, de improviso, lo encontré abrazado a mí, con sus brazos en mi pecho, sus pestañas tan próximas que las pude ver, espesas y brillando, por encima del orbe incandescente de sus ojos, y percibí su respiración suave e inodora contra mi piel. Fue el delirio.

»Me iba a mover para apartarme de él y, no obstante, me sentí atraído hacia él y no me moví; su brazo ejerció una presión firme; su vela relumbraba contra mi ojo, de modo que sentí su calor; toda mi carne fría ansió ese calor, pero súbitamente hice un gesto para apartarla pero no la pude encontrar. Lo único que vi fue su cara radiante como jamás había visto la cara de Lestat; blanca, sin poros y nervuda y varonil.

El otro vampiro. Todos los demás vampiros. Una procesión infinita de mi propia especie.

»La visión desapareció.

»Me encontré con la mano estirada y tocando su cara; pero él estaba a una distancia de mí como si jamás se me hubiera acercado y sin hacer el menor intento de retirar mi mano.

»Di un paso atrás, perplejo.

»A lo lejos, en la noche de París, dobló una campana; los círculos opacos y dorados del sonido parecieron traspasar las paredes y las maderas, que conducían ese sonido a la tierra y que fueron como tubos de órgano. Una vez más volvió el susurro, ese canto desarticulado. Y a través de la penumbra, vi que un muchacho mortal me observaba y olí el aroma caliente de su carne. La mano del vampiro lo llamó y él se me acercó, con sus ojos sin miedo y excitados, y se puso a mi lado a la luz del candelabro y me pasó los brazos por los hombros.

»Jamás había sentido eso, jamás había experimentado esta entrega consciente de un mortal. Pero antes de poder rechazarlo por su propio bien, vi la herida azulada en su garganta tierna. Me la ofrecía. Apretaba todo su cuerpo contra mis piernas y sentí la firme fortaleza de su sexo debajo de las ropas. Se me escapó un gemido de los labios, pero él se apretó aún más, presionando sus labios contra lo que debe haberle resultado frío y exánime. Hundí mis dientes en su piel, y sentí su cuerpo rígido, ese duro sexo apretado contra mi cuerpo, y lo levanté del suelo con pasión. Ola tras ola de su corazón palpitante entró en mí, sin peso. Lo mecí, lo devoré con su éxtasis, su placer consciente.

»Luego, débil y jadeante, lo vi alejado de mí, con los brazos vacíos. Mi boca estaba aún inundada con el

315

sabor de su sangre. Se apoyó contra el vampiro moreno, pasó su brazo alrededor de la cintura del vampiro y me miró de la misma forma tranquila del vampiro; sus ojos se veían húmedos y débiles por la pérdida de vida. Recuerdo que me adelanté sin pronunciar palabra, atraído por él, y sin poder dominarme ante esa mirada que me provocaba, esa vida consciente que me desafiaba; él moriría y no moriría; ¡continuaría viviendo, comprendiendo, sobreviviendo esa intimidad! Me di media vuelta. El grupo de vampiros se movió en la oscuridad. Sus velas temblaron y se movieron en el aire frío. Y arriba de ellos apareció un inmenso paisaje de figuras dibujadas en tinta: el cuerpo dormido de una mujer coronado por un cuervo con rostro humano; un hombre atado de pies y manos a un árbol, a cuyo lado colgaba el torso de otro, y, sobre una pica, estaba la cabeza cortada del muerto.

»Volvió el canto, ese canto etéreo, suave. Lentamente se calmó mi hambre, pero mi cabeza palpitaba y las llamas de las velas parecieron fundirse en pulidos círculos de luz. De improviso, alguien me tocó, me empujó con fuerza de modo que casi perdí el equilibrio y, cuando me enderecé, vi el rostro delgado y angular del vampiro al que detestaba. Me acercó sus blancas manos. Pero el otro, el distante, se adelantó y, súbitamente, se interpuso entre los dos. Pareció golpear al otro vampiro pues lo vi moverse y, entonces, ya no vi más movimientos; ambos estaban inmóviles como estatuas, con los ojos fijos en los del otro, y el tiempo pasó como ola tras ola de agua desde una playa silenciosa. No puedo decir cuánto tiempo estuvimos allí los tres, en aquellas sombras, y cuán absolutamente quieto me pareció todo; únicamente las llamas trémulas detrás de ellos parecían tener vida. Luego recuerdo haber avanzado a tropezones a lo largo de una pared hasta encontrar una silla de roble en la que me desplomé. Claudia pareció estar en las proximidades hablando con alguien en voz baja y contenta. Mi frente transpiraba sangre, calor.

»—Ven conmigo —dijo el vampiro moreno.

»Busqué en su rostro ese movimiento de labios que debía haber precedido al sonido, pero fue en vano. Y luego caminamos, los tres, bajando una escalera de piedra que iba a las profundidades de la ciudad. El aire se enfrió y refrescó con la fragancia del agua y pude ver las gotas que resbalaban por la piedra como abalorios de oro a la luz de la vela del vampiro.

»Entramos en una pequeña cámara donde ardía el fuego en una chimenea empotrada en la pared. Al otro lado había una cama también en la piedra y cerrada por dos puertas enrejadas. Al principio vi claramente todas estas cosas y vi la larga pared llena de libros frente a la chimenea y el escritorio de madera en medio y el ataúd al otro lado. Pero entonces el cuarto empezó a esfumarse y el vampiro moreno me puso las manos en los hombros y me llevó a un sillón de cuero. El fuego era intensamente fuerte cerca de mis piernas, pero eso me hizo bien; fue algo claro y agudo, algo que me sacaría de la confusión. Tomé asiento, con los ojos entreabiertos, y traté de ver de nuevo lo que había a mi alrededor. Era como si esa cama distante fuera un escenario, y sobre las almohadas de ese escenario estaba ese chico, con su cabello negro partido al medio y con rizos sobre las orejas, de modo que ahora parecía en el estado febril y ensoñador de una de esas criaturas andróginas de las pinturas de Botticelli; y a su lado, la mano blanca desnuda contra su piel rosada, estaba Claudia, con el rostro hundido

317

en su cuello. El vampiro moreno los contempló con las manos cruzadas; y cuando Claudia se levantó y el muchacho se estremeció, el vampiro la levantó con la misma suavidad con que la podría levantar yo; las manos de Claudia se agarraron de su cuello, con los ojos entrecerrados, y los labios enrojecidos de sangre. Él la depositó sobre el escritorio y ella se apoyó en los libros forrados de cuero y sus manos cayeron con gracia sobre su falda rosada. Las puertas se cerraron tras el chico y él, hundiendo el rostro en las almohadas, se quedó dormido.

»Había algo que me perturbaba en ese cuarto y no sabía de qué se trataba. No sabía realmente lo que me sucedía; únicamente que me había visto obligado a caer en dos estados febriles y feroces: mi concentración ante esos cuadros espantosos y la muerte a la que me había entregado, obscenamente, ante los ojos de todos.

»Ahora no sabía qué era lo que me amenazaba, qué era aquello de lo que mi mente quería escapar. Seguí mirando a Claudia, el modo en que se apoyaba contra los libros, la manera en que se sentaba entre los objetos del escritorio: la pulida calavera blanca, el candelabro, el libro abierto de pergamino cuya escritura a mano brillaba a la luz; y entonces, encima de ella, apareció la imagen lacada y trémula de un demonio medieval, con cuernos y cascos, y su figura bestial presidía un aquelarre de brujas adoradoras. Claudia tenía la cabeza apenas debajo de él; los rizos libres de su cabello acaso lo tocaban; y ella miraba al vampiro de ojos castaños con los ojos muy abiertos y maravillados. De pronto quise recogerla; y, en forma horripilante, la vi caer en mi imaginación asustada como una muñeca. Yo contemplaba al demonio, ese

318

rostro monstruoso que era preferible a Claudia en su fantasmagórica inmovilidad.

»—No despertaréis al niño si habláis —dijo el vampiro de ojos castaños—. Habéis venido de tan lejos..., habéis viajado tanto...

»Y gradualmente desapareció mi confusión, como si el humo se elevara y se alejara en una corriente de aire frío. Y me quedé muy despierto y muy calmo mirándolo mientras él se sentaba en una silla frente a mí. Claudia también lo miraba. Y él miró al uno y al otro; su pulido rostro y sus ojos pacíficos se mostraban como si hubieran sido así desde siempre, como si jamás hubieran cambiado.

»—Me llamo Armand —dijo—. Envié a Santiago a que os diera la invitación. Conozco vuestros nombres. Os doy la bienvenida a mi casa.

»Junté fuerzas para hablar y sentí extraña mi voz cuando le dije que nosotros habíamos temido estar solos.

»—¿Cómo habéis venido a la existencia? —nos preguntó.

»Claudia apenas levantó la mano de su falda y sus ojos se movieron mecánicamente de mi rostro al suyo. Yo lo vi y supe que el otro también debía haber visto el gesto, pero no se dio por enterado.

»—No queréis contestar —dijo Armand, con voz más baja y más medida que la de Claudia, mucho menos humana que la mía.

»Sentí que volvía a caer en la contemplación de esa voz y de esos ojos, de los que tuve que separarme con un gran esfuerzo.

»—¿Eres el jefe del grupo? —le pregunté.

»—No de la forma en que dices "jefe" —contestó—. Pero de haber aquí un jefe, sería yo.

»—Yo no he venido... perdóname... a hablar de cómo pasé a esta existencia. Porque eso no representa ningún misterio para mí, no me presenta ningún interrogante. Por tanto, si no tienes un poder al que yo me vea obligado a rendir pleitesía, preferiría no hablar de esas cosas.

»Ojalá pudiera describir su manera de hablar, cómo, cada vez que hablaba, parecía salir de un estado contemplativo parecido al que a mí me inducía y que tanto esfuerzo me costaba evitar; y, sin embargo, jamás se movía y parecía siempre alerta. Esto me distrajo al mismo tiempo que me atrajo con fuerza, y del mismo modo en que atraía esa habitación, su simpleza, su rica y cálida combinación de elementos esenciales: los libros, el escritorio, las dos sillas al lado del fuego, el ataúd, los cuadros. El lujo de las habitaciones del hotel me pareció vulgar, peor aún, absurdo al lado de esa habitación. Yo lo comprendí todo, salvo el chico mortal, a quien no entendí en absoluto.

»—No estoy seguro —dije, incapaz de quitar los ojos del horrible Satán medieval—. Tendría que saber de qué provienes... de quién provienes. Si vienes de otros vampiros... o de otra parte.

»—De otra parte... —dijo—. ¿Qué significa de otra parte?

»—¡Eso! —dije señalando el cuadro medieval.

»—Eso es un cuadro —dijo.

»—¿Nada más?

»—Nada más.

»—Entonces, Satán... ¿Algún poder satánico te ha dado el poder como jefe o como vampiro?

»—No —respondió con calma, con tanta calma que me fue imposible saber lo que pensaba de mis preguntas; si es que las consideraba en absoluto; si las pensaba del modo en que yo consideraba que lo haría.

»—¿Y los otros vampiros?

»—No —dijo.

»—Entonces, ¿nosotros no somos... —me agaché hacia delante— las criaturas de Satán?

»—¿Cómo podríamos ser las criaturas de Satán? —preguntó—. ¿Crees que Satán creó el mundo?

»—No, creo que lo creó Dios, si es que lo creó alguien. Pero Él debe de haber creado también a Satán y quiero saber si somos sus criaturas.

»—Exacto, y, en consecuencia, si crees que Dios creó a Satán, debes percatarte de que todo el poder de Satán proviene de Dios, y que Satán es simplemente una criatura de Dios, por lo que nosotros también somos criaturas de Dios. En realidad, no existen las criaturas de Satán.

»No pude ocultar mis sentimientos ante sus palabras. Me apoyé en el respaldo de cuero, contemplé ese pequeño grabado del demonio, liberado por el momento de cualquier sensación de obligación por la presencia de Armand, perdido en mis propios pensamientos, en las implicaciones irrefutables de su lógica.

»—Pero ¿por qué te preocupa eso? Seguramente lo que te digo no te sorprende —dijo—. ¿Por qué permites que te afecte?

»—Permíteme que te lo explique —empecé a decir—. Sé que eres un vampiro maestro. Te respeto. Pero soy incapaz de igualar tu serenidad. Sé lo que es, pero no la poseo y dudo de que jamás la logre. Lo acepto.

»—Comprendo —asintió—. Lo observé en el teatro; tu sufrimiento, tu simpatía por aquella muchacha. Vi tu simpatía por Denis cuando te lo ofrecí; te mueres cuando matas, como si sintieras que se merezca morir, y te refrenas en todo. Pero ¿por qué, con esa pasión y ese sentido de la justicia, quieres llamarte hijo de Satán?

»—Soy un demonio —contesté—, tan demonio como cualquier otro vampiro. He matado una y otra vez y lo haré nuevamente. Acepté a ese chico, Denis, cuando me lo ofreciste, aunque no pude saber si iba a sobrevivir o no.

»—¿Por qué crees que eso te hace tan demonio como cualquier otro vampiro? ¿Acaso no hay categorías del mal? ¿Es acaso el mal una gran sima peligrosa en la que uno cae con el primer pecado y se desploma a las profundidades?

»—Sí, creo que sí —le dije—. No es lógico tal como tú lo enuncias. Es oscuro, es vacío. Y no tiene ningún consuelo.

»—Pero tú no estás siendo justo —dijo con una primera señal de expresión en la voz—. Sin duda alguna, atribuyes muchos niveles y gradaciones al bien. Existe el bien de la inocencia de un niño y está el bien del monje que ha abandonado todo a los demás y vive una vida de privaciones y servicio. El bien de los santos, el bien de las amas de casa. ¿Es todo lo mismo?

»—No, pero se iguala en que es infinitamente diferente del mal —le contesté.

»Yo no sabía que pensaba esas cosas. Las dije entonces como si fueran mis pensamientos. Y eran mis sentimientos más profundos que tomaban una forma que jamás podrían haber tomado de no haberlos dicho de esa manera en una conversación con un tercero. Pensé que tenía una mente pasiva, en cierto sentido. Quiero decir que mi mente sólo podría expresarse, formular ideas sobre esa base de nostalgias y de dolor cuando era tocada por otra mente; fertilizada por otra, profundamente excitada por otra mente y llevada a formar conclusiones. Entonces sentí el más raro y agudo alivio de la soledad. Con facilidad, pude imaginar y sufrir ese momento de años antes, en otro siglo, cuando estuve al pie de la escalera de Babette; sentí la frustración perpetua y metálica de todos los años con Lestat; y luego ese cariño perdido y apasionado por Claudia que había hecho retroceder a la soledad detrás de la suave indulgencia de los sentidos, los mismos sentidos que añoraban el crimen. Y vi la cima desolada de la montaña del este de Europa donde me había enfrentado con aquel vampiro sin inteligencia y lo había matado en las ruinas del monasterio. Y fue como si la gran nostalgia femenina de mi mente volviera a despertarse para ser satisfecha. Y la sentí, pese a mis propias palabras:

»—Pero es oscuro, es vacío. Y no tiene ningún consuelo.

»Miré a Armand, a sus grandes ojos castaños en ese rostro rígido y eterno que me miraba como a un cuadro; y sentí la lenta oscilación del mundo físico que había sentido en el salón de los murales, el empuje de mi antiguo delirio, el despertar de una necesidad tan terrible que la misma promesa de su satisfacción acarreaba la insoportable posibilidad de la desilusión. Y, no obstante, allí estaba la cuestión, la cuestión horrible, antigua y obsesionante del mal.

»Creo que me llevé las manos a la cabeza como hacen los mortales cuando tienen una gran preocupación y se cubren instintivamente la cara y acarician el cráneo como si pudieran penetrar los huesos y masajear el órgano viviente y aliviarle su dolor.

»—¿Y cómo se logra ese mal? —me preguntó—. ¿Cómo cae uno en desgracia y en un instante es tan violento como los tribunales de la Revolución o el más cruel de los emperadores romanos? Simplemente, ¿se debe perder un domingo de misa o morder la hostia consagrada? ¿O robar un pedazo de pan... o dormir con la esposa del vecino?

»—No... —dije—, no.

»—Pero si el mal no tiene gradaciones y existe, ese estado de maldad sólo necesita un único pecado. ¿No es eso lo que aseguras? Que Dios existe y...

»—No sé si Dios existe. Y, por lo que sé... no existe.

»—Entonces el pecado no tiene importancia —dijo él—. Ningún pecado alcanza el mal.

»—Eso no es verdad. Porque si Dios no existe, nosotros somos las criaturas de mayor conciencia del universo. Sólo nosotros comprendemos el paso del tiempo y el valor de cada minuto de vida humana. Y lo que constituye el mal, el verdadero mal, es el asesinato de una sola vida humana. No tiene la menor importancia que un hombre pueda morir mañana o pasado mañana o con el tiempo... Porque si Dios no existe, esta vida... cada segundo de la misma... es lo único que tenemos.

»Se recostó en el respaldo y guardó silencio por el momento; sus grandes ojos se entornaron y fijaron en las profundidades del fuego. Esa fue la primera vez, desde que se había acercado a mí, en que desviaba la mirada, y me encontré observándolo sin que me viese. Durante largo rato, se sentó de ese modo, y pude sentir sus pensamientos, como si fueran palpables en el aire como humo. No los leía, ¿comprendes?, pero sentía su poder. Parecía tener una aureola, y, aunque su rostro era muy joven, yo sabía que eso no significa nada, parecía ser infinitamente viejo y sabio. No lo podía definir, porque no podría describir de qué modo las líneas juveniles de su cara y sus ojos expresaban inocencia y, al mismo tiempo, edad y experiencia.

»Se puso de pie y miró a Claudia, con las manos a la espalda. El silencio de Claudia durante todo este tiempo me había resultado comprensible. Éstos no eran sus interrogantes; no obstante, se sentía fascinada por él y yo escuchaba y aprendía sin duda de él. Pero comprendí otra cosa cuando se miraron. Él se hallaba ahora de pie, con un cuerpo absolutamente dominado, la necesidad, el rito, el flujo de la mente; y entonces su inmovilidad fue sobrenatural. Y ella, como jamás la había visto, poseía la misma inmovilidad. Se miraban con una comprensión sobrenatural de la que yo estaba simplemente excluido.

»Yo era algo vibrante y movedizo para ellos, igual que los mortales lo eran para mí. Y supe, cuando de nuevo se dirigió a mí, que él había comprendido que ella no creía ni compartía mi concepto de mal.

»Sus palabras salieron sin el más mínimo aviso:

»—Éste es el único mal —dijo a las llamas.

»—Sí —contesté, sintiendo que revivía ese tema consumidor, que sacudía todas mis preocupaciones.

»—Es verdad —dijo, sorprendiéndome, profundizando mi tristeza, mi desesperación.

»—Entonces, Dios no existe... ¿No tienes conocimiento de su existencia?

»—Ninguno —dijo.

»—Ningún conocimiento —repetí, indiferente a mi simplicidad, a mi miserable dolor humano.

»—Ninguno.

»—¿Y ningún vampiro de aquí ha tenido contacto con Dios o con el demonio?

»—Ningún vampiro que yo haya conocido —dijo, pensativo, y el fuego danzaba en sus ojos—. Y, por lo que sé, después de cuatrocientos años, soy el vampiro más viejo del mundo.

»Lo miré, atónito.

»Entonces ya empecé a comprender. Era como siempre me había temido, y era ya un solitario, sin la menor esperanza. Las cosas continuarían como antes y continuarían y continuarían... Mi búsqueda había terminado. Me recosté en el respaldo, mirando en silencio las llamas.

»Era inútil que siguiera hablando, inútil viajar por todo el mundo para volver a oír la misma historia.

»—¡Cuatrocientos años!

»Creo que repetí las palabras: "cuatrocientos años". Recuerdo que seguí mirando al fuego. Había un leño que caía lentamente en el fuego, resbalando en un proceso que había tardado toda la noche, y estaba lleno de pequeños agujeros con una sustancia ígnea que lo había atravesado de punta a punta, y ahora se consumía rápidamente. Y en cada uno de esos agujeros diminutos bailaba una llamita entre las llamas más grandes; y todas esas llamitas con sus bocas oscuras me parecieron rostros que formaban un coro; y el coro cantó sin cantar, en el aliento del fuego, que era continuo, entonaba su canción muda.

»De repente, Armand se movió y escuché el roce de sus ropas y sentí su sombra, cuando quedó de rodillas a mis pies, con sus manos estiradas hasta mi cabeza y los ojos encendidos.

»—El demonio, el concepto demoníaco, ¡proviene de la desilusión, de la amargura! ¿No te das cuenta? ¡Criaturas de Satán! ¡Criaturas de Dios! ¿Es ésa la única pregunta que me traes, es ése el único poder que te obsesiona, el que nos transforma en dioses y demonios, cuando el único poder que existe está dentro de nosotros mismos? ¿Cómo puedes creer en esas mentiras fantásticas y antiguas, esos mitos, esos emblemas de lo sobrenatural?

»Agarró al demonio colocado encima de la inmóvil Claudia con un gesto tan veloz que no lo pude ver. Sólo vi la sonrisa maléfica del demonio ante mí y luego sus crujidos en las llamas.

»Algo se rompió en mi interior cuando él dijo eso; algo se desgarró de modo que un torrente de sentimientos se precipitó sobre todos mis músculos. Me puse de pie, alejándome de él.

»—¿Estás loco? —le pregunté, atónito ante mi propio enfado, mi propia desesperación—. Aquí estamos nosotros dos, inmortales, eternos, levantándonos cada noche para alimentar esa inmortalidad con sangre humana; y allí, sobre tu escritorio, apoyada en el conocimiento de los siglos, está una niña pura tan demoníaca como nosotros; ¡y me preguntas cómo puedo creer que encontraría un significado en lo sobrenatural! ¡Te digo, después de haber visto lo que soy, que bien podría creer en cualquier cosa! ¿No podrías tú? Al creer, al estar así confundido, puedo ahora aceptar la verdad más fantástica de todas: ¡que todo esto no tiene el más mínimo sentido!

»Retrocedí hasta la puerta, me alejé de su rostro perplejo, con su mano moviéndose por sus labios y sus dedos escarbando en sus palmas.

»—No te vayas. Vuelve... —susurró.

»—No, ahora no. Déjame irme un momento... Nada ha cambiado. Es todo lo mismo. Permíteme que tome conciencia de ello. Déjame marcharme.

»Volví la mirada antes de cerrar la puerta. El rostro de Claudia estaba vuelto hacia el mío, aunque seguía sentada como antes, con las manos cruzadas sobre las rodillas. Entonces hizo un gesto, sutil como su sonrisa, que estaba manchada por la tristeza más leve, para que yo siguiera mi camino.

»Mi deseo era irme de ese teatro, encontrar las calles de París y vagabundear, dejando que la gran carga de experiencias se fuera agotando poco a poco. Pero cuando subía por el pasaje de piedra, me sentí confuso. Quizás era incapaz de dominar mi propia voluntad. Me pareció más absurdo que nunca que Lestat pudiera haber muerto si en realidad eso le había pasado; y, recordándolo, como lo hice en ese momento, lo vi con más cariño que antes. Perdido como el resto de nosotros. No como el celoso protector de un conocimiento que no quería compartir. No sabía nada. No había nada que saber.

»Únicamente que ésa no era la idea que gradualmente se apoderaba de mí. Lo había detestado por razones equivocadas, sí, eso era verdad. Pero aún no lo comprendía por completo.

»Confundido, finalmente me encontré sentado en esos escalones; la luz del salón proyectaba mi propia sombra en el suelo rústico, tenía la cabeza entre las manos, y el cansancio me abrumaba. Mi mente decía: duerme. Pero, más profundamente, mi mente decía: sueña. Y, sin embargo, no hice el menor movimiento para retornar al Hôtel Saint-Gabriel, que ahora me pareció un sitio muy seguro y despejado, un sitio de consuelo mortal lujoso y sutil, donde me podía echar en un sillón de terciopelo, poner un pie en un sofá y contemplar el fuego que lamería el suelo de mármol y buscar el mundo en mí mismo en esos grandes espejos, como un humano pensativo. "Escapa —pensé—, escapa a eso que te llama." Y una vez más volvió esa idea: "Me he portado mal con Lestat; lo he odiado por razones equivocadas". Lo susurré tratando de sacarlo del pozo oscuro y desarticulado de mi mente; y el susurro resonó con un roce en la bóveda de piedra sobre las escaleras.

»Pero, entonces, una voz me llegó, muy leve, por el aire, demasiado baja para los mortales.

»—¿Cómo es eso? ¿Qué mal le hiciste?

»Me di la vuelta tan rápidamente que me quedé sin aliento. Un vampiro estaba sentado a mi lado, tan próximo que casi me tocaba el hombro con la punta de sus botas, con sus piernas cruzadas, y sus manos alrededor de ellas. Por un instante, pensé que los ojos me engañaban. Era el vampiro actor a quien Armand había llamado Santiago.

»No obstante, ningún gesto suyo indicó la anterior actitud de ese ser demoníaco y egoísta que yo había visto unas pocas horas antes, cuando me atacó y Armand le había pegado. Me contemplaba por encima de sus rodillas dobladas, con el pelo desordenado y la boca tranquila y sin mala intención en su mirada.

»—No tiene la menor importancia para nadie —le contesté y se me fue el miedo.

»—Pero tú pronunciaste un nombre. Te oí decir un nombre —me dijo.

»—Un nombre que no volveré a repetir —le contesté, y desvié la mirada.

»Pude ver cómo me había engañado, por qué su sombra no se había cruzado con la mía; se escondía en mi sombra. Su visión bajando esos escalones de piedra detrás de mí y sentándose allí fue bastante perturbadora. Todo en él era perturbador, y recordé que no se le podía confiar nada. Me pareció que Armand, con su poder hipnótico, buscaba la máxima verdad en su propia presentación; había sacado de mí, sin palabras, mi estado espiritual. Pero este vampiro era un mentiroso. Y podía sentir su poder, un poder rudo y elemental que era casi tan fuerte como el de Armand.

»—Habéis venido a París en nuestra búsqueda y luego te sientas a solas en las escaleras... —dijo con tono conciliador—. ¿Por qué no vienes con nosotros? ¿Por qué no nos hablas y nos cuentas de esa persona de quien hablaste? Yo sé quién era; conozco su nombre.

»—Tú no lo sabes, no podrías saberlo. Era un mortal —mentí entonces, más por instinto que por otra cosa.

»La idea de Lestat me molestaba; la idea de que esta criatura pudiera saber de la muerte de Lestat.

»—¿Has venido aquí para hablar de mortales, de que se haga justicia a los mortales? —preguntó, pero no hubo reproche ni burla en sus palabras.

»—Vine para estar solo y no quiero ofenderte. Es un hecho —murmuré.

»—Pero sólo con esos pensamientos..., cuando ni siquiera oyes mis pasos... Tú me gustas. Quiero que subas conmigo.

»Y cuando dijo esto, me levantó lentamente hasta ponerme a su lado.

»En ese momento, la puerta de Armand lanzó un largo foco de luz en el corredor. Lo oí, y Santiago me dejó en libertad de movimientos. Me quedé de pie, perplejo. Armand apareció al pie de la escalera con Claudia en los brazos. Ella tenía en la cara la misma expresión opaca que había tenido durante toda mi conversación con Armand. Era como si estuviera sumergida en las profundidades de sus propias consideraciones y no viera nada a su alrededor; recuerdo haberlo notado, aunque sin saber qué pensar de ello, y eso aún persiste hasta ahora. La salvé rápidamente de los brazos de Armand, y sus miembros suaves se apretaron contra mí como si estuviéramos en el ataúd, entrando en nuestro sueño paralítico.

»Y entonces, con un poderoso empujón del brazo, Armand dio un golpe a Santiago. Pareció caerse hacia atrás, pero volvió sólo para que Armand lo empujara hasta el rellano de la escalera. Todo esto sucedió con tal velocidad que pude ver el agitar de su ropa y oír los ruidos de sus botas. Luego Armand quedó solo, arriba de la escalera, y yo subí hacia él.

»—No puedes abandonar el teatro esta noche con seguridad —me susurró—. Él sospecha de ti. Y al haberte traído yo aquí, él cree que tiene derecho a saber más. Nuestra seguridad depende de eso.

»Me guió lentamente hacia el salón. Pero entonces se dio media vuelta y me dijo al oído:

»—Debo avisarte. No contestes preguntas. Pregunta y abrirás una puerta tras otra a la verdad. Pero no des nada, en especial algo que se refiera a tus orígenes.

»Se alejó de nosotros, pero nos indicó que lo siguiéramos en la oscuridad, donde los demás estaban reunidos, reunidos como remotas estatuas de mármol, con sus caras y manos demasiado iguales a las nuestras. Entonces tuve la fuerte sensación de descubrir hasta qué punto proveníamos todos del mismo material, una idea que sólo se me había ocurrido de vez en cuando en todos los largos años de Nueva Orleans; y me preocupó en especial cuando vi a dos más de ellos reflejados en los largos espejos que rompían la densidad de esos horribles murales.

»Claudia pareció despertarse cuando encontré una silla de roble tallado y allí me senté. Se inclinó hacia mí y dijo algo extrañamente incoherente que me dio la sensación de significar que debía hacer lo que había dicho Armand: no decir una palabra sobre nuestros orígenes. Quise hablar con ella, pero pude ver al vampiro de alta estatura, Santiago, vigilándonos, con sus ojos moviéndose lentamente de Armand a nosotros. Varias vampiras se reunieron alrededor de Armand y sentí un tumulto de sentimientos cuando las vi pasar, abrazándolo por la cintura. Y lo que me dejó perplejo no fue su forma exquisita, sus facciones delicadas y sus manos graciosas, endurecidas como el cristal por su naturaleza vampírica, ni sus ojos perturbadores que ahora se fijaron en mí en súbito silencio; lo que me dejó perplejo fueron mis propios celos descomunales. Tenía miedo cuando las vi tan cerca de él, temí cuando él se dio la vuelta y besó a cada una. Y, a medida que las acercaba a mí, me sentí inseguro y confuso.

»Estelle y Celeste son los nombres que recuerdo. Bellezas de porcelana que acariciaron a Claudia con la licencia de los ciegos; pasaban sus manos sobre el radiante pelo, tocaban sus labios, mientras ella, aún brumosa y distante, lo toleraba todo, sabedora de lo que yo también sabía y que ellas parecían no comprender: que una mente de mujer madura y penetrante como las propias vivía dentro de ese cuerpo pequeño. Me pregunté mientras ella era mimada y les mostraba sus faldas y sonreía fríamente ante su adoración, cuántas veces yo también debía haberme olvidado; cuántas veces le debía haber hablado como a una niña, llevado a mis brazos con el abandono de un adulto. Mi mente se disparó en tres direcciones: la última noche en el Hôtel Saint-Gabriel, que parecía un año atrás, cuando ella habló de amor con rencor; mi lacerante sorpresa ante las revelaciones de Armand o su carencia de revelaciones, y, en una quieta absorción, en los vampiros a mi alrededor, quienes susurraban en la oscuridad debajo de los grotescos murales. Porque yo podía aprender mucho de los vampiros sin hacerles una sola pregunta; la vida vampírica en París quizás era todo lo que me temía que era, todo lo que nos había indicado ese pequeño espectáculo en el teatro.

»Las luces mortecinas eran obligadas, y las pinturas, apreciadas en su totalidad, eran aumentadas casi cada noche cuando un vampiro traía un nuevo grabado o pintura hecho por un artista contemporáneo. Celeste, con una mano fría sobre mi brazo, habló de los hombres con desprecio como creadores de esas imágenes; y Estelle, que ahora tenía a Claudia en sus rodillas, me puso de manifiesto, a mí, el inocente criollo, que los vampiros no habían hecho esos horrores sino que, simplemente, los habían coleccionado, confirmando una y otra vez que los hombres eran capaces de un mal mucho mayor que los vampiros.

»—¿Es un mal hacer esas imágenes? —preguntó suavemente Claudia.

»Celeste tiró hacia atrás sus rizos y se rió:

»—Lo que podemos imaginarnos, puede realizarse —contestó rápidamente, pero sus ojos reflejaron cierta hostilidad contenida—. Por supuesto, nosotros competimos con los hombres en crímenes de toda laya. ¿O no es así?

»Se inclinó hacia delante y tocó la rodilla de Claudia; pero Claudia simplemente la miró, observando cómo se reía nerviosamente y la dejó continuar.

»Santiago se acercó y sacó el tema de nuestras habitaciones en el Hôtel Saint-Gabriel; terriblemente inseguro, dijo, con un exagerado gesto escénico de sus manos. Y demostró un conocimiento de esas habitaciones que fue aterrador. Conocía el armario en el que dormíamos; le parecía vulgar.

»—Venid aquí —me dijo con la simplicidad casi infantil que había mostrado en la escalera—. Vivid con nosotros y esas pantallas no os serán necesarias. Nosotros tenemos nuestros guardias. Y decidme; ¿de dónde venís? —preguntó poniéndose de rodillas, con una mano sobre el brazo de mi sillón—. Tu voz... yo conozco ese acento. Vuelve a hablar.

»Me sentí vagamente horrorizado de que mi francés tuviera ese acento, pero ésa no fue mi preocupación inmediata. Él tenía una voluntad poderosa y era extremadamente posesivo, y me arrojó encima una imagen de esa posesión que brotó en mí de inmediato. Y, mientras tanto, los vampiros a nuestro alrededor continuaban hablando; Estelle explicó que el negro era el color de la ropa de los vampiros; que el encantador vestido de Claudia era hermoso pero carente de gusto.

»—Nosotros nos mezclamos con la noche —dijo—. Tenemos un resplandor funéreo.

»Y entonces, poniendo su mejilla contra la de Claudia, se rió para amenguar su crítica; y Celeste también se rió, así como Santiago, y la habitación cobró vida con el tintineo sobrenatural de sus risas: las voces sobrenaturales que repiqueteaban contra las paredes pintadas y avivaban las débiles llamas de las velas.

»—Ah, pero hay que cubrir esos rizos —dijo Celeste jugueteando con el pelo rubio de Claudia.

»Y entonces me di cuenta de algo que era absolutamente obvio: todos se habían teñido de negro sus cabellos con la excepción de Armand. Y eso era lo que junto a las negras vestimentas daba la perturbadora impresión de que éramos estatuas del mismo cincel y de las mismas pinceladas. No puedo decir cuánto me impresionó ese hecho. Pareció tocar algo en mi interior, algo que yo no podía averiguar del todo.

»Me encontré mirando uno por uno los espejos angostos y observando a todos por encima de sus hombros. Claudia brillaba como una joya; lo mismo le sucedería a ese chico mortal que dormía en la habitación de abajo. Tomé conciencia de que los encontraba opacos de una manera espantosa: opacos, todos opacos dondequiera que yo miraba; sus brillantes ojos de vampiros se repetían, su ingenio era opaco como una campana de latón.

»Únicamente el conocimiento que necesitaba distrajo esos pensamientos.

»—Los vampiros del este de Europa... —dijo Claudia—, esas criaturas monstruosas, ¿qué relación tienen con nosotros?

»—Unos espectros —contestó suavemente Armand desde lejos, jugando con sus perfectos oídos sobrenaturales, que podían oír lo que era más mudo que un susurro. La habitación quedó en silencio—. Su sangre es diferente, vil. Aumentan como nosotros, pero sin habilidad ni cuidado. En los viejos tiempos...

335

»Abruptamente dejó de hablar. Pude ver su rostro en el espejo. Estaba extrañamente rígido.

»—Cuenta de los viejos tiempos —dijo Celeste, con su voz chillona con un tono humano.

»Había algo sórdido en su voz.

»Y entonces Santiago también habló con tono provocador:

»—Sí, cuéntanos de los aquelarres y de las hierbas que nos harían invisibles —sonrió—. ¡Y de las cremaciones en la estaca!

»Armand fijó sus ojos en Claudia.

»—Cuídate de estos monstruos —dijo, y sus ojos, de forma deliberada, pasaron de Celeste a Santiago—. Estos espectros te atacarán como si fueras humana.

»Celeste se estremeció, murmurando algo con desprecio; una aristócrata hablando de primos vulgares que llevaban el mismo nombre. Pero yo miraba a Claudia, cuyos ojos parecían tener las mismas brumas que antes. De repente, apartó la vista de Santiago.

»Las voces de los otros volvieron a oírse, como si conferenciaran entre ellos sobre las muertes de esa noche, describiendo este o aquel encuentro sin un indicio de emoción; los desafíos a la crueldad surgían de vez en cuando como relámpagos de luz blanca: un vampiro alto y delgado estaba arrinconado por una inútil narración de vida humana, carente de espíritu, que le impedía hacer lo más entretenido que se podía hacer en ese momento. Era simple, opaco, de palabra lenta, y caía en largos períodos de silencio estupefacto, como si, casi ahíto de sangre, se pudiera meter ya en el ataúd y permanecer allí. Y, no obstante, seguía escuchando, mantenido por la presión de su grupo anormal, que había hecho de la inmortalidad un

336

círculo de conformistas. ¿Cómo lo habría averiguado Lestat? ¿Había estado con ellos? ¿Por qué se había ido? Nadie había imperado sobre Lestat; él había sido el amo de su pequeño círculo, ¡pero cómo habrían elogiado su inventiva, su juego felino con las víctimas! Y la "pérdida"... esa palabra, ese valor que había tenido suprema importancia para mí como vampiro novato y que tantas veces había escuchado: tú "perdiste" la oportunidad de asustar a esa vieja o enloquecer a aquel hombre, lo que habría logrado una pequeña prestidigitación.

»La cabeza me daba vueltas. Un común dolor de cabeza humano. Deseé alejarme de esos vampiros. Únicamente la figura distante de Armand me clavaba en el sitio pese a sus advertencias. Ahora parecía remoto, aunque a menudo sacudía la cabeza y pronunciaba unas pocas palabras aquí y allí, de modo que parecía formar parte de ellos; y su mano se levantaba ocasionalmente de la garra de león de su silla. Mi corazón latió cuando lo vi de esa manera; vi que nadie había captado su mirada cuando me encontré con ella y nadie la encontraba de tanto en tanto como yo. No obstante, se mantuvo distanciado de mí y sólo sus ojos retornaban a mí. Su advertencia seguía resonando en mis oídos; sin embargo, la descarté. Me quería ir del teatro y allí estaba reuniendo una información que, como mínimo, me era inútil e infinitamente aburrida.

»—Pero, entre vosotros, ¿no existe el crimen, algún delito máximo? —preguntó Claudia.

»Sus ojos violetas estaban fijos en mí incluso en el espejo, cuando me encontraba de espaldas a ella.

»—¿Un delito? ¡El aburrimiento! —gritó Estelle y señaló a Armand con su dedo blanco; él se rió un poco con ella desde su distante posición al otro

337

lado de la habitación—. ¡El aburrimiento es la muerte! —gritó ella, y mostró sus colmillos de vampira, de modo que Armand se llevó la lánguida mano a la frente en un gesto teatral de pánico y condena.

»Pero Santiago, que observaba con las manos a la espalda, intervino:

»—Un delito —dijo—: Sí que lo hay; un delito por el cual buscaríamos a otro vampiro hasta darle muerte. ¿Os podéis imaginar de qué se trata? —Miró a Claudia, luego a mí y volvió al rostro imperturbable de Claudia—. Vosotros deberíais saberlo, ya que sois tan misteriosos acerca del vampiro que os creó.

»—¿Por qué? —preguntó ella, abriendo los ojos apenas y las manos aún inmóviles sobre las piernas.

»Un murmullo se oyó en la habitación, primero en un rincón luego en todo el recinto. Y todos los rostros se dirigieron a Santiago, que permaneció con las manos a la espalda, de pie frente a Claudia. Sus ojos brillaron cuando se percató de que tenía la palabra. Y entonces, vino en mi dirección, se puso detrás de mí y, con una mano sobre mi hombro, dijo:

»—¿Acaso tú no sabes de qué crimen se trata? ¿No te lo dijo tu maestro vampiro?

»Haciéndome dar la vuelta lentamente con esas manos intrusas y ya conocidas, me tocó el corazón levemente siguiendo el ritmo de sus palabras.

»—Es el delito que significa muerte para cualquier vampiro que lo cometa. ¡Se trata de matar a tu propia especie!

»—¡Aaah! —exclamó Claudia, y se puso a reír a carcajadas; caminó por la sala con su vestido de seda, a pasos firmes; me tomó de la mano—. Me temía que fuera haber nacido, como Venus, de la espuma. ¡Como nos pasó a nosotros! ¡Un maestro vampiro! Vamos, Louis, vamos —me dijo y me hizo un gesto para que la siguiera.

»Armand se reía. Santiago quedó en silencio. Y fue Armand quien se puso de pie cuando llegamos a la puerta.

»—Seréis bienvenidos mañana por la noche. Y la noche siguiente.

—Pienso —siguió contando el vampiro, tras una pausa— que contuve la respiración hasta que llegamos afuera. Caía la lluvia y toda la calle parecía triste y desolada, pero hermosa. Volaban unos pocos pedazos de papel en el viento; un carruaje brillante pasó con el ruido pesado y rítmico de los cascos de los caballos. El cielo era de un violeta pálido. Caminé rápidamente con Claudia a mi lado. Cuando se cansó de mis largos pasos, me la puse en los brazos.

»—No me gustan —dijo con una furia acerada cuando nos acercábamos al Hôtel Saint-Gabriel. Su entrada inmensa e iluminada estaba silenciosa en aquellas horas cercanas al alba. Pasé al lado de los empleados semidormidos—. ¡Los he buscado por medio mundo y los detesto!

»Se quitó la capa y la arrojó en un rincón de la habitación. Un golpe de lluvia azotó los vidrios del balcón. Me encontré apagando las luces una a una y levantando el candelabro hasta las lámparas de gas como si fuera Lestat o Claudia. Y entonces, al ver el sillón de terciopelo que había deseado en aquel sótano, me desplomé en él. Por un momento el cuarto pareció relumbrar a mi alrededor; cuando fijé la vista en el marco dorado del cuadro de árboles y aguas serenas, se deshizo el embrujo de los vampiros. Ahí no nos podían tocar y, no obstante, yo sabía que eso era una mentira, una estúpida mentira.

»—Estoy en peligro, en peligro —dijo Claudia con furia latente.

»—Pero ¿cómo pueden saber lo que le hicimos? Además, ¡los dos estamos en peligro! ¿Piensas por un momento que no reconozco mi propia culpabilidad? Y si tú fueras la única... —estiré mis brazos en su dirección cuando se me acercó, pero sus ojos furiosos se posaron en mí y dejé que mis manos cayeran a un costado—, ¿piensas que te abandonaría en el peligro?

»Ella sonrió. Por un instante, no pude creer en mis propios ojos.

»—No, Louis, tú no lo harías. Tú no lo harías. El peligro me ata a ti.

»—El amor me ata a ti —dije en voz baja.

»—¿El amor? —murmuró—. ¿Qué quieres decir con el amor?

»Y entonces, como si se percatara del dolor en mis facciones, se me acercó y me puso las manos en las mejillas. Estaba fría, insatisfecha, del mismo modo en que yo me sentía frío e insatisfecho, provocado por aquel chico mortal, pero insatisfecho.

»—Tú siempre has dado mi amor por sentado. Nosotros estamos unidos... —dije; pero al mismo tiempo que decía estas palabras, sentí que flaqueaba mi antigua convicción; sentí el tormento que había sentido la noche anterior cuando ella me provocara con la pasión mortal; me separé de ella.

»—Tú me dejarías por Armand si él te hiciera un solo gesto —dijo.

»—Jamás... —dije.

»—Me dejarías. Y él te quiere tanto como tú a él. Te ha estado esperando...

340

»—Jamás... —repetí, y me levanté, acercándome al armario. Las puertas estaban cerradas, pero no dejarían afuera a los vampiros. Únicamente nosotros podíamos mantenerlos alejados levantándonos tan pronto como nos los permitiera la luz. Me di la vuelta y le dije que se acercara. Ella estaba a mi lado. Quise hundir la cara en su cabello, quise rogarle que me perdonara. Porque, en realidad, ella tenía razón. Sin embargo, yo la amaba; yo la amaba como siempre. Y ahora, cuando la apreté contra mí, ella dijo:

»—¿Sabes lo que dijo una y otra vez sin siquiera abrir los labios? ¿Sabes en qué estado de trance me puso, cuando mis ojos sólo podían verlo a él, como si pusiera mi corazón en un hilo?

»—Entonces, tú lo sentiste... —susurré—. A mí me sucedió lo mismo.

»—¡Me dejó indefensa! —dijo ella, y vi su imagen apoyada en los libros del escritorio, y su cuello laxo, como sus manos.

»—¿Pero qué dices? ¿Que él te habló, que...?

»—¡Sin palabras! —repitió; pude ver que se apagaban las lámparas de gas, las llamas demasiado sólidas en su inmovilidad; la lluvia golpeaba en los vidrios—. ¿Sabes lo que me dijo...? —susurró—. Que yo debía morir, que debía dejarte en paz.

»Sacudí la cabeza y, no obstante, en mi monstruoso corazón sentí una ola de excitación. Ella dijo la verdad tal como la creía. En sus ojos había una película vidriosa y plateada.

»—Con su presencia me arrebataba la vida —dijo, y sus hermosos labios temblaron de tal manera que no lo pude soportar; la abracé, pero sus ojos continuaron llenos de lágrimas—. Le arrebata la vida al chico que es su esclavo, me la quita a mí, a quien él haría su esclava. Te quiere a ti. Te quiere y no tolerará que me interponga en su camino.

»—¡No lo comprendo! —me resistí, besándola; quise cubrir de besos sus mejillas, sus labios.

»—No, yo lo comprendo muy bien —susurró ella ante mis labios, incluso cuando la besaba—. Tú eres quien no lo comprende. La admiración te ha cegado, la fascinación por su conocimiento, por su poder. Si supieras cómo sacia su sed con la muerte lo odiarías más de lo que jamás odiaste a Lestat. Louis, jamás debes volver a él. Te lo digo, ¡estoy en peligro!

—A la noche siguiente la dejé, convencido de que entre todos los vampiros del teatro sólo podía confiar en Armand. Ella me dejó ir sin ganas, y la expresión de sus ojos me produjo honda preocupación. La debilidad le era desconocida y, sin embargo, sentí miedo, como si algo se quebrara, cuando me dejó salir.

»Y me apresuré en mi misión; esperé fuera del teatro hasta que el último de los espectadores se hubo marchado, y los porteros estaban cerrando ya las puertas.

»No estoy seguro de que supieran de quién se trataba. ¿Un actor como los demás que no se quitaba la pintura? No importaba. Lo importante fue que me dejasen pasar, y entré; vi a varios vampiros en el recibidor; nadie me importunó y llegué ante la puerta abierta de Armand. Él me vio de inmediato; sin duda había oído mis pasos, y me saludó y rogó que tomara asiento. Estaba ocupado con el chico humano, quien cenaba en el escritorio utilizando un plato de plata con carnes y pescado. Una jarra de vino estaba a su lado y, aunque seguía febril y débil desde la noche pasada, su piel estaba rosada y su calor y su fragancia fueron un tormento para mí. Al parecer no para Armand, quien se sentó en una silla de cuero frente a mí y al fuego y miró al humano con los brazos cruzados. El muchacho llenó su copa y la levantó en un brindis para Armand.

»—Mi amo —le dijo; sus ojos relampaguearon mientras sonreía.

»—Tu esclavo —susurró Armand con voz profunda, que pareció apasionada.

»Y lo observó mientras el chico bebía. Lo pude ver saboreando los labios húmedos, la carne móvil del cuello mientras bajaba el vino. Entonces el chico tomó un bocado de carne blanca, hizo el mismo saludo y la consumió lentamente, con sus ojos fijos en Armand. Fue como si Armand participara de su fiesta, bebiera esa parte de la vida que ya no podía compartir salvo con los ojos. Aunque parecía concentrado en ello, era algo calculado; no era la tortura que yo sintiera años atrás cuando me quedaba fuera de la ventana de Babette ansiando tener vida humana.

»Cuando el chico hubo terminado, se arrodilló con los brazos alrededor del cuello de Armand, como si saboreara de verdad esa piel helada. Pude recordar la primera noche que Lestat se había acercado a mí; cómo le ardían los ojos, cómo le brillaba la cara. Por último, todo terminó. El chico se fue a dormir y Armand cerró las puertas enrejadas detrás de él. En pocos minutos, pesado con la comida ingerida, estaba durmiendo. Armand se sentó a mi lado y sus grandes ojos hermosos y tranquilos parecieron inocentes. Cuando sentí que me empujaban hacia él, cerré los ojos; deseé que hubiera fuego en la chimenea, pero sólo había cenizas.

»—Dijiste que no revelara nada de mis orígenes, ¿por qué? —le pregunté.

»Fue como si sintiera que yo me defendía, pero no se ofendió; sólo me miró con un leve asombro. Pero yo me sentía inseguro, demasiado inseguro para esa sorpresa, y, una vez más, desvié la mirada.

»—¿Mataste al vampiro que te creó? ¿Por eso estáis aquí sin él? ¿Por qué no nos decís su nombre? Santiago cree que lo matasteis.

»—Y si eso es verdad, o si nosotros no podemos convenceros de lo contrario, ¿trataréis de destruirnos? —pregunté yo.

»—Yo no trataría de haceros nada —dijo él con calma—. Pero, como ya te he dicho, yo aquí no soy el jefe en el sentido en que tú crees.

»—Sin embargo, ellos creen que tú eres el jefe, ¿no es así? A Santiago ya me lo has quitado dos veces de encima.

»—Soy más fuerte que Santiago, más viejo. Santiago es más joven que tú —dijo.

»Su voz fue simple, desprovista de orgullo. Recalcaba los hechos simplemente.

»—Nosotros no queremos conflictos con vosotros.

»—Ya han empezado. Pero no conmigo. Con los de arriba.

»—¿Pero qué razón tienen para sospechar de nosotros?

»Pareció pensar, con los ojos entornados y el mentón descansando en el puño. Después de unos segundos que me parecieron interminables, levantó la mirada y dijo:

»—Te podría dar razones: que son demasiado callados; que los vampiros del mundo son muy pocos y

344

viven aterrorizados, peleándose entre ellos, eligiendo con cuidado sus pares, asegurándose de que respetan mucho a los demás vampiros. En esta casa hay quince vampiros y ese número es cuidado con meticulosidad. Se teme mucho a los vampiros débiles; te lo debo decir. Es obvio que tú eres imperfecto para ellos: piensas demasiado, sientes demasiado. Como tú mismo dijiste, la frialdad del vampiro te tiene sin cuidado. Y luego está esa niña misteriosa: una niña que no puede crecer, que jamás puede bastarse a sí misma. Yo ahora no transformaría a este chico en vampiro aunque su vida, que para mí tiene mucho valor, estuviera en serio peligro. Porque es demasiado joven, sus miembros no tienen la fuerza suficiente; apenas ha saboreado su copa mortal. ¿Qué clase de vampiro la creó a ella?, se preguntan. Por tanto, ¿ves?, llevas contigo esos fallos y ese misterio y, sin embargo, te mantienes en completo silencio. En consecuencia, no se puede confiar en ti. Santiago está buscando una excusa. Pero hay otra razón más cercana a la verdad que todas las que te acabo de enumerar. Y es la siguiente: cuando tú encontraste por primera vez a Santiago en el Barrio Latino, tú, por desgracia... le dijiste que era un bufón.

»—Aaaah —exclamé.

»—Quizás hubiera sido mucho mejor que te hubieses callado —dijo; y sonrió para ver si yo comprendía la ironía de sus palabras.

»Me recosté en el respaldo, meditando acerca de lo que acababa de decirme, y lo que más sopesé fueron las admoniciones que me había hecho Claudia: que este joven de ojos generosos le había dicho: "Muere". Aparte, sentí que en mí se acumulaba cada vez más el disgusto contra los vampiros de arriba.

»Sentí un deseo abrumador de sincerarme con él y contarle todas estas cosas. Del miedo de Claudia, no, todavía no; aunque no pude creer, cuando lo miré a los ojos, que hubiese tratado de ejercitar ese poder con ella. Sus ojos decían: vive. Sus ojos decían: aprende. Y, ah, cuánto deseé confiarle todo lo que yo no llegaba a comprender; lo que me había escandalizado que, después de tantos años de búsqueda, esos vampiros de arriba hubieran hecho de la inmortalidad un círculo de diversiones y de conformismo baratos. Empero, a través de esta tristeza, de esta conclusión, me di cuenta con claridad de todo: ¿por qué habría de ser de otra manera? ¿Qué había esperado? ¿Qué derecho tenía para estar tan amargamente desilusionado con Lestat hasta el punto de dejarlo morir? ¿Por qué no me había mostrado lo que debía encontrar en mí mismo? Las palabras de Armand, ¿cuáles habían sido?: "El único poder existente está dentro de nosotros mismos...".

»—Escúchame —dijo entonces—. Debes alejarte de ellos. Tu rostro no esconde nada. Tú te sincerarías si yo te hiciera una pregunta. Mírame a los ojos.

»No lo hice. Fijé la mirada en una de esas pequeñas pinturas encima del escritorio, hasta que cesó de ser la Virgen y el Niño y se convirtió en una armonía de línea y color. Porque yo sabía que lo que él me decía era verdad.

»—Detenlos si quieres; diles que no pensamos hacer ningún mal. ¿Por qué no puedes hacer eso? Tú mismo dijiste que no somos sus enemigos, pese a cualquier cosa que hayamos hecho...

»Le pude oír suspirar levemente.

»—Los he detenido por el momento —dijo—. Pero no tengo todo el poder que sería necesario para detenerlos por completo. Porque, si yo ejercitara semejante poder, entonces tendría que protegerte. Me haría de enemigos. Y tendría que lidiar con esos enemigos cuando lo único que deseo aquí es cierta paz; determinada paz. Si no, no estaría aquí. Acepto la autoridad que me han conferido, pero no para gobernarlos sino únicamente para mantenerlos a distancia.

»—Tendría que haberlo sabido —dije, con los ojos aún fijos en la pintura.

»—Por tanto, debes mantenerte alejado. Celeste tiene mucho poder, por ser una de las más viejas, y siente celos de la belleza de la niña. Y Santiago sólo está esperando que aparezca una mínima pista que os señale como malhechores.

»Me di la vuelta lentamente y lo volví a mirar, allí sentado con su fantasmagórica inmovilidad de vampiro, como si en realidad no tuviera la menor vida. El momento se alargó. Oí sus palabras como si las estuviese repitiendo: "Lo único que deseo aquí es cierta paz, determinada paz. Si no, no estaría aquí". Y sentí tal atracción que me costó refrenarla y poderme quedar allí sentado mirándolo, simplemente. Yo quería que las cosas fueran de la siguiente manera: Claudia a salvo de algún modo entre estos vampiros, inocente de cualquier crimen que le pudieran llegar a imputar, de modo que yo quedase en libertad, en libertad para permanecer para siempre en esa habitación, todo el tiempo en que fuera bienvenido, incluso tolerado, permitido bajo la condición que fuera.

»Pude volver a contemplar a ese chico mortal como si no estuviera dormido en la cama sino de rodillas al lado de Armand, con los brazos alrededor del cuello. Para mí, era una imagen del amor. El amor que yo sentía. No el amor físico, como debes comprender. No hablo de ninguna manera de eso, aunque Armand era hermoso y simple y ninguna intimidad con él podría haber sido repelente. Para los vampiros, el amor físico culmina y es saciado con una sola cosa: la muerte. Hablo de otra clase de amor que jamás había sido Lestat. Armand jamás escondería el conocimiento y yo lo sabía. Pasaba por él como por una vitrina de cristal, de modo que yo me podía aproximar y absorberlo y crecer. Pensé que le oí hablar, tan bajo que no pude estar seguro. Pareció decir:

»—¿Sabes por qué estoy aquí?

»Volví a levantar la mirada preguntándome si él conocía mis pensamientos, si podía leerlos en realidad, si ésa podía ser concebiblemente la extensión de sus poderes. Ahora, después de tantos años, puedo perdonarle a Lestat el haber sido solamente una criatura mediocre que no pudo enseñarme el uso de mis poderes. Pero aún ansiaba tenerlos, caer en ellos sin la menor resistencia. Una tristeza lo invadía todo; tristeza por mi propia debilidad y por mi propio dilema espantoso. Claudia me esperaba. Claudia, que era mi hija y mi amor.

»—¿Qué voy a hacer? —murmuré—. ¿Alejarme de ellos, alejarme de ti? Después de todos estos años...

»—Ellos no te importan —dijo él.

»Yo sonreí y asentí con la cabeza.

»—¿Qué es lo que quieres hacer? —me preguntó.

»Y su voz asumió ese tono afectuoso, diferente.

»—¿No lo sabes tú? ¿No tienes el poder? —pregunté—. ¿Acaso no puedes leer mis pensamientos como si fueran palabras?

»Él sacudió la cabeza.

»—No como tú te crees. Lo único que sé es que el peligro en que estáis tú y la criatura es real porque es real para ti. Y sé que tu soledad, pese a tu amor, es casi más terrible de lo que puedes soportar.

»Entonces me puse de pie. Parecería algo fácil de hacer, levantarse, ir a la puerta, apresurarme por el corredor. Y, sin embargo, necesité de todas mis fuerzas, cada pizca de esa cosa tan curiosa que yo llamaba distanciamiento.

»—Te pido que los mantengas alejados de nosotros —le dije cuando llegué a la puerta, pero no pude volver la mirada; ni siquiera quise la suave intrusión de su voz.

»—No te vayas —dijo.

»—No tengo otra posibilidad.

»Yo ya estaba en el pasillo cuando lo sentí tan próximo a mí que me quedé atónito. Estaba a mi lado, sus ojos a la altura de mis ojos y en su mano tenía una llave que puso en la mía.

»—Aquí hay una puerta —dijo, señalando el fondo a oscuras que yo pensaba que era nada más que una pared—. Y una escalera que da a la calle lateral que solamente uso yo. Vete por aquí y podrás evitar a los otros. Estás ansioso y ellos se darían cuenta —agregó. Me di la vuelta para irme de inmediato, aunque cada poro de mi cuerpo me pedía que me quedara—. Pero déjame que te diga lo siguiente —dijo, y levemente posó la palma de su mano contra mi corazón—: Usa el poder interior que tienes. ¡No lo rechaces más! ¡Usa ese poder! Y cuando te vean arriba en la calle, usa ese poder para hacer una máscara de tu rostro, y cuando los mires a ellos, o a cualquiera, piensa: cuidado. Lleva esa palabra como si fuera un amuleto que te hubiera dado para que lo uses atado al cuello. Y cuando tus ojos se crucen con los de Santiago o con los ojos de cualquier otro vampiro, dile amablemente lo que se te ocurra, pero piensa en esa palabra y en esa palabra únicamente. Te hablo de esta forma simple porque sé que tú respetas la sencillez. Tú la comprendes. Ésa es tu fortaleza.

»Me llevé la llave y no recuerdo haberla puesto en la cerradura ni haber subido los escalones; o dónde estaba o lo que él hizo, salvo que, cuando pisé la oscura calleja detrás del teatro, le escuché decirme en voz muy baja en algún sitio cerca de mí:

»—Ven aquí, a mí, cuando puedas.

»Eché una mirada a mi alrededor y no me sorprendió no verlo. En algún momento, también me había dicho que no abandonara el Hôtel Saint-Gabriel, que no debía darles a los otros un solo indicio de la culpabilidad que ellos buscaban.

»—¿Ves? —me dijo—, matar a otros vampiros es algo muy excitante y por eso está prohibido, bajo pena de muerte.

»Y entonces me pareció despertar: a las calles de París brillantes con la lluvia, a los edificios cerrados para constituir otra vez una sólida pared oscura a mis espaldas, y a que Armand ya no estaba allí.

»Y aunque Claudia me esperaba, aunque pasé por el hotel y vi las ventanas iluminadas, y ella, una figura diminuta, estaba de pie entre flores de pétalos de cera, me alejé de la avenida; dejé que me tragaran las calles más tenebrosas, como lo habían hecho con tanta frecuencia aquellas calles de Nueva Orleans.

»No se trataba de que yo no la amara; más bien fue que la quería mucho y que mi pasión era tan grande como la pasión por Armand. Y ahora escapé de ambos, dejando que el deseo de matar creciera en mí como una fiebre esperada, una conciencia amenazadora, un dolor amenazador.

»De entre la bruma que siguió a la lluvia, apareció un hombre y caminó hacia mí. Puedo recordarlo como caminando en un paisaje de ensueño, porque la noche a mi alrededor era oscura e irreal. Ese lugar podría haber estado en cualquier parte del mundo y las luces suaves de París eran un resplandor amorfo en la niebla. Con los ojos hundidos y borracho, él caminaba ciegamente a los brazos de la misma muerte, y sus dedos vivos se extendieron para tocar los huesos de mi rostro.

»Yo aún no estaba en el límite, todavía no sentía una sed desesperada. Le podría haber dicho: "Pasa." Creo que mis labios formaron la palabra que me había dicho Armand: "Cuidado." Y, sin embargo, le permití que me pasara sus brazos borrachos por la cintura; cedí ante sus ojos adoradores, ante la voz que me rogaba que me dejase pintar, y que habló con cariño del olor rico y dulce de los óleos que manchaban su camisa abierta. Lo seguí a través de Montmartre y le susurré:

»—Tú no eres un miembro de los muertos.

»Me guió por un jardín descuidado, a través de las hierbas fragantes y mojadas y se rió cuando le dije:

»—Estás vivo, vivo...

»Su mano me tocó las mejillas, la cara, y por último el mentón mientras me guiaba hacia la luz del portal bajo y su cara enrojecida se iluminó súbitamente con la luz de la lámpara y el calor cuando se cerró la puerta.

»Vi los grandes globos chispeantes de sus ojos, las diminutas venas rojas que llegaban a los centros oscuros, la mano cálida que hacía arder mi hambre helado cuando me guió hasta la silla. Entonces, en todas partes vi rostros brillantes, caras que se elevaban por encima del humo de las lámparas, o de las ascuas de la cocina; una maravilla de colores en telas que nos rodeaban bajo el techo bajo e irregular; un brillo de belleza que latía y palpitaba.

»—Siéntate, siéntate... —me dijo, con esas manos febriles sobre mi pecho, estrechadas por las mías, pero apartándose, mientras crecía en mí el hambre en oleadas.

»Luego lo vi a distancia, con los ojos concentrados, la paleta en su mano, la tela enorme oscureciendo el brazo que se movía. Y sin pensar e indefenso, me quedé allí sentado, descansando con sus pinturas, descansando con esos ojos adoradores, dejando que todo continuara hasta que recordé los ojos de Armand y Claudia, que corría por aquel pasillo de piedra y se alejaba con pasos resonantes, se alejaba de mí.

»—Estás vivo —murmuré.

»—Huesos —me contestó—. Huesos...

»Y los vi amontonados, sacados de esas fosas de Nueva Orleans tal como están allí, puestos en cámaras detrás del sepulcro para poder poner otros en estos angostos espacios. Sentí que se me cerraban los ojos; el hambre se me transformó en agonía, y mi corazón clamó por un corazón vivo; entonces sentí que se me acercaba, con las manos extendidas hacia mi cara..., ese paso fatal, ese impulso fatal. Un suspiro se escapó de mis labios.

»—Sálvate —susurré—. Cuidado.

»Entonces algo sucedió en el resplandor húmedo de su rostro, algo desangró las venas rotas de su frágil piel. Se separó de mí y se le cayó el pincel de las manos. Me puse de pie sintiendo los dientes contra los labios, sintiendo que se me llenaban los ojos con los colores de su cara, mis oídos llenos con su grito apagado, mis manos llenas con esa carne firme, rebelde hasta que lo acerqué a mí indefenso, y le rasgué la carne y tuve la sangre que le daba vida.

»—Muere —susurré cuando lo dejé en libertad de movimientos, con su cabeza apoyada en mi abrigo—, muere —insistí, y sentí que luchaba por levantar la cabeza y mirarme. Y volví a beber y él volvió a removerse hasta que, por último, se dejó caer, sin fuerzas, espantado y próximo a la muerte, al suelo. No obstante, no cerró los ojos.

»Me puse ante su tela, debilitado, en paz, mirando sus vagos ojos grises, mis propias manos rosadas, mi piel tan lujosamente cálida.

»—Soy un mortal nuevamente —dije—. Estoy con vida. Con tu sangre, recupero la vida.

»Cerró los ojos. Me apoyé en la pared y me encontré contemplando mi propio rostro.

»Lo único que había hecho era un boceto, una serie de líneas negras que, sin embargo, formaban mi cara y mis hombros a la perfección. Y el color ya había comenzado con manchones y pinceladas: el verde de mis ojos, la blancura de mis mejillas. Pero, ¡qué horror el contemplar mi propia expresión! Porque él la había captado perfectamente y allí no había nada de horror. Esos ojos verdes me miraban desde esa forma apenas bocetada con una inocencia simple, con la sorpresa inexpresiva de ese deseo todopoderoso que él no había comprendido. El Louis de hacía cien años, perdido y escuchando el sermón del sacerdote en la misa, con los labios abiertos e inmóviles, el cabello despeinado y una mano cerrada sobre las rodillas. Un Louis mortal. Creo que me reí y me llevé las manos a la cara, y me reí casi hasta el punto de tener los ojos llenos de lágrimas; y cuando bajé los ojos, allí estaba la mancha de las lágrimas mezcladas con la sangre humana. Ya había comenzado en mí el impulso del monstruo que había matado y que volvería a matar, que ahora recogía la pintura y se aprestaba a irse con ella de la pequeña casa, cuando, súbitamente, el hombre se levantó del suelo con un gruñido animal y se aferró a mis botas, con sus manos resbalando por el cuero. Con un espíritu colosal que me desafiaba, alcanzó la pintura y la agarró con fuerza con sus manos blancuzcas.

»—¡Devuélvemela! —me gruñó—. ¡Devuélvemela!

»Nos la disputamos. Mientras, yo lo miraba y miraba también mis propias manos, que retenían con tanta facilidad lo que él quería arrancarme con tanta desesperación, como si quisiera llevársela al cielo o al infierno; yo, el monstruo que su sangre no podía transformar en humano, y él el hombre que mi mal no había derrotado. Y entonces, como si no hubiera sido yo, le arranqué la pintura de las manos y levantándolo hasta mis labios con un solo brazo, le abrí la garganta, enfurecido.

—Cuando entré en las habitaciones del Hôtel Saint-Gabriel —prosiguió el vampiro—, puse el cuadro sobre la chimenea y lo contemplé largo rato. Claudia estaba en alguna de las habitaciones. Había otra presencia intrusa, como si en uno de los balcones superiores, un hombre o una mujer estuviera próximo, despidiendo un inconfundible perfume

354

personal. Yo no sabía por qué me había llevado el cuadro, por qué había luchado por él de un modo que ahora me avergonzaba más que el asesinato. Ni por qué lo tenía encima de la chimenea, viéndolo con mi cabeza gacha, mis manos temblando visiblemente. Y entonces, lentamente, volví la cabeza. Quise que las habitaciones tomasen forma a mi alrededor. Quise las flores, el terciopelo, los candelabros, todo en su sitio. Ser mortal y trivial y seguro. Y entonces, como surgiendo de entre brumas, vi allí una mujer.

»Estaba sentada con calma en la mesa lujosa del tocador donde Claudia se peinaba; y estaba sentada tan inmóvil, tan absolutamente sin miedo, con sus grandes mangas de tafetán verde reflejadas en los espejos inclinados, que parecía que no era una mujer inmóvil sino una reunión de mujeres. Su cabello pelirrojo oscuro estaba peinado con la raya en el medio, pero no caía todo a los lados, ya que una docena de pequeños rizos se escapaban para formar un marco alrededor de su rostro pálido. Me miraba con ojos serenos y violetas, y su boca de niña parecía obstinadamente suave, obstinadamente niña y sin mancha de pintura. La boca sonrió y dijo mientras los ojos parecían encenderse:

»—Sí, él es como tú dijiste, y ya lo quiero. Es como dijiste.

»Se puso de pie levantando con cuidado la abundancia del tafetán oscuro y los tres pequeños espejos se vaciaron al mismo tiempo.

»Absolutamente atónito y casi sin poder pronunciar palabra, me di la vuelta para ver a Claudia, que estaba al otro lado de la gran cama y vi su pequeña cara rígidamente en calma, aunque se aferraba a la cortina de seda con un puño.

»—Madeleine —dijo casi sin aliento—. Louis es tímido.

»Y miró con sus ojos fríos a Madeleine, que sólo sonrió cuando Claudia dijo eso y, acercándose a mí, se llevó las manos al cuello de seda, de modo que allí pude ver las dos marcas pequeñas. Entonces la sonrisa murió en sus labios y, de improviso, éstos se volvieron henchidos y sensuales mientras entrecerraba los ojos, y ella musitó, la palabra:

»—Bebe.

»Me alejé de ella y mi puño se levantó con tal consternación que no pude encontrar las palabras. Pero entonces Claudia se aferró a mi puño, y me miró fijamente:

»—Hazlo, Louis —me ordenó—. Porque yo no puedo hacerlo.

»Su voz fue dolorosamente serena, y toda la emoción quedó debajo de ese duro tono, maduro.

»—¡Yo no tengo el tamaño! ¡Y no tengo las fuerzas! ¡Tú te ocupaste de eso cuando me creaste! ¡Hazlo!

»Me separé de ella agarrándome la muñeca como si me la hubiera quemado. Pude ver la puerta y lo más sabio me pareció irme de inmediato. Podía sentir las fuerzas de Claudia, su voluntad, y los ojos de la mujer parecían encendidos con la misma fortaleza. Pero Claudia me mantuvo allí, y no con un ruego amable o una súplica miserable, que hubiera disipado su poder haciéndome sentir lástima mientras yo recuperaba mis fuerzas. Me mantuvo allí con la emoción que expresaban sus ojos, a pesar de su frialdad y del modo en que entonces se alejó de mí, casi como si hubiese sido derrotada instantáneamente. No comprendí la manera en que volvió a echarse en la cama,

con la cabeza gacha, los labios moviéndose febrilmente, los ojos levantándose sólo para revisar las paredes. Quise tocarla y decirle que lo que me pedía era
un imposible; quise apagar el fuego que parecía con-
sumirla por dentro.

»La mujer, suave y humana, se había sentado en
una de las sillas de pana junto al fuego, con el roce y
la iridiscencia de su vestido de tafetán rodeándola como parte de su misterio, de sus ojos desapasionados
con que ahora nos observaba, de sus pálidas facciones. Recuerdo haberme dirigido a ella atraído únicamente por aquella boca infantil y como enfadada que
contrastaba con su rostro frágil. El beso del vampiro
no había dejado más huella visible que la herida; no
había nada inalterable en la pálida piel, rosada.

»—¿Qué te parecemos? —pregunté, mientras
veía cómo clavaba ella los ojos en Claudia. La mujer
parecía excitada por la belleza diminuta de Claudia;
una espantosa pasión femenina anudada en esas pequeñas manos pecosas—. Te pregunté qué te parecemos. ¿Piensas que somos hermosos, mágicos, con
nuestras pieles blancas, nuestros ojos duros?

»Oh, recuerdo perfectamente lo que era la visión
humana, su debilidad. Y cómo la belleza del vampiro
traspasó ese velo; esa belleza tan poderosamente
atractiva, tan completamente engañosa. "¡Bebe!", me
dices. ¡No tienes la más mínima idea de lo que pides!

»Pero Claudia se levantó de la cama y vino hacia mí.

»—¿Cómo te atreves? —murmuró—. ¿Cómo te
atreves a tomar esta decisión por los dos? ¡Sabes lo que
te detesto! ¡Sabes que te detesto con una pasión que
me devora como un cáncer! —Tembló su pequeña figura y las manos gesticularon por encima de su vesti-

357

do amarillo—. ¡No desvíes la mirada! ¡Estoy harta de que mires para otra parte con tu sufrimiento! No entiendes nada. Tu mal es que no puedes ejercitar el mal y debes sufrir por eso. ¡Y yo te digo que no sufriré más!

»Sus dedos se clavaron en mi muñeca; me retorcí y di un paso atrás alejándome de ella, ante el rostro del odio y la furia que anidaba en ella como una bestia dormida, mirando a través de sus ojos.

»—¡Arrancarme a mí de manos humanas como dos monstruos asquerosos en un cuento de hadas de pesadillas! ¡Padres ciegos! ¡Padres! —escupió la palabra—. Que haya lágrimas en tus ojos. No tienes lágrimas suficientes para lo que me hiciste. ¡Seis años mortales más, siete, ocho... y yo podría haber tenido esa figura! —Su dedo señaló a Madeleine, cuyas manos subieron hasta su rostro, con los ojos húmedos; gimió casi el nombre de Claudia, pero ésta no la oyó—. Sí, esas formas. Podría haber sabido lo que es caminar a tu lado. ¡Monstruos! ¡Darme la inmortalidad con este disfraz desesperado, con esta forma inútil!

»Había lágrimas en sus ojos. Las palabras desaparecieron, se escondieron en su pecho.

»—¡Y ahora tú me darás a Madeleine! —dijo con la cabeza gacha y los rizos caídos como un velo protector—. Tú me la darás. O lo haces tú o terminas de una vez lo que hiciste aquella noche en un hotel de Nueva Orleans. Yo no viviré más con este odio. ¡No viviré más con esta furia! No puedo. ¡No lo soportaré!

»Y echándose hacia atrás el cabello, se llevó ambas manos a los oídos como para tapar el sonido de sus propias palabras; tenía el aliento entrecortado y las lágrimas parecían quemarle las mejillas.

»Yo había caído de rodillas a su lado y estiré los brazos como para cubrirla. Sin embargo, no me animé a tocarla, ni siquiera a pronunciar su nombre, por miedo a que mi propio dolor escapara de mí con la primera sílaba en un chorro monstruoso de gritos desesperadamente inarticulados.

»—¡Ooh...!

»Ella sacudió la cabeza; le rodaban las lágrimas por las mejillas; tenía los dientes apretados.

»—Aún te quiero; ése es mi tormento. Jamás quise a Lestat. ¡Pero a ti...! La medida de mi odio es ese amor. ¡Son lo mismo! ¡Sabes cuánto te odio!

»Y me echó una mirada a través de la película roja que le cubría los ojos.

»—Sí —susurré.

»Agaché la cabeza. Pero se alejó de mí y se fue hacia Madeleine, que la abrazó con desesperación, como si quisiera protegerla de mí. ¡Ah, la ironía, la patética ironía de todo eso! ¡Proteger a Claudia de mí!

»—No llores, no llores —le susurraba a Claudia; y sus manos le acariciaban el pelo y la cara con una fuerza que hubiera hecho daño a un niño humano.

»Pero, de pronto, Claudia pareció perderse contra su pecho, con los ojos cerrados, el rostro inmóvil, como si se le hubiera acabado toda la pasión, el brazo descansando alrededor del cuello de Madeleine, la cabeza caída sobre el tafetán y los lazos. Se quedó inmóvil; las lágrimas mojaban sus mejillas como si todo lo que había saltado a la superficie la hubiese dejado débil y desesperada; como si yo no estuviera allí.

»Y allí seguían las dos juntas, una mortal cariñosa que lloraba ahora abiertamente, abrazando lo que ella no podía comprender de ninguna manera; a esa niña dura y blanca y anormal que ella creía amar. Y si no hubiera tenido lástima por esa mujer enloquecida e impetuosa que devaneaba con los condenados, si no hubiera sentido por ella toda la lástima que sentía por mi perdida naturaleza humana, la habría abrazado y negado una y mil veces las palabras que acababa de escuchar. Pero sólo me quedé arrodillado allí, pensando. El amor es igual al odio: metí egoístamente eso en mi pecho, me aferré a eso cuando me apoyé pesadamente en la cama.

»Mucho tiempo antes de que Madeleine lo supiera, Claudia había dejado de llorar y estaba sentada, inmóvil como una estatua, en la falda de Madeleine, con sus ojos líquidos fijos en mí, ignorante del pelo rojo y suave que caía alrededor de ella, y de la mano de la mujer que aún la acariciaba. Y yo, sentado contra el pie de la cama, devolví esa mirada de vampiro, incapaz y sin ganas de hablar en mi defensa. Madeleine susurraba al oído de Claudia y dejaba caer sus lágrimas en los rizos de la niña. Y entonces, suavemente, Claudia le dijo:

»—Déjanos solos.

»—No —dijo sacudiendo la cabeza y aferrándose a Claudia.

»Y entonces cerró los ojos y le tembló todo el cuerpo con una vejación terrible, con algún espantoso tormento. Pero Claudia la expulsó de la silla. Y ella quedó allí suplicante, espantada y pálida, con el tafetán verde flotando alrededor del pequeño vestido amarillo de Claudia.

»Se detuvieron en la entrada de la sala y Madeleine quedó de pie como si estuviera confusa, con una mano en la garganta, batiéndola como un ala y luego quieta. Miró alrededor como esa víctima indefensa en el escenario del Théâtre des Vampires, que no sabía dónde estaba. Pero Claudia había ido a buscar algo. Y la vi salir de las sombras con lo que parecía ser una inmensa muñeca. Me puse de rodillas para verla. Era una muñeca, la muñeca de una niñita con pelo rubio y ojos verdes adornada con lazos y cintas, de cara amable y ojos grandes, con sus pies de porcelana repiqueteando cuando Claudia se la puso a Madeleine en los brazos. Y los ojos de Madeleine parecieron endurecerse cuando tuvo la muñeca y sus labios se estiraron en una sonrisa cuando le acarició el pelo. Ahora se reía entre dientes.

»—Échate —le dijo Claudia.

Y juntas parecieron hundirse entre los cojines del sofá, el tafetán verde crujiendo y cediendo cuando Claudia tomó asiento a su lado y le echó los brazos al cuello. Vi que la muñeca resbalaba y casi caía al suelo, pero la mano de Madeleine la mantuvo en el aire, con su cabeza echada hacia atrás, los ojos firmemente cerrados y los rizos de Claudia acariciándole la cara.

»Volví a sentarme en el suelo y me apoyé contra el borde suave de la cama. Ahora Claudia hablaba en voz baja, apenas un murmullo, diciéndole a Madeleine que tuviera paciencia, que se quedara quieta. Temía el sonido de sus pasos en la alfombra; el sonido de las puertas cerrándose tras de Madeleine para dejarnos a solas con el odio que se levantaba entre los dos como un vapor asesino.

»Pero cuando levanté la mirada, Claudia estaba allí de pie, como transfigurada y perdida en sus propios pensamientos, todo el rencor y la amargura habían desaparecido de su cara, de modo que tenía la expresión en blanco de una muñeca.

»—Todo lo que me has dicho es verdad —le dije—. Me merezco tu odio. Lo merecí desde el momento en que Lestat te puso en mis brazos.

»Ella pareció ignorante de mi presencia y en los ojos tenía una tenue luz. Su belleza me hizo arder el alma de un modo que apenas lo pude soportar, y, entonces, ella dijo, como preguntándose:

»—Podrías haberme matado entonces, pese a él. Lo podrías haber hecho. —Sus ojos, serenos, se posaron en mí—. ¿No lo deseas hacer ahora?

»—¡Hacerlo ahora! —Le pasé un brazo por los hombros y la acerqué aún más—. ¿Estás loca? ¿Cómo me dices semejante cosa? ¡Si quiero hacerlo ahora!

»—Quiero que lo hagas —dijo ella—. Agáchate ahora tal como lo hiciste entonces, sácame toda la sangre gota a gota, toda la que puedas con tu fuerza, empuja mi corazón hasta el límite. Soy pequeña; tú lo puedes hacer. No resistiré. Soy algo frágil que tú puedes aplastar como a una flor.

»—¿Estás hablando en serio? ¿Hablas en serio? —le pregunté—. ¿Por qué no pones aquí el puñal? ¿Por qué no lo retuerces?

»—¿Morirías conmigo? —me preguntó con tono irónico y burlón—. ¿Morirías de verdad conmigo? —insistió—. ¿No comprendes lo que me está sucediendo? Que él me está matando, ese vampiro principal que te tiene en trance, ese con quien no quieres compartir conmigo tu amor. Veo su poder en tus ojos. Veo tu sufrimiento, tu pena, el amor que no puedes ocultar. Da media vuelta, haré que me mires con esos ojos que lo desean; te haré escuchar.

»—Basta ya, no prosigas... No te abandonaré. Estoy obligado contigo, ¿no lo ves? No puedo darte esa mujer.

»—¡Pero estoy luchando por mi vida! ¡Dámela para que ella pueda ocuparse de mí, completar el dis-

fraz con que debo vivir! ¡Y él entonces podrá tenerte!
¡Estoy luchando por mi vida!

»Yo me negué.

»—No, no, es una locura, es una brujería —dije,
tratando de desafiarla—. Eres tú quien no quieres
compartirme con él; eres tú quien quiere todo ese
amor. Si no de mí, entonces de ella. Él tiene más poder que tú, te deja a un lado y eres tú quien quieres
que él muera del mismo modo que Lestat. Pues bien,
no me harás cómplice de esa muerte. ¡Te lo digo, no
de esa muerte! Yo no la convertiré a ella en uno de
nosotros. ¡No condenaré a las legiones de seres humanos que morirán en sus manos! ¡Tu poder sobre
mí ha terminado! ¡No lo haré!

»Oh, si ella pudiera haberme comprendido.

»Ni por un instante pude creer realmente en sus
palabras contra Armand: que, de ese distanciamiento
que estaba más allá de la venganza, él pudiera desear
egoístamente su muerte. Pero eso no significaba nada para mí en ese momento. Algo mucho más terrible, que yo podía comprender, estaba sucediendo; algo que sólo yo podía comprender, algo contra lo cual
mi furia no era más que una burla, un invento vacío
de oponerme a una voluntad tenaz. Ella me odiaba,
me detestaba, como ella misma lo había confesado, y
se me había encogido el corazón como si, al negarme
ese amor que me había sostenido toda una vida, me
hubiese dado un golpe mortal. El cuchillo estaba allí.
Yo me moría por ella, me moría por ese amor tal como me habría muerto aquella primera noche en que
Lestat me la había entregado, la había hecho fijarse
en mí y le había dicho mi nombre; ese amor que me
había abrigado en el odio que sentía por mí mismo,
que me había permitido existir. ¡Oh, cómo lo había

comprendido Lestat! Y esta noche, por último, su plan había fracasado.

»Pero algo superaba eso, en algún ámbito del que yo desaparecía mientras caminaba de un lado a otro, con las manos abriéndose y cerrándose a mis costados, sintiendo no sólo el odio en sus ojos líquidos: era su dolor. ¡Ella me había mostrado su dolor! "Darme la inmortalidad con este disfraz desesperado, con esta forma indefensa." Me tapé los oídos con las manos como si aún estuviera pronunciando ella esas palabras, y se me derramaron las lágrimas. ¡Porque durante todos esos años yo había dependido totalmente de su crueldad, de su absoluta carencia de dolor! Y dolor era lo que ahora me mostraba, un dolor innegable. Oh, cómo se hubiera reído de nosotros Lestat. Por eso ella me había clavado ese cuchillo. Porque él se habría reído. Para destruirme por completo, ella sólo necesitaba mostrarme ese dolor. La niña que yo había convertido en vampira sufría. Su sufrimiento era igual al mío.

»Había un ataúd en la otra habitación, una cama para Madeleine, a la que se retiró Claudia para dejarme a solas con lo que yo no podía soportar. Y di la bienvenida al silencio. En algún momento durante las pocas horas que quedaban de noche, me encontré ante la ventana abierta sintiendo la lenta bruma de la lluvia. Brillaba en las ramas de los helechos, sobre las dulces flores blancas que se inclinaban, se agachaban y por último quebraban sus tallos. Una alfombra de flores llenaba el pequeño balcón, con los pétalos suavemente golpeados por la lluvia. Entonces me sentí débil y completamente solo. Lo que esa noche había pasado entre nosotros dos no tenía ya remedio. Y lo que yo le había hecho a Claudia no podía deshacerse lamas.

»Pero, para mi propia sorpresa, estaba vacío de todo remordimiento. Quizá fue la noche, el cielo sin estrellas, las lámparas congeladas en la bruma lo que me daba un bienestar que no había solicitado y que, en ese vacío y en esa soledad, no sabía cómo recibir. "Estoy solo —pensaba—. Estoy solo." Parecía justo, perfecto y, en consecuencia, tenía una forma agradable e inevitable. Me imaginé solo para siempre, como si al ganar esa fortaleza de vampiro la noche de mi muerte, hubiera abandonado a Lestat y jamás hubiera vuelto la mirada buscándolo, más allá de la necesidad de tenerlo a él o a cualquier otro a mi lado. Era como si la noche me hubiera dicho: "Tú eres la noche y únicamente la noche te comprende y te cubre con sus brazos". Uno con las sombras. Sin pesadillas. Una paz inexplicable.

»No obstante, pude sentir el fin de esa paz con la misma seguridad con que sintiera mi breve entrega. Y la paz se rompía como los negros nubarrones. El dolor urgente de la pérdida de Claudia me presionaba, desde atrás, como la forma salida de los rincones de esa habitación extrañamente ajena y atestada. Pero, afuera, aun cuando la noche parecía disolverse en el fuerte viento, presentí que algo me llamaba, algo inanimado que yo jamás había conocido. Y un poder en mi interior pareció contestar a ese otro poder, no con resistencia sino con una fuerza inescrutable, estremecedora.

»Pasé en silencio por las habitaciones, abriendo con cuidado las puertas hasta que vi, en la luz mortecina que echaban las lámparas detrás de mí, a esa mujer dormida en las sombras del sofá, con la muñeca rígida sobre sus pechos. Poco antes de arrodillarme a su lado, vi que tenía los ojos abiertos y pude sentir en la oscuridad esos otros ojos que me vigilaban, esa pequeña cara impasible que esperaba.

»—¿Te ocuparás de ella, Madeleine?

»Vi sus manos cerrarse sobre la muñeca y volvió el rostro contra su pecho. Mi propia mano se extendió y la agarró, aunque no supe por qué, ni siquiera cuando ella me contestaba:

»—¡Sí! —me aseguró con desesperación.

»—¿Es esto lo que tú crees que es ella? ¿Una muñeca? —le pregunté, y mi mano se cerró en la cabeza de la muñeca sólo para ver que ella me la arrebataba, con sus dientes cerrados y echándome una mirada furibunda.

»—¡Una niña que no puede morir! Eso es lo que es —dijo ella como si estuviera pronunciando una terrible maldición.

»—Aaah... —susurré.

»—He terminado con las muñecas —dijo ella, y la arrojó sobre los cojines del sofá.

»Buscaba algo en su pecho, algo que quería mostrarme y ocultarme al mismo tiempo, abriendo y cerrando sus dedos por encima. Yo sabía lo que era; me había dado cuenta antes. Un relicario atado con un alfiler de oro. Ojalá pudiera describir la pasión que llenaba sus facciones redondas; cómo se distorsionó su suave boca infantil.

»—¿Y la niña que murió? —pregunté, adivinando.

»Me imaginaba una tienda de muñecas, todas las muñecas con la misma cara. Ella sacudió la cabeza; su mano tiró fuerte del relicario y el alfiler rasgó el tafetán. Entonces vi miedo en ella, un miedo consumidor. Y le sangró la mano cuando lo abrió con el alfiler roto. Le quité el relicario de los dedos.

»—Mi hija —murmuró, y le temblaron los labios.

»Era un rostro de muñeca sobre el pequeño fragmento de porcelana, la cara de Claudia, una cara de niña, una burla dulzona que el artista había pintado, una niña con el pelo despeinado como la muñeca. Y la madre, aterrada, contemplaba la oscuridad delante de ella.

»—El dolor... —dije en voz baja.

»—He terminado con el dolor —me interrumpió, y entrecerró los ojos para mirarme—. Si tú supieras cuánto deseo tu poder; estoy lista, ansío tenerlo.

»Y se volvió a mí, respirando pesadamente, de modo que sus pechos parecieron hincharse bajo el vestido.

»Entonces una frustración violenta le cruzó la cara. Desvió la mirada, sacudiendo la cabeza y los rizos.

»—Si fueras un ser humano, hombre y monstruo —dijo ella con furia—; si te pudiera demostrar mi poder... —y sonrió malignamente, en desafío—. ¡Te podría hacer desearme! ¡Desearme! —Su sonrisa contrajo las comisuras de sus labios—. Pero no eres normal. ¿Qué puedo darte yo? ¿Qué puedo hacer para que me des lo que pretendo? —terminó, y sus manos se movieron encima de sus pechos como para acariciarlos como un hombre.

»Ese momento fue extraño; extraño porque yo jamás podría haber predicho la sensación que incitaron en mí sus palabras, el modo en que entonces la vi con su pequeña cintura atractiva, con la curva redonda y amplia de sus pechos y con esos labios delicados y como haciendo pucheros. Jamás se imaginó lo que era en mí el hombre mortal, lo atormentado que estaba por la sangre que acababa de beber. La deseé más de lo que supo porque no comprendía la naturaleza de la muerte. Y, con el orgullo de un hombre, quise probárselo, humillarla por lo que me había dicho, por la vanidad de su provocación y por los ojos que ahora se alejaban disgustados de mí. Pero eso era una locura. No eran razones valederas para justificar una vida eterna.

»Y con crueldad, con seguridad, le dije:

»—¿Amabas a esa niña?

»Jamás olvidaré su cara entonces, la violencia, el odio absoluto.

»—Sí. ¿Cómo te atreves?

»Estiró la mano pidiendo el relicario que yo aún tenía en las mías. La consumía la culpabilidad, no el amor. Era la culpabilidad, esa tienda de muñecas que Claudia me había descrito, de estantes y estantes con la efigie de la niña difunta. Pero era una culpabilidad que ignoraba completamente la finalidad de la muerte. En ella había algo duro como el mal en mí mismo, algo igual de poderoso. Extendió una mano en mi dirección. Tocó mi abrigo y allí abrió los dedos apretándolos contra mi pecho. Me puse de rodillas, acercándome a ella, con su pelo tocándome la cara.

»—Agárrate de mí cuando te beba —le dije, y vi que abría los ojos, la boca—. Y cuando el delirio alcance el paroxismo, escucha con todas tus fuerzas los latidos de mi corazón. Aférrate y di una y otra vez: "Viviré".

»—Sí, sí —dijo, y el corazón le latía, excitado.

»Sus manos me ardieron en el cuello, con los dedos abriéndose paso por la camisa.

»—Mira por encima de mí aquella luz distante; no apartes tus ojos de ella, ni un segundo, y repite y repite: "Viviré".

»Gimió cuando le abrí la carne y entró en mí esa corriente cálida, con sus pechos aplastados contra mí, su cuerpo arqueado, indefenso, en el sofá. Y pude ver sus ojos incluso cuando cerré los míos, ver su boca provocativa, anhelante. La abracé con fuerza, levantándola, y sentí que se debilitaba, que las manos se le caían a los costados.

»—Aférrate fuerte —susurré por encima de la corriente caliente de su sangre, con su corazón atronando en mis oídos, y su sangre hinchando mis venas saciadas—. La lámpara —le indiqué—; ¡mírala!

»Se le detenía el corazón y su cabeza cayó sobre el terciopelo, con sus ojos opacos al borde de la muerte. Por un momento me pareció que no podía moverme; no obstante, supe que debía hacerlo, que alguien me llevaba la muñeca a la boca mientras la habitación giraba y giraba; que yo me concentraba en la luz tal como le había ordenado a ella, que saboreaba mi propia sangre en mi muñeca y que luego se la ponía en la boca.

»—Bébela, bebe —le dije.

»Pero ella quedó echada como muerta. La acerqué aún más a mí y la sangre manó sobre sus labios. Entonces abrió los ojos. Sentí la presión suave de su boca, y sus manos apretaron mi brazo cuando empezó a beber. Yo la mecía, le hablaba, tratando con desesperación de romper mi delirio, y entonces sentí su empuje poderoso. Cada vaso de mi sangre lo sintió. Estaba atrapado por su ímpetu, con mi mano aferrada al sofá y su corazón latiendo tremebundo contra el mío. Sus dedos se hundieron en mi brazo y en mi palma extendida. Me cortaba, me quemaba y casi grité mientras esto seguía y seguía. Traté de alejarme de ella, pero me la llevaba conmigo. Mi vida pasaba por

369

mi brazo; su respiración, con sus gemidos, seguía el ritmo de sus ansias. Y esas cuerdas que eran mis venas, esos alambres chamuscados, tiraban de mi propio corazón con fuerza hasta que, sin voluntad ni dirección, me liberé de ella y caí al suelo, aferrado con una mano a mi sangrante muñeca.

»Ella me miraba, con la boca abierta, manchada de sangre. Pareció que pasaba una eternidad mientras lo hacía. En mi visión nublada, ella se duplicaba y triplicaba y luego se borró en una forma temblorosa. Se llevó una mano a la boca; sus ojos no se movieron, pero se agrandaron mientras miraba. Y entonces se levantó lentamente, no como por sus propias fuerzas sino como levantada del sofá corporalmente por una fuerza invisible que ahora la tenía en sus manos, y ella miraba y daba vueltas y vueltas, con su falda moviéndose rígida como si fuera de una sola pieza, girando como un gran ornamento tallado en una caja de música que se repite, incesante. Y, de repente, ella miró el tafetán de su vestido, lo tomó entre sus dedos hasta que crujió y lo dejó caer; se cubrió rápidamente los oídos, mantuvo los ojos cerrados y luego los abrió. Entonces pareció ver la lámpara, la lámpara distante y baja de la otra habitación, que proyectaba una luz frágil a través de las puertas dobles. Corrió hacia ella y se puso a su lado mirándola como si estuviera con vida.

»—No la toques —le dijo Claudia, y la alejó suavemente de su lado.

»Pero Madeleine había visto las flores del balcón y se acercó a ellas, con sus manos estiradas acariciando los pétalos y luego llevando las gotas de agua hasta su cara.

»Yo me movía a los costados de la habitación, mirando cada movimiento suyo; cómo cogía las flores y las estrujaba en sus manos y dejaba caer los pétalos a su alrededor, y cómo tocaba el espejo con las yemas de los dedos y se miraba a los ojos. Había cesado mi dolor, había atado un pañuelo a mi muñeca y esperaba, aguardaba, viendo que Claudia no tenía idea de lo que entonces iba a suceder. Bailaban juntas mientras la piel de Madeleine palidecía en la inestable luz dorada. Abrazó a Claudia y ésta se movió en círculos con ella, con su rostro pequeño alerta y preocupado detrás de la superficial sonrisa.

»Y, entonces, Madeleine se debilitó. Dio un paso atrás y pareció perder el equilibrio. Pero rápidamente se enderezó y dejó a Claudia en el suelo. De puntillas, Claudia la abrazó.

»—Louis. —Me hizo una señal con la respiración entrecortada—. Louis...

»Le hice un gesto para que se alejara. Madeleine, al parecer sin ni siquiera vernos, la miraba con las manos extendidas. Tenía el rostro blancuzco y desencajado y, de improviso, se rascó los labios y se miró las manchas oscuras en sus dedos.

»—¡No! ¡No! —la avisé en voz baja, y tomé a Claudia de la mano y la traje a mi lado.

»Un gemido prolongado escapó de los labios de Madeleine.

»—Louis... —me susurró Claudia con esa voz sobrenatural que Madeleine parecía no escuchar.

»—Se está muriendo, algo que tú no puedes recordar. Tú no pasaste por eso, no te dejó ninguna marca —le dije en voz baja, quitándole el pelo de encima de la oreja sin que mis ojos dejaran a Madeleine ni por un instante; ésta pasaba de espejo en espejo, derramando sus lágrimas, mientras su cuerpo dejaba la vida.

»—Pero, Louis, si ella se muere... —exclamó Claudia.

»—No. —Me arrodillé al ver la preocupación en su rostro—. La sangre tuvo fuerza suficiente; vivirá. Pero tendrá miedo, muchísimo miedo.

»Y, con suavidad, pero con firmeza, apreté la mano de Claudia y la besé en la mejilla. Me miró entonces con una mezcla de sorpresa y miedo. Y me siguió mirando con esa misma expresión cuando me acerqué a Madeleine, atraído por sus gritos. Ella dio una vuelta, con las manos extendidas, y la agarré y la atraje hacia mí. Sus ojos, ya quemados por una luz anormal, mostraban un fuego violeta que se reflejaba en sus lágrimas.

»—Es la muerte natural; únicamente la muerte humana —le dije con suavidad—. ¿Ves el cielo? Ahora debemos dejarlo, y tú debes quedarte a mi lado, echarte a mi lado. Un sueño tan pesado como la muerte invadirá tus miembros y no podré tranquilizarte. Tú te echarás allí y lucharás contra ese sueño. Pero aférrate a mí en la oscuridad, ¿me oyes? Te cogerás de mis manos, y yo cogeré las tuyas mientras pueda sentirlas.

»Ella pareció un momento perdida en mi mirada y presentí la incógnita que la rodeaba, cómo la luminosidad de mis ojos era la luminosidad de todos los colores y cómo todos esos colores estaban para ella reflejados en mis ojos. La empujé dulcemente hasta el ataúd, diciéndole una y otra vez que no tuviera miedo.

»—Cuando te despiertes, serás inmortal —dije—. Ninguna causa natural de la muerte te podrá tocar. Ven, échate.

»Pude sentir su miedo, la vi tratando de evitar esa caja angosta cuyo raso no le dio ningún consuelo.

Su piel ya había empezado a brillar, a poseer esa luminosidad que compartíamos Claudia y yo. Me di cuenta de que no se entregaría hasta que yo no estuviese echado a su lado.

»La tomé en mis brazos y miré a través de la habitación hacia donde estaba Claudia, con ese extraño ataúd, mirándome. Tenía los ojos quietos pero oscurecidos con una sospecha indefinible, una fría desconfianza. Puse a Madeleine al lado de su lecho y me acerqué a esos ojos. Y entonces, arrodillándome con calma a su lado, tomé a Claudia en mis brazos.

»—¿No me reconoces? —le pregunté—. ¿No sabes quién soy?

»Ella me miró.

»—No —dijo.

»Sonreí. Asentí con la cabeza.

»—No me guardes rencor. Estamos a mano —dije.

»Movió la cabeza a un costado y me estudió con meticulosidad; entonces pareció sonreír pese a sí misma, y empezó a mover la cabeza, asintiendo.

»—Porque, ¿ves? —le dije, con esa misma voz tranquila—, lo que aquí murió en esta habitación no fue esa mujer. Tardará varias noches en morir, quizás años. Lo que esta noche ha muerto en esta habitación es el último vestigio en mí de lo que era humano.

»Una sombra cayó sobre su cara como si la serenidad se hubiera desgarrado como un velo. Abrió los ojos sólo para aspirar un poco de aire. Luego dijo:

»—Pues entonces tienes razón: sin duda, estamos a mano.

»—¡Quiero incendiar la tienda de muñecas!

»Madeleine nos lo dijo. Tiraba a la chimenea los vestidos doblados de esa hija muerta, los lazos blancos y las telas grises, los zapatos arrugados, los sombreros que olían a alcanfor y perfumes.

»—Esto no significa nada, para mí, nada.

Se quedó contemplando las llamas y luego miró a Claudia con ojos triunfantes, feroces.

»Yo no le creí. A pesar de que noche tras noche la tenía que alejar de hombres y mujeres a quienes ya no podía sacarles más sangre, estaba tan saciada con la sangre de sus muertes anteriores, a menudo levantando a sus víctimas del suelo con la impetuosidad de su pasión, rompiéndoles la garganta con sus dedos de marfil al mismo tiempo que les chupaba la sangre, que estaba seguro de que, tarde o temprano, esa intensidad demencial debía ceder. Ella se haría cargo de los elementos de esa pesadilla, de su propia piel luminosa, de las habitaciones lujosas del Hôtel Saint-Gabriel, y clamaría para que la despertasen, para que la liberasen. No comprendía que no se trataba de un experimento; mostraba sus dientes aterradores a los espejos de marco plateado; estaba loca.

»Pero yo aún no me percataba de todo lo loca que estaba y de cuán acostumbrada al ensueño. No clamaría por la realidad; más bien sentiría la realidad en sus sueños; una araña demoníaca alimentaba su rueca con las telas del mundo y ella podía hacer su propio mundo de telarañas.

»Yo estaba empezando a comprender su avaricia, su magia.

»Tenía el oficio de hacer muñecas. Y con su antiguo amante había hecho, de forma interminable, réplicas de su hija muerta. Fue algo que yo comprendí, cuando, en la visita que hicimos a la tienda, vi los estantes llenos. Además tenía la habilidad del vampiro y la intensidad del vampiro; por tanto, en el espacio de una noche, cuando yo la había alejado de la matanza, ella, con una sed insaciable, creo que con unos pocos palos, su cuchillo y su formón, hizo una mecedora tan perfecta y proporcionada para Claudia que ésta, sentada al lado del fuego, pareció una mujer.

»A eso se le sumó, a medida que pasaban las noches, una mesa en la misma escala. Y, de una juguetería, trajo una pequeña lámpara, un plato y una taza de porcelana. Y del bolso de una mujer, un pequeño cuaderno de anotaciones que en las manos de Claudia era un gran volumen. El mundo se deshizo y dejó de existir en los límites de ese pequeño espacio que pronto ocupó toda la superficie del tocador de Claudia: una cama cuyo dosel alcanzaba la altura de mi pecho; pequeños espejos que sólo reflejaban las piernas de un pesado gigante cuando me encontraba perdido entre ellos; unos cuadritos colgaban de las paredes a la altura de los ojos de Claudia, y, por último, encima de su mesa de tocador, guantes negros y largos para dedos diminutos, un vestido de gala de terciopelo, una tiara de alhajas. Claudia, la joya coronada, una reina de las hadas con desnudos hombros blancos, caminaba con sus ropajes lujosos entre las ricas posesiones de ese mundo enano mientras yo la espiaba desde la puerta, perplejo, desgarbado, echado en la alfombra para poder reposar la cabeza en el codo y observar los ojos de mi joya, y los veía misteriosamente suavizados por la perfección de su santuario. ¡Qué hermosa estaba con sus lazos negros! Una mujer fría, rubia, con una extraña cara de muñeca y ojos líquidos que me miraban con tanta serenidad y durante tanto tiempo que, con seguridad, yo debía de quedar olvidado; los ojos debían de ver algo distinto a mí cuando yo estaba soñando, echado allí en el suelo;

algo más que el torpe universo que me rodeaba y que ahora estaba descartado y anulado por alguien que lo había sufrido, alguien que siempre había sufrido, pero que ahora no parecía sufrir y escuchaba una caja de música y ponía una mano en el reloj de juguete. Tuve una visión de horas más cortas y de pequeños minutos dorados. Pensé que estaba loco.

»Me puse las manos bajo la cabeza y miré el candelabro; me resultaba difícil salir de un mundo y entrar en el otro. Madeleine, en el sofá, trabajaba con esa pasión uniforme, como si la inmortalidad de ningún modo pudiera significar descanso. Cosía los lazos a las sedas de la camisa, sólo deteniéndose de tanto en tanto para secarse la humedad de su blanca frente.

»Me pregunté: "Si cierro los ojos, ¿este reino de pequeñas cosas consumirá las habitaciones a mi alrededor, y yo, como Gulliver, me despertaré y me descubriré atado de pies y manos, como un gigante rechazado?". Tuve una visión de casas construidas para Claudia en cuyos jardines los ratones serían monstruos y habría pequeños carruajes y las malezas con flores serían árboles. Los mortales quedarían tan fascinados que caerían de rodillas para mirar a través de las ventanitas. Como una telaraña, los atraería.

»Yo *estaba* atado de pies y manos. No sólo por esa belleza fantasmal, ese secreto exquisito de los blancos hombros de Claudia, el rico collar de perlas, la languidez embrujadora; una botellita de perfume, ahora una garrafa, de la que salía un aroma de encantamiento que prometía el Edén: yo estaba atado por el miedo. Fuera de esas habitaciones donde se suponía que yo administraba la educación de Madeleine —erráticas conversaciones sobre la muerte y la naturaleza del vampiro en las que Claudia podría haber enseñado con mucha más facilidad que yo si alguna vez hubiera mostrado el deseo de hacerlo—, fuera de esas habitaciones, donde noche tras noche se me tranquilizaba con besos suaves y miradas contentas que aseguraban que ya no reaparecería más el odio que una vez me había mostrado Claudia; fuera de esas habitaciones, temía descubrir que, según mi propia admisión desganada, yo estaba verdaderamente cambiado: mi parte mortal era lo que yo amaba, estaba seguro. Entonces, ¿qué era lo que sentía por Armand, la criatura por quien yo había transformado a Madeleine, la criatura por la cual yo había querido ser libre? ¿Una distancia curiosa y perturbadora? ¿Un dolor sordo? ¿Un temblor innominable? Incluso en aquel sitio mundano, veía a Armand en su celda monacal, veía sus ojos castaños y sentía ese magnetismo fantasmal.

»No obstante, no hice nada por ir a verlo. No me animé a descubrir todo lo que podría haber perdido. Ni traté de separar esa pérdida de otra idea opresiva: que en Europa no había encontrado verdades que amenguaran mi soledad ni transformaran mi desesperación. En cambio, sólo había encontrado el mecanismo interior de mi pequeña alma, el dolor en la de Claudia y una pasión por un vampiro que quizás era más demoníaco que Lestat, pero en quien veía la única posibilidad de bien en el mal que yo podía concebir.

»Y, finalmente, todo escapaba a mis posibilidades. El reloj repiqueteó encima de la chimenea y Madeleine me rogó que la llevara a ver el Théâtre des Vampires y juró defender a Claudia de cualquier vampiro que osara insultarla. Claudia habló de estrategias y dijo:

»—Todavía no, ahora no.

»Yo me recosté, observando con algún alivio el amor de Madeleine por Claudia, su ciega pasión al descubierto. Oh, tengo en mi corazón tan poca compasión o recuerdos de Madeleine... Yo pensaba que ella sólo había visto la primera veta del sufrimiento; no comprendía a la muerte. Tan fácilmente se la podía violentar, se la podía lanzar por el camino de la violencia... Suponía, en mi orgullo y engaño colosales, que mi dolor por mi hermano muerto era la única emoción verdadera. Me permití olvidar cuánto me había enamorado ciegamente de los ojos irisados de Lestat, que había vendido mi alma por un objeto luminoso y multicolor pensando que una superficie altamente reflexiva brindaba el poder de caminar sobre las aguas.

»¿Qué es lo que tendría que haber hecho Cristo para que lo siguiera como Mateo o Pedro? Vestirse bien, para empezar. Y tener una cabeza lujuriosa de abundante cabello rubio.

»Me detestaba a mí mismo. Adormecido por su conversación —Claudia susurraba acerca de matanzas y de la velocidad, y de las habilidades del vampiro—, apareció entonces la única emoción de la que era capaz: detestarme. Las amo. Las odio. No me importa si están aquí. Claudia me pone las manos en el cabello como si me quisiera decir con la misma intimidad de antaño que su corazón está en paz. No me importa. Y está la aparición de Armand, ese poderío, esa claridad. Detrás de un espejo, al parecer. Y tomando la mano juguetona de Claudia, comprendo por primera vez en mi vida lo que ella siente cuando me perdona por ser yo mismo, y dice que me ama y que me odia: *no siente casi nada*.

—Faltaba una semana —reinició el vampiro su relato— para que acompañáramos a Madeleine en su aventura de incendiar un universo de muñecas detrás de una vitrina. Recuerdo que caminé por la calle, giré y entré en una angosta caverna oscura donde el único sonido era la caída de la lluvia. Pero entonces vi el rojo resplandor contra las nubes. Repicaron las campanas y gritaron los hombres. Y Claudia, a mi lado, me habló en voz baja de la naturaleza del fuego. El humo espeso que se elevaba en el resplandor inquieto me puso nervioso. Sentí miedo. No un miedo mortal, sin freno, sino algo como un garfio que me rozara. Ese miedo... era la vieja casa que ardía en la rue Royale, y Lestat como dormido en el suelo ardiente.

»—El fuego purifica... —dijo Claudia.

»Y yo dije:

»—No, el fuego simplemente destruye.

»Madeleine pasó a nuestro lado y corrió hacia el final de la calle, como un fantasma en la lluvia, con sus manos blancas azotando el aire, haciéndonos señas, arcos blancos de luciérnagas. Recuerdo que Claudia se fue de mi lado en pos de ella. Aún tengo la visión de su pelo rubio despeinado, móvil, cuando me hizo señas para que las siguiera. Una cinta caída en el suelo, flameando y flotando en un remolino de agua negra. Y yo agachado para recogerla. Pero otra mano la alcanzó. Armand me la entregó.

»Quedé perplejo al verlo allí, la figura del Caballero de la Muerte en un portal, maravillosamente real en su capa negra y corbatín de seda, y, no obstante, etéreo en su inmovilidad. Hubo un debilísimo resplandor de fuego en sus ojos.

»Desperté de improviso como si hubiera estado durmiendo, me desperté al sentirlo, al tener su mano en la mía, al ver su cabeza gacha como si me hiciese saber que quería que lo siguiese. Me despertó mi propia experiencia de excitación ante su presencia. Y esa presencia me consumió con la misma fuerza con que me había consumido en su celda. Caminamos juntos a paso rápido; nos acercamos al Sena y nos movimos con tanta celeridad y habilidad entre los grupos de hombres que éstos apenas se percataron de nuestro paso; y nosotros apenas los vimos. Me sorprendí de que yo pudiera seguirlo con tanta facilidad. Me obligaba a reconocer mis poderes, a aceptar que las formas que yo normalmente elegía eran humanas y que ya no las necesitaba más.

»Quise, desesperadamente, hablar con él, detenerlo con ambas manos en los hombros, simplemente volver a mirarlo a los ojos como había hecho la última noche, fijarlo en un tiempo y en un espacio para poder afrontar la excitación que sentía en mi interior. Quería hablarle de tantísimas cosas, quería explicarle tantas cosas... Sin embargo, no supe qué decir ni por qué lo diría; sólo la plenitud de la experiencia me alivió casi hasta el borde de las lágrimas. Eso era lo que yo más temía.

»No sabía dónde estábamos; únicamente que alguna vez había pasado por allí: una calle de antiguas mansiones, de muros de jardín y portales de cocheras y torres en lo alto y ventanas de cristal bajo arcos de piedra. Casas de otros siglos, árboles nudosos, esa tranquilidad súbita y espesa que significa que las masas han quedado fuera; un puñado de mortales habitan esa vasta región de habitaciones de altos techos; la piedra absorbe el sonido de la respiración, el espacio de vidas enteras.

»Ahora Armand estaba encima de un muro, con su brazo contra la rama saliente de un árbol y su mano extendida para ayudarme; y en un instante yo estaba a su lado y el follaje mojado me acarició el rostro. Encima, pude ver piso tras piso hasta una torre que apenas se veía en la lluvia negra y continua.

»—Escúchame, vamos a subir a esa torre —me dijo Armand.

»—Yo no podré... Es imposible...

»—No has empezado siquiera a conocer tus poderes. Puedes subir fácilmente. Recuerda que, si caes, no te lesionarás. Haz lo que yo hago. Pero atención a lo siguiente: hace cien años que me conocen los habitantes de esta casa y piensan que soy un espíritu; por tanto, si alguien te ve por casualidad, o tú los ves a través de esas ventanas, recuerda lo que creen que eres y no demuestres interés o se sentirán defraudados y confundidos. ¿Me oyes? Estás perfectamente a salvo.

»Yo no estaba seguro de qué era lo que más me aterrorizaba: el subir por esos muros o que creyeran que era un fantasma; pero no tuve tiempo para inventarme excusas ingeniosas. Armand había empezado a subir, sus botas encontraban las grietas entre las piedras, sus manos eran tan seguras como garras en las hendiduras; yo lo seguía, apretado contra la pared, sin animarme a mirar abajo, agarrado, para descansar un instante, al arco ancho y esculpido encima de una ventana. Miré al interior: por encima del fuego, vi un hombro oscuro y una mano moviendo el atizador; una figura que se movía completamente ignorante de que la miraban. Y desapareció. Subimos cada vez más alto hasta que llegamos a la ventana de la misma torre. Armand la abrió de inmediato; sus largas piernas desaparecieron por el marco y yo lo seguí y sentí sus brazos alrededor de mis hombros.

»Di un gran suspiro de alivio, pese a mí mismo, cuando estuve en la habitación, frotándome las palmas de las manos, mirando aquel lugar extraño y húmedo. Abajo, los techos estaban plateados y, aquí y allá, se elevaban las torres a través de las frondosas y enormes copas de los árboles. A lo lejos, brillaba la rota cadena de la avenida. La habitación parecía tan húmeda como la noche. Armand hizo un fuego.

»De una gran pila de muebles, eligió sillas y las hizo leña fácilmente, pese al grosor de sus piezas. Había algo grotesco en él, acentuado por su gracia y la serenidad imperturbable de su rostro blanco. Hizo lo que cualquier vampiro podía hacer: romper esos gruesos pedazos de madera; sin embargo, hizo únicamente lo propio del vampiro. No parecía haber nada humano en él; incluso sus facciones apuestas y su pelo moreno se convertían en los atributos de un ángel terrible, que sólo compartía con el resto de nosotros un parecido superficial. El abrigo hecho a medida era un espejo. Y aunque me sentí atraído por él, con más fuerza quizá de lo que jamás me había sentido atraído por criatura alguna, salvo por Claudia, me fascinó de una manera próxima al miedo. No me sorprendió, cuando terminó, que pusiera una pesada silla de roble a mi disposición, pero que él se retirara a la chimenea y allí se sentara, calentándose las manos ante el fuego mientras las llamas arrojaban sombras rojas a su cara.

»—Puedo oír a los habitantes de la casa —dije.

»El calor sentaba muy bien. Pude sentir que se secaba el cuero de mis botas.

»—Entonces sabes que yo también puedo oírlos —me dijo en voz baja, y aunque no hubo ni una pizca de reproche, me di cuenta de las implicaciones de mis propias palabras.

»—¿Y si vienen? —insistí, estudiándolo.

»—¿No te das cuenta, por mi manera de estar aquí, que no vendrán? —me preguntó—. Podemos quedarnos sentados aquí toda la noche sin jamás hablar de ellos. Quiero que sepas que si en este momento aún hablamos de ellos se debe a que tú te has referido a ellos.

»Y, como no contesté nada, y quizá parecí un tanto derrotado, me dijo que hacía mucho tiempo que habían cerrado la torre y que no la habían vuelto a pisar; y, si de hecho veían el humo en la chimenea por la ventana, ninguno de ellos se aventuraría a subir hasta el día siguiente.

»Vi entonces que había unos cuantos estantes de libros a un costado de la chimenea, y un escritorio. Encima de éste había unas hojas de papel dobladas, un tintero y varios lapiceros. Pude imaginarme que la habitación sería un sitio cómodo cuando no hubiera tormenta o después de que el fuego secara el ambiente.

»—¿Ves? —dijo Armand—, realmente no tienes necesidad de las habitaciones del hotel. En realidad, tienes necesidad de muy poco. Pero cada uno de nosotros debe decidir lo que quiere. La gente de esta casa me ha puesto un nombre; sus encuentros conmigo han sido causa de conversación durante veinte años. Son instantes aislados del tiempo que nada significan para mí. No me pueden hacer daño y yo uso su casa para estar solo. Nadie en el Théâtre des Vampires sabe que vengo aquí. Es mi secreto.

»Lo había mirado con suma atención cuando hablaba, y se me volvieron a ocurrir las ideas que me habían venido aquella noche en la celda del teatro. Los vampiros no envejecen y me pregunté qué diferencia habría entre su rostro juvenil y su aspecto de hacía cien años o aún más; porque su cara, aunque no acentuada por las lecciones de la madurez, no era una máscara. Sólo supe que me sentía tan atraído por él como lo había estado antes, y, de alguna manera, las palabras que entonces pronuncié fueron un subterfugio.

»—Entonces, ¿qué te ata al Théâtre des Vampires? —le pregunté.

»—Una necesidad, naturalmente. Pero he encontrado lo que necesito —dijo—. ¿Por qué me esquivas?

»—Jamás te he esquivado —dije, tratando de ocultar la excitación que me produjeron sus palabras—. Tú comprendes que debo proteger a Claudia; que ella sólo me tiene a mí. O al menos sólo me tenía a mí hasta...

»—Hasta que Madeleine fue a vivir con vosotros...

»—Sí... —dije.

»—Pero ahora Claudia te ha dejado en libertad y, sin embargo, tú te quedas con ella y te atas a ella como su querido.

»—No, no es mi querida; tú no comprendes —dije—. Más bien es mi niña y no sé cómo puede dejarme en libertad... —Eran ideas que se me habían ocurrido con gran frecuencia—. No sé si la hija tiene el poder de liberar al padre. No sé si no estaré atado a ella todo el tiempo que...

»Me detuve. Iba a decir "que viva". Pero me di cuenta de que se trataba de un vacío lugar común de los mortales. Ella viviría para siempre del mismo modo que yo. Pero, ¿no les sucedía eso a los padres mortales? Sus hijas vivían para siempre porque los padres morían antes. De repente me encontré perdido, pero consciente todo el tiempo de cómo me escuchaba Armand; que me escuchaba de una manera en que nosotros soñamos que los demás escuchan, y su rostro parecía reflejar todo lo que yo decía. No se abalanzaba para aprovechar mi pausa más breve, para señalar la comprensión de algo antes de que se hubiera terminado de expresar el pensamiento, o para discutir, con un impulso rápido e irresistible; todas esas cosas que a menudo imposibilitan el diálogo.

»Y al cabo de un largo intervalo, dijo:

»—Te quiero. Te quiero más que a nada en el mundo.

»Por un instante, no creí lo que había oído. Me pareció increíble. Me quedé desesperadamente desarmado. La visión muda de que viviéramos juntos se extendió hasta anular cualquier otra consideración en mi mente.

»—Dije que te quería. Te quiero más que a nada en el mundo —le repitió con un sutil cambio de expresión. Y entonces tomó asiento, esperando, aguardando. Su cara estaba tan tranquila como siempre, la frente blanca y pulida bajo el mechón de pelo negro, sin una traza de cuidado, y sus ojos reflejándose en los míos, los labios inmóviles—. Tú quieres esto de mí y, sin embargo, no vienes a mí —dijo—. Hay cosas que quieres saber y no preguntas. Ves a Claudia alejándose de ti y, no obstante, pareces incapaz de evitarlo. Y, entonces, quieres darte prisa, pero no haces nada.

»—No conozco mis propios sentimientos. Tal vez son más claros para ti que para mí...

»—¡Ni siquiera has empezado a conocer todo el misterio que eres! —dijo él.

»—Pero al menos tú te conoces perfectamente. Yo no puedo decir eso de mí —dije—. La quiero pero no estoy próximo a ella. Quiero decir que cuando estoy contigo, como ahora, me doy cuenta de que no sé nada de ella, nada de nadie.

»—Ella es una época para ti, una época de tu vida. En caso de que rompas con ella, romperás con la única persona viva que ha compartido el tiempo contigo. Tú le temes a eso; temes al aislamiento, la carga, la inmensidad de la vida eterna.

»—Sí, eso es verdad, pero sólo en parte. Esa época no significa mucho para mí. Ella la cargó de significado. Otros vampiros deben experimentar lo mismo y sobreviven ese paso de cien épocas.

»—Ellos no lo sobreviven —dijo él—. El mundo estaría lleno de vampiros si así fuera. ¿Cómo piensas que he llegado a ser el más viejo de aquí o de cualquier otra parte?

»Yo lo había pensado y, por tanto, me aventuré a decir:

»—¿Mueren por la violencia?

»—No, casi nunca. No es necesario. ¿Cuántos vampiros crees que tienen el valor suficiente para la inmortalidad? Para empezar, tienen las nociones más vagas acerca de la inmortalidad. Porque, al convertirse en inmortales, quieren que todas las formas de su vida sean fijas e incorruptibles: los carruajes hechos en el mismo estilo; vestimentas con el corte mejor; hombres ataviados y hablando del modo que siempre han comprendido y valorado; cuando en realidad, todas las cosas cambian menos el vampiro; todo salvo el vampiro está sujeto a una corrupción y a una distorsión constantes. Muy pronto, con esa mente inflexible, y a veces incluso con la mente más flexible, esta inmortalidad se transforma en una condena penitenciaria, en un manicomio de figuras y formas que son desesperadamente ininteligibles y sin valor. Un atardecer, un vampiro se levanta y se da cuenta de lo que ha temido quizá durante décadas: que simplemente no quiere vivir más. Que cualquier estilo o moda o forma de existencia que le hiciera atractiva la inmortalidad ha desaparecido de la faz de la tierra. Y no queda nada que ofrezca la libertad de la desesperación, con la excepción del acto de matar. Y el vampiro sale a morir. Nadie encontrará sus restos. Nadie sabrá que ha desaparecido. Y muy a menudo, nadie a su alrededor, en caso de que aún busque la compañía de otros vampiros, nadie sabrá que él está desesperado. Habrá dejado de hablar de él o de cualquier otra cosa hace mucho tiempo. Desaparecerá.

»Me quedé sentado e impresionado por la obvia verdad de sus palabras y, no obstante, al mismo tiempo, todas mis entrañas se rebelaron contra esa posibilidad. Tomé conciencia de la profundidad de mi esperanza y de mi terror. ¡Qué diferentes eran esos sentimientos alienantes que te he descrito de esa horrenda desesperación de pérdida! Había algo indignante y repulsivo en ella. No la podía aceptar.

»—Pero tú no te permitirías caer en semejante estado. Mírate —le estaba diciendo yo—. Si no quedara una sola obra de arte en el mundo... y hay miles... si no hubiera una sola belleza natural, si el mundo se redujera a una única celda vacía y una vela tenue, no puedo dejar de imaginarte estudiando esa vela, concentrado en esa luz trémula, en el cambio de sus colores... ¿Cuánto tiempo te podría sostener eso...? ¿Qué posibilidades crearía? ¿Estoy equivocado? ¿Acaso soy un idealista enloquecido?

»—No —dijo él; hubo una breve sonrisa en sus labios, un flujo evanescente de placer; pero continuó hablando—. Tú te sientes obligado con un mundo que amas porque ese mundo para ti sigue intacto. Es concebible que tu sensibilidad se convierta en un instrumento de la locura. Hablas de obras de arte y de bellezas naturales. Ojalá yo tuviera el poder del artista para vivificar para ti la Venecia del siglo XV, el palacio de mi amo, el amor que yo le tenía cuando era un chico mortal y el amor que él sentía por mí cuando me convirtió en un vampiro. Oh, si pudiera revivir esos tiempos para ti y para mí... únicamente un instante. ¿Cuánto valdría? ¡Y cuánto me entristece que el tiempo no apague la memoria de esa época y que se haga más rico y más mágico a la luz del mundo que hoy veo!

»—¿Amor? ¿Existió el amor entre ti y el vampiro que te creó? —pregunté y me incliné hacia delante.

»—Así es —dijo—. Un amor tan fuerte que no pudo permitir que yo envejeciera y muriera. Un amor que esperó paciente hasta que tuve fuerzas suficientes para nacer a la oscuridad. ¿Quieres decirme que no hubo vínculo de amor entre ti y el vampiro que te creó?

»—Ninguno —dije rápidamente.

»No pude reprimir una amarga sonrisa.

»Él me estudió.

»—Entonces, ¿por qué te concedió estos poderes? —me preguntó.

»Me apoyé en el respaldo de mi asiento.

»—¡Tú piensas que estos poderes son un don! —dije—. Por cierto que sí. Perdona, pero me sorprende que en tu complejidad seas tan profundamente simple —me reí.

»—¿Debes insultarme? —sonrió.

»Y su manera de hablar me confirmó lo que acababa de decir. Parecía tan inocente... Yo estaba empezando a entenderlo.

»—No, no por mí —dije, y se me aceleró el pulso cuando lo miré—. Tú eres todo lo que soñé cuando me convertí en vampiro. ¡Tú consideras estos poderes como un don! —repetí—. Pero, dime... ¿sientes ahora amor por aquel vampiro que te brindó la vida eterna? ¿Lo sientes ahora?

»Pareció pensarlo y luego dijo lentamente:

»—¿Qué importancia tiene? Pienso que no he sido muy afortunado en sentir amor por muchas personas o muchas cosas. Pero sí, lo quiero. Quizá no lo quiera como tú piensas. Pareciera que me puedes confundir sin mayor esfuerzo. Tú eres un misterio. Yo ya no necesito más a aquel vampiro.

»—Se me brindó la vida eterna, con una percepción superior, y la necesidad de matar —expliqué rápidamente— porque el vampiro que me creó quería la casa que yo poseía y mi dinero. ¿Comprendes una cosa semejante? —pregunté—. Ah, pero hay tanto detrás de mis palabras. Se me revela lentamente, de forma tan incompleta... ¿Ves?, es como si hubieras abierto una puerta para mí y la luz cayera en esa puerta y yo quisiera llegar a ella, abrirla del todo para entrar en la región que tú dices que existe más allá. Cuando en realidad, ¡no lo creo! El vampiro que me creó fue realmente todo aquello que yo creía que era malo; ¡era tan miserable, tan literal, tan desprovisto de todo, tan inevitable, eternamente desilusionante, como yo creía que tenía que ser el mal! ¡Pero tú, tú eres algo completamente ajeno a esa concepción! Abre la puerta para mí, ábrela de par en par. Cuéntame de ese lugar en Venecia, de ese amor con la condena eterna. Quiero saberlo.

»—Te engañas. Ese palacio no significa nada para ti —dijo él—. La puerta que ves conduce hasta mí, a que vengas a vivir conmigo tal como ahora soy. Soy un demonio con infinitas gradaciones y sin culpa.

»—Sí, exactamente —murmuré.

»—Y eso te hace infeliz —dijo—. Tú, que viniste a mi celda y dijiste que sólo quedaba un pecado, el asesinato consciente de una vida humana.

»—Sí... —dije—. ¡Cómo te debes de haber reído de mí...!

»—Jamás me reí de ti —dijo él—. No puedo darme el lujo de reírme de ti. A través de ti, me puedo salvar a mí mismo de la desesperación que te he descrito como nuestra muerte. A través de ti, debo vincularme con el siglo XIX y llegar a comprenderlo de una manera que me revitalice, algo que necesito desesperadamente. A ti te he esperado en el Théâtre des Vampires. Si conociera a un ser humano de esa sensibilidad, ese dolor, ese enfoque, lo convertiría en un vampiro al instante. Pero eso se puede hacer rara vez. No, he tenido que esperar y vigilarte. Y ahora lucharé por ti. ¿Ves con qué crueldad me enamoro? ¿Es esto lo que tú denominas amor?

»—Oh, pero estarías cometiendo un gravísimo error —dije, mirándolo a los ojos.

»Sus palabras empezaban a revelármelo. Jamás había sentido que mi propia frustración fuera tan nítida. Era inconcebible que yo pudiera satisfacerlo. No podía satisfacer a Claudia. Jamás había podido satisfacer a Lestat. Y a mi propio hermano mortal, Paul, ¡de qué forma miserable lo había desilusionado!

»—No, debo ponerme en contacto con la época —me dijo con calma—. Y lo puedo hacer por tu intermedio... No aprender cosas de ti que puedo ver en un momento en cualquier galería de arte o leer en una hora en el libro más extenso... Tú eres el espíritu, el corazón —insistió.

»—No, no. —Me llevé las manos a la cabeza; estaba al borde de lanzar una carcajada amarga e histérica—. ¿No te das cuenta? Yo no soy el espíritu de mi época. Tengo problemas con todo y siempre los he tenido. ¡Nunca me he sentido a gusto en ninguna parte ni con nadie!

»Era demasiado doloroso, demasiado perfecto y verdadero. Pero su rostro se iluminó apenas con una sonrisa irresistible. Parecía estar a punto de reírse de mí y, entonces, se le empezaron a mover los hombros con esa risa.

»—Pero, Louis —me dijo en voz baja—. Ése es el mismísimo espíritu de tu época. ¿No lo ves? Todos se sienten como tú. Tu caída de la gracia y de la fe ha sido la caída de este siglo.

»Me quedé perplejo y, durante largo rato, contemplé el fuego. Había consumido toda la leña y era una tierra baldía de cenizas latentes, un paisaje gris y rojo que se hubiera pulverizado ante el empuje del atizador. No obstante, estaba muy caliente y aún despedía una luz poderosa. Vi mi vida en una completa perspectiva.

»—... Y los vampiros del Théâtre... —dije en voz baja.

»—Ellos reflejan la edad del cinismo, que no puede abarcar la muerte de las posibilidades, una fatua indulgencia refinada en la parodia de lo milagroso; una decadencia cuyo último refugio es el ridículo

391

de uno mismo, una desesperanza formal. Tú los viste; tú los has conocido toda tu vida. Tú reflejas tu época de un modo distinto. Tu reflejo es un corazón roto.

»—Esto es la infelicidad. Una infelicidad que no acabas de comprender.

»—No lo dudo. Dime cómo te sientes ahora, qué te priva de la felicidad. Dime por qué, durante siete días, no has venido a verme aunque estabas ansioso de hacerlo. Dime lo que te ata a Claudia y a la otra mujer.

»Sacudí la cabeza.

»—No sabes lo que me preguntas. Me resultó inmensamente difícil convertir a Madeleine en una vampira. Quebranté una promesa hecha a mí mismo de no hacerlo jamás, de que mi soledad jamás me llevaría a eso. No considero que nuestra vida sea un don y un poder. La veo como una maldición. No tengo el valor de morir. ¡Pero hacer otro vampiro! ¡Darle este sufrimiento a otro ser, condenar a todos esos hombres y mujeres a la muerte porque luego mi vampiro los matará! No cumplí una promesa. Y, al hacerlo...

»—Pero si te representa algún consuelo... estoy seguro de que te das cuenta de que yo tuve algo que ver.

»—... Lo hice para liberarme de Claudia, para estar libre y poder ir a ti... Sí, me doy cuenta. Pero la última responsabilidad es mía —dije.

»—No, quiero decir directamente. ¡Yo te obligué a hacerlo! Estaba cerca de ti la noche en que lo hiciste. Utilicé mi mayor poder para convencerte. ¿No lo sabías?

»—¡No!

»Agaché la cabeza.

»Yo habría transformado a esa mujer en una vampira —dijo él—, pero pensé que sería mejor que tú te ocuparas de eso. De otro modo, no dejarías a Claudia. Debías saber que lo deseabas...

»—¡Detesto lo que hice! —dije.

»—Entonces, detéstame a mí, no a ti.

»—No, tú no comprendes. ¡Tú casi destruiste lo que valoras en mí cuando eso sucedió! Te resistí con todas mis fuerzas cuando ni siquiera sabía que era tu poder lo que me influía. ¡Algo casi murió en mí! ¡Casi fui destruido cuando apareció Madeleine!

»—Pero eso ya no está muerto, esa pasión, esa humanidad, como tú quieras llamarlo. Si no estuvieras con vida, ahora no habría lágrimas en tus ojos. No habría furia en tu voz —dijo él.

»Por el momento, no pude contestar. Simplemente asentí con la cabeza. Luego traté de volver a hablar:

»—Jamás debes obligarme a hacer algo en contra de mi voluntad. Jamás debes utilizar ese poder... —tartamudeé.

»—No —dijo de inmediato—. No debo hacerlo. Mi poder se detiene en algún punto de tu interior, en algún portal. Allí no tengo ningún poder. No obstante... esta creación de Madeleine está hecha. Tú quedas libre.

»—Y tú satisfecho —dije, recuperando el dominio de mí mismo—. No quiero ser grosero. Tú me tienes en tu poder. Yo te quiero. Pero estoy en falta. ¿Estás satisfecho?

»—¿Cómo puedo dejar de estarlo? —preguntó él—. Por supuesto que estoy satisfecho.

»Me puse de pie y fui a la ventana. Los últimos rescoldos agonizaban. La luz salía del cielo gris. Oí que Armand me seguía hasta la ventana. Podía sentirlo a mi lado. Mis ojos se acostumbraron cada vez más a la luminosidad del cielo, de modo que pude ver su perfil y sus ojos finos en la lluvia que caía. El sonido de la lluvia estaba en todas partes y era en todas partes diferente: flotaba en el canal del tejado, repiqueteaba en las tejas, caía suavemente por los distintos niveles de las ramas de los árboles, chapoteaba en la piedra del alféizar delante de mis manos. Una suave mezcla de sonido humedecía y coloreaba la noche.

»—¿Me perdonas... por obligarte a hacer esa vampira? —me preguntó.

»—No necesitas mi perdón.

»—Tú lo necesitas —dijo él—. Por tanto, yo lo necesito.

»Su rostro, como siempre, estaba completamente en calma.

»—¿Cuidará ella a Claudia? ¿Aguantará? —pregunté.

»—Es perfecta. Está loca, pero por el momento es perfecta. Cuidará a Claudia. Jamás ha vivido sola un solo momento; para ella es natural estar dedicada a terceros. No necesita razones especiales para amar a Claudia. Sin embargo, aparte de sus necesidades, tiene razones especiales. El aspecto hermoso de Claudia, la tranquilidad de Claudia, el dominio y la serenidad de Claudia. Juntas son perfectas. Pero pienso... que deben abandonar París lo antes posible.

»—¿Por qué?

»—Tú sabes por qué: Santiago y todos los demás vampiros las vigilan y tienen grandes sospechas. Todos los vampiros han visto a Madeleine. Le temen porque ella sabe de ellos y ellos no la conocen. No dejan en paz a nadie que sepa algo de ellos.

»—¿Y el chico, Denis? ¿Qué piensas hacer con él?

»—Ha muerto —contestó.

»Quedé atónito. Tanto de sus palabras como de su calma.

»—¿Tú lo mataste? —pregunté.

»Dijo que sí con la cabeza. Y yo no dije nada. Pero sus grandes ojos oscuros parecieron en trance conmigo, con la emoción, el trauma que no traté de ocultar. Su sonrisa sutil y suave pareció atraerme, su mano se cerró sobre la mía en el marco húmedo de la ventana y sentí que mi cuerpo giraba para hacerle frente, como si no estuviera dominado por mí sino por él.

»—Era mejor —me concedió—. Ahora debemos irnos...

»Y miró calle abajo.

»—Armand —dije—, yo no puedo...

»—Louis, sígueme —susurró; y luego, en el marco, se detuvo—. Aunque te cayeras en el empedrado de abajo —dijo—, sólo quedarías lesionado por muy poco tiempo. Te curarías con tal rapidez y perfección que en pocos días no tendrías la menor señal; tus huesos se curan igual que la piel; que este conocimiento te sirva para poder hacer lo que en realidad puedes. Bajemos.

»—¿Qué puede matarme? —pregunté.

»Volvió a detenerse.

»—La destrucción de tus restos —dijo él—. ¿No lo sabes? El fuego, la desmembración... El calor del sol. Nada más. Puedes quemarte, sí, pero eres elástico. Eres inmortal.

»Yo miraba la llovizna plateada que caía en la oscuridad. Entonces apareció una luz bajo las ramas de un gran árbol y los pálidos rayos descubrieron la calle. El empedrado mojado, el gancho de hierro de la campana del carromato, las hiedras aferradas al muro. El gran bulto negro del carruaje rozó las hiedras y entonces la luz palideció; la calle pasó del amarillo al plateado y desapareció de golpe, como si los oscuros árboles se la tragasen. O, más bien, como si todo hubiera sido sustraído desde la oscuridad. Me sentí mareado. Sentí que el edificio se movía. Armand, sentado en el marco, me observaba.

»—Louis, ven conmigo esta noche —murmuró de improviso con tono de urgencia.

»—No —dije en voz baja—, es muy pronto. Todavía no las puedo dejar.

»Lo vi darse la vuelta y mirar el cielo. Pareció suspirar, pero no lo oí. Sentí su mano próxima a la mía en el marco.

»—Muy bien... —dijo.

»—Un poco más de tiempo... —dije yo. Y él asintió con la cabeza y palmeó mi mano como para decirme que estaba bien. Luego pasó las piernas y desapareció. Vacilé un instante, alarmado por los latidos de mi corazón. Pero entonces pasé por el marco de la ventana y comencé a seguirlo sin animarme a mirar hacia abajo.

El vampiro reanudó el hilo de su relato:

—Era casi el alba cuando abrí la puerta del hotel. La luz de las lámparas flameaba en las paredes. Y Madeleine, con aguja e hilo en sus manos, se había dormido al lado de la chimenea. Claudia estaba inmóvil mirándome desde los helechos en la ventana, en las sombras. Tenía un peine en las manos. Le brillaba el pelo.

»Me quedé de pie absorbiendo todo lo que allí me impresionaba, como si todos los placeres sensuales de esas habitaciones me traspasaran como oleadas y el cuerpo se llenara de esas cosas, tan diferentes de la atracción de Armand y de la torre donde había estado. Aquí había algo cómodo y era perturbador. Busqué mi silla. Me senté y me llevé las manos a las sienes. Entonces vi que Claudia estaba a mi lado, y sentí sus labios en mi frente.

»—Has estado con Armand —dijo ella—. Quieres irte con él.

»Levanté la vista. ¡Qué hermosa y suave era! Y, súbitamente, tan mía. No vacilé en mis ganas de tocarle las mejillas, acariciarle suavemente las cejas; familiaridades que no había tomado desde la noche de nuestra pelea.

»—Te volveré a ver; no aquí, en otros sitios. Siempre sabré dónde estás —dije.

»Me pasó los brazos por el cuello. Me apretó, y cerré los ojos y hundí la cara en sus cabellos. Le cubrí de besos el cuello. Le cogí los brazos. Se los besé, le besé las suaves curvas de la carne, las muñecas, las palmas de las manos. Sentí que sus dedos me acariciaban el pelo, la cara.

»—Lo que tú quieras —prometió—. Lo que tú quieras.

»—¿Estás contenta? ¿Tienes lo que quieres? —le pregunté.

»—Sí, Louis. —Me apretó contra su vestido y sus dedos me tocaron la nuca—. Tengo cuanto quiero. Pero, ¿tú realmente sabes lo que quieres?

»Me movió la cabeza y tuve que mirarla a los ojos.

»—Temo por ti —insistió—. Quizás estés cometiendo un error. ¿Por qué no te vas de París con nosotras? —dijo de repente—. Tenemos el mundo por delante. Ven con nosotras.

»—No —dije y me separé de ella—. Tú quieres que todo vuelva a ser como con Lestat. Eso jamás se podrá repetir. Y no sucederá.

»—Será algo nuevo y diferente con Madeleine. No pido que se repita el pasado. Fui yo quien le puso punto final —dijo ella—. Pero realmente, ¿sabes lo que estás eligiendo con Armand?

»Le di la espalda. En la antipatía que ella le tenía había algo misterioso y terco. En su fracaso de comprenderlo, ella repetiría que él le deseaba la muerte, lo que yo no creía que fuera cierto. No se daba cuenta de algo que yo sabía: él no podía desearle la muerte porque yo no la deseaba. Pero ¿cómo se lo podía explicar sin sonar a algo pomposo y ciego, dado el amor que yo le tenía?

»—Es algo que se debe hacer. Es el camino a seguir —dije, como si todo se me aclarara ante la presión de las dudas de Claudia—. Sólo él puede darme las fuerzas para ser lo que soy. No puedo seguir viviendo dividido y consumido por el dolor. O me voy con él o muero —dije—. Y hay algo más que es irracional e inexplicable y que únicamente me satisface a mí...

»—¿Qué es...? —preguntó ella.

»—Que lo quiero —dije.

»—Sin duda, lo quieres —murmuró ella—. Pero tú eres capaz de quererme incluso a mí.

»—Claudia, Claudia...

»La abracé y sentí su peso sobre mi rodilla. Se apoyó en mi pecho.

»—Únicamente espero que cuando me necesites, me puedas encontrar... —susurró ella—. Que pueda volver a ti... Te he herido tantas veces. Te he dado tanto sufrimiento...

»Sus palabras se apagaron. Quedó inmóvil. Sentí su peso y pensé: "Dentro de poco tiempo, no la tendré más. Ahora simplemente quiero abrazarla. Siempre ha habido tanto placer en algo simple... Su peso encima de mí, esta mano descansando en mi cuello...".

»Una lámpara se apagó en alguna parte. Pareció que del aire húmedo y fresco, de improviso, se hubiera sustraído esa luz. Yo estaba al borde del sueño. De haber sido mortal, me habría contentado con dormirme allí mismo. Y en ese cómodo y soñoliento estado, tuve una sensación extraña, casi humana: que el sol me despertaría cálidamente y que tendría esa visión rica y normal de los helechos a la luz del sol, y de los rayos del sol en las gotas de lluvia. Me permití el lujo de esa sensación. Tenía los ojos entrecerrados.

»Tiempo después he tratado con frecuencia de recordar esos momentos. He tratado una y otra vez de recordar exactamente lo que en esas habitaciones empezó a molestarme, y tendría que haberme molestado. Cómo, al no haber estado alerta, estaba insensible de algún modo a los cambios que deben haberse verificado. Mucho después, dolido y robado y amargado más allá de lo imaginable, repasé esos momentos anteriores al alba, cuando el reloj latía de forma casi imperceptible sobre la chimenea y el cielo palidecía cada vez más; y lo único que podía recordar —pese a la desesperación con que fijaba y alargaba ese tiempo, pese a que con mis manos detenía las manecillas de ese reloj—, lo único que podía recordar era el cambio suave de la luz.

»En guardia, jamás hubiera permitido que sucediera. Abotargado con precauciones más graves, no me percaté de nada. Una lámpara que se apagaba, una vela que se extinguía con el temblor de su propio charco de cera caliente. Con los ojos semicerrados, tuve entonces la sensación de oscuridad inmediata, de que me encerraban en la oscuridad.

»Y entonces abrí los ojos sin pensar en lámparas ni en velas. Pero fue demasiado tarde. Recuerdo haberme puesto de pie, haber sentido la mano de Claudia que caía a mi costado, y la visión de un grupo de hombres y mujeres vestidos de negro que entraban en las habitaciones; sus vestimentas parecieron apagar todas las luces de cualquier adorno o superficie laqueada; parecieron abrumar toda luz. Giré en contra de ellos, grité a Madeleine; la vi despertarse de golpe, aterrorizada, aferrada al brazo del sofá, y luego de rodillas cuando llegaron ante ella. Santiago y Celeste se acercaban a nosotros, y, detrás de ellos, Estelle y los otros cuyos nombres no sabía, y llenaban todos los espejos y se unían para formar muros amenazantes y móviles. Le grité a Claudia que corriera, después de haberme ido hasta la puerta de atrás. La hice pasar de un empujón y luego me detuve y lancé un puntapié cuando se acercó Santiago.

»Aquella débil posición defensiva que había mostrado contra él en el Barrio Latino no era nada comparada con la fuerza que entonces demostré. Quizá jamás pelearía bien en defensa de mis propias convicciones. Pero el instinto de proteger a Claudia y Madeleine fue abrumador. Recuerdo haber lanzado a Santiago hacia atrás de un puntapié; luego golpeé a aquella hermosa y poderosa Celeste que trató de pasar por mi lado. Los pasos de Claudia resonaron distantes en la escalera de mármol. Celeste me atacó, me clavó las uñas en la cara hasta que me brotó la sangre y me corrió hasta el cuello. La pude ver brillando con el rabillo del ojo. Ataqué a Santiago, abrazado a él, consciente de las fuerzas de esos brazos que se aferraban a mí, de esas manos que intentaban llegar a mi cuello.

»—Lucha, Madeleine —grité, pero lo único que pude escuchar fueron sus sollozos.

»Entonces la vi en un remolino; era una cosa fija, aterrada y rodeada de vampiros. Ellos se reían con esa risa vampírica vacía, que es como de lata o de campanillas. Santiago se llevó las manos a la cara. Mis dientes le habían sacado sangre. Lo golpeé en el pecho, en la cabeza; el dolor me atravesó el brazo; algo me agarró del pecho, como dos brazos, que me quité de encima, y oí el ruido de cristales rotos detrás de mí. Pero algo más, alguien más, se aferró a mi brazo y me tiró con una fuerza tenaz.

»No recuerdo haberme debilitado. No recuerdo ningún momento en que la fuerza de alguien me haya vencido. Recuerdo que simplemente estaba en inferioridad numérica. Desesperado, debido a la cantidad y la persistencia en mi contra, me inmovilizaron, me rodearon y me sacaron de las habitaciones. Llevado por los vampiros, me obligaron a recorrer el pasillo. Y luego caí por los escalones, libre por un momento ante las puertas angostas del fondo del hotel, sólo para volver a estar rodeado y agarrado por ellos. Pude ver el rostro de Celeste muy cerca de mí, y, de haber podido, la hubiera cortado con los dientes. Yo sangraba profusamente y me tenían agarrado tan fuerte de una muñeca que esa mano no la sentía. Madeleine estaba a mi lado, sollozando en silencio. Nos metieron a ambos en un carruaje. Me golpearon una y otra vez, pero no perdí el conocimiento. Recuerdo haberme aferrado tenazmente a la conciencia, sintiendo los golpes en la nuca, sintiendo que tenía la nuca llena de sangre que me bajaba por el cuello cuando estaba echado en el suelo del vehículo. Pensaba únicamente: "Puedo sentir que se mueve el carruaje; estoy con vida; estoy consciente."

»Y, tan pronto como nos metieron a rastras en el Théâtre des Vampires, grité llamando a Armand.

»Me dejaron ir, trastabillé en los escalones del sótano, una horda detrás de mí y otra delante, empujándome con manos amenazadoras. En un momento, le pegué a Celeste, y ella gritó, y alguien me golpeó por detrás.

»Entonces vi a Lestat, y ese golpe fue el más fuerte de todos. Lestat, de pie en medio del recinto, erguido, con sus ojos grises agudos y enfocados, la boca alargada con una sonrisa sardónica. Como siempre, estaba impecablemente vestido y espléndido con su rico abrigo negro y las telas finas. Pero las cicatrices aún marcaban cada milímetro de su piel blanca. ¡Y cómo distorsionaban su cara apuesta, dura! Tenía unas líneas finas y profundas que cortaban la delicada piel encima del labio, en los párpados, en la frente pulida. Y los ojos le brillaban con una furia silenciosa que parecía imbuida de vanidad, una horrenda vanidad incesante que decía: "¡Ved lo que soy!"

»—¿Es éste? —preguntó Santiago, empujándome.

»Pero Lestat giró bruscamente en su dirección y dijo en voz baja pero ronca:

»—Te dije que quería a Claudia, ¡la niña…! ¡Ella fue!

»Y entonces vi que se le movía la cabeza involuntariamente con sus palabras y que estiraba una mano como buscando el brazo de una silla, pero la cerró cuando se recompuso y me miró a los ojos.

»—Lestat —dije, viendo que tenía algunas posibilidades de salvación—, ¡estás vivo! ¡Estás con vida! Diles cómo nos trataste...

»—No —dijo y sacudió la cabeza con furia—, tú volverás conmigo, Louis.

»Por un momento no pude creer lo que acababa de oír. Una parte mía más sana, más desesperada, me dijo: "Razona con él", incluso cuando una risa siniestra le brotó de los labios.

»—¡Estás loco!

»—Te devolveré la vida —dijo, y los ojos le temblaron con la angustia de sus palabras, el pecho agitado y esa mano moviéndose nuevamente y cerrándose impotente en la oscuridad—. Tú me prometiste —le dijo a Santiago— que lo podía volver a llevar a Nueva Orleans. —Y entonces, cuando miró a uno, y a otro, y a otro, se le agitó aún más la respiración—. ¡Claudia!, ¿dónde está? ¡Ella me lo hizo! ¡Os lo dije!

»—Tiempo al tiempo —dijo Santiago.

»Y cuando se acercó a Lestat, éste dio un paso atrás y casi perdió el equilibrio. Halló el brazo de sillón que necesitaba y se aferró a él, cerró los ojos y recuperó el dominio de sí mismo.

»—Pero él la ayudó, la asistió... —dijo Santiago, acercándosele.

»—No —dijo Lestat, levantando la mirada. Louis, debes regresar a mi lado. Hay algo que debo decirte... sobre aquella noche en el pantano...

»Pero se detuvo y volvió a mirar en derredor como si estuviera enjaulado, herido, desesperado.

»—Escúchame, Lestat —dije—, tú la dejas ir, la dejas en libertad... y yo... volveré contigo —dije, y las palabras sonaron vacías, metálicas. Traté de dar un paso en su dirección, de hacerle leer mis ojos, hacer que de ellos emanara mi poder como dos rayos de luz. Él me miraba; me estudiaba, luchando todo el tiempo contra su propia fragilidad. Celeste me cogió de la muñeca—. Tú se lo debes decir —continué diciendo—: Cómo nos tratabas; que no conocíamos las leyes; que ella no sabía de la existencia de otros vampiros.

»Yo pensaba sin cesar mientras esa voz mecánica salía de mí: "Armand volverá esta noche, Armand tiene que volver. Él pondrá fin a todo esto; no permitirá de ningún modo que esto siga".

»Se oyó el ruido de algo que arrastraban por el suelo. Pude oír el llanto exhausto de Madeleine. Miré en derredor y la vi en una silla y cuando ella vio mis ojos, su miedo pareció aumentar. Trató de levantarse pero no se lo permitieron.

»—Lestat —dije—, ¿qué quieres de mí? Te lo daré...

»Y entonces vi lo que hacía ruido. Lestat también lo había visto. Era un ataúd con grandes cerrojos de hierro lo que arrastraban en la habitación. Comprendí de inmediato.

»—¿Dónde está Armand? —dije, desesperado.

»—Ella me lo hizo, Louis. Ella me lo hizo. Tú no, ¡ella tiene que morir! —dijo Lestat, y su voz enronqueció como si le costara un gran esfuerzo hablar—. Sacad eso de aquí. El viene conmigo a casa —le dijo con furia a Santiago.

»Santiago se rió, y Celeste también, y la risa contagió a todos los demás.

»—Me lo prometiste —dijo Lestat.

»—Yo no te prometí nada —dijo Santiago.

»—Te han engañado —le dije con amargura cuando abrieron la tapa del ataúd—. ¡Como a un idiota! Debes conseguir a Armand. Él es el jefe —le grité.

»Pero no pareció entender. Lo que entonces sucedió fue desesperado, nebuloso y miserable; yo los pateaba, trataba de liberar los brazos, les aullaba que Armand no les permitiría hacer lo que estaban haciendo, que no osaran hacerle daño a Claudia. No obstante, me metieron en el ataúd; mi esfuerzo frenético sólo sirvió para hacerme olvidar los sollozos de Madeleine, sus alaridos espantosos y el miedo de que en cualquier momento se le sumaran los gritos de Claudia. Recuerdo haberme levantado contra la tapa que me aplastaba y haberla mantenido un momento antes de que la cerraran encima de mí y trabasen los candados con gran ruido de metales y llaves.

»Unas palabras antiguas volvieron a mí, un Lestat estridente y sonriente en aquel sitio distante, ajeno a los peligros, donde nosotros tres habíamos peleado juntos: "Un niño hambriento es un espectáculo horrendo... Un vampiro hambriento es aún peor. Oirían sus gritos hasta en París." Mi cuerpo empapado de sudor y tembloroso quedó tieso en el ataúd sofocante, y me dije: "Armand no permitirá que esto suceda; no hay ningún lugar en que me puedan esconder y quedar seguros".

»Levantaron el ataúd, hubo ruidos de pasos, y comenzó una oscilación de lado a lado. Mis brazos estaban apretados contra los costados de la caja, y cerré los ojos quizá por un instante. Me dije a mí mismo que no debía tocar los costados ni sentir el estrecho margen de aire entre mi rostro y la tapa; noté que el ataúd se movía cuando los pasos llegaron a los escalones. En vano traté de distinguir los gritos de Madeleine, porque me pareció que lloraba por Claudia, que la llamaba como si ella nos pudiera ayudar: "Llama a Armand; él debe volver esta noche", pensé con desesperación. Únicamente el pensamiento de la horrible humillación de oír mi propio grito encerrado conmigo, inundando mis oídos pero encerrado conmigo, me hizo evitar que lo hiciera.

»Pero otra idea se apoderó de mí incluso cuando aún fraseaba esas palabras: "¿Y si no viene? ¿Y si en algún sitio de aquella mansión tenía un ataúd escondido al que volvía...?" Y entonces mi cuerpo pareció escapar de repente, sin aviso previo, del dominio de mi mente, y golpeé contra las maderas que me rodeaban, luché por darme vuelta y poner toda la fuerza de mi espalda contra la tapa del ataúd. Pero no pude hacerlo; era demasiado estrecho y mi cabeza volvió a caer contra las planchas; el sudor me empapó la espalda y los costados.

»Dejaron de oírse los gritos de Madeleine. Lo único que oía eran los pasos y mi propia respiración. "Entonces, él vendrá mañana por la noche —sí, mañana por la noche— y ellos se lo dirán y él nos encontrará y nos liberará." El ataúd se movía. Un olor a humedad me llenó la nariz; su frescura se hizo palpable a través del calor cerrado del ataúd; y, entonces, al olor a humedad se sumó el olor a tierra. Pusieron el ataúd en el suelo. Me dolieron los miembros y me froté los brazos con las manos, tratando de no tocar la tapa del ataúd para no sentir lo próxima que estaba, temeroso de que mi propio miedo degenerara en pánico, en terror.

»Pensé que entonces me dejarían solo, pero no lo hicieron. Estaban cerca, atareados, y me llegó a la nariz otro olor que era crudo y desconocido. Entonces, cuando estaba echado, inmóvil, me di cuenta de que estaban poniendo ladrillos y que el olor provenía del cemento. Lenta, cuidadosamente, subí una mano para secarme la cara. "Muy bien, entonces, mañana por la noche", razoné conmigo mismo, y mis hombros parecieron crecer y apretarse contra los costados del ataúd. "Vendrá mañana; y, hasta entonces, éstos son, simplemente, los confines de mi propio ataúd, el precio que he pagado por todo esto noche tras noche."

»Pero las lágrimas me brotaron de los ojos y me vi golpeando la madera. La cabeza se me iba de un lado al otro y sólo pensaba en mañana y en la noche posterior. Y entonces, como para distraerme de toda esa locura, pensé en Claudia, sólo para sentir sus brazos en mi cuerpo a la luz mortecina de aquellas habitaciones del Hôtel Saint-Gabriel, y sólo pude imaginarme la curva de su mejilla a la luz, el movimiento lánguido y suave de sus cejas, la superficie sedosa de sus labios. Se me puso tenso el cuerpo y di puntapiés contra las tablas. Había desaparecido el ruido de los ladrillos y se alejaban los pasos de los vampiros. Grité su nombre: "¡Claudia!", hasta que me dolió todo el cuello. Hundí las uñas en las palmas de mis manos, y lentamente, como una corriente helada, la parálisis del sueño se apoderó de mí. Traté de llamar a Armand, tonta, desesperadamente, apenas consciente de la pesadez cada vez mayor de mis párpados y de mis manos inmóviles y de que él también estaría durmiendo en algún sitio, que él también descansaba en su cuarto. Lo intenté una última vez. Mis ojos vieron la oscuridad, mis manos sintieron la madera. Pero estaba débil. Y entonces no hubo nada más.

—Me despertó una voz —prosiguió el vampiro—. Era distante pero clara. Pronunció mi nombre dos veces. Por un instante no supe dónde estaba. Había estado soñando; algo desesperado que amenazaba con desaparecer por completo sin dejar la menor pista acerca de lo que había sido; y era algo terrible que yo estaba ansioso por dejar escapar. Entonces abrí los ojos y sentí la tapa del ataúd. Recordé dónde estaba en el mismo instante en que, misericordiosamente, supe que era Armand quien me llamaba. Le contesté, pero mi voz estaba encerrada conmigo y era ensordecedora. En un momento de terror, pensé: «Me está buscando y no puedo decirle que estoy aquí». Pero entonces escuché que me hablaba y que me decía que no tuviera miedo. Y oí un fuerte ruido. Y otro. Y hubo un sonido de algo que se rompía y luego la caída tumultuosa de los ladrillos. Me pareció que varios golpearon el ataúd. Entonces oí que los levantaba uno por uno. Sonó como si estuviera arrancando los candados por los tornillos.

»Se rompió la madera dura de la tapa. Un punto de luz brilló ante mis ojos. Respiré a través del mismo y sentí que el sudor me empapaba la cara. La tapa se abrió y, por un instante, quedé enceguecido; luego me senté viendo la luz brillante de una lámpara a través de mis dedos.

»—Deprisa —me dijo—. No hagas el menor ruido.

»—Pero ¿adónde vamos? —pregunté.

»Pude ver un pasillo de ladrillos que llegaba hasta la puerta que él había roto. A lo largo del pasillo, había puertas herméticamente cerradas, tal como había estado ésta. De inmediato tuve una visión de ataúdes detrás de esos ladrillos, vampiros muriéndose de hambre y pudriéndose allí. Pero Armand me levantó y me volvió a decir que no hiciera ruido; nos arrastramos por el pasillo. Se detuvo ante una puerta de madera y entonces apagó la lámpara. Por un instante todo quedó a oscuras hasta que, por debajo de la puerta, apareció una luz. Abrió la puerta con tanto cuidado que los goznes no hicieron el menor chirrido. Ahora yo podía oír mi propia respiración y traté de acallarla. Entramos por el pasillo inferior que llevaba a su celda. Pero corrí detrás de él y me di cuenta de una horrible verdad. Él me estaba rescatando a mí, pero a mí únicamente. Estiré una mano para detenerlo, pero él me empujó para que lo siguiera. Sólo cuando estuvimos en el callejón al lado del Théâtre des Vampires, pude detenerlo. Y aun entonces, estaba a punto de continuar andando. Empezó a sacudir la cabeza antes de que le hablara.

»—¡No puedo salvarla! —exclamó.

»—Realmente, ¡no esperarás que me vaya sin ella! ¡Ellos la tienen allí! —Yo estaba horrorizado—. ¡Armand, debes salvarla! ¡No tienes otra posibilidad!

»—¿Por qué me dices eso? —me contestó—. Simplemente, no tengo el poder; lo debes comprender. Se levantarán contra mí. No hay ninguna razón para que no lo hagan. Louis, te lo repito, no puedo salvarla. Sólo arriesgaré perderte. Tú no puedes volver.

»Me negué a admitir que eso pudiera ser verdad. Mi única esperanza era Armand. Pero, en verdad, puedo decir que yo había superado el miedo. Lo único que sabía era que tenía que rescatar a Claudia o morir en el intento. Fue algo realmente simple y no un asunto de valentía. Asimismo, yo sabía, y lo podía ver en la pasividad de Armand, en la manera de hablar, que él me seguiría si yo volvía, que no trataría de evitar que fuera.

»Yo tenía razón. Corrí de vuelta al pasillo y estuvo detrás de mí en un santiamén; nos dirigimos a la escalera que daba al salón. Pude oír a los demás vampiros. Pude oír toda clase de sonidos, hasta el tránsito de París, que resonaba como una congregación en la bóveda superior. Y entonces, cuando llegué al rellano de la escalera, vi a Celeste en la puerta del salón. Tenía una de las máscaras de escena en la mano. Simplemente, me contemplaba. No parecía alarmada. En realidad, parecía extrañamente indiferente.

»Si me hubiera atacado, si hubiera hecho sonar la alarma, yo podría haber comprendido. Pero no hizo nada. Dio un paso atrás y entró en el salón, al parecer disfrutando de los sutiles movimientos de su falda; pareció girar por el simple placer de mover la falda y, haciendo un gran círculo, llegó al centro del salón. Se llevó la máscara a la cara y dijo en voz baja detrás de la calavera pintada:

»—Lestat... es tu amigo Louis que te llama. Mira bien, Lestat.

»Dejó caer la máscara y se oyeron unas carcajadas. Vi entonces que todos estaban en el salón, en las sombras, sentados con los hombros encogidos y su rostro miraba en dirección opuesta a la mía. Parecía que tenía algo en las manos, algo que no pude ver; lentamente, levantó la vista y sus rizos rubios le cayeron en la cara. Sus ojos demostraban miedo. Era innegable. Miró a Armand. Éste se movió por el salón con pasos lentos y seguros y todos los vampiros se alejaron de él, vigilantes.

»—*Bonsoir*, monsieur —le dijo Celeste, con la máscara delante como un espectro.

»Él no le prestó atención. Miró a Lestat.

»—¿Estás satisfecho? —le preguntó.

»Los ojos grises de Lestat miraron a Armand con sorpresa y sus labios trataron de formar una palabra. Pude ver que se le llenaban los ojos de lágrimas.

»—Sí... —murmuró, mientras su mano luchaba con el objeto que trataba de esconder debajo de su abrigo negro; pero entonces me miró y las lágrimas le rodaron por el rostro—. Louis —dijo con la voz profunda y rica, en lo que pareció ser una batalla insoportable—, por favor, debes escucharme. Tienes que volver...

»Y entonces, agachando la cabeza, hizo una mueca de vergüenza.

»Santiago se reía en alguna parte. Armand le dijo en voz baja a Lestat que se debía ir, dejar París; que era un paria.

»Y Lestat quedó sentado con los ojos cerrados, la cara trasfigurada de dolor. Parecía el doble de Lestat, alguien herido, una criatura debilitada que yo jamás había conocido.

»—Por favor —dijo, y su voz era elocuente y amable cuando me imploraba—. ¡No puedo hablar contigo aquí! No te puedo hacer comprender. Vendrás conmigo... por un tiempo nada más... ¿hasta que yo me recupere?

»—Esto es una locura... —dije, y de repente me subí las manos a las sienes—. ¿Dónde está ella? —Miré sus rostros quietos, pasivos; esas sonrisas inescrutables—. Lestat...

»Le hice dar media vuelta, tomándolo de la lana negra de sus solapas.

»Y entonces vi el objeto en sus manos. Supe de qué se trataba. En un instante se lo arranqué de las manos y me quedé mirándolo. Era una cosa frágil de seda, era... el vestido amarillo de Claudia. Se llevó una mano a los labios y desvió la cabeza. Se le escaparon unos sollozos reprimidos, suaves, cuando tomó asiento mientras lo miraba, mientras miraba el vestido. Moví lentamente los dedos por encima de las lágrimas, vi las manchas de sangre y mis manos se cerraron temblorosas cuando lo aplasté contra mi pecho.

»Durante largo rato simplemente me quedé inmóvil; el tiempo no contaba para mí ni para esos vampiros movedizos, con una risa suave y etérea que me llenaba los oídos. Recuerdo haber pensado que quería taparme los oídos con las manos, pero no dejé escapar el vestido, no pude dejar de tratar de hacerlo tan pequeño hasta que quedó escondido en mis manos. Recuerdo que ardía una hilera de candelabros, una hilera despareja contra la pared pintada. Una puerta estaba abierta a la lluvia y todas las velas trepidaban y se movían en el viento, como si las llamas fueran levantadas de su cabo. Pero se aferraban a la cera y seguían ardiendo. Supe que Claudia estaba tras aquella puerta. Las velas se movieron. Los vampiros las habían cogido. Santiago tenía una vela; me hizo una reverencia y me invitó a traspasar el umbral. Apenas era consciente de su presencia. No me importaba nada ni él ni ninguno de los demás. Algo en mi interior me dijo: "Si te preocupan, te volverás loco; y, en realidad, carecen de importancia. Ella sí importa. ¿Dónde está? Encuéntrala." La risa de los vampiros era distante y parecía tener color y forma pero no formar parte de nada.

»Entonces vi algo a través del portal abierto, algo que había visto antes, hacía mucho, muchísimo tiempo. Nadie sabía que lo había visto antes. No, Lestat lo sabía, pero no importaba. Ahora no lo reconocería ni lo entendería. Que yo y él hubiéramos visto esa cosa, los dos de pie en la puerta de esa cocina de ladrillos en la rue Royale, dos cosas encogidas que habían tenido vida, madre e hija abrazadas, la pareja asesinada en el suelo de la cocina. Pero estas dos que yacían bajo la suave lluvia eran Madeleine y Claudia, el hermoso pelo rojo de Madeleine se mezclaba con el rubio de Claudia, que se estremecía y brillaba en el viento que pasaba por la puerta abierta. Lo único viviente que no había sido quemado era el pelo, no el largo y vacío vestido de terciopelo, no la pequeña camisa manchada de sangre con sus lazos blancos. Y la cosa ennegrecida, quemada, que era Madeleine aún tenía la estampa de su rostro vivo y la mano que se aferraba a la niña era totalmente como la mano de una muñeca. Pero la niña, la antigua niña, mi Claudia, era cenizas.

»Di un grito, un grito salvaje y amenazador que salió de las entrañas de mi ser, elevándose como el viento en ese espacio angosto, el viento que sacudía la lluvia que caía sobre esas cenizas, golpeando las huellas de una pequeña mano contra los ladrillos, el pelo rubio que se elevaba, esos sueltos mechones que flotaban, volando hacia arriba. Recibí un golpe cuando aún gritaba, y me aferré a algo que creí que era Santiago. Lo golpeaba, lo destruía, retorcía esa sonriente cara blanca con unas manos de las que él no se podía liberar, manos contra las que luchó, gritando y mezclando sus gritos con los míos. Sus pies pisaron esas cenizas cuando le di un gran empujón; mis ojos se-

413

guían enceguecidos por la lluvia, por mis lágrimas, hasta que él se alejó de mí y fue entonces cuando él estiró su brazo para atajarme y pude verlo: era Armand contra quien yo luchaba. Armand, que me empujaba y me alejaba de esa pequeña fosa y me metía en el remolino de colores del salón, de los gritos, de las voces entremezcladas, de esa risa plateada, penetrante.

»Y Lestat me llamaba:

»—¡Louis, espérame; Louis, debo hablarte!

»Pude ver los ojos profundos y marrones cerca de mí. Me sentí débil y vagamente consciente de que Claudia y Madeleine estaban muertas, y su voz decía suavemente, quizá sin sonidos:

»—No pude evitarlo, no pude evitarlo...

»Ellas estaban muertas, simplemente muertas. Y yo perdía el conocimiento. Santiago aún estaba cerca de ellas, viendo aquel cabello en el viento, barrido encima de los ladrillos; aquellos rizos sueltos. Pero yo perdía ya el conocimiento...

»No pude llevarme sus cuerpos conmigo, no los pude sacar. Armand me pasó un brazo por la espalda y el otro bajo mi brazo, y me llevaba por algún lugar vacío y con ecos. Se levantaban los olores de la calle y allí había unos carruajes brillantes detenidos. Me pude ver corriendo claramente por el Boulevard des Capucines con un pequeño ataúd bajo el brazo, la gente abriéndome paso, docenas de personas poniéndose de pie, las mesas llenas del café al aire libre y un hombre levantando su brazo. Parece que allí tropecé, yo, el Louis a quien Armand conducía a algún sitio, y una vez más vi sus ojos pardos fijos en mí y sentí ese mareo, ese hundimiento. No obstante, caminé, me moví, vi el brillo de mis propios zapatos en el pavimento.

»—¿Está tan loco como para pedirme a mí esas cosas? —preguntaba yo de Lestat, con mi voz chillona y enfadada, e incluso aquel sonido me daba algún alivio. Yo me reía, me reía a carcajadas—. ¡Está absolutamente loco para hablarme a mí de esa manera! ¿Lo oíste? —pregunté.

»Y los ojos de Armand me dijeron: "Cálmate". Quise decir algo de Madeleine y Claudia y volví a sentir que me empezaba ese grito en el interior, ese grito que derribaba todo a su paso. Apreté los dientes para dejarlo adentro, porque hubiera sido tan sonoro y tan pleno que me destruiría si le permitía escapar.

»Entonces concebí todo con demasiada claridad. Ahora caminábamos, esa caminata beligerante y ciega que hacen los hombres cuando están borrachos perdidos y llenos de odio por los demás, cuando al mismo tiempo se sienten invencibles. Yo caminaba de esa forma por Nueva Orleans la noche en que conocí por primera vez a Lestat, esa ebria caminata que es un desafío a todas las cosas, que está milagrosamente segura de sus pasos y encuentra un camino siempre. Vi las manos de un borracho que encendían milagrosamente una cerilla. La llama tocó la pipa, chupó el humo. Yo estaba ante el escaparate de un café. El hombre chupaba la pipa. No estaba borracho. Armand estaba a mi lado esperando. Estábamos en el Boulevard des Capucines, lleno de gente. ¿O se trataba del Boulevard du Temple? No estaba seguro. Me indignó que sus cuerpos permanecieran aún allí, en ese lugar tan vil. ¡Vi el pie de Santiago tocando esa cosa quemada y negra que había sido mi niña! Yo lloraba con los dientes apretados. El hombre se levantó de la mesa y el vapor se expandió por el vidrio delante de su cara.

»—Aléjate de mí —le decía yo a Armand—. Maldito seas, no te me acerques. Te lo advierto, no te me acerques...

»Me alejaba por la avenida y pude ver que un hombre y su mujer se ponían a un costado dándome paso, el hombre con un brazo levantado para proteger a la mujer.

»Entonces, empecé a correr. La gente me veía correr. Me pregunté cómo me veían, una cosa salvaje y pálida que se movía demasiado rápido para sus ojos. Recuerdo que cuando me detuve, estaba débil y enfermo y me ardían las venas como si me estuviera muriendo de hambre. Pensé en matar, y la idea aquella me sirvió de revulsión. Estaba sentado en los escalones de una iglesia, ante una de esas pequeñas puertas laterales, talladas en la piedra, y cerradas cada noche. La lluvia había amainado. O lo parecía. Y la calle estaba fúnebre y tranquila, aunque a lo lejos pasó un hombre con un paraguas negro y brillante. Armand estaba a cierta distancia, bajo los árboles. Detrás parecía haber una gran extensión de árboles y de hierbas mojadas, y de bruma que se levantaba como si el suelo estuviera caliente.

»Pensando en el malestar de mi estómago, de mi cabeza y de la garganta, pude volver, poco a poco, a un estado de calma. Para cuando estas cosas desaparecieron y me volvía a sentir bien, tuve conciencia de todo lo que había sucedido, de la gran distancia a que estábamos del teatro, y de que los restos de Madeleine y de Claudia todavía estaban allí... Víctimas de un holocausto, abrazadas. Y me sentí decidido y muy próximo a mi propia destrucción.

»—No lo pude evitar —me dijo en voz baja, al oído, Armand.

»Levanté la mirada para ver su cara sombríamente triste. Desvió la mirada como si pensara que era inútil tratar de convencerme de eso. Pude sentir su tristeza abrumadora, su casi derrota. Tuve la sensación de que si satisfacía toda mi furia contra él, él haría poco por defenderse. Y pude sentir ese distanciamiento, esa pasividad suya como algo penetrante que estaba en la raíz de su insistencia:

»—Yo no podría haberlo evitado.

»—¡Oh, tú podrías haberlo evitado! —dije en voz baja—. Sabes perfectamente bien que lo podrías haber hecho. ¡Tú eras el jefe! Tú eras el único que conocía las limitaciones de su propio poder. Ellos las desconocían. No comprendían. Tu comprensión superaba la de ellos.

»Siguió evitando mi mirada. Pero pude ver el efecto que le causaron mis palabras. Pude ver el agotamiento en su rostro, la tristeza opaca y pesada de sus ojos.

»—Tú tenías autoridad sobre ellos. ¡Te temían! —continué diciendo—. Los podrías haber detenido de haber estado dispuesto a utilizar ese poder, incluso más allá de los límites que conocías. No quisiste violar tu propio sentido de ti mismo. ¡Tu propia y preciosa concepción de la verdad! Te entiendo perfectamente. ¡Veo en ti el reflejo de mí mismo!

»Sus ojos se movieron lentamente hasta encontrarse con los míos. Pero no dijo nada. El dolor en su rostro era terrible. Estaba desesperado por el dolor, y al borde de una terrible emoción que quizá no pudiera dominar. Él temía esa emoción. Yo no. Él sentía mi dolor con su poder sobrenatural que superaba al mío. Yo no sentía su dolor. No me importaba en absoluto.

»—Te comprendo demasiado bien... —dije—. Esa pasividad mía ha sido el meollo de todo, el verdadero mal. Esa debilidad, esa negación a comprometer una moralidad estúpida y fragmentada, ¡ese orgullo espantoso! Debido a eso, permití que me convirtieran en lo que soy, cuando sabía que estaba mal. Por eso, permití que Claudia se convirtiera en la vampira en que se convirtió. Por eso, permanecí a un costado y dejé que matara a Lestat cuando sabía que estaba mal, y eso mismo fue su condena. Y Madeleine, Madeleine... Dejé que llegara a esto cuando jamás tendría que haber permitido que se convirtiera en una criatura como nosotros. ¡Sabía que estaba equivocado! Pues bien, te digo que ya no soy más esa criatura pasiva, débil, que ha tejido mal tras mal hasta que la telaraña se volvió tan vasta y densa, mientras que yo sigo siendo su ridícula víctima. ¡Se ha terminado! Ahora sé lo que debo hacer. Y te lo advierto por la misericordia que me demostraste sacándome de esa fosa en la que estaba enterrado y donde hubiera muerto: no vuelvas a tu celda en el Théâtre des Vampires. No te acerques allí.

—No esperé a oír su respuesta —relató el vampiro—. Tal vez nunca intentó dármela. No lo sé. Lo dejé sin volver la vista atrás. Si me siguió, no me percaté de ello, ni traté de saberlo. No me importó.

»Me retiré al cementerio de Montmartre. Por qué elegí ese lugar, no lo sé, salvo que no estaba lejos del Boulevard des Capucines; y Montmartre era casi rural entonces, oscuro y tranquilo comparado con el resto de la urbe. Vagabundeando por las casas bajas con sus huertos, maté sin la más mínima satisfacción, y luego busqué el ataúd donde pasaría ese día en el cementerio. Saqué los restos con mis propias manos y me eché en un lecho que hedía, que tenía el hedor de la muerte. No puedo decir que eso me diera comodidad, pero me brindó quizá lo que buscaba. Encerrado en esa oscuridad, oliendo la tierra, lejos de todos los humanos y de todas las formas humanas y vivientes, me entregué a todo lo que entorpecía e invadía mis sentidos; es decir, me entregué a mi dolor.

»Pero eso fue breve.

»Cuando el sol frío y gris del invierno desapareció para dar paso a la noche, ya estaba despierto, sintiendo que el sopor desaparecía, tal como sucede en invierno, y noté que las cosas vivientes y oscuras que habitaban el ataúd se movían a mi alrededor, escapando ante mi resurrección. Salí lentamente bajo la débil luna, saboreando el frío, el pulido total de la lápida de piedra que moví para salir. Caminando por las tumbas y fuera del cementerio, repasé un plan que tenía en la cabeza, un plan en el cual estaba dispuesto a jugarme la vida con toda la poderosa libertad de un ser al que realmente no le importa esa vida, de un ser que tiene la fortaleza extraordinaria de estar dispuesto a morir.

»En un huerto vi algo que sólo había sido algo vago en mis pensamientos hasta que lo tuve en mis manos. Era una pequeña guadaña, con su curva hoja aún sucia de hierbas verdes del último trabajo, y, una vez que la hube limpiado y que pasé el dedo por la hoja cortante, fue como si se aclarara mi plan y pudiera dar rápidamente los demás pasos: conseguir un carruaje y un conductor que cumpliera mis órdenes durante el día —deslumbrado por el dinero que le daría y las promesas de más ganancias—; sacar del

Hôtel Saint-Gabriel mi ataúd y trasladarlo al interior del carruaje; procurarme todas las demás cosas que podía necesitar. Y luego estaban las largas horas de la noche, cuando debía simular beber con mi conductor y hablar con él y obtener toda su costosa cooperación para que me llevara al alba desde París a Fontainebleau. Dormir dentro del vehículo, ya que mi salud delicada me obligaba a que no me molestasen bajo ninguna circunstancia. Esta intimidad era tan importante que estaba más que dispuesto a agregar una suma generosa a la cantidad ya pagada, simplemente si ni siquiera tocaba el picaporte de la puerta hasta que yo saliera del carruaje.

»Y cuando estuviera convencido de que estaba de acuerdo y lo suficientemente borracho como para ignorar casi todo menos las riendas para el viaje a Fontainebleau, entraríamos lenta, cautelosamente, en la calle del Théâtre des Vampires, y esperaríamos a una distancia prudencial hasta que el cielo empezara a aclarar.

»Cuando mi plan estuvo en marcha, y me acerqué al teatro, éste seguía cerrado y protegido contra el día inmediato. Me acerqué cuando el aire y la luz me dijeron que tenía unos quince minutos para ejecutar mi plan. Yo sabía que, encerrados, los vampiros del teatro ya estaban en sus ataúdes. Y que incluso si uno de los vampiros estaba a punto de irse a dormir, no oiría las primeras maniobras mías. Rápidamente coloqué los leños al lado de la puerta cerrada. Hundí los clavos, que entonces cerraron esas puertas desde fuera. Un transeúnte se percató de lo que yo estaba haciendo, pero siguió su camino, creyendo que quizás estaba cerrando el establecimiento con el permiso del propietario. No lo sé. Sin embargo, sabía que antes de que terminara quizá me encontrara con los taquilleros, con los acomodadores y con los que barrían, y que quizá permanecieran en el interior, vigilando el sueño de los vampiros.

»Pensaba en esos hombres cuando llevé el carruaje hasta la misma callejuela de Armand y lo dejé estacionado allí; me llevé dos pequeños barriles de queroseno hasta la puerta de Armand.

»La llave abrió con facilidad, tal como esperaba, y una vez en el interior del pasillo inferior, abrí la puerta de su celda para cerciorarme de que él no estaba allí. El ataúd había desaparecido. De hecho, todo había desaparecido menos los muebles, incluyendo la cama del muchacho difunto. Rápidamente abrí un barril y, empujando el otro por las escaleras, me di prisa en mojar las vigas con queroseno y en empapar las puertas de madera de las demás celdas. El olor era fuerte, más fuerte y más poderoso que cualquier ruido que pudiera haber hecho para alertar a alguien. Y aunque me quedé absolutamente inmóvil al pie de las escaleras con el barril y la guadaña, escuchando, no oí nada, nada de esos guardias que yo suponía que estaban allí, nada de los vampiros. Aferrado al mango de la guadaña, me aventuré lentamente hasta que estuve ante la puerta que daba al salón. Nadie estaba allí para verme verter el queroseno en los sillones o en los cortinajes; nadie me vio vacilar un instante ante la puerta del pequeño patio donde habían sido asesinadas Claudia y Madeleine. ¡Oh, cuánto quise abrir esa puerta! Me tentó tanto que casi me olvido del plan. Casi dejo caer los barriles y abro la puerta. Pero pude ver la luz a través de las grietas de la madera vieja de esa puerta. Y supe que debía seguir adelante. Madeleine y Claudia ya no estaban allí. Estaban muertas.

¿Y qué hubiera hecho de haber abierto esa puerta, de haberme enfrentado con esos restos, con ese pelo despeinado, sucio? No había tiempo, no tenía sentido. Corrí por los pasillos que antes no había explorado, bañé con queroseno antiguas puertas, seguro de que los vampiros estaban allí encerrados; entré en el mismo teatro, donde una luz fría y gris que venía de la puerta principal me hizo apresurar, y produje una gran mancha oscura en los cortinajes de terciopelo del telón, en las sillas, en las cortinas de la entrada.

»Y, por último, terminado el barril y dejado a un lado, saqué la antorcha casera que había hecho, le acerqué una cerilla a los trapos mojados con queroseno y prendí fuego a las sillas. Las llamas lamieron su gruesa seda. Moví la antorcha en mi carrera hacia el escenario y encendí ese oscuro telón con un solo golpe rápido.

»En pocos segundos, todo el teatro ardió como con la luz del día, toda su estructura pareció chirriar y gruñir cuando el fuego subió por las paredes, chupando el gran arco del proscenio, los adornos de yeso de los palcos. Pero no tuve tiempo para admirar el espectáculo, para saborear el olor y el sonido, la visión de los escondrijos y rincones que salían a la luz en la furiosa iluminación que muy pronto los consumiría. Volví corriendo al piso inferior, prendiendo fuego con mi antorcha al sofá del salón, las cortinas, todo lo que ardiera.

»Alguien gritó en los pisos superiores, en habitaciones que yo nunca había visto. Oí el inequívoco sonido de una puerta que se abría. Pero era demasiado tarde, me dije aferrando la antorcha y la guadaña. El edificio era pasto de las llamas. Serían destruidos. Corrí hacia las escaleras y un grito distante resonó por encima de los rugidos de las llamas; mi antorcha acarició las vigas empapadas de queroseno y las llamas envolvieron las antiguas maderas, rizándose ante el techo mojado. Era el grito de Santiago, estaba seguro; y entonces, cuando llegué al piso inferior, lo vi allá arriba, detrás de mí, bajando las escaleras; el humo llenaba el hueco de la escalera a su alrededor, y él tenía los ojos llorosos y la garganta sofocada; sus manos estaban extendidas en mi dirección mientras murmuraba:

»—¡Tú, maldito seas...!.

»Y yo me quedé sobrecogido; entrecerré los ojos para defenderme del humo, sentí que me lagrimeaban, irritados, pero sin dejar de enfocar ni por un instante su imagen, pues el vampiro usaba ahora todo su poder para atacarme con tal rapidez que se haría invisible. Cuando esa cosa oscura que era su ropa se acercó, blandí la guadaña y vi que le daba en el cuello. Sentí el impacto en su cuello, y lo vi caer a un costado, buscando con sus manos la espantosa herida. El aire estaba lleno de gritos, de alaridos; un rostro blanco brilló encima de Santiago, una máscara de terror. Algún otro vampiro corrió por el pasillo delante de mí hacia la puerta secreta del pasillo. Pero yo me quedé allí mirando a Santiago, viéndolo levantarse pese a la herida. Volví a esgrimir la guadaña, golpeándolo con facilidad. Y no hubo herida. Nada más que dos manos buscando una cabeza que ya no estaba allí.

»Y la cabeza, con la sangre que manaba del resto del cuello, y los ojos que miraban despavoridos bajo las vigas ardiendo, y el pelo oscuro y sedoso empapado de sangre, cayó a mis pies. Le di un fuerte puntapié con la bota y la envié volando por el pasillo. Corrí tras ella con la antorcha y la guadaña mientras levantaba los brazos para protegerme de la luz del día que inundaba las escaleras hasta la callejuela. La lluvia caía en agujas brillantes sobre mis ojos, que se esforzaron por ver el contorno oscuro del carruaje que relumbró contra el cielo. El conductor dormido se sacudió con mis órdenes, su torpe mano fue instintivamente al látigo y el carruaje salió disparado cuando abrí la portezuela; los caballos avanzaron rápidos mientras yo abría la tapa del ataúd; mi cuerpo cayó a un lado, mis manos quemadas bajaron por la protectora seda fría, la tapa cayó y reinó la oscuridad.

»El paso de los caballos aceleró su ritmo cuando nos alejamos de la esquina donde ardía el edificio. No obstante, aún podía oler el humo, me sofocaba, me irritaba los ojos y los pulmones, y tenía la frente quemada por la primera luz difusa del sol.

»Pero nos alejábamos del humo y de los gritos. Nos íbamos de París. Lo había logrado. El Théâtre des Vampires era devorado por el fuego.

»Cuando sentí que se me caía la cabeza de sueño, imaginé una vez más a Claudia y Madeleine abrazadas en ese patio sórdido, y les dije en voz baja, agachándome hasta las imaginarias cabezas de pelo rizado que brillaban a la luz de la lámpara:

»—No pude traeros. No pude traeros. Pero ellos yacerán arruinados y muertos en vuestro derredor. Si el fuego no los consume, será el sol. Si no se queman, entonces la gente que vaya a combatir el fuego los verá y los expondrá a la luz del sol. Os lo prometo: todos morirán como vosotras habéis muerto; todo aquel que esté allí esta madrugada, morirá. Y ésas son las únicas muertes en mi larga vida que considero exquisitas y buenas.

—Volví dos noches después —relató el vampiro—. Tenía que ver el sótano inundado donde cada ladrillo estaba calcinado, destrozado; donde unas pocas vigas esqueléticas apuntaban al cielo como estacas. Esos murales monstruosos que una vez habían rodeado el salón eran ahora fragmentos deshechos: una cara pintada aquí, un trozo de ala de ángel allá; eso era lo único identificable que quedaba.

»Con los periódicos vespertinos, me abrí paso hasta el fondo de un pequeño café al otro lado de la calle. Allí, bajo la luz mortecina de las lámparas y el espeso humo de cigarros, leí las notas sobre el siniestro. Se encontraron pocos cuerpos en el teatro incendiado, pero en todas partes había ropas y disfraces desparramados, como si los famosos actores de vampiros hubieran escapado del teatro hacía mucho tiempo. En otras palabras, únicamente los vampiros más jóvenes habían dejado sus huesos; los antiguos habían sufrido una consumición total. Ninguna mención de testigos o de algún sobreviviente. ¿Cómo podría haberlos habido?

»Sin embargo, algo me preocupó considerablemente. Yo no temía a ningún vampiro que se pudiera haber escapado. No tenía ganas de cazarlos en caso de haberlo conseguido. Estaba seguro de que había muerto la mayoría de los integrantes del grupo. Pero, ¿por qué no había habido guardias humanos? Yo estaba seguro de que Santiago había mencionado guardias y supuse que eran acomodadores y porteros que preparaban el teatro antes de las actuaciones. Y me había dispuesto a enfrentarlos con la guadaña. Pero no habían estado allí. Era extraño. Y lo extraño no me tranquilizaba mucho.

»Pero, por último, cuando dejé los diarios a un costado y volví a pensar en esas cosas, no me importó más ese elemento extraño. Lo importante era que yo estaba absolutamente solo, más solo de lo que jamás había estado en mi vida. Que Claudia había desaparecido para siempre. Y yo tenía menos razones para vivir que nunca. Y menos ganas.

»No obstante, mi pesadumbre no me abrumó, no me invadió, no me convirtió en esa criatura miserable y quebrada en que temía transformarme. Quizá no fuera posible aguantar el dolor que había sentido cuando vi los restos de Claudia. Quizá no fuera posible saber eso y sobrevivir por mucho tiempo. A medida que las horas pasaban, a medida que el humo en el café se hacía más espeso y que caía y subía el telón del pequeño escenario iluminado por una lámpara, en el que cantaban mujeres robustas, con la luz brillando sobre sus joyas baratas, y resonaban sus voces ricas y profundas, a menudo plañideras, exquisitamente tristes, me pregunté vagamente cómo sería sentir esta pérdida, esta indignación, y verse justificado en ellas, ser merecedor de simpatía, de aliento. Yo no hubiera contado mi dolor a ninguna criatura. Mis propias lágrimas no significaban nada para mí.

»¿Adónde ir entonces si no me moría? Fue extraño cómo me llegó la respuesta. Extraño cómo salí entonces del café y di una vuelta alrededor del teatro incendiado y, al final, me dirigí a la ancha Avenue Napoléon y por ella hasta el palacio del Louvre. Fue como si ese palacio me llamara y, sin embargo, jamás había estado dentro de sus muros. Había pasado mil veces delante de su extensa fachada, deseando poder visitarlo como un ser mortal por sólo un día y pasear entonces por esos salones y ver sus magníficos cuadros. Ahora lo haría en posesión únicamente de una vaga noción de que en las obras de arte podía encontrar alivio; de que yo no podía brindar nada fatal a lo que era inanimado y, sin embargo, magníficamente poseído del espíritu de la vida misma.

»En algún sitio de la Avenue Napoléon, oí detrás de mí el paso inconfundible de Armand. Me hacía llegar señales, me hacía saber que estaba cerca. Pero no hice otra cosa que aminorar el paso y dejar que se me pusiera a la par. Durante largo rato, caminamos sin pronunciar palabra. No me animaba a mirarlo. Por supuesto, no había dejado de pensar en él ni por un instante; como si fuéramos humanos y Claudia hubiese sido mi amor, al final podría haber caído en los brazos de él debido a la necesidad de compartir un dolor común tan fuerte, tan absorbente. Ahora el dique amenazaba quebrarse, pero no se rompió. Yo estaba entumecido y caminaba como tal.

»—Ya sabes lo que he hecho —dije por último; habíamos salido de la avenida y ahora podía ver allá delante la larga fila de columnas dobles contra la fachada del Museo Real—. Sacaste tu ataúd, como te advertí...

»—Sí —me contestó.

»Sentí un alivio súbito e inequívoco al escuchar su voz. Me debilitó. Pero, simplemente, yo estaba demasiado lejos del dolor, demasiado cansado.

»—Y, sin embargo, estás aquí a mi lado. ¿Deseas vengarlos?

»—No —dijo él.

»—Eran tus compañeros, tú eras su jefe —dije—. ¿No les avisaste que yo estaba tras ellos, del mismo modo que yo te avisé?

»—No —dijo.

»—Pero seguro que me detestas por ello. Sin duda respetas alguna norma, alguna lealtad de alguna especie.

»—No —dijo en voz baja.

»Me sorprendió la lógica de sus respuestas, aunque no las podía explicar ni comprender.

»Algo se me aclaró en las remotas regiones de mis propias consideraciones incesantes.

»—Había guardias; estaban los acomodadores que dormían en el teatro. ¿Por qué no estaban allí cuando entré? ¿Por qué no estaban allí para proteger a los vampiros?

»—Porque eran empleados míos y los despedí. Los eché —dijo Armand.

»Me detuve. Estaba imperturbable cuando lo miré de frente, y tan pronto como se encontraron nuestros ojos deseé que el mundo no fuera una negra ruina vacía con cenizas y muertes. Deseé que fuera fresco y hermoso y que ambos viviéramos y nos pudiéramos dar amor.

»—¿Tú hiciste eso sabiendo lo que yo pensaba hacer?

»—Así es —dijo.

»—¡Pero tú eras su jefe! Confiaban en ti. Creían en ti. ¡Vivían contigo! —dije—. No comprendo cómo tú... ¿Por qué?

»—Piensa la respuesta que más te guste —dijo con calma y sensatez, como si no quisiera herirme con ninguna acusación o desdén sino mostrarme lo literal de sus palabras—. Puedo pensar en muchas. Piensa en la que necesites y créela. Es igual a cualquiera. Te daré la razón verdadera de lo que hice, que es al menos auténtica: estaba por irme de París. El teatro me pertenecía. Por tanto, los despedí...

»—Pero con lo que sabías...

»—Te lo dije; fue la razón real y la menos verdadera —me dijo con paciencia.

428

»—¿Me destruirías con la misma facilidad con que permitiste su destrucción? —le pregunté.

»—¿Por qué habría de hacerlo?

»—¡Dios Santo! —susurré.

»—Has cambiado mucho —dijo—. Pero en cierta manera, eres el mismo.

»Seguí caminando y me detuve ante la entrada del Louvre. Al principio me pareció que sus muchas ventanas eran oscuras y plateadas con la luz de la luna y la llovizna. Pero entonces me pareció ver una luz débil que se movía en el interior, como si un guardia caminara entre esos tesoros. Y tercamente fijé mis pensamientos en él, en ese guardián, calculando cómo un vampiro podía atacarlo, arrebatarle la vida y la linterna, y las llaves. El plan era una confusión. Era incapaz de planes. Sólo había hecho un único plan en mi vida y lo había terminado.

»Y entonces, por último, me rendí. Volví a Armand y dejé que sus ojos penetraran en los míos y lo dejé acercarse como si quisiera hacerme su víctima. Bajé la cabeza y sentí su brazo firme sobre mi hombro. Y, súbitamente, recordando las palabras de Claudia que casi habían sido sus últimas palabras —la admisión de que ella sabía que yo podía amar a Armand porque había sido capaz incluso de amarla a ella—, esas palabras me parecieron ricas e irónicas, más llenas de significado de lo que ella se pudo haber imaginado.

»—Sí —le dije en voz baja—, éste es el máximo mal: que hasta podamos llegar tan lejos como amarnos, tú y yo. ¿Y quién más nos podría mostrar una partícula de amor, una pizca de compasión o misericordia? ¿Quién más, conociéndonos como nosotros nos conocemos, podría hacer algo más que destruirnos? Y, sin embargo, nos podemos amar.

»Durante largo rato se quedó mirándome, acercándose inclinando su cabeza poco a poco a un lado, y abriendo los labios como a punto de hablar. Pero sólo sonrió y sacudió la cabeza suavemente para confesar que no comprendía.

»Yo ya no pensaba más en él. Tuve uno de esos raros momentos en que parecí no pensar en nada. Mi mente era informe. Vi que se había detenido la lluvia. Vi que el aire estaba claro y frío. Que la calle estaba iluminada. Y quise entrar en el Louvre. Formé palabras para decírselo a Armand, preguntarle si podía ayudarme a hacer todo lo necesario para pasar la noche en el Louvre.

»Consideró que era una petición muy simple. Únicamente dijo que se preguntaba por qué había esperado yo tanto tiempo.

—Nos fuimos de París poco tiempo después —siguió relatando el vampiro—. Le dije a Armand que quería regresar al Mediterráneo; no a Grecia, como había soñado tanto tiempo, sino a Egipto. Quería ver el desierto y, más importante todavía, quería ver las pirámides y las tumbas de los reyes. Quería tomar contacto con esos ladrones de tumbas que saben más de ellas que los académicos, y quería descender a las tumbas todavía vírgenes y ver cómo estaban enterrados esos reyes, y las pinturas en los muros. Armand estaba más que dispuesto. Y partimos de París a primera hora de un atardecer, sin el menor indicio de ceremonia.

»Yo había hecho una cosa que debo anotar. Había vuelto a mis habitaciones en el Hôtel Saint-Gabriel. Tenía el propósito de llevarme algunas pertenencias de Claudia y de Madeleine y colocarlas en ataúdes y hacerlas enterrar en el cementerio de Montmartre. No lo hice. Me quedé un rato en las habitaciones, donde todo estaba en orden y arreglado por los empleados, de modo que parecía que Claudia y Madeleine podían regresar en cualquier momento. En una mesita se encontraba el bordado de Madeleine junto a sus ovillos. Miré eso y todo lo demás, y mi tarea me pareció completamente absurda. En consecuencia, me retiré.

»Pero algo me había pasado allí; o, más bien, algo de lo que yo había sido vagamente consciente se aclaró entonces. Aquella noche yo había ido al Louvre para encontrar algún placer trascendente que me aliviara el dolor y me hiciera olvidar por completo incluso de mí mismo. Eso me había sostenido. Ahora, cuando estaba a las puertas del hotel esperando el carruaje que me llevaría a encontrarme con Armand, vi la gente que caminaba por allí —la incesante muchedumbre de la avenida, las damas y caballeros elegantes, los vendedores de periódicos, los carruajes de equipaje, los conductores de vehículos—, y todo lo vi bajo una nueva luz. Antes, todo el arte había tenido para mí la promesa de una comprensión más profunda del corazón humano. Ahora el corazón humano no significaba nada. No lo denigré. Simplemente, me olvidé de él. Las magníficas pinturas del Louvre para mí no estaban relacionadas íntimamente con las manos que las habían pintado. Estaban cortadas y sueltas como niños convertidos en piedra. Como Claudia, separada de su madre, preservada durante décadas enteras con perlas y oro tallado. Como las muñecas de Madeleine. Y, por supuesto, como Claudia y Madeleine y yo mismo, todos seríamos reducidos a cenizas.

CUARTA PARTE

—En realidad —dijo ahora el entrevistado—, ése es el final de la historia.

»Por supuesto, sé que te preguntas qué nos pasó después. ¿Qué le sucedió a Armand? ¿Adónde fui? ¿Qué hice? Pero te diré que, verdaderamente, no pasó nada. Nada que no fuera, simplemente, inevitable. Y mi paseo por el Louvre esa última noche que te he descrito fue meramente profético.

»Jamás cambié después de eso. No busqué nada más en la única gran fuente de cambio que es la humanidad. E incluso en mi amor y concentración en la belleza del mundo, no busqué aprender nada que pudiera ser devuelto a la humanidad. Bebí de la hermosura del mundo tal cual lo hace un vampiro. Quedé satisfecho. Estuve lleno hasta los bordes. Pero estaba muerto. La historia terminó en París, como te he dicho.

»Durante largo tiempo pensé que la muerte de Claudia había sido la causa del fin de las cosas. Que si yo hubiera visto que Claudia y Madeleine dejaban París a salvo, las cosas podrían haber sido diferentes para Armand y para mí. Podría haber vuelto a amar y a desear, y buscar algún aspecto de la vida humana que pudiera haber sido rico y variado, aunque no natural. Pero entonces llegué a ver que eso era falso. Incluso si Claudia no hubiera muerto, incluso si no hubiera despreciado a Armand por permitir su muerte, todo habría terminado del mismo modo. Lentamente hubiera llegado a conocer su mal o hubiera sido lanzado hacia él... Era lo mismo. Por último no quise saber nada de nada. Y, al no merecerme nada mejor, me encogí como una araña ante la llama de una cerilla. E incluso Armand, que era mi constante compañero y mi única compañía, existía sólo a gran distancia de mí, detrás de aquel velo que me separaba de todo lo viviente; un velo que era una especie de mortaja.

»Pero sé que estás ansioso por escuchar lo que le sucedió a Armand. Y la noche ya casi ha terminado. Te lo quiero contar porque es muy importante. La historia sería incompleta sin eso.

»Después de dejar París, viajamos por el mundo, como te he dicho. Primero, Egipto; luego, Grecia; luego, Italia, el Asia Menor, adondequiera que yo elegía ir, en realidad, y dondequiera que me llevara mi búsqueda del arte. El tiempo dejó de existir en una base significativa durante todos esos años. A menudo yo estaba concentrado durante largos períodos en cosas muy simples: una pintura en un museo, una vidriera de catedral o una estatua hermosa.

»Pero durante todos esos años sentí un deseo vago, pero persistente, de regresar a Nueva Orleans. Jamás me olvidé de Nueva Orleans. Y cuando estábamos en lugares tropicales y en lugares donde existieran aquellas plantas y flores que crecían también en Luisiana, pensaba en Nueva Orleans, profundamente, y sentía por mi hogar la única pizca de deseo que sentía por cualquier cosa exterior aparte de mi búsqueda infinita del arte. De tiempo en tiempo, Armand me pedía que lo llevara allí. Y yo, consciente, de una manera caballeresca, de lo poco que hacía para complacerlo y de los frecuentes períodos en que ni le dirigía la palabra ni buscaba su compañía, quería hacerlo porque me lo pedía él. Pareció como si su petición me hiciera olvidar un vago miedo de que pudiese llegar a sentir dolor en Nueva Orleans; de que pudiera llegar a experimentar de nuevo la pálida sombra de mi anterior infelicidad y melancolía. Pero pospuse el regreso. Tal vez ese miedo era más fuerte de lo que me imaginaba. Vinimos a América y vivimos mucho tiempo en Nueva York. Continué posponiendo el viaje. Luego, por último, Armand me lo pidió de otra manera. Me contó algo que me había escondido desde que nos fuéramos de París.

»Lestat no había muerto en el Théâtre des Vampires. Yo había creído que estaba muerto y, cuando se lo pregunté a Armand, me dijo que todos esos vampiros habían muerto. Pero ahora me contó que no era así. Lestat había abandonado el teatro la misma noche en que me escapé de Armand y me fui al cementerio de Montmartre. Dos vampiros que habían sido creados por Lestat lo habían ayudado a conseguir un pasaje para Nueva Orleans.

»No te puedo expresar el sentimiento que me embargó cuando escuché aquello. Por supuesto, Armand me dijo que me había protegido al no decírmelo, pues esperaba que yo no hiciera un viaje tan largo únicamente por venganza; un viaje que me causaría dolor y pena en ese tiempo. Pero a mí no me importó. No había pensado para nada en Lestat la noche en que incendié el teatro. Había pensado en Santiago y en Celeste y en los otros, que habían destruido a Claudia. En realidad, Lestat me despertó una serie de sentimientos que no había querido confiar a nadie, sentimientos que había querido olvidar pese a la muerte de Claudia. El odio no había sido uno de ellos.

»Pero cuando oí aquello por boca de Armand fue como si el velo que me había protegido fuera tan fino y transparente que ya no resistía, y, aunque todavía me separaba del sentimiento, a través de él percibí a Lestat y quería verlo nuevamente. Y con ese deseo en mí, viajamos a Nueva Orleans.

»Fue a fines de la primavera de este año. Y tan pronto como salí de la estación, supe, sin ninguna clase de duda, que había regresado a casa. Fue comó si el mismo aire fuera perfumado y especial, y sentí inmensa tranquilidad caminando por esas calles cálidas, bajo esos robles familiares, y escuchando los incesantes y vibrantes sonidos vivientes de la noche.

»Por supuesto, Nueva Orleans había cambiado. Pero lejos de lamentar esos cambios, me sentí agradecido por lo que aún parecía igual. Pude encontrar en el distrito alto del Garden, que en mis tiempos había sido el *faubourg* Sainte-Marie, una de las elegantes mansiones antiguas que databan de aquellos años, tan distante de la tranquila calle de ladrillos, y, al caminar a la luz de la luna bajo sus magnolias, conocí la misma dulzura y paz que había vivido en los viejos tiempos; no sólo en las calles angostas y oscuras del Vieux Carré, sino también en el descampado de Pointe du Lac. Allí estaban los rosales y las madreselvas y el contorno de las columnas corintias contra las estrellas; y fuera del portal estaban las calles soñolientas, otras mansiones... Era una fortaleza de la gracia.

»En la rue Royale, adonde llevé a Armand, pasando las tiendas de turistas y antigüedades, y las entradas bien iluminadas de restaurantes de moda, me quedé perplejo al descubrir la casa que Lestat, Claudia y yo habíamos convertido en nuestro hogar. La fachada apenas estaba cambiada, y sólo algunas reparaciones se tuvieron que hacer esos años en el interior. Sus dos ventanas corredizas aún se abrían a los pequeños balcones sobre la tienda de abajo, y pude ver en el suave brillo de las bombillas eléctricas un elegante papel de pared que no hubiera sido extraño en los años de antes de la guerra. Allí tuve una fuerte sensación de la presencia de Lestat, más de Lestat que de Claudia, y me sentí seguro de que, aunque no estuviera cerca de esta casa de la ciudad, lo encontraría en Nueva Orleans.

»Y sentí algo más; fue una tristeza que me abrumó cuando Armand se hubo retirado. Pero esta tristeza no era dolorosa ni tampoco apasionada. No obstante, era algo rico, casi dulce, como la fragancia de los jazmines y las rosas que inundaban el viejo jardín, que contemplé a través de las rejas de hierro. Esta tristeza me dio una sutil satisfacción y me hizo quedar largo tiempo en aquel lugar; me ató a la ciudad; y, realmente, no me dejó cuando esa noche me alejé de allí.

»Me pregunto ahora qué se habrá hecho de esa tristeza, qué pudo haber engendrado en mí algo capaz de ser más fuerte que ella. Pero me estoy adelantando en la historia.

»Porque, poco después de eso, vi a un vampiro en Nueva Orleans, un joven delgado de rostro blanco que caminaba solo en las anchas aceras de la avenida Saint-Charles, en las primeras horas antes de la madrugada. Y de inmediato quedé convencido de que si Lestat todavía vivía allí, ese vampiro lo conocería y hasta me podría guiar a él. Por supuesto, el vampiro no me vio. Hacía mucho tiempo que había aprendido a descubrir a mi propia especie en las grandes ciudades sin darles la oportunidad de que me vieran. Armand, en sus breves visitas a los vampiros de Londres y Roma, se había enterado de que el incendio del Théâtre des Vampires era conocido en todo el mundo y de que los dos éramos considerados unos indeseables. Eso no significó nada para mí y, hasta la fecha, los he evitado. Pero empecé a vigilar a ese vampiro en Nueva Orleans y a seguirlo, aunque a menudo sólo me condujo a teatros y otros entretenimientos en los que yo no tenía el menor interés. Pero, por último, una noche las cosas cambiaron.

»Era un anochecer muy caluroso y, tan pronto como lo vi en Saint-Charles, me di cuenta de que tenía que ir a algún sitio. No sólo caminaba rápido sino que parecía un poco preocupado. Y, cuando salió de Saint-Charles y se metió en una estrecha callejuela que, de inmediato, se volvió oscura y miserable, estuve seguro de que se dirigía a un sitio de interés para mí.

»Pero entonces entró en un pequeño piso doble y dio muerte a una mujer. Esto lo hizo con suma rapidez, sin nada de placer; y, una vez que hubo terminado, sacó a un niño de su cuna, lo arropó suavemente con una manta de lana azul y volvió a salir a la calle.

»Apenas una o dos manzanas después, se detuvo ante una reja de hierro cubierta de hiedra que cerraba un gran jardín descuidado. Pude divisar una casa vieja detrás de los árboles, oscura, con la pintura descascarada, y con las ornadas barandillas de las galerías superior e inferior llenas de herrumbre color naranja. Parecía una casa maldita, rodeada por muchas casas pequeñas, y sus altos ventanales vacíos daban a lo que debía ser un conjunto caótico de techos bajos, una tienda en la esquina y un pequeño bar al lado. Pero el terreno ancho y oscuro protegía de algún modo a la casa de estas cosas y tuve que caminar a lo largo de las rejas bastantes metros hasta que, por último, pude ver un débil resplandor en una de las ventanas inferiores, a través de las espesas ramas de los árboles. El vampiro había entrado por la puerta. Yo podía oír el llanto del niño. Y luego nada. Lo seguí, subiendo fácilmente las viejas rejas, cayendo en el jardín y yendo en silencio hasta el porche central.

»Fue una escena sorprendente la que vi cuando me asomé a una de esas ventanas. Porque, pese al calor de ese anochecer sin la menor brisa, cuando la galería, a pesar de sus tablones rotos y retorcidos, hubiera sido el único sitio tolerable para un ser humano o un vampiro, vi un fuego en la chimenea de la sala, y todas las demás ventanas estaban cerradas. El vampiro joven estaba contándole algo a otro vampiro que lo escuchaba sentado al lado del fuego. Sus dedos temblorosos tiraban una y otra vez de las solapas de su raída bata azul. Y aunque un cordón de luz eléctrica colgaba del techo, sólo una lámpara de queroseno agregaba su luz mortecina al fuego, una lámpara que estaba al lado del niño lloroso sobre una mesa.

»Abrí los ojos mientras estudiaba a ese vampiro jorobado y tembloroso cuyo abundante cabello rubio caía cubriéndole el rostro. Me puse a limpiar el polvo del vidrio de la ventana, lo que me confirmaría en mis sospechas.

»—¡Todos me abandonáis! —dijo con una voz chillona y débil.

»—¡No nos puedes mantener contigo! —dijo secamente el rígido vampiro joven; tenía las piernas cruzadas, y los brazos también sobre su pecho delgado, y miraba con desdén la habitación vacía y polvorienta—. Oh, calla —dijo al bebé, que dejó escapar un grito—. ¡Basta, basta!

»—La leña, la leña —dijo febrilmente el vampiro rubio y, cuando le hizo una señal al otro para que le acercara un leño, vi clara, indudablemente, el perfil de Lestat, esa piel suave ahora desprovista de la más leve huella de sus antiguas cicatrices.

»—Si solamente salieras de aquí —dijo, enfadado, el otro, tirando un leño al fuego—. Si cazaras algo que no fueran estos animales miserables... —Y miró alrededor con asco; vi entonces, en las sombras, los pequeños cuerpos peludos de varios gatos, echados en el polvo; algo realmente sorprendente, porque un vampiro no puede soportar estar cerca de sus víctimas muertas, del mismo modo en que cualquier mamífero no puede estar en un lugar donde ha dejado sus despojos—. ¿Sabes acaso que es verano? —preguntó el joven; Lestat simplemente se fregó las manos; terminó el llanto del niño—. Ocúpate de éste; tómalo para que se te vaya el frío.

»—¡Podrías haberme traído otra cosa! —dijo amargamente Lestat.

»Y, cuando miró al niño, vi sus ojos entornados contra la luz opaca de la lámpara. Sentí una emoción de reconocimiento en esos ojos, incluso en la expresión, debajo de la sombra del amplio rizo de sus cabellos rubios. ¡Y, sin embargo, tener que oír esa voz quebrada y lastimera, tener que ver esa espalda temblorosa y jorobada! Casi sin pensarlo, golpeé fuerte en el vidrio. De inmediato, el vampiro joven adoptó una expresión dura y cruel, pero yo simplemente le hice un gesto para que abriera la puerta. Y Lestat, aferrado en su bata hasta el cuello, se levantó de su silla.

»—¡Es Louis! ¡Louis! —dijo—. Déjale entrar. —E hizo unas gesticulaciones frenéticas, como un inválido, para que el joven "enfermero" lo obedeciera.

»Tan pronto como se abrió la puerta, olí el hedor de la habitación y sentí el calor abrumador. Los movimientos de los insectos sobre los animales podridos asquearon mis sentidos, de modo que retrocedí contra mi voluntad, pese a los gestos de Lestat para que me acercara. Allí, en el rincón más lejano, estaba el ataúd donde dormía; vi la laca descascarada de la madera, medio cubierta de periódicos amarillos. Había huesos en todos los rincones, casi vacíos salvo por pedazos de cuero y piel. Lestat me estrechó las manos con las suyas resecas, atrayéndome hacia él y hacia el calor. Pude ver que tenía los ojos llenos de lágrimas; y, únicamente cuando estiró la boca en una extraña sonrisa de felicidad desesperada cercana al dolor, pude ver leves huellas de las antiguas cicatrices. ¡Qué confuso y feo era este hombre inmortal de rostro pulido y brillante que se agachaba y hablaba tontamente, y chillaba como una vieja acartonada!

»—Sí, Lestat —dije en voz baja—, he venido a verte.

»Le empujé las manos con suavidad, lentamente, y me acerqué al bebé que ahora lloraba desesperadamente, tanto de miedo como de hambre. Tan pronto como lo levanté y le solté la manta, se tranquilizó un poco, y luego lo acaricié y lo mecí. Lestat me susurraba ahora con palabras rápidas, medio articuladas, que no podía comprender; las lágrimas le corrían por las mejillas y el vampiro joven en la ventana abierta tenía una expresión de disgusto en la cara y una mano en el picaporte de la puerta, como si se dispusiera a abrirla en cualquier instante.

»—Entonces, tú eres Louis —aseveró el joven vampiro.

»Esto pareció aumentar la inexpresable excitación de Lestat, y se limpió, frenético, las lágrimas con el borde de la bata.

»Una mosca se posó en la frente del bebé e, involuntariamente, abrí la boca cuando la apreté con dos dedos y la tiré muerta al suelo. El crío dejó de llorar. Me miraba con ojos extraordinarios azules, y una sonrisa que creció más luminosa que una llamarada. Jamás he matado algo tan tierno, tan inocente, y tomé conciencia de ello cuando tenía a ese niño en mis brazos, con una extraña sensación de pesar, más fuerte que la que me había abrumado en la rue Royale. Y, meciendo suavemente al niño, agarré la silla del vampiro joven y tomé asiento.

»—No trates de hablar... Está bien —dije a Lestat, que se dejó caer en su silla y estiró las manos para agarrarse de las solapas de mi chaqueta con ambas manos.

»—Pero estoy tan contento de verte —tartamudeó entre sus lágrimas—. He soñado con tu llegada... llegada —dijo.

»Entonces hizo una mueca, como si sintiera un dolor inidentificable, y una vez más apareció en sus facciones el mapa fino de sus cicatrices. Miró para otra parte y se llevó una mano al oído, como si quisiera defenderse de algún ruido terrible.

»—Yo no... —empezó a decir, y entonces sacudió la cabeza; se le nublaron los ojos cuando los abrió tratando de enfocarme con ellos—. No quise que lo hicieran, Louis... Se lo dije a Santiago... Ése, ¿sabes?, no me dijo lo que pensaba hacer.

»—Ya ha pasado, Lestat —dije.

»—Sí, sí —sacudió violentamente la cabeza—. El pasado. Ella jamás tendría que... ¿Por qué, Louis? Tú sabes... —Sacudió la cabeza: su voz parecía ganar volumen, ganar un poco de resonancia con el esfuerzo—. Ella jamás tendría que haber sido una de nosotros, Louis. —Y se golpeó el pecho con el puño—. Solamente nosotros.

»"Ella." Me pareció entonces que jamás había existido. Que había sido un sueño ilógico y fantástico que me era demasiado precioso y personal como para confiarlo a alguien. Y eso había desaparecido hacía tiempo. Lo miré. Lo observé. Y traté de pensar: "Sí, nosotros tres juntos".

»—No me temas, Lestat —dije, como hablando conmigo mismo—. No vengo a hacerte daño.

»—Has vuelto a mí, Louis —susurró con ese tono fino y chillón—. Has vuelto de regreso a mi casa, Louis, ¿verdad?

»Y se mordió el labio y me miró desesperado.

»—No, Lestat.

»Sacudí la cabeza. Se puso frenético un instante, volvió a empezar un gesto, y, finalmente, se quedó sentado con las dos manos sobre la cara en un paroxismo de tristeza. El otro vampiro, que me estudiaba fríamente, me preguntó:

»—¿Has vuelto para quedarte con él?

»—No, por cierto que no —contesté.

»Y él hizo una mueca como si eso fuera lo que esperaba: que todo recaería nuevamente en él, y salió al porche. Pude oír que se quedaba allí, a la espera.

»—Sólo quería verte, Lestat —dije.

»Pero Lestat no pareció oírme. Algo le distrajo. Y miró con los ojos muy abiertos. Entonces yo también oí. Era una sirena. Y, a medida que se acercaba, cerró los ojos y se cubrió las orejas. Y se acercó más y más por la calle.

»—¡Lestat! —exclamé por encima del llanto del bebé, que ahora resonó con el mismo miedo terrible a la sirena; pero el dolor de Lestat me destrozó; tenía los labios estirados en una mueca horrible de dolor—. ¡Lestat, sólo se trata de una sirena! —le dije estúpidamente.

»Entonces avanzó hacia mí y me agarró y me abrazó, y, pese a mí mismo, lo tomé de la mano. Se agachó, apretando la cabeza contra mi pecho y apretándome tanto la mano que me dolió. El cuarto estaba lleno de la luz roja del vehículo que hacía sonar la sirena, y luego empezó a alejarse.

»—Louis, no puedo soportarlo, no puedo soportarlo —me gruñó, lacrimoso—. Ayúdame, por favor, Louis, quédate conmigo.

»—Pero ¿qué es lo que te aterroriza? —le pregunté—. ¿No sabes lo que son estas cosas? —Bajé la vista y vi su pelo rubio contra mi chaqueta, y tuve una visión de él de hacía mucho tiempo; aquel caballero alto y elegante, con la cabeza hacia atrás, con la capa ondulante, y su voz rica y sonora cuando cantaba en la atmósfera alegre de la salida de la ópera, con su bastón golpeando el empedrado a ritmo con la música, y sus grandes ojos vivaces dirigidos hacia una joven que se quedaba fascinada, y Lestat sonreía cuando la música moría en sus labios; y, por un momento, ese momento en que se encontraban las miradas, todo el mal parecía ahogarse en ese flujo de placer, esa pasión por estar simplemente vivo.

»¿Fue éste el precio de ese compromiso? ¿Una sensibilidad ahogada por el cambio, temblando de miedo? Pensé serenamente en todas estas cosas que le podría decir, en cómo le podría recordar que era inmortal, que nada lo condenaba a su reclusión salvo sí mismo, y que estaba rodeado por las señales ine-quívocas de la muerte. Pero no dije esas cosas y supe que no lo haría.

»El silencio de la habitación volvió a reinar en torno de nosotros una vez que el vehículo de la sire-na se alejó. Las moscas volaban sobre el cuerpo pú-trido de una rata y el niño me miró con calma; sus ojos parecían dos canicas brillantes; cerró las manos en el dedo que le puse encima de la pequeña boca suave.

»Lestat se había enderezado, pero sólo para aga-charse y hundirse de nuevo en el asiento.

»—No te quedarás conmigo —dijo suspirando; pero desvió la mirada y pareció concentrarse en otra cosa—. Quería tanto hablar contigo... —dijo—. ¡Esa noche en que llegué a la rue Royale sólo quería ha-blar contigo! —Se estremeció violentamente, con los ojos cerrados y la garganta al parecer contraída. Fue como si los golpes que entonces yo le había propina-do le estuvieran doliendo todavía. Miró ciegamente hacia delante, humedeció sus labios con la lengua, y, con la voz baja, casi natural, dijo—: Te seguí a París...

»—¿Eso era lo que querías contarme? —le pre-gunté—. ¿De qué querías hablarme?

»Yo podía recordar su insistencia demencial en el Théâtre des Vampires. Hacía años que no me acor-daba. No, jamás había pensado en ello. Y me di cuen-ta de que ahora lo mencionaba con gran renuncia.

»Pero él únicamente sonrió con esa sonrisa insí-pida, apologética. Y sacudió la cabeza. Vi que se le llenaban los desesperados ojos con una secreción blanda, legañosa.

»Sentí un alivio profundo, innegable.

»—¡Pero tú te quedarás! —insistió.

»—No —contesté.

»—¡Ni yo tampoco! —exclamó el joven vampiro desde la oscuridad de la galería.

»Y se quedó un instante en la ventana mirándonos. Lestat lo miró y luego desvió la mirada cobardemente. Su labio inferior pareció hincharse y temblar.

»—Cierra, cierra —dijo, señalando con el dedo la ventana.

»Luego lanzó un sollozo y, cubriéndose la boca con la mano, agachó la cabeza y lloró.

»El joven vampiro desapareció. Oí sus pasos rápidos en el sendero, luego el fuerte rechinar de la puerta de hierro. Me quedé solo con Lestat, mientras él lloraba. Me parece que pasó mucho tiempo antes de que dejara de hacerlo. Y, durante todo ese tiempo, yo lo observaba, simplemente. Pensaba en todas las cosas que habían pasado entre nosotros. Recordé cosas que creía absolutamente olvidadas. Y entonces tomé conciencia de esa tristeza abrumadora que había sentido cuando contemplé la casa en la rue Royale donde habíamos vivido. Únicamente que no me pareció tristeza por Lestat, por aquel vampiro alegre y elegante que allí había vivido. Pareció tristeza por otra cosa, algo que superaba a Lestat, que sólo lo incluía y era parte de la inmensa tristeza por todas las cosas que alguna vez yo había perdido o amado, o conocido. Me pareció entonces que yo estaba en otro sitio, en otro tiempo. Y ese sentimiento fue muy real, pues me acordé de una habitación donde los insectos habían zumbado como ahora zumbaban aquí, y el aire había estado espeso y cerrado por la muerte, aunque mezclado con el perfume de la primavera que reinaba fuera. Y yo estaba a punto de conocer ese lugar y de conocer, con él, un dolor terrible, un dolor tan terrible que mi mente lo eludió: "No —pensé—, no me lleves de vuelta a ese sitio". Por eso retrocedí evitando aquellos recuerdos. Y ahí estaba yo de nuevo con Lestat. Atónito, vi que mi propio miedo caía, líquido, sobre el rostro del niño. Vi brillar su mejilla, que se llenaba con la sonrisa del niño. Debe de haber visto la luz en mis lágrimas. Le puse una mano sobre la cara y le limpié las lágrimas y las miré con sorpresa.

»—Pero, Louis... —decía Lestat en voz baja—. ¿Cómo puedes seguir como antes, cómo puedes soportarlo? —Levantó la vista y tenía la misma mueca y el rostro cubierto de lágrimas—. Dímelo, Louis, ayúdame a comprender. ¿Cómo puedes llegar a entender todo esto? ¿Cómo puedes aguantarlo?

»Pude ver, por la desesperación de sus ojos y el tono más profundo que ahora tenía su voz, que él también estaba avanzando hacia algo que, para él, era doloroso, hacia un sitio donde no se había animado a entrar desde hacía mucho tiempo. Pero entonces, incluso cuando lo miré, sus ojos parecieron volverse brumosos, confundidos. Se apretó la bata y, sacudiendo la cabeza, miró el fuego. Tembló y gimió.

»—Tengo que irme, Lestat —le dije.

»Me sentí cansado, cansado de él y cansado de esa tristeza. Y anhelé la quietud de fuera, la perfecta quietud a la que me había acostumbrado tan por completo. Pero, cuando me puse de pie, me di cuenta de que me llevaba al niño.

»Lestat me miró con sus grandes ojos agónicos y su rostro pulido, eterno.

»—Pero ¿volverás... volverás... a visitarme... Louis? —me preguntó.

»Me alejé de él, oí que me volvía a llamar y, en silencio, abandoné la casa. Cuando llegué a la calle, volví la mirada y lo vi gesticulando en la ventana como si tuviera miedo de salir. Me di cuenta de que no había salido desde hacía muchísimo tiempo, y pensé que tal vez jamás volviera a salir.

»Volví a la pequeña casa de donde el vampiro había sacado al niño y lo dejé allí, en su cuna.

—Poco tiempo después —relató el vampiro—, le conté a Armand que había visto a Lestat. Quizás un mes después, no estoy seguro. El tiempo significaba poco para mí, y sigue significándolo. Pero para Armand tenía gran importancia. Se asombró de que no se lo hubiera mencionado antes.

»Esa noche caminábamos por esa parte de la ciudad que da paso al parque Audubon y donde el malecón es una cuesta solitaria y cubierta de hierba que desciende a una playa enlodada, llena de maderos que reciben las lamidas de las aguas del río. En la ribera más lejana se veían las luces mortecinas de las industrias y de las empresas fluviales. Eran puntos verdes y rojos que temblaban en la distancia como estrellas. Y la luz de la luna mostraba la rápida y amplia corriente. Allí incluso el calor del verano desaparecía con la brisa fresca del agua que levantaba suavemente el musgo del roble retorcido en donde nos sentamos. Yo recogía hierba y la probaba, aunque el sabor era amargo. El gesto parecía natural. Pensaba que tal vez jamás volvería a salir de Nueva Orleans. Pero ¿qué importancia tienen esas ideas cuando puedes vivir para siempre? ¿No irse jamás de Nueva Orleans? Aquello parecía un simple deseo humano.

»—¿Y no tuviste ningún deseo de venganza? —me preguntó Armand.

»Estaba echado en la hierba, a mi lado, apoyado en un codo y con los ojos fijos en mí.

»—¿Por qué? —le pregunté con calma; yo deseaba, como me pasaba a menudo, que no estuviera allí, que me dejara a solas; a solas con ese río poderoso y fresco bajo la luna mortecina—. He conocido la venganza perfecta. Él se está muriendo, muriendo de rigidez, de miedo. Su mente no puede aceptar el paso del tiempo. Nada hay tan sereno y digno como esa muerte de vampiro que una vez me describiste en París. Y pienso que él se está muriendo con la misma torpeza y falta de gracia con que los humanos mueren en este siglo... Se está muriendo de viejo.

»—Pero tú... ¿qué sentiste? —insistió en voz baja.

»Quedé perplejo por el carácter personal de esa pregunta y por todo el tiempo que había pasado desde que habíamos dejado de tratarnos de esa forma. Entonces, me acudió intensamente a la memoria su actitud normal, calma y recogida; miré su pelo negro y los ojos grandes, que a veces parecían melancólicos, y que frecuentemente no parecían ver otra cosa que sus propios pensamientos. Esa noche, en cambio, estaban encendidos con un fuego que era anormal.

»—Nada —contesté.

»—¿Nada, de ningún modo?

»Le contesté que no. Recuerdo palpablemente ese pesar. Fue como si esa pena no me hubiera abandonado de repente, sino que estaba a mi lado todo el tiempo, molesta, diciéndole: "Ven". Pero no le dije eso a Armand, no se lo revelé. Tuve la sensación extraña de que él necesitaba que le dijera eso... eso o algo... Una necesidad curiosamente parecida a la necesidad de sangre humana.

»—Pero —insistió—, ¿te dijo algo, algo que te hiciera sentir el antiguo odio...? —murmuró.

»Y, en ese instante, tomé conciencia de la profunda depresión que sentía.

»—¿Qué pasa, Armand? ¿Por qué lo preguntas?

»Pero él permaneció echado sobre el malecón y, durante largo rato, pareció contemplar las estrellas. Las estrellas me trajeron a la memoria algo demasiado específico: el barco que nos llevó a Claudia y a mí a Europa y aquellas noches en el mar, cuando las estrellas parecían descender y tocar las aguas.

»—Pensé que quizá te contara algo acerca de París —dijo Armand.

»—¿Qué me puede decir de París? ¿Que no quiso que Claudia muriera? —pregunté.

»Claudia, una vez más; el nombre sonó extraño. Claudia, colocando su juego de solitario en la mesa, que se movía con el movimiento del mar, mientras la linterna crujía en su gancho, y el ojo de buey se veía lleno de estrellas. Ella tenía entonces la cabeza gacha, los dedos estirados encima de la oreja, como dispuesta a soltarse los rizos. Y tuve una sensación sumamente incómoda: que en mis recuerdos ella levantaría la cabeza de ese juego de solitario y sus ojos estarían vacíos.

»—Tú me podrías haber contado todo lo que hubieras querido de París, Armand —dije—. Hace mucho tiempo. No hubiese importado.

»—Ni siquiera que fui yo quien...

»Me volví a él, que seguía echado mirando el cielo. Y vi el dolor extraordinario de su cara, de sus ojos. Sus ojos parecían enormes, demasiado, y el rostro blanco estaba demasiado flaco.

»—¿Que fuiste tú quien la mataste, quien la obligó a entrar en ese patio y quedar encerrada allí? —pregunté. Sonreí—. No me digas ahora que durante todos estos años has sentido dolor debido a ello; tú no.

»Y entonces cerró los ojos y desvió la mirada, con una mano descansando en su pecho, como si acabara de recibir un golpe tremendo, cruel.

»—No me puedes convencer de que eso te importa —le dije fríamente.

»Y miré las aguas y, una vez más, tuve esa sensación... de que quería estar solo. Supe que me levantaría al cabo de un rato y que me iría. Eso es, si él no me dejaba primero. Porque, en realidad, me hubiera gustado quedarme allí. Era un sitio tranquilo, solitario.

»—A ti no hay nada que te importe... —decía él. Y entonces tomó asiento lentamente y volvió a mirarme, y pude ver ese fuego negro en sus ojos—. Pensé que al menos eso te importaría. Pensé que volverías a sentir la vieja pasión, la vieja furia si volvías a imaginarlo. Pensé que algo se movería en ti y cobraría vida si lo veías... Si volvías a este lugar.

»—¿Que yo recuperaría la vida? —dije en voz baja.

»Sentí la dureza fría y metálica de mis palabras cuando las pronuncié, la modulación, el freno. Fue como si estuviera todo frío, hecho de metal, y él, de repente, fuera frágil, tal como había sido en realidad desde hacía mucho tiempo.

»—¡Sí! —exclamó—. ¡Sí, de nuevo a la vida!

»Y entonces pareció confundido, plenamente confuso.

»Y ocurrió algo extraño. Agachó la cabeza en ese momento como si hubiera sido derrotado. Algo en la

453

manera en que sintió esa derrota, algo en el modo en que su rostro blanco lo reflejó por un instante, me recordó a otra persona que había sido derrotada de la misma forma. Y me sorprendió que yo tardara tanto tiempo en ver el rostro de Claudia en esa actitud; Claudia, tal como había estado al lado de la cama de aquella habitación en el Hôtel Saint-Gabriel, rogándome para que convirtiera a Madeleine en uno de nosotros. Esa misma mirada indefensa, esa derrota que parecía ser tan sentida que todo lo demás era olvidado. Y entonces, él, al igual que Claudia, pareció encontrar, sacar fuerzas de flaqueza. Pero dijo en voz baja, como si no se dirigiera a nadie:

»—Estoy agonizando.

»Y yo, mirándolo, oyéndolo; yo, que, con Dios, era el único que lo escuchaba, sabiendo totalmente que era verdad, no dije nada.

»Un largo suspiro escapó de sus labios. Tenía la cabeza gacha. Su mano derecha descansaba, suelta, a su lado sobre la hierba.

»—El odio... es una pasión —dijo—. La venganza también es pasión...

»—No por mi parte... —murmuré con suavidad—. Ahora ya no.

»Y entonces fijó los ojos en mí y su rostro pareció muy tranquilo.

»—Yo creí que tú lo superarías... Que, cuando se fuera el dolor, volverías a llenarte de vida y de amor y de esa curiosidad salvaje e insaciable con que llegaste a mí por primera vez, esa conciencia inveterada y esa sed de conocimiento que trajiste a París, a mi celda. Pensé que era una parte tuya que jamás moriría. Y creí que, cuando desapareciera el dolor, tú me perdonarías por lo que había hecho. Ella nunca te amó, tú lo sabes; no del modo en que yo te amé ni del modo en que tú nos amaste a los dos. ¡Yo lo sabía! ¡Lo comprendía! Y pensé que te unirías a mí y que yo te mantendría a mi lado. Y tendríamos todo el tiempo por delante y seríamos nuestros mutuos maestros. Todas las cosas que te hicieran feliz, me harían feliz a mí; y yo sería el protector de tu dolor. Mi poder sería tu poder. Mi fortaleza lo mismo. Pero tú estás muerto en tu interior para mí, estás frío y lejos de mi alcance. Es como si yo no estuviera aquí, a tu lado. Y al no estar aquí a tu lado, siento la horrible sensación de que no existo. Y tú estás tan distante de mí y tan frío como esas pinturas modernas de líneas y formas duras que no puedo amar ni comprender, tan extraño como esas duras esculturas mecánicas de esta época que no tienen forma humana. Tiemblo cuando estoy cerca de ti. Te miro a los ojos y mi reflejo no está allí...

»—¡Lo que pides es un imposible! —dije rápidamente—. ¿No te das cuenta? Lo que yo pedí, también fue imposible desde el principio.

»Él protestó; la negativa apenas se le formó en los labios; levantó la mano como para desechar el argumento.

»—Yo quise el amor y la bondad en ésta que es la muerte viviente —dije—. Fue imposible desde el principio porque no se puede tener la desesperada confusión y el anhelo y la caza del fantasma "bondad" en su forma humana. Supe la respuesta verdadera a mi búsqueda antes de llegar a París. Lo supe cuando tomé por primera vez una vida humana para saciar mi hambre. Fue mi muerte. Y, sin embargo, no la aceptaba, no podía aceptarla porque, al igual que todas las demás criaturas, ¡yo no quería morir! Entonces busqué a otros vampiros, a Dios, a los demonios, a cien cosas con otros tantos nombres. Y todo aquello era una equivocación. Porque nadie, con la máscara que fuera, podía disuadirme de lo que yo mismo sabía que era la verdad: que estaba condenado en alma y cuerpo. Y, cuando llegué a París, pensé que tú eras poderoso y hermoso y sin remordimientos, y quise compartirlo con desesperación. Pero tú eras tan destructivo como yo, incluso más inescrupuloso y astuto que yo. Tú me mostraste lo único en que yo podía esperar llegar a convertirme, la profundidad del mal, el límite de frialdad que tendría que alcanzar para terminar con mi dolor. Y lo acepté. Entonces, esa pasión, ese amor que tú viste en mí, se extinguió. Ahora tú simplemente ves un espejo de ti mismo.

»Pasó largo rato antes de que él hablara. Se había puesto de pie y se quedó dándome la espalda y mirando al río, con la cabeza gacha como antes y las manos caídas a los costados. Yo también miraba aquellas aguas. Pensaba con serenidad: "No hay nada más que decir, no hay nada más que yo pueda hacer".

»—Louis —dijo entonces, levantando la cabeza y con la voz ronca.

»—Sí, Armand —dije.

»—¿Hay algo más que quieras de mí, algo que me puedas pedir?

»—No —dije—. ¿Qué quieres decir?

»No me contestó. Simplemente empezó a alejarse. Al principio creí que sólo pensaba caminar unos pasos, quizá pasear solo por la playa. Pero cuando me di cuenta de que se iba, él sólo era ya un punto en la distancia contra el resplandor momentáneo del agua. Nunca más lo volví a ver.

»Por supuesto, pasaron varias noches antes de que me diera cuenta de que se había ido definitiva-

456

mente. Su ataúd permaneció allí. Pero él no regresó.
Y pasaron varios meses antes de que yo hiciera sacar
ese ataúd y llevarlo al cementerio de Saint-Louis, en
la cripta al lado de la mía. La tumba, hacía tiempo
descuidada porque mi familia había muerto, recibió
lo único que él había dejado. Pero luego empecé a
sentirme incómodo con eso. Lo pensaba al despertarme y luego al alba antes de cerrar los ojos. Y una
noche fui al cementerio y saqué el ataúd, lo hice astillas y lo tiré en las altas hierbas al lado del sendero
angosto del cementerio.

»El vampiro que fuera el último acompañante de
Lestat me acosó una tarde, poco tiempo después. Me
rogó que le contara todo lo que sabía del mundo, que
me convirtiera en su compañero y maestro. Recuerdo haberle dicho que lo que sabía era que lo destruiría si lo llegaba a ver otra vez.

»—Ya ves —le dije—, alguien debe morir cada
noche en mi camino hasta que yo tenga el valor de
terminar. Y tú eres una opción admirable para ser víctima, puesto que eres un asesino tan cruel como yo.

»Y, a la noche siguiente, me fui de Nueva Orleans, porque el dolor no me abandonaba. Y no quería pensar en aquella vieja casa donde estaba muriendo Lestat. O en ese impertinente vampiro moderno
que se escapó de mí. Ni en Armand.

»Quería estar en un sitio donde todo me fuera
desconocido. Y nada me importara.

»Y éste es el fin. No hay nada más.

El muchacho se quedó mudo mirando al vampiro. Éste permaneció sentado, recogido, con las manos cruzadas sobre la mesa y sus ojos entrecerrados,
enrojecidos, fijos en las cintas que daban vueltas. Tenía ahora el rostro tan delgado que se le veían las

venas de las sienes como talladas en el mármol. Y estaba tan inmóvil que únicamente sus ojos verdes mostraban vida, pero como si ésta fuera una fascinación aburrida como el girar de las cintas.

Entonces, el joven entrevistador se recostó en el respaldo y se pasó los dedos de la mano derecha por el pelo.

—No —dijo con una breve aspiración, y luego repitió con más energía—. No.

El vampiro no pareció oírlo. Sus ojos se alejaron de las cintas hacia la ventana, hacia el cielo oscuro, gris.

—¡No tenía que terminar así! —dijo el chico inclinándose hacia adelante.

El vampiro, que continuaba mirando al cielo, echó una corta carcajada.

—Todas las cosas que usted dejó en París —dijo el muchacho, aumentando el volumen de su voz—: El amor de Claudia, el sentimiento, ¡sí, incluso el sentimiento por Lestat! ¡No tuvo que terminar; no en esto, no en esta desesperación! Porque eso es lo que es, ¿verdad? ¡Desesperación!

—¡Basta ya! —dijo abruptamente el vampiro, levantando su mano derecha; sus ojos se dirigieron casi mecánicamente a la cara del muchacho—. Te lo he dicho y te repito que no podría haber terminado de ninguna otra manera.

—No lo acepto —dijo el muchacho, y cruzó los brazos sobre su pecho y sacudió la cabeza con energía—. ¡No puedo aceptarlo!

Y la emoción pareció crecer en él, de modo que, sin tener la intención de hacerlo, golpeó el respaldo de su silla contra la mesa y se puso de pie y empezó a caminar por la habitación. Pero entonces, cuando se dio la vuelta y volvió a mirar la cara del vampiro, las palabras que estaba a punto de decir se le ahogaron en la garganta. El vampiro simplemente lo miraba y su rostro tenía una lenta expresión de indignación y de amarga diversión.

—¿No se da cuenta de lo que ha contado? ¡Fue una aventura que jamás conoceré en toda mi vida! ¡Usted habla de pasión, habla de recuerdos! Usted habla de cosas que millones de nosotros jamás saborearemos ni llegaremos a entender. Y entonces me dice que termina de este modo. Le digo... —Y se detuvo ante el vampiro con las manos estiradas—. ¡Si usted me concediera ese poder! ¡Ese poder para ver y vivir eternamente!

Los ojos del vampiro empezaron a abrirse lentamente y separó los labios.

—¿Qué? —preguntó en voz baja—. ¿Qué?

—Démelo —dijo el muchacho, y cerró la mano en un puño y el puño golpeó su pecho—. ¡Conviértame en vampiro ahora mismo! —dijo mientras el vampiro lo miraba horrorizado.

Lo que entonces sucedió fue confuso y vertiginoso, pero terminó de forma abrupta, con el vampiro de pie cogiendo al muchacho de los hombros; el rostro del chico estaba contorsionado por el miedo, y el vampiro lo miraba con rabia.

—¿Es eso lo que quieres? —susurró, con sus pálidos labios manifestando únicamente la más leve señal de movimiento—. Eso... después de todo lo que te he dicho... ¿es eso lo que quieres?

Un gemido escapó de los labios del muchacho y empezó a temblarle todo el cuerpo, con el sudor en la frente y encima de los labios. Su mano buscó el brazo del vampiro.

—Usted no sabe lo que es la vida humana —dijo, al borde de las lágrimas—. Usted se ha olvidado. Ni siquiera comprende el significado de su propia historia, lo que significa para un ser humano como yo.

Y entonces un sollozo interrumpió sus palabras y sus dedos se aferraron al brazo del vampiro.

—¡Dios...! —murmuró el vampiro, alejándose de él; casi empujó al muchacho contra la pared.

Se quedó de espaldas a él, mirando por la ventana gris.

—Se lo ruego... Dé a todo esto una nueva oportunidad. ¡Una oportunidad más, conmigo! —dijo el muchacho.

El vampiro se dio vuelta, con su rostro tan retorcido de rabia como antes. Y entonces, poco a poco, volvió a suavizarse. Los párpados cayeron lentamente sobre sus ojos y los labios se estiraron en una sonrisa. Volvió a mirar al muchacho.

—He fracasado —susurró aún sonriente—. He fracasado por completo.

—No... —protestó el muchacho.

—No digas una palabra más —dijo el vampiro con energía—. Sólo tengo una oportunidad más. ¿Ves esas cintas? Aún giran. Sólo tengo un medio de demostrarte el significado de lo que he dicho.

Y entonces agarró al muchacho con tal rapidez que éste se encontró tratando de aferrarse a algo, empujando algo que ya no estaba allí, de modo que aún tenía la mano estirada cuando el vampiro lo apretó contra su pecho, con el cuello del chico bajo sus labios.

—¿Ves? —susurró el vampiro, y los largos labios sedosos se apartaron de sus dientes y los dos colmillos cayeron sobre la piel del muchacho.

El muchacho tartamudeó y un sonido ronco y gutural salió de su garganta; su mano luchó por aferrarse a algo, se le abrieron los ojos sólo para hacerse grises y opacos a medida que el vampiro bebía. Y, mientras tanto, el vampiro parecía tranquilo como si estuviera durmiendo. Su pecho angosto se movía sutilmente con un suspiro que daba la impresión de subir lentamente del suelo y luego quedar suspendido con la misma gracia sonámbula. El muchacho dejó escapar un gemido y, cuando el vampiro lo dejó ir, lo mantuvo erguido con ambas manos y miró el rostro sudoroso y pálido, las manos caídas, los ojos entrecerrados.

El muchacho gemía, tenía el labio inferior suelto y tembloroso como con náusea. Gimió más fuerte y se le cayó la cabeza hacia atrás y los ojos le dieron vueltas. El vampiro lo puso en la silla con suavidad. El muchacho trataba de hablar y las lágrimas que le brotaron ahora de los ojos parecieron provenir tanto del esfuerzo como de todo lo demás. Se le cayó la cabeza hacia delante, pesada, ebriamente, y su mano descansó en la mesa. El vampiro se quedó mirándolo y su piel blanca adquirió un suave rojo luminoso. La piel de sus labios estaba oscura, casi como para reflejar esa luz; y las venas de sus sienes y sus manos eran meras huellas en su piel; y tenía el rostro juvenil y suave.

—¿... Moriré? —murmuró el muchacho cuando levantó la vista lentamente, con la boca húmeda y contraída—. ¿Moriré? —gruñó con los labios temblorosos.

—No lo sé —dijo el vampiro, y sonrió.

El muchacho pareció a punto de decir algo más, pero la mano que descansaba en la mesa resbaló hacia delante y su cabeza cayó a un lado antes de que perdiera el conocimiento.

Cuando volvió a abrir los ojos, el muchacho vio el sol. Llenaba la ventana desnuda y sucia y, de este lado de su cara y su mano, estaba caliente. Por un momento, se quedó allí, con la cara contra la mesa y entonces, con un gran esfuerzo, se enderezó, respiró profundamente y, cerrando sus ojos, se llevó una mano al sitio donde el vampiro le había chupado la sangre. Cuando por accidente su otra mano tocó la banda de metal de arriba del magnetófono, dejó escapar un grito porque el metal estaba caliente.

Entonces se puso de pie, moviéndose torpemente, casi cayéndose, hasta que se apoyó con ambas manos sobre la palangana blanca para lavarse. Rápidamente hizo girar el grifo, se echó agua fría en la cara y se la secó con una toalla que colgaba de un clavo. Ahora respiraba normalmente y se quedó inmóvil, mirándose en el espejo sin sostenerse en ninguna parte. Luego miró su reloj. Fue como si el reloj lo sorprendiera, lo trajera más a la vida que el sol o el agua. E hizo una búsqueda rápida por la habitación, por el pasillo y, al no encontrar nada ni a nadie, volvió a sentarse en la silla. Entonces, sacando una libreta blanca del bolsillo y una pluma, los colocó sobre la mesa y apretó el botón del magnetófono. La cinta volvió hacia atrás rápidamente hasta que volvió a apretar.

Cuando oyó la voz del vampiro, se inclinó hacia delante, escuchando con suma atención, luego apretó nuevamente, buscando otra parte, la escuchó, pasó a otra. Pero entonces, por último, se le iluminó la cara mientras giraba la cinta y la voz dijo con un tono modelado: «Era un anochecer muy caluroso y, tan pronto como lo vi en Saint-Charles, me di cuenta de que tenía que ir a algún sitio...».

Y el chico anotó rápidamente.

«Lestat... cerca de la avenida Saint-Charles. Vieja casa ruinosa... Barrio pobre. Buscar rejas oxidadas.»

Y entonces, guardando la libreta en su chaqueta, reunió las cintas en su portafolios junto con el pequeño magnetófono y salió por el pasillo, deprisa, y bajó las escaleras hasta la calle, donde, frente al bar de la esquina, tenía estacionado su coche.